DANILA MONTANARI

Tod in Olympia

Buch

Griechenland, 41 n. Chr.: Senator Publius Aurelius Statius ist nach Olympia gereist, um die berühmten athletischen Wettkämpfe zu sehen. Die Spiele werden jedoch schon sehr bald von blutigen Zwischenfällen gestört: Ein Zuschauer wird erstochen, ein Fünfkämpfer von einer fliegenden Diskusscheibe getötet und ein Kurzstreckenläufer von einem Speer durchbohrt. Der erste Verdacht fällt auf Pyrrhus, einen Diskuswerfer aus Korinth, der jedoch plötzlich unauffindbar ist. Publius Aurelius wird misstrauisch, als das Olympische Komitee den Fall allzu schnell zu den Akten legen will, und beginnt auf eigene Faust zu ermitteln. Er stößt auf eine Vielzahl weiterer Verdächtiger: einen erbitterten Rivalen des ersten Opfers, drei Wettrichter, einen berühmten Mathematiker, einen Exilrömer, einen punischen Tierarzt, einen äthiopischen Läufer, eine gerissene Kurtisane und einen Geschäftsmann aus Alexandrien. Publius Aurelius muss sich durch einen Wirrwarr von Toten, falschen Fährten und doppelten Wahrheiten kämpfen, bis er in Olympia, dem Hort der ungebremsten Ruhmsucht und der gewaltigen finanziellen Interessen, am Ende den wahren Schuldigen ausmacht...

Autorin

Danila Montanari wurde 1948 in Bologna geboren. Sie arbeitete als Geschichtslehrerin, bis sie 1990 den ersten Roman um ihren Serienhelden Publius Aurelius veröffentlichte. Seitdem widmet sie sich nur noch dem Schreiben und ihren Hobbys, zu denen neben dem Aufsuchen archäologischer Ausgrabungsstätten auch das Lesen von Krimis, historischen Sachbüchern und lateinischen, griechischen sowie chinesischen Klassikern gehört. Danila Montanari ist eine begeisterte Nutzerin des Internet, wo sie einige Homepages verwaltet (u. a. die über ihren Serienhelden Publius Aurelius: *http://digilander.iol.it/roma10/AURELIO/publio.htm)*. Sie lebt in einem großen Haus im Zentrum von Bologna, gemeinsam mit ihrem Mann, ihrer Tochter und drei Katzen.

Von Danila Montanari außerdem im Goldmann Verlag lieferbar:

Der Fluch des Orakels. Ein Fall für Publius Aurelius (45337)
Tod eines Gladiators. Ein Fall für Publius Aurelius (45321)

Danila Montanari

Tod in Olympia

Ein Fall für Publius Aurelius

Aus dem Italienischen von
Sigrun Zühlke

GOLDMANN

Die Originalausgabe erschien 2004 unter dem Titel
»Olympia. Indagine ai giochi ellenici«
bei Hobby & Work, Mailand.

Umwelthinweis:
Alle bedruckten Materialien dieses Taschenbuches
sind chlorfrei und umweltschonend.

1. Auflage
Deutsche Erstveröffentlichung Juni 2005

Umschlaggestaltung: Design Team München
Umschlagfoto: Corbis/Wodd
Satz: Uhl + Massopust, Aalen
Druck: GGP Media GmbH, Pößneck
Verlagsnummer: 45988
JE · Herstellung: MW
Redaktion: Kristina Lake-Zapp
Made in Germany
ISBN 3-442-45988-5
www.goldmann-verlag.de

Für Piero und Angelica,
Goldmedaillen-Gewinner in Toleranz

Personenverzeichnis

Die Zuschauer

Publius Aurelius Statius	römischer Senator
Castor	sein Sekretär
Tadius Tullianus	Römer im Exil
Tullia	seine Schwester
Evaristos	Mythenschreiber aus Ariminum
Hermeteus	Gelehrter der Mathematik
Frisso	sein Sohn
Phtia	reiche Witwe
Aglaia	berühmte Hetäre
Zarzas	karthagischer Tierarzt
Serapion	Geschäftsmann aus Alexandria
Levia	Mutter eines jungen Athleten

Die Richter und Athleten

Busirides	Richter
Diagoras	Richter
Apollodoros	Richter
Psalmonaios	Fünfkämpfer
Elektrion	Fünfkämpfer
Pyrrhus	Fünfkämpfer
Jason	Fünfkämpfer

Nephos	Fünfkämpfer
Parabellon	Fünfkämpfer
Panther und Kephalos	Allkämpfer
Pelagius	Wagenlenker
Lampo	Wagenlenker
Menothep	Wagenlenker
Andronicus	Wagenlenker
Meleagros	Sprinter
Kallimachos	Junger Mann aus Elis
Berillio	Junge aus Leptis Mino

Lageplan Olympia

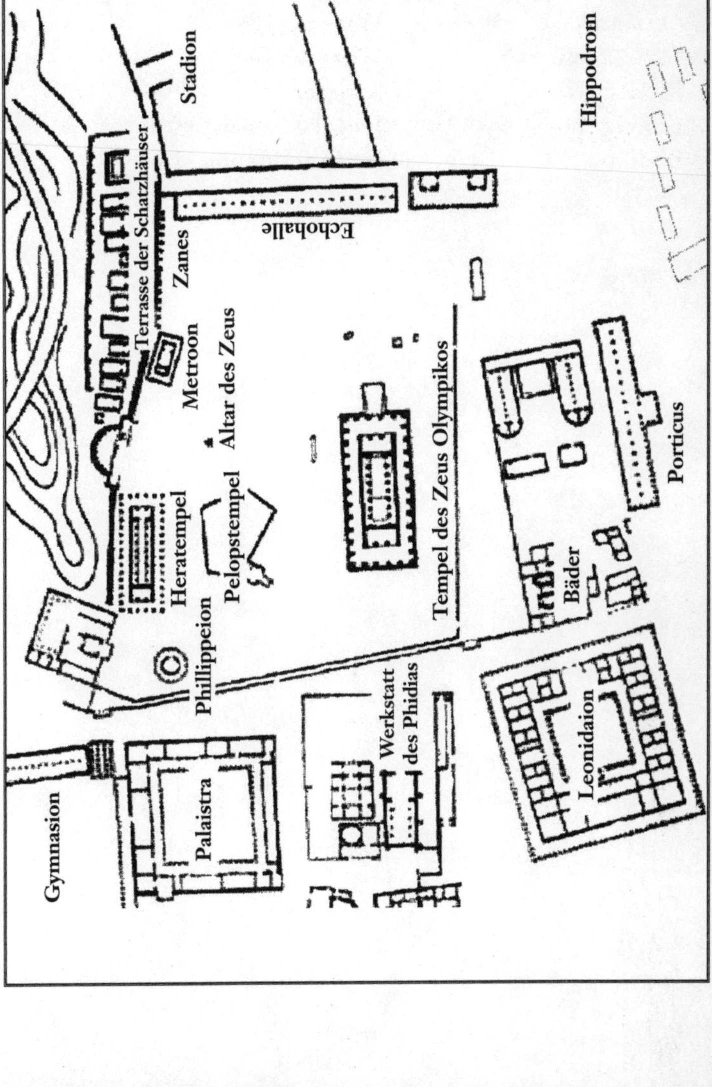

»Unter allen Göttern ist der Tod der einzige,
der keine Geschenke annimmt.«

Aischylos

Prolog

Einen Tag vor der Vigilie der Olympiade
794 *ab urbe condita*
(41 nach Christus)

Der Aufprall des gigantischen Fleischberges traf wie das Geschoss eines Katapultes auf einen bereits durch Schläge geschwächten Körper und quetschte ihn mit seinem ungeheuren Gewicht zusammen.

Die beleibte Fülle des Oberkörpers konnte dem Aufprall nicht genug entgegensetzen: Der Brustkorb gab nach, das rechte Bein verlor den Halt, der Fuß kam auf dem weichen Sand ins Rutschen. Als er mit den Beinen strampelte wie ein auf den Rücken gefallener Käfer und zu Boden ging, war der Gegner auch schon über ihm und drückte ihm die Luft ab.

Durch einen roten Nebel sah er die riesige Hand, die sich nach seinem Hals ausstreckte, und wusste, dass er sich würde ergeben müssen.

Doch er brauchte nur noch einen Augenblick durchzuhalten, nur einen einzigen Augenblick, um seinen Finger ins Auge des Feindes zu bohren und es herausspringen zu lassen. Danach würde er endlich wieder Luft bekommen.

Er streckte den Zeigefinger aus und ließ ihn hochschnellen.

Als er starb, die Lungen durch unzählige Pfunde Fett zusammengepresst, den Finger ausgestreckt, um sein zerstörerisches Werk zu vollenden, glaubte er immer noch, gewonnen zu haben.

I

Einen Tag vor der Vigilie der zweihundertfünften Olympiade

Das Triumphgeheul des Siegers hallte vom Säulengang des Gymnasions bis zum Saum des Waldes und in die wimmelnde Zeltstadt hinüber, in der Menschen aus allen Gegenden des hellenischen Reiches – von den Küsten und Inseln des ionischen und des ägäischen Meeres, aus Anatolien, Ägypten und dem Orient – zusammengekommen waren, um den Spielen zu Ehren des Zeus beizuwohnen, die alle vier Jahre im Heiligtum von Olympia abgehalten wurden.

Die improvisierte Stadt erstreckte sich über mehr als eine Meile, eine chaotische Ansammlung von hunderten von Zelten, angefangen von einfachsten Behausungen – nicht mehr als ein paar zwischen Ästen aufgespannte Stofffetzen zum Schutz gegen die Sonne – bis hin zu luxuriösen, mobilen Heimen, die, in mehrere Räume unterteilt, wahren Luxusherbergen glichen.

Eines der größten Zelte, das sich auf den ersten Blick nicht allzu sehr von den anderen zu unterscheiden schien, ließ bei genauerer Betrachtung eine außergewöhnlich sorgfältige Verarbeitung erkennen: akkurat aufgeklappte Lüftungsschlitze, abgedichtete Nähte, tief in den Boden gerammte Pfeiler. Der Innenraum war minuziös dem traditionellen Grundriss einer römischen *domus* nachempfunden, mit einer weitläufigen Veranda statt eines Atriums, einem möblierten Tablinum und einem als Triclinium hergerichteten Raum, in dem man, im absolut unwahrscheinlichen Fall eines unverhofften Regenschauers, speisen konnte.

Hinter einem Vorhang beherbergte ein besonders bequem eingerichteter Raum die Ruhestätte von Publius Aurelius Statius, dem frisch ernannten achtunddreißigjährigen Senator von Rom mit besten Karriereaussichten, der sich im Moment allerdings noch einmal auf seinem *torus* herumdrehte und sich dagegen sträubte, sich aus der sanften Umarmung des Schlafes zu lösen.

Schließlich jedoch streckte die Morgenröte ihre rosafarbenen Finger nach seiner Wange aus und liebkoste sie zärtlich. Ach, du mythenumwobene Erde Hellas', wo man noch von den Göttern geweckt werden konnte, dachte der Patrizier, als er die Augen aufschlug.

Doch die Wespe, die um sein Gesicht herumschwirrte, hatte nichts Göttliches an sich, ebenso wenig wie die beiden schwarzen Küchenschaben auf seinem Kopfkissen, nur eine Spanne von seiner aristokratischen Nase entfernt.

Ein Sprung aus dem Bett, ein paar deftige Verwünschungen, dann forderte der Senator mit lauter Stimme die Aufmerksamkeit seines persönlichen Sekretärs Castor ein.

Er fühlte sich ausgeschlafen und guter Dinge. Nicht einmal die Kakerlaken beeinträchtigten seine gute Laune: Das Leben im Freien brachte stets kleine Unannehmlichkeiten mit sich, doch sein Zelt war mit jeglichem Komfort ausgestattet, abgesehen von warmem Wasser, ein Manko, das durch die emsige Arbeit von gut dreißig Sklaven ausgeglichen wurde. Was, um die Wahrheit zu sagen, recht wenige waren, doch Publius Aurelius liebte es, mit leichtem Gepäck zu reisen, und konnte sich zudem immer auf seinen treuen Sekretär verlassen, der nur wenige Schritte von ihm entfernt schlief und stets bereit war, auf den kleinsten Wink herbeizueilen.

»Castor«, rief er von neuem und schob den Vorhang beiseite, doch das Feldbett des Sklaven war leerer als Apollons Stall in Pieria, nachdem Hermes vorbeigekommen war, um ihm seine Rinderherde zu stehlen.

»Falls du etwas brauchst, Patron, hier bin ich«, bot sich Nicophorus an und verließ mit schleppendem Schritt seinen Wachtposten.

Publius Aurelius machte gute Miene zum bösen Spiel: Während die morgendliche Anwesenheit seines vorlauten, scharfzüngigen Sekretärs stets belebend auf ihn wirkte, machte ihm der lethargische Nicophorus beinahe wieder Lust, ins Bett zurückzukehren. Der alte Sklave war langsam, nachlässig und leicht zu kränken, ganz zu schweigen davon, dass er mittlerweile einem Bösewicht ebenso wenig entgegenzusetzen hatte wie ein Kohlblatt dem Angriff einer Kohorte Schnecken. Er musste sich endlich dazu durchringen, ihn zu ersetzen, sagte sich der Patrizier, und verschob die Entscheidung, die dem Alten sein Alter bewusst gemacht hätte, wieder auf einen anderen Tag.

»Castor!«, schrie er zum dritten Mal. »Wo steckst du denn, du unglückseliger Alexandriner?« Kurz bevor seine Stimme einen harten, strengen Klang annehmen konnte, kam der Sekretär wie ein Wirbelwind herbeigesaust. Er sah blendend aus in dem eleganten, mit Gold verbrämten *chiton*, den die Matrone Pomponia, die unangefochtene Herrscherin des mondänen Lebens der Urbs, dem Senator zum Geschenk gemacht hatte, damit er ihn am ersten Tag der Wettkämpfe trüge.

»Du ahnst ja nicht, was du verpasst hast, *domine*!«, sprudelte Castor begeistert heraus, während er seinem Herrn das Waschwasser eingoss; oder, besser gesagt, das, was davon noch übrig war, denn ein Großteil des Wassers war im Laufen übergeschwappt. »Eben gerade, während des Trainings, ist es einem Allkämpfer gelungen, seinem Gegner ein Auge auszudrücken, kurz bevor er erwürgt wurde.«

»In der Tat ein grausiges Ereignis, das aber deine Verspätung nicht entschuldigt«, wies Aurelius ihn mehr aus Gewohnheit denn aus tiefer Überzeugung zurecht: In den fast fünfzehn Jahren in seinen Diensten hatte Castor hinsichtlich Disziplin, Ehrerbietung und Gehorsam ebenso wenig Fortschritte gemacht wie in allen anderen Eigenschaften, die normalerweise einen guten Sklaven ausmachten, der vor allem ein Instrument in den Händen seines Herrn zu sein hatte. »Wo wir gerade dabei sind, wie kommst du eigentlich dazu, in meinem Gewand herumzulaufen?«

»Ich arbeite daran, ihm ein etwas getrageneres Aussehen zu verleihen, *domine*. Nur Leute aus den Provinzen würden in der Öffentlichkeit ein brandneues Gewand tragen«, verteidigte sich Castor, der nie um eine Ausrede verlegen war, um die Kleidung seines Herrn zu borgen. »Außerdem scheint es mir in der Tat nicht das richtige Gewand für ein Mitglied des Senats zu sein: Als sie den Stoff nach ihrem exzentrischen und schon immer etwas kostspieligen Geschmack auswählte, hat die bewundernswerte Pomponia offensichtlich nicht bedacht, dass du inzwischen zu den *patres conscripti* gehörst, die gehalten sind, bei allen offiziellen Anlässen in Toga und Tunika mit *laticlavius* zu erscheinen. Zum Glück habe ich an alles gedacht… hier ist es, das gute Stück, frisch aus der Mangel. Wenn du fertig mit Waschen bist, steht hier das Pulver für die Zähne und dein Lieblingsbalsam mit Wacholderöl«, verkündete Castor mit einem liebenswürdigen Lächeln auf den Lippen; er selbst hatte sich bereits reichlich mit dem duftenden Balsam versorgt, zweifellos nur mit dem lobenswerten Ziel, das Parfum für seinen Herrn zu testen.

Senator Statius tat, als hätte er nichts gehört oder gesehen.

Er hatte keine Lust, sich ausgerechnet heute in eines ihrer üblichen Wortgefechte verwickeln zu lassen, wo der Beginn der Wettkämpfe, der zweihundertfünften Spiele in der langen und ruhmreichen Geschichte Olympias, unmittelbar bevorstand.

»Hast du wenigstens einen einigermaßen annehmbaren Barbier für mich aufgetrieben?«

»Den besten, *domine*, und selbstverständlich auch der teuerste. Ich habe mir erlaubt, ihn persönlich auszuprobieren – natürlich nur, um böse Überraschungen zu vermeiden«, erwiderte Castor seelenruhig und legte seinem Herrn eine gesalzene Rechnung vor, die höher war, als sie Odysseus Poliphem für das Scheren seiner ganzen Herde je hätte präsentieren können.

Aurelius öffnete den Mund, um Protest einzulegen, doch der Grieche kam ihm mit einem weiteren Zeugnis seiner Beredsamkeit zuvor: »Die Olympiade steht dieses Jahr unter einem schlechten Stern. Jetzt hat es schon zwei Opfer gegeben: Gestern ist ein Zuschauer zwischen die randalierenden Anhänger Spartas und Korinths geraten und erstochen worden, heute ist der Allkämpfer gestorben, von dem ich dir erzählt habe. Schau nur dahinten, Patron, dort ist Kephalos, der Athlet, der ihn mit bloßen Händen erwürgt und dabei ein Auge eingebüßt hat«, rief er und zeigte dabei auf einen ungewöhnlich schweren Mann mit einem Verband um den Kopf, der die leere Augenhöhle bedeckte. Der Koloss schleppte sich nur mühsam vorwärts.

»Und da beschweren sich immer noch manche Leute über die Gladiatoren«, murmelte Aurelius mit angewiderter Miene. »Kannst du mir vielleicht sagen, was dieser Fettsack noch mit dem Diskuswerfer von Miron gemeinsam hat, dem perfekt proportionierten Ideal eines Sportlers?«

»In der Schwerathletik gelten andere Regeln. Alle Wettkämpfer ernähren sich nach einem speziellen Plan, der sie zu solchen Kolossen macht, denn ihre Chancen, einen Gegner zu zerquetschen, sind umso größer, je mehr sie wiegen«, erklärte der Grieche. »Kephalos ist eine Bohnenstange im Vergleich zu seinem Rivalen Panther aus Syrakus. Der hat schon bei den letzten Spielen gewonnen, indem er seinen Herausforderer zwischen seine Oberschenkel genommen und mit unglaublichem Druck erwürgt hat.«

»Ich würde zu gern die Richter kennen lernen, die solche mörderischen Griffe für korrekt halten!«

»Du könntest deine Neugier schon bald stillen; die *Hellanodiken* werden sich jeden Augenblick ins Heraion begeben, den ältesten Tempel Olympias, ja vielleicht sogar ganz Griechenlands. Ich kann sie dir jetzt zeigen«, prahlte Castor, »dann musst du nicht die heilige Prozession abwarten, wo sie doch immer von Priestern, Wahrsagern und Musikern umgeben sind. Folge mir, *domine*, und du wirst sie mit eigenen Augen sehen!«

Kurz darauf blieben die beiden vor dem Eingang des Stadions in der berühmten Echohalle stehen, der man nachsagte, sie sorge dafür, dass sich jeder Traum siebenmal wiederhole.

Zum rhythmischen Schlagen der Trommeln schlängelte sich der Zug zwischen den zwei Reihen der Zuschauer hindurch. Angeführt wurde er von zehn Männern in Kapuzenumhängen, die feierlich und gemessen dem Zug voranschritten, so ernst, wie es sich für die Wächter einer altehrwürdigen heiligen Tradition ziemte. Seit den Wettkämpfen, die Achilles zur Erinnerung an den Tod seines Freundes Patroklos angeordnet hatte, waren alle griechischen Spiele im Grunde eine Huldigung der Götter, ein Opfer für die Unsterblichen in Erinnerung an einen verstorbenen Helden. Olympia bildete da keine Ausnahme: Der Legende nach hatte Herkules die Spiele zu Ehren des Pelops gestiftet, dem auch der größte Altar auf der Altis geweiht war, welcher auf dem Platz zwischen den Tempeln des Zeus und der Hera stand. Seit dem goldenen Zeitalter, als die Sterblichen die Götter noch ehrten, ohne eine Gegenleistung zu erwarten, hatte jedoch die religiöse Inbrunst der Athleten deutlich nachgelassen und weit irdischeren Gefühlen Platz gemacht, wie etwa dem Ehrgeiz, dem Verlangen nach Ehre, dem Streben nach Ruhm und dem Wunsch nach Reichtum …

»Am Kopf der Prozession geht Busirides, das Oberhaupt und der Vorsteher der Spiele«, erklärte der Sekretär, als der Dekan an ihnen vorbeikam. Auf den ersten Blick machte er auf Publius Aurelius den Eindruck eines eitlen Gecks mittleren Alters, der, den unerbittlichen Einfluss der Zeit ignorierend, nach Kräften versuchte, jünger auszusehen, als er war. Auffallend gepflegt und geziert, mit affektierter Eleganz gekleidet, trug er ein mit Edelsteinen besetztes Halsband zur Schau und an beiden Handgelenken breite goldene Armbänder, in die Szenen aus dem olympischen Leben eingraviert waren. Mit wohl einstudiertem majestätischem Gang schritt er an ihnen vorüber, die Schultern gestrafft, einen wohlwollenden Ausdruck wie eingemeißelt auf dem schönen Gesicht mit der hohen, edlen Stirn. Einer sehr hohen Stirn. Ganz außergewöhnlich hoch, ja, wenn sich der Zipfel der Kapuze lüftete, konnte man einen Blick auf den blanken Schädel in seiner ganzen rosigen, glänzenden Pracht werfen.

»Der runzlige Typ mit den krausen Haaren und dem zerknitterten Umhang ist die Nummer zwei, Diagoras, dem viele die Leitung der Wettkämpfe lieber übertragen hätten«, fuhr Castor fort. »Er hat nur um Haaresbreite verloren, und das ganz sicher nicht aus Inkompetenz: Es war sein schwieriger, starrsinniger Charakter, der ihn viele politische Sympathien gekostet hat, die der leutselige Busirides dagegen zu gewinnen und zu erhalten weiß.«

»Ist denn die Organisation der Spiele so hart umkämpft?«

»Es gibt kein Amt, das mehr Prestige einbrächte, seit die römische Vorherrschaft dem hellenischen Adel alle politischen Ämter entzogen hat. Busirides und Diagoras sind zwei typische Repräsentanten der hellenischen Aristokratie, die nach rein symbolischen Ehren giert. Obwohl sie beinahe von identischer Abstammung sind, könnten sie sich in Geschmack und Charakter kaum stärker unterscheiden: der eine gepflegt und verbindlich bis hin zu herablassender Schmeichelei, der andere grob wie ein ungekämmter Filz. Beide waren früher Olympioniken, Busirides im *Dolichos* – also dem Langstreckenlauf – und Diagoras im Ringen. Beide wurden von den besten Lehrern unterrichtet und haben sich auch der Poesie gewidmet. Doch während Diagoras sie den Hetären widmet, besingt Busirides mit Vorliebe die Grazie der Epheben.«

»Ach ja, fast hätte ich vergessen, dass wir uns in Griechenland befinden, der Heimat der Poesie und der homophilen Liebe«, kommentierte Aurelius trocken.

»Na ja, im Grunde steht Busirides in dem Ruf, beidhändig zu sein – wenn du mir den Ausdruck verzeihst, *domine* –, auf jeden Fall ist es kein Geheimnis, dass er in Wirklichkeit eine Schwäche für kleine Jungen hat: Er hat seine Vorlieben in einem sehr gelehrten Dialog zur Theorie erhoben, in dem er behauptet, diese Art der Liebe stünde auf einer weit höheren Stufe als die überwiegend körperliche Liebe zu Frauen«, erklärte Castor hüstelnd, in dem Versuch, einen Standpunkt taktvoll zu erläutern, den Publius Aurelius in seiner römischen Prinzipientreue keinesfalls teilen würde.

»Und der Richter mit dem Kamelgesicht, der sich ständig den Schweiß von der Stirn wischt?«

»Das ist Apollodoros, der letzte Spross einer sehr alten Familie, die durch Heiraten zwischen Blutsverwandten dezimiert wurde und durch eine Serie von finanziellen Rückschlägen wirtschaftlich am Boden ist«, fuhr der wie immer bestens informierte Sekretär in seinem Bericht fort. »Die zehn Vorsteher werden unter den angesehensten Männern aus Elis gewählt, aber nicht alle Mitglieder des Komitees haben dasselbe Gewicht: Unter dem Strich trifft das Trio, von dem wir gerade sprechen, die Entscheidungen, und die anderen sieben beschränken sich darauf, sie zu unterschreiben.«

»Ein Kahlkopf, ein Pelztier und ein Kamel, das kann man sich leicht merken«, wiederholte der Senator, als seine Aufmerksamkeit plötzlich von einem etwas außergewöhnlich aussehenden Athleten abgelenkt wurde, der stolz inmitten der Spezialisten im *Dolichos* marschierte, der längsten und kräftezehrendsten Disziplin unter den Laufwettbewerben, bei dem die Teilnehmer vierundzwanzigmal die ganze Länge des Stadions hinauf- und hinunterlaufen mussten. »Was macht denn dieser Kerl mit der dunklen Haut zwischen den Läufern aus Zypern? Ich dachte, die Olympischen Spiele wären ausschließlich Griechen vorbehalten…«

»Das ist Meleagros, der Held von Paphos«, erklärte Castor. »Nachdem ein zypriotischer Kaufmann ihn eine Gazelle auf einem Hochplateau in Afrika hat verfolgen sehen, hat er wundersamerweise in ihm einen verlorenen Neffen erkannt, der im zarten Kindesalter von Piraten aus Arabia Felix entführt worden war. Also hat er ihn mit dem festen Vorsatz, einen guten Langstreckenläufer aus ihm zu machen, ins Vaterland heimgeholt, wo seine Landsleute ihn in allen Ehren aufgenommen und ihm unverzüglich die notwendigen Bürgerrechte verliehen haben. Was seine etwas zu tiefe Bräune angeht, so schwören die braven Zyprioten, sie sei nur seiner Gewohnheit geschuldet, in der Sonne zu trainieren.

»Was für Schwindler!«, kommentierte Aurelius.

»Der olympische Ölzweig ist Gold wert«, erwiderte Castor pragmatisch. »Hier ebenso wie anderswo, *domine*, Geschäft bleibt Geschäft.«

In der Tat war viel Wasser unter den Brücken hindurch geflossen, seit sich im Heiligtum des Zeus vor allem adelige junge Männer einfanden, denen angemessene Mittel und unbegrenzte Zeit zur Verfügung gestellt wurden, um sich der harten sportlichen Vorbereitung zu unterziehen.

Heutzutage maßen sich auf den Übungsplätzen und in den Stadien nicht nur die Müßiggänger, sondern auch eine große Anzahl echter Berufssportler miteinander. Wie immer war es das Geld gewesen, welches in der Börse eines hohen Würdenträgers denselben Duft verströmt wie im Beutel eines einfachen Plebejers, das die Wettkämpfe demokratisiert hatte. Und seit die extrem hohen Preise, die bei den panhellenischen Spielen ausgesetzt wurden, die Tore Olympias auch für Athleten niederer Herkunft geöffnet hatten, war man allmählich sogar im Hinblick auf die Reinheit des griechischen Blutes nachsichtig geworden.

Im Übrigen hätte man auch gar nicht anders verfahren können. Seit Jahrhunderten war Hellas, die Wiege der Zivilisation, ohne jegliche politische Autonomie: Allzu sehr auf ihre lokalen Vorteile bedacht, um eine stabile Allianz zu bilden, hatten die streitsüchtigen *poleis* die Waffen erst gegenüber den makedonischen Heerreihen und später den römischen Legionen strecken müssen, die das Territorium unterworfen und Griechenland zu einer Provinz unter vielen des römischen Imperiums degradiert hatten. Und weil es müßig war, zu versuchen, den eigenen Herren Regeln aufzuerlegen, hatte es bald niemand den Athleten aus der Urbs verweigern können, in Olympia anzutreten.

Doch Rom bedeutete eine ganze Welt: Die Politik der ungeordneten Freilassungen, der nicht einmal Augustus hatte einen Riegel vorschieben können, hatte vielen Ausländern aus dem Sklavenstand die römischen Bürgerrechte verliehen und sie zu *Quiriten* mit allen Rechten gemacht. Wenn also die Hauptstadt unter ihren Sportlern Athleten gallischer oder ägyptischer Herkunft duldete, warum dann bei den eigenen Landsleuten auf einer allzu kleinlichen Auswahl bestehen?

»Senator Statius, einige Landsleute möchten dir ihre Aufwartung machen«, kündigte Nicophorus an und ließ ein Grüppchen Männer, angeführt von einem Riesen in Helm und Beinschienen, vortreten. Ganz hinten stand ein schmächtiger Junge.

»*Ave*, Senator Statius!«, riefen die Mitglieder der wenig sportlich aussehenden Delegation, deren Wortführer ein langhaariger junger Mann ohne jegliche athletische Begabung war.

»Ich stamme, wie mein Landsmann Duronius, der am Waffenlauf teilnehmen wird, aus Ariminum«, erklärte der junge Mann, nicht ohne sich ein wenig zu verhaspeln. »Wir sind alle reinblütige Römer: Burzio lebt in Tarracum in Iberien; Magnus in Arelatis in Gallien, und der kleine Berillio kommt aus Leptis Minor in Afrika.«

Aurelius amüsierte sich darüber, mit welcher Überzeugung sich diese so provinziellen Bürger aus allen vier Himmelsrichtungen als Römer bezeichneten, obwohl sie mit Sicherheit noch nie einen Fuß in die Urbs gesetzt hatten. Ein Umstand, dem man freilich leicht Abhilfe schaffen konnte …

»Nach dem Sieg erwarte ich euch alle in Rom, in meiner *domus* auf dem Viminal!«, lud er sie ein, und gab damit einer seiner plötzlichen – und selten überlegten – Anwandlungen von Großzügigkeit nach.

»*Vale!*«, verabschiedete sich der Langhaarige aus Ariminum freudig, und die anderen hoben den Arm zum vorgeschriebenen Gruß.

Castor sah ihnen mit zweifelnder Miene nach.

»Du weißt doch ganz genau, dass diese Schwächlinge die Ziellinie nicht einmal von weitem sehen werden, *domine*. Und auch mit deinen Einladungen solltest du etwas vorsichtiger umgehen, oder hast du etwa vergessen, wie wir einmal beinahe am Galgen geendet sind, weil du Spione der Parther beherbergt hast?«

»Ach was, Spione! Das war eine Gruppe von Gelehrten, die sich auf italischer Erde getroffen hatten, um eine seltene Sternenkonjunktion zu beobachten: Immerhin waren es die Mesopotamier, die lange vor den Griechen die Geheimnisse des Himmels enthüllt haben!«, protestierte Aurelius und spielte die Schwierigkeiten herunter, in die ihn seine Neugier fremden Völkern gegenüber immer wieder gebracht hatte.

»Wie auch immer, die Prätorianer verstehen ziemlich wenig von den Sternen und haben uns in der *domus* das Unterste zuoberst gekehrt und außerdem versucht, uns das Dach über dem Kopf abzufackeln. Ganz zu schweigen von damals, als du die vier Sklaven von deinem Landgut in Etrurien nach Rom eingeladen hast und am Ende dreihundertfünfzig Mann vor der Tür standen; sie sind erst abgereist, als sie deinen Ulbaner bis auf den letzten Tropfen geleert hatten, und haben dabei noch sämtliche wertvollen, goldenen Gefäße mitgehen lassen!«

»Ich bin nun mal nicht in der Lage, allem und jedem zu misstrauen, Castor. Ein Kelch mehr oder weniger ist doch nicht weltbewegend. Oder steht dir etwa ein Urteil darüber zu, wen ein Mitglied des Senats von Rom in sein Haus einladen darf und wen nicht?«, fragte Aurelius spitz und ein wenig verärgert.

Da der Sekretär wusste, wann es genug war, wechselte er das Thema und bot seinem Herrn liebenswürdig an, ihn zu den *tabulae lusoriae* der Zeltstadt zu führen, die er bereits auskundschaftet hatte, um herauszufinden, welche von den wohlhabendsten Spielern frequentiert wurden.

»Komm, wir gehen noch beim Heiligtum vorbei«, schlug er vor, und wenig später begleitete er Aurelius zu dem großen Tempel, der sich auf dem Plateau erhob, mit seinen wunderschönen, zwanzig Meter hohen dorischen Säulen, den Ziegeln aus reinem parischem Marmor, dem mit kunstvoll gemeißelten Reliefs verzierten Giebel und der glänzenden Statue der Nike, der Göttin des Sieges.

»Dieses beeindruckende Monument ist nicht mehr als ein Schrein, eine schlichte Verpackung, die in ihrem Inneren ein noch unvergleichlich wertvolleres Schmuckstück beherbergt: das gigantische Standbild des Zeus, das vor mehr als fünf Jahrhunderten von Phidias hier in Olympia erschaffen wurde und zu den Sieben Wundern dieser Welt zählt«, verkündete er mit vor Stolz bebender Stimme.

Auch wenn der Senator als Epikuräer wenig geneigt war, an die Existenz der Götter zu glauben, trat er mit jenem frommen Respekt über die Schwelle des Tempels, den auch noch die größten Skeptiker den heiligen Stätten entgegenzubringen pflegten: Orten, an denen die Menschen seit Jahrhunderten glaubten – beeinflusst durch die Kraft der Natur oder durch Kunstwerke von außerordentlichem Wert –, Kräfte wahrzunehmen, die über ihre eigene Sterblichkeit hinausgingen. So schritt Aurelius mit einer gewissen Rührung das lange Schiff des Tempels entlang, hielt den Blick gesenkt, um ihn nur vor der berühmten Statue des Zeus zu erheben, von der er so viel gehört und gelesen hatte und die sich heute, bei zurückgezogenen Vorhängen, in ihrer unendlichen Pracht zeigte.

Um bei der Wahrheit zu bleiben, war er ein wenig enttäuscht.

Die Statue war wirklich beeindruckend, vielleicht sogar ein wenig zu sehr. Der erlauchte Kopf des auf seinem Thron sitzenden Göttervaters streifte tatsächlich beinahe die Deckenbalken und vermittelte den Eindruck, dass sich der Gott, wäre es ihm plötzlich eingefallen, sich zu erheben, eine ernst zu nehmende Gehirnerschütterung zugezogen hätte.

Zweifellos ein Sakrileg, so etwas zu denken – etwas, das nur jemandem in den Kopf kommen konnte, der seit Jahren als praktizierender Epikuräer ohne die Unterstützung der Unsterblichen zu leben gelernt hatte, ja sogar ohne ihre Existenz.

Nicht alle jedoch teilten die philosophisch begründete Respektlosigkeit des Senators. Während jener mit eher unterkühlter Bewunderung diese unglaubliche Menge an Gold, Elfenbein und kostbarem Marmor betrachtete, schleppte sich ein anderer Besucher hinkend das Tempelschiff entlang, um sich schließlich am kostbaren Thron des Arimnestos, König der Etrusker, abzustützen, dem ersten Ausländer, der dem berühmten Heiligtum eine Votivgabe gespendet hatte. »Vater der Götter, warum willst du mein Verderben?«, hörte ihn Publius Aurelius murmeln. »Hat dir mein schneeweißes Stierkalb nicht gefallen, das nie das Joch kennen gelernt hatte? Oder hast du meinem Versprechen nicht geglaubt, dir zu Ehren auf dem Altar von Olympia meinen Speer und meine Bandagen zu verbrennen?«

Eine weitere verweigerte Gnade, ein weiterer enttäuschter Gläubiger, dachte der Senator: Schenke mir Reichtum, schenke mir Macht, schenke mir Gesundheit, schenke mir Liebe, schade meinen Feinden… Anrufungen, Stoßgebete und Novenen; Tauben, Lämmer, Stiere und Färsen als Opfer – ein erbärmlicher Tauschhandel von Ehrerbietung gegen die Befriedigung zahlloser kleiner Egoismen.

»Vater der Götter, auch wenn du es bislang nicht getan hast, so hilf mir wenigstens jetzt bei dieser neuen Herausforderung!«, rief der Gläubige erneut seinen Gott an, unterbrach sich jedoch, als er der schweigenden Anwesenheit des Aurelius gewahr wurde. Wenig später verschwand er, ein krankes Bein nachschleppend, im Zwielicht.

Nachdem er eine Weile vergeblich in die Düsternis gestarrt hatte, die den Unbekannten verschluckt hatte, machte Aurelius sich selbst auf den Rückweg durch den weitläufigen Raum, um schließlich aus dem Halbschatten des Tempels herauszutreten und in die gleißende Augustsonne einzutauchen.

Vor einem der berühmtesten Heiligtümer der Welt stehend, fragte er sich mit einer gewissen Beunruhigung, wieso Hellas, für das er sich in seiner Jugend so begeistert hatte, ihn jetzt so unberührt ließ. Er kam zu dem Schluss, dass die wachsende Erfahrung, die ohne Zweifel das Leben bereichert, auf Dauer die Freude am Neuen, den Spaß am Entdecken und die Fähigkeit, vorbehaltlos zu genießen, trübte. Nach seiner ersten begeisternden Reise nach Griechenland war er lange in den großen Metropolen des Orients gewesen – Antiochia, Pergamon, Ephesos und vor allem Alexandria in Ägypten –, im Vergleich zu denen die antiken *poleis* ihm heute erstarrt erschienen. Sie lebten von der Vergangenheit und hatten keine Zukunft, waren keine lebendigen, echten Städte, sondern großartige Ausstellungen von Kunstwerken, die man wie die Grabstätten von Helden besuchte, um einem schöpferischen Geist Ehre zu erweisen, der schon seit geraumer Zeit nicht mehr lebendig war.

Die anderen Reisenden teilten offensichtlich sein Unbehagen nicht, denn sie drängten sich vor dem Säulengang, bewunderten mit offen stehenden Mündern die strengen Linien des Tempels, den in aller Welt berühmten Fries und die kopflose Statue der Göttin Viktoria, was ihre Feierlichkeit noch erhöhte.

Aurelius hingegen hatte sich zu den Schilden heruntergebeugt, die für die Athleten bestimmt waren, die sich im Waffenlauf präsentieren wollten, einer alten Disziplin, die aus einer Zeit stammte, als die Ertüchtigung des Körpers noch als Vorbereitung auf das Kriegshandwerk galt. Zwar gab es nur wenige Aspiranten auf den Kranz aus Ölzweigen, aber sie waren umso beeindruckender, als dass es schon viel Hingabe erforderte, sich mitten im August unter der sengenden Sonne in Helm und Beinschienen die Lungen aus dem Leib zu rennen und dabei noch einen schweren Speer zu tragen: Der Ariminer Duronius war immerhin dazu ausersehen, es zu versuchen …

»Vorsicht!« Der zart aussehende Junge, der Publius Aurelius angerufen hatte, zeigte mit dem Finger auf einen Greis, der rückwärts ging, zu sehr versunken in irgendeine abstruse Berechnung der bewundernswerten Proportionen des Giebels, um Acht darauf zu geben, wohin er seine Füße setzte.

Unmittelbar bevor er mit dem Patrizier zusammenstieß, fuhr der Alte plötzlich herum – trotz der schneeweißen, von einem exakt gezogenen Scheitel geteilten Mähne konnte er nicht wirklich alt sein – und funkelte ihn durchdringend und böse an, fast als fühlte er sich durch das menschliche Hindernis auf seinem Weg beleidigt.

Eine bizarre Erscheinung, fand Aurelius, ebenso wie sein ungewöhnlicher Begleiter, der sich deutlich von den gezierten Epheben unterschied, von denen sich in Griechenland so viele begleiten ließen: schmale Schultern, winzig kleine, ein wenig spitze Ohren und vor allem die lebendigen blauen Augen erinnerten an jene heimtückischen Faune, die der Legende nach plötzlich und unerwartet in den Wäldern erschienen, um unter den Schäfern Verwirrung zu stiften.

Gefangen von der Ausstrahlung des Jungen, hätte Aurelius ihn gern angesprochen, wenn nicht genau in diesem Moment Castor nach ihm gerufen hätte.

»Patron, wir sind spät dran!« Der Sekretär winkte eifrig mit den Armen und legte eine Ungeduld an den Tag, die nur schlecht zu seinem Stand als Sklave passen wollte. Er stand nunmehr schon fünfzehn Jahre in Aurelius' Diensten; von dem Tag an, an dem der Patrizier ihn von der Hinrichtungsstätte seiner Heimatstadt Alexandria gerettet und nach Rom mitgenommen hatte. Er war auf allen seinen Reisen an seiner Seite gewesen, hatte Abenteuer, Gefahren und Triumphe mit ihm geteilt, ohne dass irgendetwas davon ihn demütiger gemacht hätte. Und jetzt, wo er sich auf griechischem Boden praktisch wie zu Hause fühlte, strapazierte seine Unverschämtheit allmählich die Toleranz seines Herrn bis an ihre Grenzen. Er würde ihn strafen müssen, versprach sich der Patrizier. Aber erst nachher oder vielleicht morgen. Heute Morgen musste er sich mit anderen Dingen beschäftigen …

»Weißt du, wer das war, mit dem du beinahe zusammengestoßen wärest? Der berühmte Hermeteus, einer der besten griechischen Mathematiker. Man sagt, er sei herrschsüchtig, aggressiv und so sehr von sich eingenommen, dass es schon peinlich ist, aber in seinem Fachgebiet sei er unübertrefflich«, unterrichtete ihn sein Sklave.

»Ein Glück, dass wir einen Zusammenstoß vermeiden konnten«, gab Aurelius zu. »Aber was hattest du mir denn so Dringendes mitzuteilen?«

»Eine Neuigkeit, *domine*: Während normalerweise die Athleten, die an den Wettkämpfen teilnehmen dürfen, in dem obligatorischen Monat der Vorbereitung ausgewählt werden, werden die Hellanodiken dieses Mal eine Ausnahme machen. Weil sie sich nicht über die Konkurrenten einigen konnten, haben sie entschieden, einen Ausscheidungskampf vor Publikum zu veranstalten.«

»Ist denn das nicht in den olympischen Regeln vorgesehen?«, wunderte sich Publius Aurelius.

»Nein, ist es nicht«, bestätigte Castor. »Mit hoher Wahrscheinlichkeit handelt es sich um ein Manöver, mit dem irgendeine harte Nuss aus dem Verkehr gezogen werden soll, also könnte es interessant sein, zuzusehen.«

»Du weißt ganz genau, dass wir erst noch einen Blick auf Pomponias Fohlen werfen müssen«, erinnerte ihn sein Herr;

und angesichts dieses Namens schmolz sogar Castors Respektlosigkeit wie Nebel im Sonnenlicht.

»Ein Jammer, dass die gute Dame nicht hat kommen können!«, rief er in vollem Ernst aus, denn er schätzte die Ehefrau des besten Freundes seines Herrn hoch, die stets großzügig mit ihrem Wein und ihren Trinkgeldern war und bei der Auswahl der attraktivsten Dienstmägde stets ein gutes Händchen bewies.

»Apropos, Castor, zu niemandem ein Wort über Pomponias Vergiftung. Offiziell hat sie sich zu frommer Andacht in den Tempel der Juno Regina zurückgezogen.«

»Die arme Frau! Naschhaft wie sie ist, konnte sie den Fühlern der Krustentiere nicht widerstehen, die ihr *archimagirus* für sie zubereitet hatte, ein ganz besonderer Leckerbissen, hat er gesagt. Und seitdem ist sie von oben bis unten mit juckenden Pusteln übersät…«

»Ich muss gestehen, dass dieser Hautausschlag ein Geschenk der Vorsehung war, ich fühle mich wohler ohne sie«, meinte der Senator. Pomponia, mit ihrem großen Herzen und ihrer beinahe unerschöpflichen Energie, war eine bewundernswerte, aber auch ziemlich anstrengende Dame: Ihre Triumphe in der mondänen Welt, der Schlafzimmerklatsch und Tratsch, dessen Königin sie war, füllten sie nicht aus, sodass sie ständig auf der Suche nach neuen Aufgaben war, an denen sie ihre Kräfte messen konnte, wie etwa geschäftliche Aktivitäten, Wohltätigkeitsveranstaltungen oder prunkvolle Feste. Dieses Mal war es die Olympiade.

»Deshalb bist du jetzt dafür verantwortlich, dass ihr Zweispänner am Rennen teilnimmt«, erklärte der Sekretär feixend. »Ich beneide dich nicht, *domine*, das ist eine schwer wiegende Verpflichtung!« Das Fohlenrennen war eine der beliebtesten olympischen Disziplinen, Prüfstand für Gespanne, die in den Folgejahren an allen wichtigen Rennen teilnehmen sollten. Die schnellsten Fohlen, edle, feurige und vor allem Gewinn bringende Tiere, brachten ihrem Besitzer Schwindel erregende Summen ein. Nicht durch Zufall wurden die besten von ihnen bei der Auktion nach dem Rennen für hunderte von Talenten, also Millionen von Sesterzen, versteigert.

»Natürlich werde ich nicht selbst fahren, Castor; du weißt genau, was man in Rom von einem Senator halten würde, der sich so in der Öffentlichkeit präsentiert!«, stellte Publius Aurelius richtig, während sie in den Stall hineingingen.

Der extraleichte Wagen, den die wohlhabende Matrone in Purpur und Gold hatte herausputzen lassen – mit einem schönen *SPQR, Senatus Populus Que Romanus*, umgeben von Lorbeerkränzen auf der Vorderseite – war nicht zu sehen. Er war in eine dreifach verriegelte, eigens dafür gemietete Box eingeschlossen, zu der nur Aurelius und der Wagenlenker den Schlüssel hatten. Wie es sich gehörte, wurde er jeden Tag von vertrauenswürdigen Sklaven auf Hochglanz gebracht, denen es ebenfalls oblag, die Naben der Räder geschmiert zu halten. Die feurigen Fohlen begrüßten den Patrizier mit einem lauten Wiehern.

»Wie geht es ihnen?«, fragte Aurelius.

Pelagius, der Wagenlenker, ein Kreter, so mager, dass er in jeder Kurve riskierte, aus seinem Gefährt herausgeschleudert zu werden, eilte dem Senator mit besorgter Miene entgegen.

»Zephir scheint gut in Form zu sein, aber Boreas ist ein bisschen matt«, berichtete er, während er den Pferdchen die Hälse streichelte, denen Pomponia als gutes Vorzeichen die Namen der Winde Eols gegeben hatte. »Vielleicht haben wir Ares Hippicos, dem Schutzgott der Rennen, nicht genug Ehre erwiesen«, meinte der Wagenlenker, der schon seine Erfahrungen mit der offen zur Schau getragenen Areligiosität des Senators gemacht hatte. Es war allgemein bekannt, dass man, um überhaupt Chancen im Hippodrom zu haben, sich mit den richtigen Göttern gut stellen musste: Ares natürlich, aber auch Athene und Apollon und vor allem Poseidon, der Schutzpatron der Pferde. Publius Aurelius hingegen hatte sich nicht einmal zu einem winzig kleinen Opfer herabgelassen und es somit dem Stallpersonal, ausgestattet mit reichlich Trinkgeld, überlassen, die Götter mit Gebeten und Gaben zu besänftigen.

»Gib stattdessen lieber Acht, ob sich nicht irgendwelche verdächtigen Gestalten hier herumtreiben. Es wäre ja nicht das erste Mal, dass irgendein unehrlicher Züchter den Konkurrenten eine schädliche Substanz ins Futter mischt«, mahnte Aurelius.

»Man kann nie vorsichtig genug sein, *domine*, vor allem nicht in dieser Gegend«, pflichtete ihm Castor bei. »Ich erinnere nur daran, dass die weltbekannten Olympischen Spiele nicht zufällig dem Pelops gewidmet sind, einem der ganz Großen im Pferderennen, aber ganz sicher nicht einem der Anständigsten. Aus Liebe zu ihm legte Hippodameia Hand an den Wagen ihres eigenen Vaters, der alle, die um ihre Hand anhielten, zu ermorden pflegte, nachdem er sie im Rennen besiegt hatte. Hüten wir uns also in Olympia vor den Fremden, denn hinter jedem von ihnen könnte sich ein Saboteur verbergen.«

»Heute sind zwei Unbekannte da gewesen, um die Fohlen anzuschauen«, berichtete Pelagius nicht ohne Besorgnis. »Der Erste war ohne Zweifel ein Römer, der Ahnung von Pferden hatte. Der andere aber – ein junger Kerl, der irgendwie leichtsinnig wirkte – verstand von Pferden ungefähr so viel wie ich von ägyptischen Parfums.«

»Es ist normal, dass das Publikum neugierig auf die Gespanne ist«, sagte Aurelius. »Mir machen eher unsere Konkurrenten Sorgen. Weißt du, wem die Boxen nebenan gehören?«

»Auf der linken Seite steht das Gespann eines alexandrinischen Kaufmanns, eines gewissen Serapion, ein Landsmann von dir, Castor.«

»Es handelt sich doch nicht etwa um einen fetten Kerl ohne Zähne, dem ein halbes Ohr fehlt und dem ziemlich viele Haare aus der Nase wachsen?«, fragte der Sklave erbleichend.

»Dick war er, ziemlich dick sogar, und Nasenhaare hatte er auch. Aber er hatte Goldzähne... kennst du ihn denn?«, fragte Pelagius, und während der Sekretär sich noch angestrengt bemühte, alles abzustreiten, fuhr er fort: »Das Abteil gegenüber ist mit Pferden aus Ephesos besetzt, sie gehören Andronicus, der den Ölzweig bei den letzten Spielen gewonnen und seinen Wagen persönlich kutschiert hat. Auf der anderen Seite sind die temperamentvollen Braunen einer Witwe aus Elis untergebracht, die von Lampo gefahren werden. Gestern habe ich ihn dabei erwischt, wie er hier vor unserem Stall herumschnüffelte, aber als ich versucht habe, ihn zu vertreiben, hat er mir mit der *ferula* gedroht«, beschwerte sich Pelagius.

»Es wird besser sein, ein Auge auf diesen Lampo zu haben, Patron!«, meinte Castor. »Er hat einen sehr schlechten Ruf, für einen Sieg wäre er sogar bereit, einen Säugling in Windeln eigenhändig zu erwürgen; der würde unseren Pferden ohne mit der Wimper zu zucken ein Gift verabreichen!«

»Was für ein Schlangennest«, seufzte der Senator kopfschüttelnd. »Wenn man an die Spiele denkt, stellt man sich eine Welt ehrenhafter und sauberer Wettkämpfe vor, bei denen jeder zunächst einmal sich selbst besiegen muss, bevor er sich mit anderen misst...«

»Wo hast du denn dieses schöne Märchen gelesen, *domine*?«, spottete Castor. »Du vergisst die Millionengagen der Athleten und die Ambitionen der Städte, aus denen sie stammen, die die Siege ihrer Repräsentanten als Waffe der politischen Propaganda zu nutzen beabsichtigen, ganz zu schweigen von der Bestechlichkeit der Schiedsrichter, von denen viele ihre Einkünfte nach den Wettkämpfen ganz beträchtlich ansteigen sehen.«

»Olympia bietet immer noch den besten Sport der Welt«, setzte Aurelius zu seiner Verteidigung an, während sie die Stallungen verließen, doch sein Sekretär brachte ihn mit einem Ellenbogenstoß zum Schweigen. Ein junger Mann mit verärgerter und gleichzeitig provozierender Miene näherte sich dem Stall der Braunen.

»Du verdammter Stallbursche, ist das etwa die Art und Weise, wie man Pferde putzt? Sie sind noch ganz schmutzig!«, brüllte er einen unglücklichen Sklaven an.

»Edler Lampo, Phobos und Deimos hatten heute Morgen schlechte Laune, also habe ich gedacht, es wäre besser, sie nicht zur normalen Reinigungsprozedur zu zwingen...«

Phobos und Deimos, Schrecken und Furcht, der Wagenlenker musste sich wahrhaftig für unbesiegbar halten, wenn er seine Fohlen nach den Söhnen des göttlichen Ares, dem Gott der Schlachten, des Krieges und des Blutvergießens benannte, dachte Publius Aurelius.

Lampo hatte derweil den Stallburschen wütend am Kragen gepackt. »Du stinkendes Stück Dreck, was versteht ein Armseliger wie du schon von Pferden? Ich werde dich lehren, die Tiere zu striegeln, und ich kann dir versichern, dass du das nicht so schnell vergessen wirst!«, tobte er und fuchtelte mit der Mähnenbürste vor dem Gesicht des schreienden Sklaven herum.

»Halt, willst du ihn denn blind machen?«, mischte sich Aurelius ein.

»Was geht dich das an? Der Sklave und die Pferde gehören mir, und ich behandele sie, wie es mir gefällt: Von dem, was nur eins meiner Pferde wert ist, kann ich mir dreißig Sklaven wie den hier kaufen!«, gab er arrogant zurück, doch da hatte Aurelius bereits sein Handgelenk umklammert und ihm den anderen Arm auf den Rücken gedreht.

»Lass mich sofort los!«, protestierte Lampo. »Ich bin ein adeliger Eleer, Enkel des berühmten Archilocos, des verstorbenen Ehemanns der Phtia!«

»Hör mir gut zu, adeliger Eleer: Halte dich von den Futterkrippen meiner Pferde fern, wenn du nicht mit dem Hintern zuerst im Misthaufen enden willst!«, legte ihm der Patrizier unbeeindruckt nahe, bevor er seinen Griff lockerte.

Lampo massierte sich den geschundenen Arm und trollte sich, doch seine wütenden Blicke sprachen Bände, welche Pläne er für seinen Angreifer ausheckte: Er würde seine Leber von einem Adler fressen lassen, wie es Prometheus geschehen war; er würde ihn häuten wie Marsia, ihn steinigen wie Eumolpos, ihn lebendig begraben wie Philonome, ihn den Hunden zum Fraß vorwerfen, ihn in einem großen Topf auf kleiner Flamme langsam kochen. Sobald er ihn allein anträfe. Besser noch schlafend. Noch besser tot.

Kaum wandte Publius Aurelius ihm den Rücken zu, ergriff der Feigling die günstige Gelegenheit und stürzte sich mit seinem ganzen Gewicht auf ihn.

Doch er konnte die Bewegung nicht zu Ende führen, denn plötzlich kippte er in einem Salto mortale nach hinten über, während seine Beine in einer unfreiwillig akrobatischen Ballettparodie in der Luft ruderten. Der dumpfe Aufprall, gedämpft durch das Stroh, hallte unter dem Wiehern der Pferde, den Lachsalven der Sklaven und den Flüchen des jungen Mannes wider, der wenig ruhmreich auf der Schale einer Feige ausgerutscht war – mit aller Wahrscheinlichkeit, Aurelius hätte es beschwören können, derselben, die sich Castor gerade eben im Stall hatte schmecken lassen.

»Gut gemacht!«, applaudierte ein Dicker, der effektvoll aus dem alexandrinischen Stall heraustrat. Und um seiner Begeisterung noch mehr Ausdruck zu verleihen, entblößte er in einem breiten Lächeln eine ganze Reihe glänzender Goldzähne.

Aurelius war geblendet. Zwar wusste er, dass die Technik der Prothesenherstellung sehr alt und hoch entwickelt war, doch hatte er noch nie in seinem Leben ein ähnliches Aufgebot an kostbarem Metall im Mund eines Menschen gesehen. Der Neuankömmling musste jener Serapion sein, von dem Pelagius gesprochen hatte, zumindest nach dem beinahe perfekt kugelförmigen Leibesumfang und den schwarzen Haarbüscheln zu urteilen, die aus seinen enormen Nasenlöchern sprossen. Ein Ohrring aus Lapislazuli baumelte von dem intakten Ohrläppchen, während von dem anderen kaum mehr als ein Stummel übrig geblieben war, als hätte es ihm jemand abgebissen.

»Ah, da ist also mein Rivale aus Rom!«, rief er fröhlich aus und versetzte dem Senator einen kraftvollen Schlag auf den Rücken, der ihm beinahe die Rippen gebrochen hätte. »Lass mich dir gratulieren: Dieser Dreckskerl hatte wirklich eine Lektion verdient!«

»Der kleine Scherz ist das Werk meines Sklaven, der dümmliche Angeberei schlecht ertragen kann«, wiegelte der Senator ab, während er mit großer Geste auf seinen Sekretär zeigte, der ihm mit der Beharrlichkeit eines treuen Hundes zu folgen pflegte. Oder besser, hätte folgen sollen.

»Welcher Sklave?«, fragte der vergoldete Serapion und sah ihm verblüfft über die Schulter.

Als Aurelius sich umdrehte, erblickte er niemanden: Castor schien sich in Luft aufgelöst zu haben.

Wenig später erschien der Sekretär wieder auf der Bildfläche und war sichtlich energiegeladen. »Wie du sicher weißt, *domine*, ist der Pentathlon die umfassendste Disziplin der olympischen Wettkämpfe«, erklärte er, während er seinem Herrn in Richtung Echohalle, die den heiligen Bezirk vom Stadion trennte, voranging. »Um hier einen Ölzweig zu erringen, muss man zumindest in drei der fünf Einzeldisziplinen Erster werden: Diskuswurf, Speerwurf, Laufen, Faustkampf und Weitsprung.«

»Es heißt, der Favorit, Psalmonaios aus Megara, sei im Diskus- und im Speerwurf besonders stark, allerdings werde er es mit Elektrion zu tun bekommen, einem Dummkopf ohne Hirn, aber mit Muskeln aus Eisen«, berichtete Publius Aurelius.

»Von dem habe ich schon gehört«, stimmte ihm Castor zu. »Ein echter Spartaner, hartgesotten wie alle seine Mitbürger, die noch die alte militärische Prägung früherer Zeiten aufrecht erhalten. Wertvolle Soldaten, aber – verstehen wir uns richtig – nicht in der Lage zu begreifen, dass ein strategischer Rückzug manchmal mehr bringen kann als unzählige Heldentaten. Die Welt hat sich in den letzten Jahrhunderten verändert, doch Sparta scheint nichts davon bemerkt zu haben und bleibt weiterhin eine Art riesige Kaserne. Ein bisschen wie Rom, bevor wir Griechen gekommen sind, um es zu zivilisieren.«

»Elektrion wird also bis zum letzten Atemzug kämpfen«, fuhr Aurelius fort, fest entschlossen, sich nicht von den Sticheleien seines Sekretärs provozieren zu lassen, der im Übrigen mit dem klassischen Griechenland nichts gemein hatte, da er in der großen Metropole Alexandria zur Welt gekommen war, einem babylonischen Schmelztiegel aus verschiedenen Rassen, Sprachen und Kulturen.

»Das würdest du auch tun, *domine*, wenn du wüsstest, dass du dich im Fall deines Scheiterns in ein Schwert stürzen müsstest! Wie auch immer, selbst wenn Elektrion aus Sparta den Megarer aus dem Weg räumt, muss er immer noch mit Pyrrhus aus Korinth rechnen, der die Isthmischen Spiele gewonnen hat und in den Wettbüros als Favorit gehandelt wird.«

Angenehm unterhalten durch diese Gespräche, hatten Sklave und Herr inzwischen die Echohalle erreicht. Vor ihnen gingen zwei Giganten, deren massige Körper vor Muskelpaketen nur so strotzten und deren Fettpolster um sie herum schwabbelten wie jene Reispuddings, die die römischen Köche verwendeten, um zu dünn geratene Suppen anzudicken.

»Kephalos, den du ja schon kennst, und sein Rivale Panther, die beiden absoluten Favoriten im Pankration«, erläuterte Castor. Der Patrizier enthielt sich eines Kommentars, doch aus seiner Miene sprach mehr als deutlich, wie wenig er als Liebhaber der Leichtathletik von jenen Fleischbergen hielt, die ihre Fettmassen im Kampf einsetzten, indem sie versuchten, einander zu erdrücken. Und dennoch war es – nicht anders als bei den Gladiatorenspielen – gerade die Brutalität dieser Disziplin und nicht etwa ihre technischen Aspekte, die die Massen faszinierten: Beim Allkampf war alles erlaubt, außer Beißen oder dem Gegner die Finger zu brechen, wobei Letzteres jedoch, allen Regeln zum Trotz, von eher unredlichen Teilnehmern – also von fast allen – mit unverfrorener Dreistigkeit eingesetzt wurde. Wer wäre nicht bereit gewesen, eine saftige Strafe zu zahlen, wenn er auf diese Weise an einen Siegerkranz herankam? Nicht umsonst zeugte der prächtig gedeihende kleine Wald aus *zanes*, den bronzenen Zeusstatuen, die zwischen Metroon und Echohalle von den Bußgeldern der für schwere Regelverstöße mit einer Strafe belegten Athleten errichtet wurden, von unzähligen Verfehlungen. Nachdem sie mit klingender Münze für ihr Vergehen bezahlt hatten, waren die Sünder als Sieger nach Hause zurückgekehrt, um die überaus lohnenden Belohnung einzustreichen, sich lebenslang von ihrer Stadt aushalten zu lassen, die sie mit ihrem Sieg geehrt hatten, und vielleicht eine glänzende politische Karriere einzuschlagen. Niemand störte sich daran: Allen war es vollkommen klar, dass man nicht nach Olympia ging, um dabei zu sein, sondern allein, um zu siegen.

»Da unten am Fluss scheint es mir etwas Interessanteres zu sehen zu geben als diese breitärschigen Giganten«, bemerkte Publius Aurelius und zeigte auf eine kleine geschlossene Sänfte mit verspielten und eindeutig weiblichen Verzierungen.

»Frauen, endlich!«, jubelte Castor, der die homophilen Vorlieben seiner Landsleute nicht teilte. »Einem leichten Mädchen kann ein Sommeraufenthalt in Olympia ein hübsches Sümmchen Geld einbringen, weshalb nicht nur die normalen Prostituierten, sondern auch die Hetären von Format während der Olympiade jenseits des Alpheios ihre Zelte aufschlagen. Sie profitieren davon, dass den anständigen Bürgerinnen der Zutritt zum olympischen Bezirk verboten ist. Allem Anschein nach muss das Aglaia sein, die teuerste Hetäre von ganz Hellas.«

Aurelius schätzte die Vorzüge und Makel der gerade eingetroffenen Dame ab. Die Vorzüge waren klar in der Überzahl: die schwarzen Augen, die gerade Nase, die ohne jegliche Unebenheit der hohen Stirn entsprang, die geschwungenen Augenbrauen, die Haare, die in einem lockeren Knoten im Nacken zusammengefasst waren. Was die Makel anging, so war es schwierig, überhaupt welche zu finden, außer vielleicht der Tatsache, dass sie keine hatte, was sie statt einer Frau aus Fleisch und Blut eher einer Wachsfigur gleichen ließ.

»Was meinst du, *domine*, soll ich sie gleich ansprechen?«, fragte Castor tief beeindruckt.

»Im Moment soll eine kleine Empfehlung ausreichen«, antwortete Aurelius und gab seinem Sklaven die größte seiner goldenen Fibeln, um sie der Hetäre als Willkommensgeschenk zu überreichen.

Sie würdigte das Schmuckstück kaum eines Blickes, bevor sie es einer Dienstmagd zur Aufbewahrung weitergab: Eine Fibel sagte wenig aus, dennoch würde sie sich bemühen, die nötigen Informationen über den Spender einzuholen – Vermögensverhältnisse, Großzügigkeit, erotische Vorlieben, Freundschaften, politische Kontakte und anderes –, um aufgrund von Tatsachen entscheiden zu können, ob es angeraten war, sich für das Geschenk zu bedanken …

Die Palaistra, die genau vor dem Philippeion emporragte, war schon vollkommen überlaufen. Um einen Blick auf den quadratischen Innenhof zu erlangen, bahnten sich Aurelius und Castor ihren Weg durch die Zuschauer, die sich in dem weitläufigen Säulengang drängelten, der genauso lang war wie das Stadion, um es den Athleten zu ermöglichen, auch an Regentagen in den überdachten Korridoren zu trainieren.

Die Richter, vollzählig bis auf Apollodoros und Busirides, den Dekan, saßen im Hellanodikaion – einer etwas erhöhten Tribüne, die ein wenig kleiner war als die mit einem Holzgeländer umgebene, die im Stadion für sie vorgesehen war – und versuchten gerade, die Paare für diesen unvorhergesehenen Wettkampf zusammenzustellen, der zu einer Reihe von Protesten geführt hatte.

Da allerdings die Entscheidungen der Richter nicht anfechtbar waren, hatten die Athleten die Kröte schlucken müssen und präsentierten sich jetzt stolz den Zuschauern. Sie genossen diesen Moment im Glanz des Ruhmes, der nach den Wettkämpfen nur noch dem Sieger zuteil werden würde, denn in Olympia als Zweiter ins Ziel zu kommen, bedeutete eine ebenso schmähliche Niederlage wie Letzter zu werden.

Als Lokalfavorit hatte Parabellon aus Elis die meisten Unterstützer auf seiner Seite: Hoch gewachsen und gut aussehend – auch wenn der eine oder andere die volle Unterlippe als Zeichen ungehemmter Sinnlichkeit für etwas zu stark ausgeprägt halten mochte –, mit den kultivierten und angenehmen Manieren eines Sprosses einer angesehenen Familie, galt der »Goldjunge« von Elis als idealer Schwiegersohn für alle Mitbürger, die eine Tochter im heiratsfähigen Alter hatten; angeführt vom Dekan Busirides, der ihm seine stumpfsinnige Erstgeborene zur Frau versprochen hatte, vielleicht zusammen mit einem unverdienten Ölzweig.

»Nephos ist ein Sack Gerste und Jason nur ein aufgeblasener Wanst – du wirst sie in den Staub treten, Parabellon!«, rief ihm ein Freund mit unerschütterlichem Optimismus zu.

Ja, wenn die Dinge so liefen wie vorhergesagt, dachte der Fünfkämpfer. In dieser Ausscheidung hatten die Richter – sämtlich aus Elis wie er – ihm einen unbekannten Epheser zugeteilt, ein unbeschriebenes Blatt, während Elektrion aus Sparta und Psalmonaios aus Megara gegeneinander antreten mussten: eine gerissene Entscheidung, die der Dekan getroffen hatte, um schon einmal einen der beiden gefürchteten Favoriten auszuschalten.

»Ich werde meine Gegner mit einem Bissen verschlingen!«, verkündete er angeberisch und hoffte derweil, dass die Hellanodiken – unter denen sich neben seinem künftigen Schwiegervater noch ein Großonkel, ein Cousin zweiten Grades und ein enger Freund seines Vaters befanden – durch irgendein schamloses Manöver noch ein paar andere starke Konkurrenten für ihn disqualifizierten, um ihm den Weg zum Ölzweig zu ebnen. Eine Ehre, die nicht umsonst zu haben war: Um die Räder zu schmieren, hatte sein Vater ein Vermögen ausgegeben, in der Hoffnung auf die Ehrbezeugungen der Stadt, die in Morgen Land und der Anzahl fetter Schafe messbar waren, ganz zu schweigen von den zukünftigen Verdienstmöglichkeiten eines hoch gefragten olympischen Siegers.

Parabellon seinerseits musste alles an den Erfolg setzen, indem er jeden Tag mit Ausdauer trainierte, eine strenge Diät einhielt, in der Wein nur noch eine ferne Erinnerung war, seine skandalöse Beziehung zu der Tänzerin Glycera beendete und gehorsam täglich den stärkenden Trank schlürfte, den ihm ein mächtiger Magier aus Thessalien verschrieben hatte – ein Gebräu, das ihm ungeachtet der ihm zugeschriebenen magischen Fähigkeiten nichts als starke Magenschmerzen und äußerst unangenehme Durchfälle bescherte. Für Olympia tut man das und noch viel mehr, dachte Parabellon, und richtete noch ein trauriges Gebet an die Götter – von denen leider keiner zu seinen Verwandten zählte –, bevor er sich die Hände für den Kampf mit Bandagen umwickelte.

»Auf, mein Sohn!«, ermunterte ihn sein Vater, dem der Stolz aus allen Poren drang. Parabellon nickte und verdrängte den Gedanken an die Reaktion des Alten für den Fall, dass er ihm nicht den Ölzweig auf einem goldenen Tablett präsentierte.

Nicht weit entfernt hatte sich eine Gruppe von Lakedaimoniern versammelt, die aus Sparta gekommen waren, um ihren Favoriten anzufeuern. Die anderen Zuschauer hielten sich von ihnen fern, weil sie befürchteten, dasselbe Ende zu nehmen wie der Korinther, der sich am Vortag auf eine Rauferei eingelassen hatte und heute mit den Füßen voraus in seine Heimatstadt zurückkehren würde.

»Du wirst ihnen zeigen, aus welchem Holz ein Spartaner geschnitzt ist, Elektrion! Alle Götter sind mit dir, die aus Griechenland und die der Urbs!«, versicherte ihm sein Trainer.

In der Tat rechnete Elektrion fest mit den Gottheiten des Sieges, weshalb er gestern noch im Metroon – wo einst der Großen Mutter Erde gehuldigt worden war und heute die Standbilder der römischen Caesaren standen – dem *Genius* des gerade erst an die Macht gekommenen Claudius geopfert hatte, der schon zu einigem fähig sein musste, wenn er es trotz seines Hinkens und Stotterns geschafft hatte, zum unangefochtenen Herrscher über die Welt aufzusteigen. Der Spartaner hoffte, dass der Imperator wirklich gute Beziehungen zum Olymp unterhielt, denn ohne Unterstützung von ganz oben würde er wohl kaum den Fallstricken der eleischen Richter entgehen, die zu allem entschlossen waren, um ihren Landsmann triumphieren zu lassen: Um ihn aus diesem Rennen zu werfen, würde jener Trank nicht genügen, den ihm der Arzt der Palaistra vor jedem Kampf aufzwang…

»Sparta wird gewinnen!«, versprach Elektrion und schaute siegessicher drein, auch wenn er in seinem Herzen den einen oder anderen Zweifel hegte. Im Speerwurf war tatsächlich die gerade zur Diskussion stehende Kombination extra von den Richtern bestimmt worden, um sich zumindest eines der beiden Athleten zu entledigen, die Parabellon in Schwierigkeiten bringen konnten. Das wäre zu schaffen, sagte er sich, und war Psalmonaios, der megarische Champion, erst einmal aus dem Rennen, dann stünde nur noch Pyrrhus von Korinth zwischen ihm und dem Ölzweig. Der zweite Platz war ihm sicher, auch wenn das nicht reichte: Er musste mit dem Sieg in der Tasche nach Sparta heimkehren, sonst drohte seiner ganzen Verwandtschaft das Scherbengericht oder noch Schlimmeres. »Herakles Victor, mach meine Arme so unbesiegbar wie deine Keule…«, murmelte er, während er das Quadrat betrat, in dem Psalmonaios sich bereits seit einiger Zeit präsentierte.

»Fängt es immer noch nicht an?«, maulte der Junge mit dem dichten Haarschopf und den vorstehenden Schneidezähnen, der die römischen Athleten begleitete.

»Elektrion aus Sparta, Jason aus Athen, Nephos aus Smyrna, Parabellon aus Elis, Psalmonaios aus Megara und Pyrrhus aus Korinth!«, rief der Ansager mit Stentorstimme, während vier der sechs Konkurrenten sich nackt und vor Kraft strotzend im Applaus des Publikums sonnten.

»Was ist denn los?«, fragten einige Zuspätgekommene,

die eben erst eingetroffen waren, unter denen Publius Aurelius jenen Alten erkannte, mit dem er vorhin am Zeustempel um ein Haar zusammengestoßen wäre. Ihm folgte sein jugendlicher Begleiter und wenig später ein Mann mit Adlernase und kantigen Gesichtszügen, wie sie typisch für alle waren, die im Schatten des ruhmreichen Capitolhügels geboren und aufgewachsen waren.

In dem Quadrat aus fest gestampfter Erde lagen derweil die Nerven blank: Jason küsste ständig ein Bild des Zeus Victor, was ihm Parabellon eifrig nachmachte, der ebenfalls mit seinem wundertätigen Amulett angetreten war.

Nephos hingegen, bis zu diesem Moment einer der Kandidaten für eine umgehende Eliminierung, sah sich beschwingt um. Flüsternd flehte er den großen Zeus Olympicos an – aber auch den heiligen Apollon, den kriegerischen Ares und die unfehlbare Artemis Phrygia –, die beiden Abwesenden noch lange vom Pletrion fern zu halten. Er wünschte sich, dass sie in einem Schlaf lägen, aus dem sie nie mehr erwachten, dass sie von einer tödlichen Krankheit befallen, vom Höllenwagen der Proserpina entführt oder vom Blitz getroffen würden. Wären erst mal zwei Favoriten aus dem Rennen, bestünde eventuell die Möglichkeit, Parabellons Manipulationen anzuzeigen und ihn disqualifizieren zu lassen. Und danach bräuchte er für einen Sieg nur noch eine Prise Glück, zum Beispiel, indem Jason sich den Arm bräche und der Spartaner ausgerechnet unmittelbar vor dem entscheidenden Kampf einer äußerst schmerzhaften Kolik zum Opfer fiele. Ja, mit ein wenig Glück könnte er es schaffen, sagte sich Nephos, und fühlte dabei für einen Augenblick bereits das Gewicht des Siegeskranzes auf seinem Kopf.

»Der Wettkampf wird ausgesetzt!«, verkündete just in dem Moment Diagoras und sprang von seinem Sitz auf, um sich eilig zur Terrasse der Schatzhäuser aufzumachen.

»Anscheinend hat es einen Unfall gegeben, es soll Blut geflossen sein …«, murmelte der offensichtlich gut informierte Römer mit der Adlernase, der die unter den Zuschauern kursierenden Gerüchte aufgeschnappt hatte.

Es ist allgemein bekannt, dass nichts die Schakale so auf den Plan ruft wie der Geruch von Blut: Es tut immer gut, fromm am Unglück anderer Anteil zu nehmen, solange man nicht selbst davon betroffen ist. All die traurigen Beileidsbekundungen, die Kommentare, die Tränen, die Blumen, die Lobreden auf berühmte ebenso wie unbekannte Verstorbene und die allgemeine Anteilnahme sind wunderbar dazu geeignet, Gefühle zu wecken, in denen man sich baden kann, ohne die Zeche dafür zahlen zu müssen.

So war das Publikum, unverdientermaßen des sportlichen Wettkampfes beraubt, nur allzu schnell bereit, sein Interesse einem neuen Thema zuzuwenden, und eilte geschlossen und sensationslüstern zum Unglücksort.

Als Diagoras mit den anderen Hellanodiken den Kalksteinsockel an den Hängen des Kronoshügels hinaufstieg, begleiteten sie einige hundert Neugierige, unter ihnen auch Publius Aurelius und Castor.

Die Terrasse bestand aus einer lang gestreckten, gepflasterten Fläche, auf der sich zierliche, elegante Schreine in Form eines Hauses oder Tempels erhoben. Wie in Delphi hatte jede Stadt aus Hellas in Olympia ein so genanntes Schatzhaus errichtet, besser gesagt ein kleines Gebäude, um darin üppige Votivgaben aufzubewahren: Figuren aus Bronze, Holz oder Ebenholz, Fresken und Reliefs, auf denen die Abenteuer des Herkules oder anderer Heroen abgebildet waren. Eine chaotische Anhäufung heiliger, unantastbarer Kostbarkeiten, Objekt der Verehrung für die Griechen und der unstillbaren Begierde für die Barbaren, die seit Jahrhunderten allerlei Ränke schmiedeten, um ihnen diese zu entringen.

»Siehst du irgendetwas?«, fragte Castor seinen Herrn.

»Die Richter steigen den Sockel hinauf und passieren im Laufschritt die Gebäude von Sikyon und Karthago«, berichtete der Senator, während er den Hals reckte. »Jetzt treten sie in eine riesige Dachkonstruktion ein, eine Art Gigantomachie…«

»Das Schatzhaus von Megara«, erkannte Castor.

»Los!«, rief Aurelius und eroberte sich unter Zuhilfenahme der Ellenbogen einen Platz in der vordersten Reihe.

»Zurück, niemand kommt noch einen Schritt näher!«, befahl Diagoras mit seiner ganzen Autorität der Menge, die sich vor den Toren des Gebäudes drängelte. »Es liegt ein Mann leblos hinter dem Altar!«

Dann begann er vorsichtig einen Fuß vor den anderen zu setzen, mit der Umsicht eines Mannes, der jeden Augenblick mit einer Falle, einem Schwall Wasser oder gar dem flammenden Blitzstrahl eines rachsüchtigen Gottes rechnet.

Um an die Seite seines Herrn zu gelangen, drängte Castor ohne allzu viel Zartgefühl einen blond gelockten Jüngling beiseite, der verblüfft die Szenerie beobachtete und immer blasser wurde.

»Wer ist es?«, fragten die Umstehenden.

»Es ist Psalmonaios, eingehüllt in eine blutdurchtränkte *endromis*«, schrie Apollodoros, der in gebührendem Abstand zum Altar versuchte, im Halbdunkel etwas zu erkennen. »Ich kann nicht genug sehen – es ist ziemlich dunkel dahinten, und Diagoras steht auch noch direkt davor –, aber ich könnte schwören, er hat sich bewegt. Ruft einen Arzt, schnell!«

»Mir scheint, der ist mausetot«, widersprach ihm einer der anderen Veranstalter.

Doch da nahm Diagoras bereits Psalmonaios' am Boden liegenden Kopf zwischen die Hände und tastete nach seinem Puls.

Wenig später ließ er seine traurige Last wieder zu Boden

gleiten und schüttelte den Kopf, wobei er sich hastig die blutverschmierten Hände an seinem Umhang abwischte. Mit einem Satz überwand Publius Aurelius die niedrige Absperrung am Eingang und war mit zwei weiteren Sprüngen an seiner Seite.

»Weg hier, Fremder!«, schrie ihn der Richter wütend an.

»Vielleicht kann ich helfen«, rief Aurelius in seinem perfekten Griechisch, das jedes Mal die Einheimischen verwirrte.

»Oh, und wer ist dieser Gelehrte, der sich hier als Experte anbietet?«, fragte Diagoras, während er die Wachen mit einer gebieterischen Handbewegung zum Stehen brachte, die den Patrizier bereits kriegerisch umringt hatten. »Ein Anatom aus dem Museum von Alexandria vielleicht? Ein Chirurg aus Epidauros oder ein Arzt aus Pergamon? Erleuchte uns mit deinen Erkenntnissen, du berühmter Wissenschaftler!«, forderte er ihn heraus und musterte mit einem sarkastischen Blick die unleugbar italischen Züge des Senators.

»Auch wenn ich kein Arzt bin, so habe ich doch schon ein paar Mal einen Leichnam untersucht«, verteidigte sich Aurelius und bemühte sich, seine Antwort möglichst demütig klingen zu lassen.

Doch Unterwürfigkeit war nicht gerade eine Gabe der Römer, besonders nicht, wenn es sich um Patrizier und Senatoren handelte, und so klangen seine Worte eher arrogant in den Ohren des misstrauischen Hellanodiken, der entsprechend verärgert reagierte: Ein römischer Schnüffler war wirklich das Letzte, was er in diesem Moment gebrauchen konnte, mit den unterbrochenen Wettkämpfen und einem Toten am Hals und diesem unglückseligen Busirides, der wie üblich unauffindbar war…

»Wenn du aus der Urbs kommst, nehme ich gern dein Wissen in Anspruch«, zischte er mit einem bösen Flackern in den Augen. »Die Römer verstehen bekanntlich von Leichen mehr als jeder Totengräber!«

»Ja, wir sind ja sogar noch so primitiv, dass wir uns mit unverhülltem Gesicht auf freiem Feld schlagen, statt hinten herum mit den Feinden Ränke zu schmieden, wie bei den Griechen üblich!«, gab der Patrizier pikiert zurück.

»Komm nur her, Römer, ich werde dir zeigen, wer von uns der Feigling ist!«, forderte ihn Diagoras kochend vor Wut heraus und verzog drohend das Gesicht. Publius Aurelius schleuderte ihm einen anmaßenden Blick entgegen. Zwar reute ihn sein frecher Ausspruch bereits, doch er war schon zu weit gegangen, um noch einen Rückzieher machen zu können. »Nimm die Beleidigung sofort zurück, Fremder!«, beharrte Diagoras.

»Fremder, für wen denn?«, gab der Senator schlagfertig zurück und erwiderte Arroganz mit Arroganz. »Ich bin ein Römer auf römischem Boden. Oder willst du etwa abstreiten, dass Griechenland nicht mehr ist als eine unserer Provinzen? Ob es dir gefällt oder nicht, die Unterworfenen seid *ihr*.«

In dem Moment warf sich Busirides, der Dekan, der sich in großer Eile einen Weg durch die Menge gebahnt hatte, zwischen die beiden Streithähne und legte seinem erbosten Kollegen beruhigend eine Hand auf die Schulter.

»Beruhige dich, Diagoras. Wenn ich mich nicht irre, stehen wir hier vor einem berühmten Mitglied des Senats. Statius, nicht wahr? Publius Aurelius Statius. Wir sind von deinem Eintreffen unterrichtet worden, Senator, aber wir sind davon ausgegangen, dass du dich bei uns vorstellen würdest…«, sprach er in etwas gereiztem Ton, der den Vorwurf in seinen Worten nicht verhüllte.

»Ein Senator?« Diagoras schüttelte den Kopf und warf Aurelius einen verächtlichen Blick zu, als wollte er sagen, dass Rom wohl noch viel barbarischer sein musste, als er angenommen hatte, wenn sie so einen Verrückten auf einen Sitz in der Kurie hievten.

Der Patrizier nutzte die Gelegenheit, die ihm die Unterbrechung bot, um seine Aufmerksamkeit erneut dem Leichnam zuzuwenden. »Unter der Leiche liegt etwas... Sieht aus wie eine Gänsefeder... Und da ist noch etwas anderes...« Diagoras schrak zusammen, als er sah, wie Aurelius sich in die rote Lache kniete und aus den noch beweglichen Fingern des Opfers ein kleines Stück Papyrus herauszog.

Er wollte ihm befehlen, sich davonzuscheren, wollte ihn anschreien, dass ermordete Tote im Heiligtum von Olympia ihn überhaupt nichts angingen. Doch er war sich wohl bewusst, dass alles, was sich im Imperium abspielte, Rom etwas anging, und biss sich auf die Zunge: Nicht einmal mehr die Toten gehörten noch Hellas, ja nicht einmal mehr die Götter, derer sich die Latiner schamlos bemächtigt hatten.

»Seht nur die Waffe, mit der Psalmonaios ermordet wurde!«, rief in diesem Moment Apollodoros aus, wobei er seinen kleinen Kopf nervös auf dem faltigen Hals hin und her wiegte. »Es ist kein Dolch, sondern eine mit seltsamen Gravuren verzierte Scheibe!«

»Ein Diskus, auf dem das Gesicht einer schrecklichen Megäre eingraviert ist...«, murmelte Busirides, ohne allzu nah heranzutreten.

»Das habe ich schon gesehen, als ich versucht habe, Psalmonaios zu helfen«, mischte Diagoras sich finster ein. »Es handelt sich um die niederträchtige Deima, eine böse Hexe, die nur in Korinth verehrt wird.«

»Pyrrhus stammt aus Korinth, der Diskuswerfer, Psalmonaios' stärkster Konkurrent im Pentathlon«, überlegte Busirides, bleich wie Alabaster. »Es muss sich hier um einen schrecklichen Irrtum handeln, Kollegen. Es ist einfach undenkbar, dass ein Olympionike, noch dazu einer von adeliger Herkunft wie der korinthische Fünfkämpfer, irgendetwas mit dieser schändlichen Tat zu tun haben soll. Trotzdem, bringt ihn unverzüglich vor mich, ich will ihn befragen!«

Doch wie angestrengt auch nach ihm gesucht wurde, von Pyrrhus aus Korinth war weit und breit nichts zu sehen.

II

Vorabend der Zweihundertfünften Olympiade

»Was ist dir denn bloß eingefallen, dich da einzumischen, *domine*?«, beschwerte Castor sich am Tag darauf und schüttelte zum Zeichen seiner unwandelbaren Missbilligung den Kopf.

»Ich habe in dem Opfer auf den ersten Blick den Mann erkannt, den ich im Tempel des Zeus habe beten sehen«, sagte Aurelius.

»Na und?«, fragte der Alexandriner gereizt. Er hatte darauf gehofft, ein sauberes sportliches Ereignis genießen zu können, unterbrochen allein durch reichhaltige Bankette und einträgliche Würfelpartien; stattdessen drohte der Senator mit seiner dummen Angewohnheit, seine Nase in alles zu stecken, wie üblich, ihm den ganzen Aufenthalt zu verderben. Er, Castor, hätte besser daran getan, gemütlich in Rom zu bleiben, dann hätte dieser Dickschädel mal sehen sollen, wie er ohne seine Hilfe aus dem Schlamassel wieder herauskam…

»Bei der Gelegenheit trug Psalmonaios einen *chiton*, und als er sich vom Altar des Arimnestos entfernte, hinkte er deutlich. Ist es da nicht seltsam, dass er kurze Zeit später in einer *endromis* auf der Terrasse der Schatzhäuser ermordet wird?«, fragte der Patrizier.

»O ihr Götter, geht dich das vielleicht irgendetwas an?«, fuhr ihn sein Sklave an.

»Man wird doch wohl noch neugierig sein dürfen«, erwiderte Aurelius achselzuckend.

»Patron«, Castor bot seine letzten, sowieso eher spärlichen Geduldsreserven auf, »seit Jahren amüsieren wir uns damit, die ganze Welt zu durchstreifen: Wir haben geschlemmt, wir haben herumgehurt, wir haben gewürfelt und uns ab und zu eine schöne Schlägerei gegönnt. Du warst ein Privatmann, und die Feinde, die du dir unausweichlich gemacht hast… na ja, die waren kein Problem, irgendwie hast du sie dir immer vom Leib gehalten. Aber *jetzt*, jetzt bist du ein Mitglied der Kurie von Rom, ein Senator, jetzt gehörst zu den mächtigsten Männern des Imperiums, und die Gefahren, die dir drohen, sind von ganz anderem Kaliber!«

»Du meinst, dass mir irgendjemand Schierling ins Essen träufeln und den Sklaven vergiften könnte, der es wagt, mir immer die besten Bissen vom Teller zu klauen? Ist es das, was du mir sagen willst?«, fragte Aurelius scherzhaft.

»Lach nur, lach nur, du Ahnungsloser. Das Lachen wird dir schon vergehen, wenn du erst einen Dolch zwischen deinen Schulterblättern stecken hast«, sagte sein Sekretär beleidigt, bevor er eine andere Tonart anschlug und mit gewinnender Stimme fortfuhr: »*Domine*, du hast ein Meer überquert, um hier an einem so denkwürdigen Ereignis wie der Olympiade teilzunehmen. Der Platz ist einfach wunderschön, das Klima mild, die Unterbringung bequem, der Wein der Allerbeste. Die berühmtesten Hetären Griechenlands warten nur darauf, deinen Tisch und dein Lager mit dir zu teilen. Was interessiert dich da der Mord an diesem Psalmonaios?«, fragte er, während er seinem Herrn und Meister zuvorkommend einen Becher eisgekühlter *cervisia* einschenkte und dabei inständig hoffte, dass ihn das noch umstimmen könnte.

»Es passiert doch nicht alle Tage, dass man auf ein ungelöstes Verbrechen stößt«, beharrte der Senator.

»Ach was, ungelöst, Pyrrhus war's!«

»Drei Tote, noch bevor die Spiele überhaupt begonnen haben, scheinen mir ein bisschen viel, um noch Zufall zu sein: Sind wir uns denn sicher, dass nicht irgendeine schicksalhafte Verbindung zwischen den dreien besteht?«

Castor unterdrückte nur mit Mühe das Verlangen, seinem Herrn und Meister auf der Stelle an die Kehle zu fahren. »Der Faustkämpfer ist in einem regulären Kampf gestorben«, wiederholte er zum hundertsten Mal. »Und was den Zuschauer angeht, der hat sich mitten in einem Handgemenge einen Messerstich eingefangen. Es gibt nichts Gewöhnlicheres als das!«

»Und wie erklärst du dir das hier?«, fragte ihn Aurelius und zeigte seinem Sekretär das kleine Fetzchen Papyrus, das er Psalmonaios' Fingern entwunden hatte. »Ich habe es Busirides gezeigt, doch der hat sich geweigert, ihm irgendeine Bedeutung beizumessen: Es ist nicht zu übersehen, dass er den Fall so schnell wie möglich abschließen möchte.«

Castor seufzte resignierend: Sein Herr war starrsinniger als ein kretisches Muli, und wenn man es einfach nicht schaffte, ihm eines seiner gefährlichen Vorhaben auszureden, musste man ihm eben zur Seite stehen.

»Lass mich mal sehen, worum es sich handelt«, gab er schließlich nach und tat so, als sei er interessiert. »Ich kann eindeutig ein O erkennen, ein N und ein A, aber der letzte Buchstabe, der ein I zu sein scheint, ist durch einen Riss beschädigt.«

»Ein I? Das können wir nicht mit Sicherheit feststellen. Es könnte auch ein M, ein N, ein P, ein R oder sogar ein F oder ein E sein…«, überlegte der Patrizier.

»Es ist sowieso schwierig, ein eindeutiges Urteil zu fällen, *domine*. Es könnte ja auch noch ein Anfangsbuchstabe fehlen.«

»Versuchen wir doch, dem Sinn nach ein Wort zu finden. MONA ist eine Insel in Britannien, NONA ist eine Uhrzeit beziehungsweise eine andere Bezeichnung für die Parzen«, mühte sich Aurelius.

»So geht das nicht, Patron«, warf Castor ein. »Du musst auch bedenken, dass das Wortende unvollständig sein könnte. ONAF, ONAR, ONAP… du siehst ja, keines dieser Wörter ergibt irgendeinen Sinn.«

»ONAN ist eine Figur, die in jüdischen Texten vorkommt. Er hatte die Gewohnheit, seinen Samen auf die Erde zu spritzen statt in den Leib einer Frau«, erinnerte sich Aurelius.

»Ich finde es nur richtig, einen Mann zu ehren, der sich seinen Freundinnen gegenüber so rücksichtsvoll zu verhalten pflegte«, meinte sein Sekretär beifällig und lieferte damit eine ganz eigene Interpretation der alten Schriften.

»Wie auch immer, unser Papyrus bezieht sich ganz bestimmt nicht auf ihn. Ich will einmal versuchen, ihn durch einen geschliffenen Stein zu betrachten. Reich mir mal das Etui, Castor!«

Wie immer, wenn er seinem Herrn das Kästchen mit den speziell geschliffenen Edelsteinen reichte, mit deren Hilfe man Dinge vergrößert sehen konnte, versetzte es Castor einen Stich ins Herz: Saphire, Smaragde und Rubine von unschätzbarem Wert, brachliegendes Kapital und noch dazu ein großes Risiko, das in anderen Händen – in seinen, zum Beispiel – reichen Gewinn in Form von klingenden Sesterzen bringen könnte.

»Pass auf, ich zähle sie jedes Mal nach, wenn du sie zurücklegst«, warnte ihn Aurelius. Doch bevor er sich einer genaueren Untersuchung widmen konnte, kam Nicophorus herein und kündigte Besuch an.

»Der Ritter Tadius Tullianus aus Arpinum bittet, von dir empfangen zu werden, *domine*.«

»Das muss der Kerl sein, den ich gestern im Gymnasion

gesehen habe. Lass ihn hereinkommen!«, befahl der Senator, worauf ein Mann mit Adlernase und kastanienbraunem, nach römischer Mode frisiertem Haar auf der Schwelle erschien.

»Publius Aurelius Statius, es ist mir ein Vergnügen, dich kennen zu lernen! Ich sterbe vor Verlangen, mit jemandem aus der Urbs sprechen zu können, und dann auch noch mit einem Senator!«, rief der Neuankömmling enthusiastisch.

»In Wirklichkeit sitze ich ja erst seit ein paar Monaten in der Kurie…«, wiegelte Aurelius ab, aus Angst, der Mann könnte von ihm über die letzten Sitzungen des Rates informiert werden wollen, die er ausgiebig genutzt hatte, um endlich einmal den bei nächtlichen Gelagen versäumten Schlaf nachzuholen.

»Du hast den Sitz bekommen, der dir als Erbe eines berühmten Geschlechtes zustand! Und da munkelte man noch, du wolltest keine politischen Ämter übernehmen, sondern zögest es vor, das Imperium auf der Suche nach Frauen und seltenen Büchern zu durchstreifen!«, lachte der andere.

»Angesichts der Launen unserer verehrten Kaiser Tiberius und Caligula habe ich es für gesünder gehalten, mich während ihrer Regierungszeit möglichst wenig blicken zu lassen«, bekannte der Patrizier.

»In weiser Voraussicht, hätte ich es nur auch so gemacht!«, seufzte Tadius Tullianus. »Denk nur, Tiberius hat mich wegen einer Nichtigkeit ins Exil nach Griechenland verbannt. Von dem alten Geizkragen war keine großherzige Geste zu erwarten, also habe ich darauf gewartet, dass er sterben würde, um diesen Idioten von Caligula mit Bittschriften zu überschwemmen. Ich bin sogar so weit gegangen, ihn mit dem Jupiter, dem Größten der Großen gleichzusetzen, in der Hoffnung, nach Rom zurückkehren zu dürfen. Hätte ich das bloß nicht gemacht! Er war beleidigt und hat mir unterstellt, ich wollte ihn beleidigen.«

Publius Aurelius lächelte. Um während der kurzen Regentschaft dieses missratenen Sohnes des Germanicus zu überleben, hatte er zu einer Menge wohl dosierter Klugheit und obendrein zu einem dreisten Betrug Castors gegriffen, der, als Wahrsager verkleidet, den jungen Imperator davon überzeugt hatte, dass er dem Tod geweiht war, sollte der edle Statius sein Leben verlieren. Andere waren nicht so gerissen gewesen oder hatten einfach nicht genug Glück gehabt: Innerhalb von vier Jahren waren die besten Männer der Stadt dem Beil des Henkers zum Opfer gefallen, und ihre Frauen hatten sich öffentlich prostituieren müssen, während Caligula seinem Pferd den Purpurstreifen verliehen und es zu einem den Großen von Rom ebenbürtigen Senator ernannt hatte.

»Als mich Anfang Februar die Nachricht erreichte, dass dieser Irre unter Messerstichen gefallen ist, habe ich wieder Hoffnung geschöpft. Ich habe auf die Milde des guten Claudius gebaut, aber auch er scheint mich vergessen zu haben: Er lässt mich hier in der Provinz verrotten, wo ich mich doch im Vaterland noch nützlich machen könnte«, warf Tadius Tullianus wie beiläufig ein und tat, als wüsste er nichts von der engen Freundschaft, die Aurelius mit dem neuen Kaiser verband.

»Was hast du denn so Schreckliches begangen?«, wollte der Senator wissen und schenkte ihm einen Kelch Falerner ein, während ihm irgendeine vage Erinnerung an einen Bankrott durch den Kopf ging, in den einige große Namen der Hauptstadt verwickelt gewesen waren.

»Nichts, verehrter Senator, ich schwöre es dir. Ich bin verleumdet worden, und Tiberius, misstrauisch wie er war, hat den Verleumdern geglaubt. Weil er mich nicht ohne Beweise verurteilen konnte – sie haben nicht einen einzigen Beweis gegen mich gefunden –, hat er mich hierher geschickt und mir bei Todesstrafe befohlen, mich von der Urbs fern zu halten.«

»Na ja, allem Anschein nach kommst du doch ganz gut zurecht im Exil.«

Tadius Tullianus trug in der Tat eine Tunika aus weichem ägyptischem Leinen und offene Sandalen nach der letzten Mode. Sicher hatte er vor der Katastrophe dafür gesorgt, dass in Smyrna oder Ephesos ausreichend Mittel zur Verfügung standen, die ihm ein angenehmes Leben sicherten, vermutete der Senator und bedauerte, dass Pomponia nicht in der Nähe war, die stets nicht nur aufs Gründlichste über alle Liebesaffären und Ehebrüche informiert war, sondern auch die Schuldenmacher und Pleitiers der Stadt kannte.

»Von Zeit zu Zeit schließe ich auch auf griechischem Boden ein gutes Geschäft ab, das gebe ich zu … aber bei allen Göttern, Rom ist immer noch Rom! Hier weißt du nie, wem du vertrauen kannst. Alle schauen mit einer ungeheuren Überheblichkeit auf dich herab, nur um zu unterstreichen, wie wahnsinnig schlau und kultiviert sie im Vergleich zu dir sind – sie, die Großenkel des Odysseus!«, stöhnte Tadius.

»Es ist ja kein Zufall, dass die Römer darauf bestehen, von Aeneas, dem Trojaner, abzustammen, der ein höchst ehrbarer und wertvoller Krieger war, aber ganz sicher kein Meister der Schlauheit«, warf Castor ein.

»Was ist denn das für einer?« Tullianus, der trotz seines Exils ziemlich empfindlich war, was das Römertum anging, warf ihm einen schiefen Blick zu.

»Mein Sklave Castor«, antwortete der Senator, »die Verkörperung jenes unverschämten Griechentums, über das du dich gerade beschwert hast.«

»Und du erlaubst ihm, das Gespräch zweier anständiger römischer Bürger mit solch respektlosen Bemerkungen zu unterbrechen?«, wunderte sich Tullianus.

»Ich werde dafür sorgen, dass er bestraft wird«, versprach Publius Aurelius wenig überzeugend. Just in diesem Moment sprang Castor, der sich gerade unterwürfig vor dem Gast verbeugen wollte, nach vorn und versetzte ihm einen kräftigen Schlag auf die Wade. Eine Sekunde später stürzte er zum Ausgang des Zeltes hinaus und rollte sich im glühenden Sand.

»Ah, diese verdammten Skorpione! Ein Glück, dass ich ihn noch rechtzeitig gesehen habe, sonst hätte der Ritter Tullianus jetzt eine Wade so dick wie ein Trigon-Ball!«, rief er kurz darauf aus und zeigte dabei auf die gerötete Stelle an Tadius' Wade, an der der Abdruck seiner fünf Finger noch genau zu sehen war. »Es gibt hier schon unglaublich große. Und der, der gerade die Riemen seiner Sandale hochgekrochen ist, war wirklich riesig…«

»Ja, das Leben im Zelt bringt schon ein paar Unannehmlichkeiten mit sich…«, bemerkte Aurelius hüstelnd und stützte damit die dreiste Lüge seines Sklaven. »Immer noch besser als in einem der so genannten Gästehäuser untergebracht zu sein: Seit der Großteil der Plätze im Leonidaion für die Sportler reserviert wird, sind die Gäste gezwungen, dicht gedrängt wie eingelegte Feigen in Gemeinschaftsschlafsälen zu nächtigen. Und die Einzelzimmer sind verdreckte kleine Löcher, die nur gegen Gold vermietet werden!«, beklagte sich Tadius Tullianus, während der Senator sich fragte, ob wohl tatsächlich Sesterzen hinter seiner wohlhabenden Erscheinung steckten: Er wäre nicht der erste Hochstapler gewesen, der die Spiele auf der Suche nach Hühnchen besuchte, die er ausnehmen konnte…

»Dennoch, kein Opfer ist zu groß für Olympia«, fuhr der Exilant fort. »Ich bin sicher, du bereust es nicht, hergekommen zu sein. Und was die Bestrafung deines Sklaven angeht… könntest du sie vielleicht aussetzen? Sein rasches Eingreifen hat mir eine Menge Ärger erspart!« Ein unmerkliches Zeichen des Senators und das breite Grinsen Castors klärten diese Frage endgültig.

»Was denkst du über die Vorfälle von heute? Im ganzen

Lager spricht man von nichts anderem mehr als von Pyrrhus' Verbrechen«, fragte er dann neugierig.

»Ich finde es reichlich bizarr!«, murmelte Aurelius etwas verblüfft. »Es ist doch seltsam, dass ein Mörder seine Unterschrift am Tatort hinterlässt und dann die Beine in die Hand nimmt, ohne sich darum zu kümmern, eine so leicht zu identifizierende Waffe mitzunehmen oder zu beseitigen. Das ist so dämlich, dass es schon fast unglaubwürdig erscheint, es sei denn, dieser Pyrrhus ist ein vollkommener Idiot…«

»Nicht die Spur«, warf Tullianus ein. »Er ist einer der angesehensten Männer seiner Stadt. Pyrrhus kann, abgesehen von seiner adeligen Herkunft und einer überdurchschnittlich guten Ausbildung, auf fast unerschöpfliche finanzielle Mittel zurückgreifen, denn er stammt aus einer Aristokratenfamilie, die es versteht, Einkünfte aus ausgedehnten Ländereien mit Industrie und Handel zu vereinen. Das sind sehr ehrgeizige Familien, diese Adeligen aus Korinth: Mein Schwager Perquitienus – er arbeitet da unten im Auftrag des römischen Statthalters – sagt immer, sie wollen sogar versuchen, einen Kanal durch den Isthmus zu bauen. Sie werden die Idee dem Kaiser vorlegen, denn natürlich kann ein Projekt dieser Größenordnung nicht von Privatleuten, und seien sie noch so reich, getragen werden.«

»Und ein solcher Mann sollte sich auf so blödsinnige Weise ruiniert haben?«, zweifelte Aurelius.

»Die Hellanodiken machen kurzen Prozess, eine tiefer gehende Untersuchung würde den Ablauf der Spiele zu sehr stören«, erklärte Tadius.

»Ich habe schon befürchtet, sie würden sie wegen des Todesfalls absagen…«

»Machst du Witze? Die Wettkämpfe würden selbst dann noch stattfinden, wenn mitten im olympischen Frieden eine ganze ausländische Delegation im Innenraum des Leonidaion abgeschlachtet würde!«, behauptete der Ritter.

»Also werden die Parade, der olympische Eid und der Wettstreit der Herolde morgen wie geplant stattfinden, als wäre nichts geschehen?«

»Ohne Zweifel, edler Statius. Die feierliche Prozession aus Elis hat sich bereits an der Pieria-Quelle gereinigt, während Diagoras, Apollodoros und Busirides im Renngalopp zu den anderen Hellanodiken stoßen, um noch beim Opfer des Schweins dabei zu sein«, bekräftigte Tadius, der bis ins Kleinste über die antiken olympischen Traditionen Bescheid wusste, schließlich lebte er ja in Griechenland.

»Mit der gnädigen Erlaubnis des guten Psalmonaios, etwa?«

»Und der anderen Megarer, die die Entscheidung, den Fall abzuschließen, nicht gerade gut aufgenommen haben. Aber auch die Korinther sind nicht besonders glücklich über die Wendung, die der Fall genommen hat, denn die Abwesenheit des überall gesuchten Pyrrhus' beraubt sie ihres besten Athleten«, mischte sich Castor ein. »Man munkelt schon von irgendwelchen geheimen Manipulationen, um die Lokalfavoriten zu bevorteilen, und es heißt, unter der Hand seien ungeheure Summen geflossen…«

»Aber wer würde jemals den Schwur auf Zeus Orkus brechen?«, zweifelte Tadius Tullianus, als ihm der schreckliche Gott im Buleuterion einfiel, vor dem die Sportler den heiligen Eid ablegten, sich keine unehrenhaften Handlungen zu Schulden kommen zu lassen.

»Mit dem ganzen Blitzeschleudern, der Herumhurerei mit Sterblichen und der Regelung des Verkehrs auf dem Olymp ist der Göttervater wahrscheinlich so ausgelastet, dass er gar nicht mehr dazu kommt, sich um uns zu kümmern«, widersprach ihm Aurelius mit beißendem Spott.

»Aber der potenzielle Eidbrecher würde doch riskieren, auf der Stelle in Asche verwandelt zu werden«, protestierte Tadius schwach.

»Glaubst du das wirklich, Ritter? Und warum endete dann der Thessalier Eupolos, der sich bei der achtundneunzigsten Olympiade den Sieg über seine Gegner erkaufte, nicht als Aschehäufchen, ebenso wenig wie der berühmte Aidelos, der vor ungefähr hundert Jahren seinen Rivalen aus Rhodos dafür bezahlte, dass er sich schlagen ließ?«, fragte Castor genüsslich wie jemand, der tief in seinem Inneren eine gewisse Sympathie für alle Betrüger hegte. »Und dann erst Calippos aus Athen, der der Bestechung angeklagt war und nach einem berühmten Prozess damit davonkam, neun neue *zanes* zu errichten – er durfte sogar seinen Titel behalten.«

Der Exilant aus der Urbs war kurz davor, seine Nachsicht gegenüber dem Sklaven wieder zurückzunehmen: Wie konnte ein Mitglied der Kurie wie Publius Aurelius Statius das arrogante Geschwätz dieses vorlauten Alexandriners nur ertragen? Und dabei schien der Senator nicht einmal verärgert zu sein …

»Das sind bedauerliche Ausnahmen«, fühlte er sich bemüßigt einzuwenden. »Der Geist von Olympia ist rein! Man kann die Sieger, die bei den Wettkämpfen mit gefüllten Geldbörsen angetreten sind, um Richter und Konkurrenten zu bestechen, an einer Hand abzählen!«

»Das stimmt, normalerweise schicken sie die Trainer vor, um das Geld zu verteilen«, fuhr Castor unbeirrt fort und hätte wohl noch eine Weile so weitergemacht, wenn nicht Aurelius, besorgt darum, das lose Mundwerk seines Sklaven könnte seinen Gast kränken, ihm unter dem Tisch einen Tritt versetzt hätte.

»Sagtest du, die Hellanodiken sind heute nicht hier?«, fragte er Tullianus, um das Gespräch wieder in ruhigeres Fahrwasser zu lenken. »Warum nutzen wir nicht die Gelegenheit und werfen noch einmal einen Blick auf den Leichnam des Psalmonaios?«

»Allerdings sollte angesichts eines solchen Verbrechens

der erste Schritt immer darin bestehen, sich eingehend über das Opfer zu informieren. Schade dass man nicht ins Leichenhaus kann…«, meinte Tadius, dessen höflicher Zustimmung allerdings kein entsprechender detektivischer Enthusiasmus gegenüberstand.

»Eine leicht zu überwindende Schwierigkeit«, erwiderte der Senator. »Castor, du kannst doch den megarischen Akzent perfekt nachmachen, also wirst du dich als ein vor Schmerz gebrochener Cousin des Psalmonaios ausgeben, und ich werde dich ohne Probleme begleiten können, denn mein Griechisch ist gut genug, um meine Herkunft nicht durchscheinen zu lassen.«

»Kann ich auch mitkommen, verehrter Senator?«, fragte eine furchtsame Stimme, während der Jüngling mit den Ponyfransen hinter dem Vorhang hervortrat, der sich zusammen mit den anderen römischen Athleten bei Aurelius vorgestellt hatte.

»Ich heiße Evaristos, bin ein Mythenschreiber und komme aus Ariminum«, stellte sich der Neuankömmling vor und reckte den Arm beim römischen Gruß so hoch, dass er beinahe seinen Finger dem Ritter Tullianus ins Auge gebohrt hätte. »Ich wohne im Gemeinschaftsraum des Hospizes, wo ich Gelegenheit hatte, mit deinem Gast zu speisen.« Tadius nickte bedeutungsschwer und erinnerte sich, wie ihm dieser Tollpatsch die heiße Suppe in den Schoß gekippt hatte, weil er über eine lose Bodendiele gestolpert war, als er sich zu Tisch setzen wollte.

»Ich kam gerade zufällig vorbei und habe euer Gespräch mit angehört«, log der junge Mann wenig überzeugend, der sich ganz offensichtlich versteckt gehalten hatte, um zu lauschen. Wahrscheinlich hatte er eines von Nicophorus' unverhofften Nickerchen ausgenutzt, denen der Alte häufig zum Opfer fiel. »Ich bitte euch, nehmt mich mit, ich muss unbedingt das Abbild der Dämonin Deima sehen, und allein würde ich es niemals schaffen, ins Leichenschauhaus hineinzukommen. Das ist eine einmalige Gelegenheit für mich, denn es gibt kaum Darstellungen dieser korinthischen Hexe.«

Tadius rümpfte die Nase. Nicht nur war dieser Evaristos von niederer Herkunft – trotz seines Studienfleißes war es ihm nicht gelungen, seinen grässlichen, provinziellen Akzent abzulegen –, er schien auch noch einer dieser ungeschickten Tölpel zu sein, die sich nicht rühren können, ohne schwere Schäden anzurichten. Während seiner kleinen Ansprache war er sich schon ein paar Mal selbst auf die Füße getreten und hatte einige kostbare Gerätschaften in Gefahr gebracht. Wenn der Senator einigermaßen bei Trost war, würde er ihn auf der Stelle hinauswerfen und ihm unmissverständlich klar machen, dass er sich hier besser nicht mehr blicken ließ, wenn er nicht ausgepeitscht werden wollte.

Der neugierige Aurelius hingegen war ganz anderer Ansicht und forderte Evaristos auf, näher zu treten, ungeachtet der aretinischen Tassen, die der ungeschickte Jüngling ruinierte, als er versuchte, eine davon an den Mund zu setzen.

Als Sohn eines Bademeister-Ehepaars, das mit einem Gasthaus direkt neben einer Poststation an der Via Emilia ein kleines Vermögen gemacht hatte, hatte Evaristos schon von klein auf großes Interesse an griechischen Schriften gezeigt. Doch *litterae non dant panem* – mit Buchstaben kann man kein Brot verdienen –, deshalb hatte er sich schon bald wieder von den Büchern abwenden müssen, um in die väterlichen Fußstapfen zu treten. Bevor er jedoch auf seine literarischen Ambitionen verzichtete, hatte er sich eine Reise ins sagenumwobene Land der Götter und Helden gegönnt, wobei er davon profitierte, dass sich unter den Konkurrenten um einen Ölzweig einer seiner Landsleute befand, der sich für den Waffenlauf qualifiziert hatte.

»Diese Geschichte stinkt doch eine Meile gegen den Wind!«, empörte sich der misstrauische Ritter.

»Wer war der Großvater väterlicherseits des Menelaos?«, stellte der Senator den Jüngling unvermittelt auf die Probe.

»Meinst du Menelaos, den Gemahl der Helena, oder Menelaos, den Sohn des Plistinos aus Erops?«, fragte Evaristos zurück. »Homers Held wurde von Atreus gezeugt, der wiederum ein Sohn jenes Pelops war, der als Gewinner des Wagenrennens in Olympia geehrt wird und dessen Schulterblatt als kostbare Reliquie hier aufbewahrt wird. Der andere hingegen…«

Publius Aurelius, der noch nie von der Existenz eines anderen Menelaos auch nur gehört hatte, beeilte sich, ihn zu unterbrechen, bevor er endgültig in einem Netz aus verwandtschaftlichen Beziehungen gefangen war, das in seiner Komplexität einen Vergleich mit den adeligen Verwandtschaftsverhältnissen in keinster Weise zu scheuen bräuchte, die die Dame Pomponia in ihrer gesellschaftlichen Konversation zu enthüllen pflegte.

»In Ordnung, komm nur mit uns mit«, gestattete er ihm großzügig, während Tadius sich bemühte, seine Irritation zu verbergen: Das waren eben die Dinge, die einem zustießen, wenn man gezwungen war, fernab der Urbs zu leben, sich unter das niedere Volk zu mischen, die Unverschämtheit der Sklaven zu ertragen und gute Miene zu den makaberen Schrullen jedes zufällig vorbeikommenden hohen Tieres zu machen, das ohne jeglichen Sinn für Standesunterschiede war und obendrein noch eine perverse Vorliebe für Mordopfer hegte. Er hätte den Daumen seiner rechten Hand geopfert, um die ganze Bande, den Senator vorweg, zum Tartarus zu schicken, doch er konnte es sich nicht erlauben, weil dieser Exzentriker von Publius Aurelius ein enger Freund des Kaisers Claudius war, dieses blödsinnigen Säufers, den die Prätorianer in der irrigen Annahme, ihn nach Belieben lenken zu können, auf den Thron gehoben hatten, um die Wiedereinsetzung der Republik zu verhindern. Stattdessen hatte sich der neue Kaiser entgegen alle Erwartungen daran gemacht, ernsthaft zu regieren, und sämtliche das Imperium betreffenden Entscheidungen an sich gerissen, inklusive der Begnadigung der Exilanten…

»Eine Untersuchung des Leichnams fände auch ich sehr interessant«, log der Ritter daher feige. »Erlaube auch mir, dir zu folgen, Publius Aurelius, und einige Notizen zu deinen brillanten Beobachtungen zu machen!«

Man musste Geduld aufbringen, sagte er sich unterdessen; schon bald würde er, wenn es mit rechten Dingen zuging, nach Rom zurückkehren, wo er hingehörte. Es genügte ein kleines Wörtchen in des Caesars Ohr, und der exzentrische Senator war genau der Richtige, es ihm einzuflüstern. Im Übrigen ging es ihn nichts an, wenn es diesem Dummkopf gefiel, sich mit arroganten Sklaven, einfältigen Provinzlern und verwesenden Kadavern abzugeben. Die Welt stand sowieso schon Kopf. Gewisse Anzeichen, die bei einem einfachen Bürger bereits als bedenkliche Hinweise auf ein geistiges Ungleichgewicht gegolten hätten, wurden bei den Mächtigen als Exzentrik bezeichnet, als bizarre Laune, die man vielleicht noch nachahmen musste, um sich modern zu fühlen…

»Gehen wir?«, lächelte er folglich mit unterwürfiger Zuvorkommenheit, während er mit vorgetäuschtem Enthusiasmus zu Stift und *pugillares* griff, womit er diese abscheuliche Sitzung protokollieren würde.

Wenig später betraten die vier die Leichenhalle, angeführt von Castor in der Rolle des nahen Verwandten, gefolgt von Aurelius mit dem langhaarigen Mythographen, im Schlepptau den kreidebleichen Tullianus, der schon beim ersten Hauch des unangenehmen Geruchs von heftiger Übelkeit ergriffen worden war.

Der Leichnam des Psalmonaios aus Megara war auf einen

Holztisch gelegt worden, neben den erwürgten Faustkämpfer, den die Inschrift auf dem *codicillus* als einen gewissen Philos aus Milet identifizierte. Von dem bei der Schlägerei ermordeten Korinther hingegen fehlte jede Spur: Da sie seine sterblichen Überreste nicht hatten verbrennen können, hatten ihn seine Gefährten wohl nach Hause zurückgeschickt oder ihn wer weiß wo begraben.

Während Castor den Wächter mit einer Amphore Wein ablenkte, näherte sich Evaristos jubelnd dem Tisch. »Da ist ja die Tatwaffe mit der Abbildung, die ich gesucht habe: Lasst sie mich ansehen!«, quietschte er vor Freude und schaffte es, dass die Scheibe bei seinem Versuch, sie an sich zu bringen, durch eine Reihe unkoordinierter Bewegungen leise scheppernd zu Boden fiel.

»Betrachte sie von weitem!«, herrschte Aurelius ihn an, der befürchtete, das teure Beweismittel könne, nachdem es im Staub der Jahrhunderte überdauert hatte, der chaotischen Ungeschicklichkeit des jungen Ariminers zum Opfer fallen.

»Es besteht kein Zweifel daran, dass der Mörder Diskuswerfer sein muss: Wer sonst hätte den Hals mit solcher Präzision treffen können?«, murmelte Tadius Tullianus dem Senator und dem Mythographen zu.

»Wusstet ihr, dass es für dieses seltsame Verbrechen einen mythologischen Präzedenzfall gibt?«, erzählte Evaristos. »Den Phokos, Halbbruder des Telamon und des Peleus, haben sie mit genau so einer Diskusscheibe ermordet. Heutzutage sind die Sportgeräte für die Wettkämpfe jedoch viel besser abgerundet, denn an einer Scheibe mit allzu scharfen Rändern könnte sich der Werfer die Hände verletzen.«

»Die Wunde hier ist allerdings sehr sauber«, stellte Aurelius fest, während der Ritter Tullianus, der den *pugillares* längst hatte fallen lassen, einen stillen, unermüdlichen Kampf gegen das heftige Eigenleben seines Darmes führte.

»Wenn der Mörder die *himantes* getragen hätte, hätten die schweren Lederriemen, mit denen die Faustkämpfer ihre Hände zu umwickeln pflegen, verhindert, dass sogar ein geschärfter Diskus ihn verletzen konnte. Und bedenke, der Faustkampf ist eine der Disziplinen des Fünfkampfs!«, erwiderte der Mythograph.

»Hört mal, Freunde, ist es denn nicht längst geklärt, wie Psalmonaios abgeschlachtet wurde? Hier drinnen ist es sehr warm, und der Geruch kann nur schwerlich als angenehm bezeichnet werden«, beschwerte sich Tadius, der an der Grenze seiner physischen Widerstandskraft angelangt war: seine Kehle schnürte sich zu einem unentwirrbaren Knoten zusammen, gegen den sein freiheitsliebender Mageninhalt ständig anbrandete.

»Es besteht noch eine andere Möglichkeit«, ignorierte ihn Publius Aurelius, »nämlich dass der Mörder den Diskus nicht geworfen, sondern ihn aus dem Stand wie eine Stichwaffe benutzt hat.« Dabei tupfte er vorsichtig mit den Fingern in das Blut, das sich so viele Stunden nach dem Eintritt des Todes bereits als ziemlich fest erwies. Bereits bei seiner ersten oberflächlichen Betrachtung auf der Terrasse waren ihm die Spuren aus geronnenem Blut am Hals, auf der Brust und der *endromis* des Opfers aufgefallen. »An dem Schnitt ist etwas Besonderes: Die Blutspur ist doppelt, als hätte der Mörder zweimal zuschlagen müssen«, verkündete er mit lauter Stimme.

»Sehr, sehr klug, deine Beobachtung, wirklich eines echten Quiriten würdig! Aber was bedeutet das?«, fragte Tadius schwer schluckend, während er versuchte, sich mit einer Hand den Magen zu halten und sich mit der anderen den unheilträchtigen Ariminer vom Leib zu halten.

»Ich habe nicht die geringste Ahnung«, gestand der Senator kopfschüttelnd. »Das Einzige, was hier wirklich ins Auge springt, ist die Oberflächlichkeit der Richter, die allzu schnell bereit waren, sich auf eine bestimmte Version des Ablaufs festzulegen und dabei die anderen, ebenso wahrscheinlichen Möglichkeiten außer Acht zu lassen.«

»Was das angeht, so ist nicht einmal die Interpretation der Figur auf dem Diskus, die Diagoras geliefert hat, gesichert«, mischte sich der junge Mythograph erneut ein. »Aber vielleicht ist das ein bisschen kompliziert zu erklären …«

»Genau, wir haben in diesem Moment noch andere Dinge, um die wir uns kümmern müssen«, brachte ihn Tadius zum Schweigen, den die Übelkeit so gut wie besiegt hatte.

»Es gibt noch ein anderes unerklärliches Detail: das rechte Knie«, fuhr Publius Aurelius fort und ignorierte demonstrativ das Unwohlsein des Ritters. »Es ist geschwollen, was meinen Eindruck, dass Psalmonaios gehinkt hat, als ich ihn im Schatten des Tempels getroffen habe, bestätigt. Das ist ein schwer wiegendes Indiz: Ein Athlet mit so stark geschädigten Gelenken war ganz sicher nicht in der Verfassung, am Wettkampf teilzunehmen!«

»Und, seid ihr fertig damit, euren teuren Verwandten zu beklagen?«, unterbrach sie da der Wächter des Leichenhauses, den Castor nicht länger beschäftigen konnte. Einen Krug Wein zu akzeptieren ist eine Sache, aber sich zum Narren halten zu lassen eine andere, sagte sein inquisitorischer Ton zu diesen vorgeblichen megarischen Cousins, die unbestreitbar latinische Gesichtszüge aufwiesen.

»Lass uns noch einen Blick auf seine persönlichen Sachen werfen«, bat Aurelius ihn und hielt ihm ein viel zu hohes Trinkgeld hin.

Der Wächter prüfte das Geldstück mit den Zähnen und ließ es vorsichtig im Saum seiner Tunika verschwinden, bevor er die Arme ausbreitete und bekannte: »Sie haben alles geplündert, um es unter Verschluss zu nehmen.«

»Wer hat den Leichnam denn gesehen?«, wollte der Senator wissen.

»Der Arzt natürlich, in Gegenwart von Apollodoros, Diagoras und Busirides, die auch den Faustkämpfer untersucht haben, der heute Morgen im Wettkampf gestorben ist, denn der Tod schließt ihn nicht als Sieger aus. Es ist in der Geschichte der Spiele mehrfach vorgekommen, dass der Sieg einem Verstorbenen zuerkannt wurde. Am Ende aber ist Kephalos für das Finale zugelassen worden.«

»Aber er ist doch fast blind!«, wunderte sich Castor.

»Der ist so stark, der könnte seinen Gegner sogar ganz blind schlagen, an eurer Stelle würde ich auf ihn setzen«, lachte der Wächter, während er den letzten Rest Wein hinunterspülte. Er rülpste, um lautstark seinen Gefallen daran auszudrücken, doch die Trauernden waren bereits gegangen, mit Ausnahme des Tadius Tullianus, der sich, kaum hatten sie das Leichenschauhaus verlassen, diskret hinter einem Busch übergeben hatte.

Als Publius Aurelius sein Zelt aufmachte, glaubte er Opfer einer Fata Morgana zu sein: Wie sonst war in einer mit Frauen so karg ausgestatteten Wüstenei die liebreizende Erscheinung eines jungen Mädchens mit klugem und anmutigem Gesicht sowie mit einer Krone aus gelocktem Haar und schlanken Beinen zu erklären, die nackt aus einem gekürzten *chiton* hervorschauten? Musste man vielleicht doch den alten Legenden Glauben schenken, nach denen auf hellenischem Boden hin und wieder die verwirrenden Nymphen aus den Wäldern normalen Sterblichen erschienen, um sich mit ihnen zu amüsieren?

»Bist du der Herr dieses Zelts? Bitte entschuldige das Eindringen einer Unbekannten!«, begrüßte ihn das Mädchen in ziemlich barschem Ton, ohne jedoch irgendwelche Eile an den Tag zu legen, sich zu bedecken.

»Uns kennen zu lernen, sollte kein Problem sein, *kyria*: Ich kenne deinen Namen nicht, aber ich kann dich immer noch Helena oder Venus Aphrodite nennen«, erwiderte der Patrizier galant und vermied es hinzuzufügen, dass das unerwartete Erscheinen eines hübschen Mädchens Balsam für seine römischen Augen war, die durch ein Übermaß ephebischer Nacktheit ermüdet waren.

»He, wage dich nicht zu weit vor! Hüte deine Zunge und deine Hände und lass dir bloß nicht träumen, du könntest mir weismachen, dass du an Einsamkeit leidest in diesem Land der weggeschlossenen Frauen: Aus dem Reichtum deiner Einrichtung schließe ich, dass du über viele Sklaven verfügst, die dir Gesellschaft leisten können, ganz zu schweigen von einer eventuellen Ehefrau!«, scherzte die junge Frau.

»Eros verträgt sich ebenso schlecht mit einer Ehefrau wie mit einer Mätresse. Wie kann man etwas leidenschaftlich begehren, das ständig zur Verfügung ist?«, widersprach Aurelius.

»In Ordnung, begehre, was du willst, aber *ich* bin definitiv nicht verfügbar!«, entgegnete das Mädchen stolz.

In diesem Moment wurde die Idylle – oder wenn man so will, der Streit – abrupt durch Tadius Tullianus unterbrochen, der sich nach einem nicht zu unterdrückenden Anfall von Übelkeit langsam zum Zelt des Senators zurückgeschleppt hatte, in der Hoffnung, auf dem Weg wieder eine einigermaßen normale Farbe angenommen zu haben. Doch kaum war er eingetreten, sackte das Blut, das gerade erst in sein Gesicht zurückgekehrt war, erneut in irgendwelche fernen Winkel seiner Extremitäten und ließ ihn weiß wie ein Bettlaken werden.

»Tullia, was machst du denn hier, in einem so schamlosen Aufzug?«, stammelte er. »Solltest du nicht mit deinem Ehemann in Korinth sein?«

»Ich bin sofort herbeigeeilt, kaum dass du mich gerufen hast, mein lieber Bruder. Perquitienus ist nicht in der Stadt, und ich habe es einfach nicht mehr ausgehalten in diesem

Harem mit meinen altjüngferlichen Stieftöchtern, die mich wie einen lasterhaften Kuckuck behandeln, der gekommen ist, um ihr Nest mit Beschlag zu belegen. Also habe ich die Koffer gepackt. Ich kann es gar nicht erwarten, die Wettkämpfe zu sehen, aber um das Verbot zu umgehen, werde ich gezwungen sein, mich als Mann auszugeben. Was meint ihr, wird das so gehen?«, fragte sie und wirbelte einmal so rasch um die eigenen Achse, dass für einen winzigen Augenblick die rosige Rundung ihres Hinterteils zu sehen war.

Aurelius spendete enthusiastisch Beifall, doch Tadius war alles andere als erfreut: »Schlecht, sehr schlecht, zieh sofort diese Sachen aus!«

»Meint ihr, ich sollte den Saum etwas länger lassen?«, flötete Tullia, während sie sich mit angedeuteten Tanzschritten zu der *sella* begab, die neben dem mit einem schönen ebenholzfarbenen Prometheus bemalten Tisch stand, auf dem bereits Kelche und ein Mischkrug mit Wein bereitstanden. Tadius war schnell genug, um ihr den Becher zu entreißen, und wies ihr streng die Tür.

»Zieh dich sofort wieder anständig an. Danach kannst du mir die Gründe für deine unangebrachte Anwesenheit hier erklären, und es wäre besser, du hättest gute Gründe!«, befahl er ihr und versuchte dabei, sie mit seinem Mantel notdürftig zu bedecken.

»Unangebracht? Aber du warst es doch, der darauf bestanden hat, dass ich herkomme! Ist das dein Siegel, oder ist das nicht dein Siegel unter der Botschaft, in der du mich bittest, so schnell wie möglich aufzubrechen?«, empörte Tullia sich und zeigte Tadius einen Papyrus.

Der römische Exilant musterte verblüfft das Blatt, auf dem er den Widder mit dem abgebrochenen Horn erkannte, mit dem er seine Briefe zu versiegeln pflegte.

»Ich habe diesen Brief nie geschrieben! Wir werden später darüber nachdenken, wie wir den Fälscher entlarven, aber jetzt ist es absolut vorrangig, dass du dich zurückziehst, bevor du einen Skandal auslöst!«

»Zurückziehen? Und wohin, mein lieber Bruder? Im Gasthaus ist kein Platz mehr frei, ganz abgesehen davon, dass es von einem ganzen Haufen hässlicher Halunken bevölkert ist. Wenn einer von denen herausfindet, dass ich eine Frau bin, werde ich am Ende noch vergewaltigt!«

»Oder in Stücke gerissen: Die Griechen verstehen keinen Spaß, was das Frauenverbot bei den Spielen angeht«, erinnerte sie der Senator. »Castor, gib den Befehl, ein zweites Zelt hinter unserem zu errichten, das Areal, das wir gemietet haben, ist groß genug für zwei. Und beauftrage Nicophorus damit, zusammen mit dem jungen Zeno vor dem neuen Pavillon Wache zu stehen«, befahl er nicht ohne Grund. Nicophorus sah kaum etwas, und Zeno hatte einen sehr tiefen Schlaf, folglich würde es keiner der beiden bemerken, wenn er zu nachtschlafender Zeit der attraktiven Dame einen Besuch abstattete.

»Ich bitte um Vergebung, Senator Statius; ich weiß wirklich nicht, wie ich das schamlose Verhalten meiner Schwester entschuldigen kann«, murmelte Tadius, während er das widerstrebende Mädchen brutal hinausstieß.

»Deine Schwester hat behauptet, sie wolle gegen das Verbot verstoßen, das Frauen wegen der Nacktheit der Athleten und ähnlichen Ungeheuerlichkeiten von den Wettkämpfen fern hält«, stimmte ihm Aurelius zu, der die Abwesenheit attraktiver junger Damen, auf denen man in der langweiligen Pause zwischen den Wettkämpfen die Augen ruhen lassen konnte, ziemlich bedauernswert fand. Um jeglichen verwegenen Blickkontakt zu vermeiden, stand die winzige Frauentribüne sehr weit abseits und war ausschließlich mit Unverheirateten besetzt; doch da die Mädchen in Griechenland sehr frühzeitig verheiratet wurden, waren die einzigen zu den Spielen zugelassenen Zuschauerinnen durchweg kleine, dicht verschleierte, kaum der Pubertät entwachsene Mädchen, die statt gesunder, erotischer Instinkte eher väterliche Beschützerinstinkte weckten.

»Ich möchte nicht in Schwierigkeiten geraten: Die Griechen halten die Anwesenheit verheirateter Frauen für eine Entweihung der Spiele, und Tullia ist bereits bei ihrem dritten Ehemann angelangt. Erst vor wenigen Monaten hat sie Gnaeus Frontinus Perquitienus, den Berater und Sekretär des derzeitigen Statthalters der Provinz, geheiratet«, erklärte Tadius Tullianus besorgt, während Aurelius sich erste Hoffnungen für seinen Aufenthalt in Griechenland zu machen begann, der bisher außerordentlich arm an galanten Abenteuern gewesen war. Auch wenn man auf griechischem Boden nichts anderes tat, als von Seufzern, Verlangen und erotischen Wallungen zu sprechen, war auf der Straße, abgesehen von den Hetären, nicht einmal der Schatten einer Frau zu sehen. Anständige Damen – und das waren genau die, die der Patrizier am liebsten in Versuchung führte – blieben in ihren Häusern eingeschlossen, um reinrassige Kinder zu gebären, und konnten weder lesen noch schreiben; wie sollten sie da in der Lage sein, mit liebenswürdiger Unbefangenheit zu kokettieren! Natürlich veränderten sich die Sitten auch in Griechenland in Richtung einer angenehmen Promiskuität, doch Elis, fern der großen Handelsstraßen und dem Austausch neuer Ideen gelegen, war dieser Entwicklung noch weit hinterher und hielt die misogyne Tradition der Vergangenheit weiterhin gewissenhaft aufrecht.

»Wie soll ich mich nur vor meinem Schwager rechtfertigen, der alles andere als ein nachsichtiger Mensch ist?«, klagte derweil der arme Tullianus. »Das Siegel unter dem Brief ist tatsächlich meins, ganz ohne Zweifel, ich habe es sofort erkannt. Und trotzdem bin nicht ich es gewesen, der meine Schwester eingeladen hat. In Wahrheit kenne ich sie ja kaum: Bei vier Jungen und drei Mädchen, die er zu versorgen hatte, hat mein Vater mich gern einer Familie ohne Erben zur Adoption überlassen, also wurde ich mit acht Jahren der Familie Tadius übertragen, bei der ich aufgewachsen bin. Tullia war gerade erst zur Welt gekommen, als ich das Haus verlassen habe, und deshalb habe ich sie nur ganz selten getroffen. Ich hätte alles Mögliche erwartet, aber nicht, sie hier in Olympia auftauchen zu sehen: Perquitienus, misstrauisch wie er ist, wird das nur schwer schlucken!«

»Vorausgesetzt, er erfährt es überhaupt«, stellte Aurelius fest, der eine vorsorgliche Lüge einer nachträglichen Entschuldigung bei weitem vorzog.

»Stimmt, derzeit müsste er sich in Eubea aufhalten, um sich um die Eintreibung der Steuern zu kümmern«, beruhigte sich Tadius.

Ein weit entfernter Ehemann, dachte Aurelius voller Vorfreude, und eine junge Abenteurerin mit einem Körper, der schlank genug war, um sich als Mann zu verkleiden, aber dennoch über ausreichend weiche Rundungen verfügte. Die Wettkämpfe, die gerade erst beginnen sollten, würden fünf Tage dauern; genug Zeit also, um seine Kenntnisse zu vertiefen… Unvermittelt wie ein Donner an einem sonnigen Tag kam ihm der Ephebe mit den beunruhigenden Augen in den Sinn, den er an der Seite des bärtigen Alten gesehen hatte. Reumütig durch den ungewollten Vergleich, schlug er sich sofort diese unschicklichen Gedanken aus dem Kopf.

»Ich entschuldige mich noch einmal im Namen von Tullia, dieser Schamlosen, Senator«, stammelte derweil der Ritter, offensichtlich tief beschämt. »Ich bin schon seit einiger Zeit nicht mehr in Rom, da unten muss sich so einiges geändert haben.«

»Aber nicht alles zum Schlechteren, glaube mir«, lächelte Aurelius und verabschiedete ihn.

»Ich würde doch zu gerne mehr über die faszinierende Tullia und ihren gegenwärtigen Gemahl erfahren. Wie schade, dass wir keine Möglichkeit haben, unsere liebe Pomponia zu erreichen, die bestimmt in der Lage wäre, ihr Leben vor uns auszubreiten wie ein Tuch!«, bedauerte Aurelius wenig später.

»Wir haben doch die Brieftauben«, schlug Castor vor.

»Die Antwort käme auf jeden Fall per Schiff und wegen der Olympiade bestimmt mit Verspätung«, erwiderte sein Herr, während sich die Augen des schlauen Castor zu Schlitzen verengten.

»Du möchtest wirklich dringend Post von deiner Freundin haben? Und ich wette, du würdest die Botschaft auch gern so bald wie möglich lesen, damit du dir eine Strategie zurechtlegen kannst, um die schöne Tullia zu verführen. Vielleicht, wenn du bereit wärest, zwei Minen zu investieren…«, schlug der Alexandriner mit viel sagender Miene vor, als hätte er eine Idee.

»Ich bitte dich, Castor! Nicht einmal du kannst den göttlichen Hermes mit den geflügelten Sandalen als Kurier einspannen!«, rief Aurelius aus.

»Eine sofortige Nachricht wäre von noch größerem Nutzen, aber das würde auch ein bisschen mehr kosten: Für zehn Minen, also tausend armselige Drachmen, könnte ich dir die Kompetenz deiner Freundin auf der Stelle zur Verfügung stellen…«, lächelte der Sklave durchtrieben.

Aurelius schaute Castor misstrauisch von der Seite an: Ob er ein System von Spiegeln benutzen wollte, ähnlich jenem, welches die Oberbefehlshaber der Legionen verwendeten, um den Kaiser über die Geschehnisse an der Front auf dem Laufenden zu halten? Nein, denn diese Anlagen wurden nur auf den Kuppen isoliert stehender Berge errichtet. Außerdem waren, soweit er wusste in Griechenland derzeit überhaupt keine Truppenbewegungen im Gange. Im Übrigen hätte nicht einmal ein Spion die langatmigen, aufs äußerste verschlungenen Ausführungen einer Königin des mondänen Klatsches, wie Pomponia es war, in einen Zeichencode übertragen können …

»In Ordnung, tausend Drachmen!«, schlug Aurelius ein, neugierig darauf, diese unglaubliche neue Methode kennen zu lernen, auf die Castor zurückzugreifen beabsichtigte.

»Die Summe stimmt«, zählte Letzterer, bevor er aus den Falten seines *chiton* einen jener kleinen Zylinder hervorzog, die den Brieftauben ans Bein gebunden wurden.

Bestürzt streckte der Senator die Hand danach aus: Wie war es nur möglich, dass dieser Dämon von einem Alexandriner Pomponias Antwort auf eine Frage schon bereit hielt, die er noch gar nicht formuliert hatte?

Castor empfahl sich mit einer übertrieben tiefen Verbeugung und einem zufriedenen Grinsen von Ohr zu Ohr, so breit, dass es noch in der Luft stehen zu bleiben schien, nachdem der Sklave längst verschwunden war.

Das kann nichts anderes sein, als der x-te Betrug auf meine Kosten, dachte Aurelius, bevor er das Siegel erbrach und ein mehrfach gefaltetes Stück Papyrus aus dem Zylinder zog. Vor seinen ungläubigen Augen erschien die winzig kleine Handschrift von Pomponias bestem Schreiber, der geübt darin war, die langatmigen Botschaften seiner geschwätzigen Herrin auf engstem Raum unterzubringen.

Pomponia Publio Aurelio Statio salutem dicit!
Wenn du nach Korinth kommst, empfehle ich dir, dich bei Tullia vorzustellen, der Nichte des Schwagers der Schwiegertochter meiner Freundin Domitilla. Sie ist eine temperamentvolle Frau, die dir gefallen wird: Nach einer kurzen Verbindung mit einem alten Würdenträger verliebte sie sich Hals über Kopf in den edlen Caius Ahenobarbus und drohte damit, sich zu

Tode zu hungern, wenn sie ihn nicht heiraten dürfe. Ein Jahr später bezichtigte sie ihren Ehemann eines illegitimen Verhältnisses mit dem Gladiator Truculentus, woraufhin ihr adeliger Gatte aus Rache ihren Bruder, den Erben des Bankiers Tadius, wegen Unterschlagung anzeigte. Während der mit dem Geld im Schlepptau ins Exil ging, musste die Arme zu ihrer Familie zurückkehren und einer neuerlichen Verheiratung mit Gnaeus Frontinus Perquitienus zustimmen, einem Mann mit sehr strengen Moralvorstellungen und so eifersüchtig, dass er den Verführer seiner ersten Frau eigenhändig kastrierte. In dieser Lage muss die lebenslustige Tullia langsam zu Grunde gehen: Ich zähle auf dich, dass du sie ein wenig aufheiterst.
Vale, *Pomponia.*

P.S.: Hier in der Hauptstadt spricht man von nichts anderem mehr als der jungen Ehefrau von Claudius Caesar: Messalina ist so attraktiv, dass sich sämtliche Schandmäuler der Stadt auf sie wie Hühner auf ihre Körner stürzen.
P.S.: Denke bitte daran, mir dieses Rodhium-*Parfum mitzubringen; das, was sie hier in Rom herstellen, stinkt nach verfaulten Rosen und wird sofort ranzig.*
P.S.: Da ich mir sicher bin, dass meine Fohlen schon bald gewinnen werden, bitte ich dich, sofort bei einem der besten Bildhauer aus Elis ein Basrelief in Auftrag zu geben, das mich als olympische Siegerin zeigt, mit einem tutulus *auf dem Kopf, der unter dem Ölzweig gut zu sehen sein soll.*

»Unaussprechlich, Pomponia!«, rief Aurelius mit einem Lächeln aus. Tausend Drachmen waren nicht übertrieben für diese deftigen Informationen, mit welchen Mitteln auch immer sein Sekretär sie in seine Hände bekommen hatte …

An diesem Abend war die Zeltstadt vom Schein der offenen Feuer erleuchtet, einem Vorspiel zum morgigen Bankett, wo hunderte von Braten zwischen Göttern und Sterblichen zu gleichen Teilen aufgeteilt werden würden: der Rauch für Erstere – die sich ja bekanntlich nur von Nektar und Ambrosia ernährten – und die gerösteten Fleischstücke für Letztere, die etwas substanziellere Nahrung benötigten.

Zur großen Bestürzung des Senators hatte allerdings Tadius Tullianus seiner Schwester verboten, sich unter die Gäste zu mischen: Es war schon schlimm genug, dass sie sich auf diese Weise vor einem Unbekannten bloßgestellt hatte; für nichts auf der Welt hätte er ihr gestattet, an der Tafel zu schlemmen wie eine Hetäre, den einzigen Frauen, die bei griechischen Symposien zugelassen waren. Sie sollte schön brav im Zelt bleiben und für ihre Zügellosigkeit Buße tun. Morgen würde er dann entscheiden, ob er ihr erlaubte, in Männerkleider gehüllt und unter der Aufsicht eines vertrauenswürdigen Sklaven der Eröffnungszeremonie beizuwohnen.

In Aurelius' Pavillon, wo die Sklaven schon dabei waren, mit den Hirsebesen den Boden von Resten zu säubern, fehlte daher das anmutige, weibliche Element. Dieses Manko machte sich vor allem in der Konversation bemerkbar, wo seit etwa einer Stunde der alte Hermeteus, den der Senator unvorsichtigerweise gebeten hatte, seine Studien in groben Zügen zu erläutern, das Wort ergriffen hatte und nicht die Absicht hatte, es sich in nächster Zeit entziehen zu lassen.

»… Deshalb habe ich in der Tat die Hoffnung noch nicht aufgegeben, schon bald die abschließende Lösung für das alte Problem der Quadratur des Kubus präsentieren zu können«, dozierte der *arithmeticus*, unbeeindruckt dadurch, dass die anderen Gäste ihren Überdruss mit lautem Gähnen kundtaten.

Als er sah, wie Tadius und Evaristos mit geschlossenen Augen vom Triclinium zu rutschen drohten, entschied sich Publius Aurelius einzugreifen.

»War die Frage nicht schon vor zweihundert Jahren von Nikomedes aus Alexandria gelöst worden?«, fragte er in der Hoffnung, den Redefluss des gelehrten Gastes eindämmen zu können.

»Der wahre Geometer nimmt nur Lineal und Zirkel zu Hilfe, während Nikomedes mit einem billigen mechanischen Instrument gearbeitet hat!«, antwortete Hermeteus indigniert.

»Und was ändert das?«, fragte Tadius Tullianus, etwas wacher geworden.

»Das ist doch typisch römisch, zu behaupten, eine beschränkte Maschine könnte das reine Denken ersetzen!«, empörte sich der Mathematiker. »Es ist kein Zufall, dass ihr Quiriten in eurer ganzen Geschichte nicht ein einziges Mal auf einen echten Mathematiker gebaut habt, sondern immer nur auf plumpe Ingenieure, die sich sehr schwer damit tun, *unsere* Entdeckungen mit Gefühl auf die brutale Realität zu übertragen: Alles, was an euch zivilisiert ist, ist Frucht des griechischen Genius!«.

»Aber waren es nicht die Phönizier, die euch das Alphabet beigebracht haben?«, gab der Senator zurück.

Beleidigt sah sich der Alte nicht bemüßigt, ihm zu antworten.

Aurelius nutzte geistesgegenwärtig die heiß ersehnte Pause, um das Gespräch zur großen Erleichterung aller Übrigen zu anderen Ufern zu lenken. Das Thema des Tages war natürlich das Verbrechen: Manche glaubten, Pyrrhus säße irgendwo sicher auf dem Land, andere vermuteten ihn noch in der Zeltstadt, und wieder andere meinten, er halte sich bei unbekannten Komplizen versteckt.

»Es ist doch unglaublich, dass er es geschafft haben soll, sich einfach so aus dem Staub zu machen, obwohl sämtliche Unterkünfte von Sportlern und Zuschauern durchsucht worden sind«, rief der Ritter aus Arpinum aus.

»Wieso sind die Hellanodiken übergangen worden?«, fragte der Mythograph aus Ariminum, während er unauffällig die Scherben eines Tellers unter den Tisch schob, der ihm gerade heruntergefallen war.

An seiner Seite auf dem unteren Triclinium hüllte sich der junge Begleiter des Hermeteus weiterhin in Schweigen und begnügte sich damit, aufmerksam zuzuhören, während seine flinken Augen von einem Ende des Pavillons zum anderen huschten, alles beobachteten, alles registrierten. Augen, die öfter auf Publius Aurelius ruhten, als dieser es sich wünschte.

»Abgesehen von Busirides, befanden sich doch alle auf der Tribüne, als das Verbrechen begangen wurde«, versuchte Tadius Tullianus die Frage abzuwerten, doch sein Kommentar fand nicht die gewünschte geschuldete Resonanz, weil genau in diesem Augenblick der blonde Jüngling zwischen den Vorhängen im Eingang des Zeltes erschien, den Castor auf der Terrasse so rüde beiseite gerempelt hatte, als der Leichnam des Psalmonaios entdeckt worden war.

Unschönerweise begnügte der Ephebe sich nicht damit, einfach zu erscheinen: Er schwang die Hüften und ließ sein Becken mit einer Affektiertheit kreisen, die nur schlecht zu seinem muskulösen Körper eines durchtrainierten Athleten passen wollte.

»Edler Hermeteus, teuerster Frisso, endlich habe ich euch gefunden!«, frohlockte er und demonstrierte damit seine enge Verbundenheit mit den beiden. »Habt ihr etwa unsere Freundschaft vergessen, dass ihr hier ohne mich trinkt?«, warf er ihnen vor und schenkte gleichzeitig dem Senator in einer mittelmäßigen Imitation des jungen Alkibiades – der, noch nicht trocken hinter den Ohren, bereits König aller Gastmähler gewesen war und versucht hatte, sogar Sokrates in Versuchung zu führen – ein unverschämtes Lächeln.

»Das ist Kallimachos, ein junger Athlet aus Elis, der am

Knabenlauf teilnehmen wird«, stellte Hermeteus ihn nach kurzem Zögern vor.

»Und der diesen Lauf gewinnen wird, auch wenn andere alles daran setzen, es zu verhindern«, ergänzte der Jüngling, um dann mit der Ungeniertheit eines Menschen, der es nicht gewohnt ist, etwas abgeschlagen zu bekommen, zu fragen: »Kann ich es mir bequem machen?«

»Nimm nur bei deinen Altersgenossen Platz«, erlaubte ihm der Senator ohne überschäumende Begeisterung.

Der Jüngling zog sich zu der hinteren Liege zurück, wobei er die Lippen zu einem anmutigen Schmollmund verzog, der einen Dichter auf der Suche nach einer Inspiration vielleicht erfreut hätte. Doch Aurelius, weder Grieche noch Dichter, zog es vor, seine Aufmerksamkeit wieder der Wildschweinpastete zuzuwenden.

»Mein Sohn und ich haben Kallimachos letzten Monat hier in Olympia kennen gelernt«, erklärte in der Zwischenzeit der Mathematiker etwas peinlich berührt, was mehr als deutlich zeigte, wie unangenehm ihm diese Unterbrechung war.

»Frisso ist dein Sohn?«, fragte der Senator angenehm überrascht.

»Der Einzige, der mir geblieben ist«, nickte Hermeteus, »seit die grausamen Götter mir den Rest meiner Familie entrissen haben: Eines Tages wird er meine Schule fortführen.«

Der Junge neigte ehrerbietig den Kopf, während sich auf seinem Gesicht etwas abzeichnete, was stark an Verblüffung erinnerte.

Kallimachos mischte sich beherzt ein, womit er gleichzeitig klar machte, dass er sich nicht als Zuschauer sah: »Wie? Frisso, ich dachte, du liebst das Theater: Ich habe dich die Klage der Elektra herrlich deklamieren hören, Vers für Vers wusstest du sie auswendig!«, rief er aus, und erinnerte alle daran, dass in den klassischen Tragödien alle weiblichen Rollen von männlichen Schauspielern verkörpert wurden.

»Auch ich habe oft davon geträumt, mich einmal in irgendeinem Drama über den Fall Trojas, in der Rolle der Iphigenie oder der Cassandra zu zeigen…«

»Oder in der des Pferdes«, murmelte der Senator sarkastisch.

Gleichgültig gegenüber dem bösartigen Scherz flüsterte Kallimachos seinem jungen Freund irgendeine Zärtlichkeit zu, wobei er den plumpen Ariminer, dessen Mähne sicher noch niemals die Hitze eines *calamistrum* zu spüren bekommen hatte, vollkommen ignorierte.

Evaristos, der sich wie ein Fisch außerhalb des Wassers fühlte, hustete lange, als sei ihm ein Bissen im Hals stecken geblieben. Als ein guter Kenner der Mythen kannte er Ganimed, der von Zeus geraubt worden war, wusste er vom jungen Iolaos, den Herakles geliebt hatte, von Narziss, der von Apollon verfolgt worden war, und von Achilles, der über dem Tod des Patroklos verzweifelte. Doch es war eine Sache, die Herzenswallungen der antiken Helden in den Wäldern Arkadiens oder an den Hängen des Parnass zu interpretieren, und eine ganz andere, mit einem Ganimed in Fleisch und Blut ein Triclinium zu teilen…

»Was wolltest du denn heute Morgen noch über die Verzierungen auf der Waffe sagen, die den Diskuswerfer getötet hat, Evaristos?«, griff der Senator ein, um ihn aus seiner Verlegenheit zu retten, während der blonde Ephebe, der sich nicht genügend beachtet fand, sich nach einem kurzen Gruß wieder verabschiedete.

»Die Geschichte der Hexe Deima ist lang und kompliziert«, bestätigte der Mythograph, der nur wenig geübt darin war, vor Publikum zu sprechen, mit einiger Mühe.

»Deima oder Deimo«, nickte Publius Aurelius. »Wenn ich mich nicht irre, dann handelt es sich um die Alte, die sich der Legende nach mit ihren Schwestern ein einziges Auge und einen einzigen Zahn teilt.«

»Ihr Kult in Korinth ist verknüpft mit der Figur der berühmten Medea, um die sich verschiedene Legenden ranken: Die bekannteste erzählt, wie sie – verlassen vom undankbaren Jason, dem sie geholfen hatte, das Goldene Vlies zu erlangen – eigenhändig die Kinder umbrachte, die sie ihm geboren hatte. Eine andere Version der Geschichte hingegen besagt, die Kinder seien von den Korinthern gesteinigt worden, die, um ihre Schuld zu sühnen, jahrhundertelang die Haare ihrer eigenen Nachkommen Deima zu Ehren opferten, einer geheimnisvollen weiblichen Gottheit, die als Verkörperung der Medea galt«, erläuterte der junge Mann und spielte dabei nervös mit einem Messer in seinen Händen.

Vorausschauend gab der Senator einem Sklaven ein Zeichen, das Messer durch ein weniger scharfes zu ersetzen, bevor Evaristos noch durch eine ungeschickte Bewegung die Finger der anderen Gäste dezimierte.

»Was hat denn das alles mit dem Verbrechen zu tun?«, fragte der wenig romantisch veranlagte Tadius Tullianus, der ebenso sichtlich allergisch auf Evaristos Ungeschlachtheit wie auf die Feinheiten der griechischen Mythologie reagierte: Zum Glück waren religiöse Probleme zwischen Göttern und Sterblichen in der Urbs durch ein Abkommen geregelt, bei dem der Gläubige die vorgeschriebenen Opfer lieferte und die Götter im Gegenzug einen günstigen Wind, die Überlegenheit in der Schlacht oder bei anderen Ereignissen lieferten bis hin zu lärmenden Gänsescharen, die jederzeit in eine apokalyptische Kakophonie ausbrechen konnten, um eventuelle Angriffe von Barbaren auf das Capitol im Keim zu ersticken.

»Die auf der Scheibe abgebildete Alte könnte auch Hekate aus der Unterwelt oder irgendeine Gorgo sein. Es kam mir nur seltsam vor, dass ein Hellene wie Diagoras sie sofort als die dunkle Deima identifizierte, deren Kult seit mehr als hundert Jahren ausgestorben ist und sowieso ausschließlich in Korinth verbreitet war«, erklärte Evaristos noch einmal im Detail und bewies damit, dass er seinen Kopf wesentlich geschickter einzusetzen wusste als seine Hände.

»Wahrscheinlich fehlt in eurer Stadt ein Platz für militärische Übungen, mein Junge, wenn du es dir leisten konntest, deine Zeit mit solchem Unsinn zu verschwenden!«, platzte Tadius heraus, während er gleichzeitig in einem Anfall übertriebener Vorsicht versuchte, den großen Mischkrug zwischen sich und seinen Tischnachbarn zu schieben.

Als er die Einladung eines Amphytrion angenommen hatte, der sicher zu Recht in dem Ruf stand, ein brillanter und weltgewandter Mann zu sein, hatte der Ritter aus Arpinum nicht erwartet, sich eine einschläfernd langweilige Erörterung doppelter Würfel oder obskurer Legenden einzubrocken, ebenso wenig wie er damit gerechnet hatte, sich den Attacken eines törichten Ariminers aussetzen zu müssen, der nicht einmal in der Lage war, seine elementarsten Bewegungen zu koordinieren.

»Was haltet ihr davon, wenn wir jetzt aufhören, uns mit einem toten Athleten zu beschäftigen, um Wetten auf die lebenden abzuschließen?«, schlug er daher vor, in dem Versuch, dem unter den ungünstigsten Vorzeichen begonnenen Abend noch zu einem erfreulichen Schluss zu verhelfen.

»Stellt euch nur vor, ich habe vom Sekretär des Senators eine Wette über dreitausend Drachmen auf den Sieg von Kephalos im Fünfkampf angenommen. Es kam mir fast vor, wie einem Kind Süßigkeiten zu stehlen, denn ich weiß aus sicherer Quelle, dass dieser Sportler nicht einmal vorhat, zum Finale anzutreten. Aber Spiel ist Spiel, und diesem unverschämten Kerl wird eine kleine Lektion nicht schaden. Vielleicht wäre er etwas beruhigter, wenn du für ihn bürgen würdest, immerhin ist er ja nur ein einfacher Sklave …«

»Castor zieht es vor, sich eher als ›Gentlemans Gentleman‹ zu bezeichnen«, lächelte der Patrizier, bevor er in aller

Ruhe die Bürgschaft annahm, weil er schon wusste, wie die Wette ausgehen würde.

»Auf Olympia, *vivat*!«, prostete der Ritter. Evaristos, der nicht zugeben wollte, dass er für gewöhnlich nichts trank, schüttete eine Schale stark verdünnten Wein herunter und schaffte es dabei, mehr als die Hälfte über Frissos *chiton* zu verschütten, der daraufhin hinausgehen musste, um sich umzuziehen.

Aurelius wollte gerade seinerseits den Kelch erheben, als er von einem Sklaven gerufen wurde. »*Kyrie*, man verlangt in den Ställen nach dir; einem der Fohlen der Dame Pomponia geht es schlecht!«

»Schon wieder!«, rief der Patrizier aus und verließ überstürzt sowohl seine Gäste als auch das Zechgelage: Die Matrone würde ihn in Stücke reißen, wenn er ihr ihre Fohlen nicht wohlbehalten und gesund zurückbrächte.

Kurz darauf war er bei dem Pferdchen, das neben dem verzweifelten Pelagius auf der Seite lag, der versuchte, ihm leise Mut zuzusprechen.

»Komm schon, Boreas, gib nicht auf, mein Guter! Was haben dir diese Verbrecher nur angetan, mein Schatz?«, jammerte der Wagenlenker und kraulte die dichte braune Mähne. »Herr, diese Mörder haben es vergiftet, unser Fohlen. Also von mir aus können sie ja gern die Athleten umbringen, aber auf die Pferde loszugehen, das ist einfach niederträchtig!«

»Wir müssen ihn hochheben, damit er wieder auf die Beine kommt. Verdammt, er ist viel zu schwer, zu zweit schaffen wir das niemals. Wo ist denn nur dieser Drückeberger von einem Sekretär abgeblieben?«, fluchte Aurelius.

Just in dem Moment erschien Castor auf der Bildfläche, gefolgt von einem plumpen, untersetzten Mann in einem dicken Pelzmantel, der eine auffällige rote Mütze mit schwarzen Streifen trug.

»Ich dachte, die Anwesenheit eines Tierarztes könnte sich als nützlich erweisen, *domine*.«

»Wir haben den Verdacht, dass unserem Boreas Gift verabreicht worden ist«, erklärte Aurelius.

Der Neuankömmling ging darauf nicht ein, sondern begnügte sich damit, dem Vierbeiner lange in die leidenden Augen zu sehen. Unmittelbar danach zog er eine Phiole aus seiner Satteltasche und entkorkte sie, worauf sich im ganzen Stall ein übel riechender, süßlicher Gestank verbreitete, der stark an den Gestank eines halb verwesten Tierkadavers erinnerte. Dann begann er, der Flüssigkeit ein wenig Kleie beizumengen und murmelte dabei unablässig Beschwörungen in einer unbekannten Sprache, in der der Name Baal mehrfach wiederholt wurde. Mit vereinten Kräften gelang es Aurelius und Pelagius, das Maul des Tieres aufzuhalten, sodass der Arzt ihm die Mixtur einflößen konnte, die als Gegengift wirken sollte. Kaum hatte Boreas die Medizin geschluckt, fand er auch schon die Kraft, sich zu erheben. Er schüttelte sich und schnaubte ein paar Mal zufrieden und erleichtert aus.

»Sehr gut!«, freute sich Aurelius.

»Der Herr der Fliegen war so gnädig, uns zu helfen. Ihr habt Glück gehabt, aber denkt immer daran, dass man bei einem Tier im Zahnwechsel, das schon die Milchzähne verloren hat, darauf achten muss, dass es nicht ein Froschgeschwür oder andere Maulinfektionen bekommt«, dozierte der Tierarzt, während Aurelius freundlich nickte, ohne auch nur das Geringste von dieser düsteren Rede zu verstehen.

»Welches Gift hat denn deiner Meinung nach die Übelkeit verursacht?«

»Was auch immer es war, er hat es schon fast überwunden und wird sich bald erholen.«

»Wie kann ich dir danken? Du musst äußerst kompetent sein, denn ich habe noch nie jemanden so schnell und zielgerichtet reagieren sehen«, bekräftigte Aurelius, allerdings ohne allzu viel Verwunderung. In Elis wimmelte es nur so vor spezialisierten Tierärzten, die sich um die Gesundheit der Rennpferde kümmerten und ihnen eine bis ins Detail geplante Ernährung verordneten: Die Pferderennen waren mit Abstand die beliebtesten von allen olympischen Disziplinen, und die Züchter sparten nicht an Gesundheitskontrollen, weil sie im Fall eines Sieges die eingesetzten Summen zehnfach herausbekamen. Der fähige Heiler machte dennoch einen etwas exotischen Eindruck, und der Gott, den er angerufen hatte, war ein phönizischer …

»Ich heiße Zarzas. Erfahrung habe ich wahrlich mehr als genug, auch wenn es, um die Wahrheit zu sagen, das erste Mal ist, dass ich mich dazu herablasse, ein gewöhnliches Pferd zu behandeln«, sagte er.

»Keiner der offiziellen Tierärzte hatte helfen wollen, *domine*«, erklärte Castor unter dem verblüfften Blick seines Herrn, der immer noch dachte, er stünde einer Leuchte der Medizin gegenüber.

»Pferde sind Tiere von zweifelhafter Nützlichkeit, die nur von Hirnlosen bevorzugt werden, die viel zu schnell unterwegs sein wollen und damit Grenzen überschreiten, die ihnen die Natur und die Götter auferlegt haben«, erklärte der exzentrische Veterinär. »Der wahrhaft Weise, der Wert darauf legt, seinen Weg vorausschauend und umsichtig zu gehen, meidet diese launischen Tiere, um sich stattdessen das vertrauenswürdigste, intelligenteste, robusteste und edelste Tier zunutze zu machen: den Esel!«

»O ihr Götter, unser Boreas in den Händen eines Eseltreibers!«, stöhnte Pelagius entsetzt auf und schlug die Hände vors Gesicht.

»Ich züchte und ziehe seit zwanzig Jahren kühne Equiden auf. Also habe ich nicht gezögert, denselben Trank, der auch meinen Eseln immer wieder das Leben gerettet hat, bei deinen Pferden einzusetzen, selbst wenn sie nicht viel mehr als deren arme Verwandte sind. Gott Baal hat den Rest erledigt.«

»Es hat wunderbar gewirkt«, gestand Aurelius ein. »Deshalb, Eselzüchter oder nicht, möchte ich dich gern anstellen, um meine Fohlen zu betreuen.«

»Ich nehme gerne an: Ich lebe seit einigen Jahren in Korinth, und ich arbeite gern für Griechen.«

»Allerdings bin ich in Wirklichkeit Römer«, stellte Aurelius richtig.

Augenblicklich erstarrte die wohlwollende Miene des Eselzüchters, und er wich einen Schritt zurück wie jemand, der ausgezogen war, um Herkules zu treffen und sich jetzt plötzlich vor der Hydra mit ihren tausend Köpfen wieder fand.

»In diesem Fall werde ich dir wohl nicht behilflich sein können, *kyrie*.«

»Und wieso nicht? Ich biete dir eine Menge Drachmen!«

»Das ist keine Frage des Geldes, sondern der Ehre. Ich habe geschworen, niemals einem Römer zu dienen: Ich stamme aus Karthago«, erklärte der Eselzüchter stolz.

»Aber die punischen Kriege liegen schon Jahrhunderte zurück!«, entgegnete der Senator.

»Es gibt Wunden, die die Zeit nicht heilt«, erwiderte der andere eisig. Publius Aurelius wollte schon widersprechen, doch er hielt sich zurück: Hätte man seine Vaterstadt bis auf die Grundmauern zerstört und noch Salz auf den Ruinen verstreut, damit niemals mehr etwas darauf wüchse, würde auch er die Erinnerung daran vielleicht länger bewahren, dachte er betrübt.

»Ich nehme an, es reicht dir nicht, wenn ich dir sage, dass Cato mir immer unsympathisch war, um dich doch noch umzustimmen«, seufzte er. »Wie auch immer, ich stehe in deiner Schuld. Würdest du eine Einladung auf einen Krug

Wein an meinem Tisch annehmen, trotz der alten Feindschaft zwischen unseren Völkern?«

»Attilius Regulus hat mit den Karthagern zu Tisch gelegen, und es ist ihm schlecht bekommen«, wandte Zarzas ein.

»Ich werde darauf achten, mich von mit Nägeln gespickten Fässern fern zu halten!«, scherzte der Patrizier, während er ihm den Weg zum Pavillon wies. »Geh nur schon vor, ich komme gleich nach. Ich will nur schnell noch zwei von meinen Männer abstellen, um unseren Rekonvaleszenten zu bewachen.«

Kurz darauf, nachdem er die Stallwachen eingeteilt hatte, durchquerte Aurelius erneut die ausgedehnte Ebene der Zeltstadt, wo die Feuer bereits ausgingen und viele Sklaven nach Feierabend noch beim Würfelspiel herumlungerten.

Da doch noch einige Leute unterwegs waren, hätte Aurelius den Mann, der sich hinter einem der krummsten Olivenbäume versteckte, wohl kaum bemerkt, hätte jener nicht seine Aufmerksamkeit dadurch erregt, dass er sich ständig misstrauisch umblickte wie jemand, der Angst hat, verfolgt zu werden.

Trotz der weit in die Stirn gezogenen Kukulle erkannte Publius Aurelius auf Anhieb den kleinen Kopf des Spartaners Elektrion, eines der Fünfkämpfer, der heute hätte gegen Pyrrhus und Psalmonaios antreten müssen, wenn diese im Rennen geblieben wären. Wohin wollte er nur zu so später Stunde, wo seine Konkurrenten schon seit geraumer Zeit in ihren Unterkünften im Leonidaion schliefen, um zu garantieren, dass sie morgen frisch und ausgeruht aufwachten?

Der Patrizier hatte kaum begonnen, ihm nachzugehen, als er direkt an einer offenen Lagerstätte durch einen Triumphschrei abgelenkt wurde.

»Venus, ich habe gewonnen!«, tönte eine bekannte Stimme, die jemandem gehörte, der sich in diesem Moment eigentlich im Schutz eines sicheren Zeltes befinden sollte. Der Senator trat vorsichtig näher und erspähte neugierig ein Grüppchen Sklaven, unter denen ein junger Mann mit glatten Wangen und einer zerknautschten Mütze auf dem Kopf hervorstach.

»Endlich hast du eine Glückssträhne, mein Freund! Wenn Fortuna dir weiterhin so hold ist, hast du bald all deine Verluste wieder zurückgewonnen und treibst uns in den Ruin!«, lachte einer seiner Kumpane und riss mit gierigen Bissen Stücke aus einem Geflügelschenkel, den er vom Tisch seines Herrn entwendet hatte.

Publius Aurelius trat unter den Bäumen hervor und legte dem glücklichen Spieler, der gerade zu einem weiteren Wurf ansetzen wollte, eine Hand auf die Schulter. Der fuhr herum und hielt, die Hand halb in der Luft, mit weit aufgerissenem Mund inne.

»He, du willst uns doch nicht unseren Kumpel wegnehmen: Er hat gerade eine Glückssträhne!«, protestierte ein halb betrunkener Tölpel und nahm den letzten Schluck aus einem Topf mit verdünntem Wein.

»Besser für euch, wenn ich ihn mitnehme. Und die hier ziehe ich ein!«, befahl der Patrizier, während er die Würfel an sich nahm. »Was euch betrifft, so rate ich euch, schleunigst zu verschwinden, bevor ich eure Herren auf die Idee bringe, euch mal gründlich auszupeitschen!« Murrend, ein paar Verwünschungen auf den Lippen, verzogen sich die Sklaven.

»Spielverderber, ich war gerade am Gewinnen, du hast mir meine Glückssträhne kaputtgemacht!«, zischte Tullia ihn giftig an und riss sich zornig die Kappe vom Kopf.

»Ja, das Glück der Hühner, die später ausgenommen werden! In einer bestimmten Phase des Spiels lassen sie ihr ahnungsloses Opfer gewinnen, um es dazu zu verleiten, weiterzumachen. Hast du denn nicht bemerkt, dass die Würfel manipuliert sind?«

»Wie soll ich das denn wissen?«, fragte Tullia achselzuckend.

»Ich dachte, Truculentus hätte dich, als guter Freund deines zweiten Ehemannes Ahenobarbus, in die gute Gesellschaft der Gladiatoren, Prostituierten und Zuhälter eingeführt, denen alle Geheimnisse der Würfel bekannt sind.«

»He, woher nimmst du das Recht zu solchen Unterstellungen?«, gab Tullia empört zurück. »Und außerdem, wie kannst du dir überhaupt erlauben, mir hinterherzuspionieren?«

»Ich habe dir nicht nachspioniert; ich habe deinen Schrei noch bis ans Krankenlager meines Pferdes gehört und mich unverzüglich hierher begeben, um zu verhindern, dass du auch noch deine Tunika verspielst und gezwungen bist, all die Köstlichkeiten offen zu legen, die du darunter verbirgst. Ich kann mir gut vorstellen, dass die drei Verrückten sich dann entschlossen hätten, dich noch ein Weilchen hinzuhalten!«

»Oh, also bist du nur herbeigeeilt, um mich aus ihren Fängen zu befreien, überaus großherziger Publius Aurelius. Und dir ist gar nicht erst in den Sinn gekommen, dass ich vielleicht auch allein zurechtgekommen wäre? Ganz zu schweigen davon, dass ich mich dabei vielleicht noch viel mehr amüsiert hätte?«

»Von wem du dich vergewaltigen lässt, leichtsinnige Tullia, ist deine Sache, aber ich fürchte, du wirst deine Identität nicht lange geheim halten können, wenn du dich weiterhin zur Schau stellst wie ein betrunkener Sklave. Was wird dein Bruder dazu sagen?«

»Oh, Tadius, das ist mir vielleicht einer! Erst ruft er mich dringend nach Olympia, dann bestreitet er, die Nachricht geschrieben zu haben, und schreibt mir vor, mich Tag und

Nacht im Zelt zu verstecken, ohne bei den Wettkämpfen dabei sein zu dürfen. Du wirst ihm doch nicht verraten, dass du mich beim Spielen erwischt hast, oder? Dieses Land hält seine Frauen an einer so kurzen Leine, dass man schon ein paar Verbote übertreten muss, wenn man auch nur ein bisschen Spaß haben will…«

»Ich habe da so ein paar Verbote im Kopf, gegen die wir gern gemeinsam verstoßen können«, schlug Aurelius vor und nutzte die unverhoffte Gelegenheit, endlich mit der jungen Frau anzubändeln.

»Ich muss zurück, bevor mein Bruder entdeckt, dass ich nicht da bin«, wiegelte sie ab und machte sich in Richtung Zelt auf.

»Sehr gut, wir werden allein sein. Tadius hat gerade damit angefangen, meinen besten Wein zu probieren, und der wird noch für einige Stunden reichen«, versicherte ihr der Patrizier.

»Denke nicht einmal daran, in mein Schlafzimmer zu kommen! Geh weg, oder ich fange an zu schreien!«, drohte ihm Tullia. Und als der Senator immer noch keine Anstalten machte zu gehen, bekräftigte sie: »Ich werde sagen, dass du mich verfolgt, mich überfallen und versucht hast, mir Gewalt anzutun!«

»Was für eine schöne Idee, vielen Dank, dass du mich darauf gebracht hast«, spottete der Senator, während er beide Arme um sie legte.

»Ich habe einen extrem eifersüchtigen Gatten, er wird dich in Stücke reißen…«, flüsterte Tullia, die nur noch halbherzig Widerstand leistete, um sich dann seiner Umarmung zu ergeben.

»Für dich würde ich sogar Argus mit den tausend Augen herausfordern«, erklärte der Patrizier galant. »Und abgesehen davon, weilt dein dir angetrauter Gatte derzeit weit weg von Olympia…«

Im selben Augenblick ließen schwere Schritte die Wurzeln der Bäume ringsum erbeben.

»Himmel, mein Mann!«, rief Tullia aus und ergriff die Flucht, während der Umriss eines Kolosses am Waldrand sichtbar wurde.

»Du musst vorsichtiger sein, *domine*. Wäre es wirklich Perquitienus gewesen, der dein Techtelmechtel beobachtet hätte, hätte nicht einmal ich gewusst, wie ich dich aus seinen Fängen hätte befreien sollen!«, rief Castor aus, über das Lager seines Herrn gebeugt, das er für die Nacht vorbereitete.

»Tullia glaubte wirklich, ihren Ehemann an der Schwere der Schritte zu erkennen. Zum Glück war es nur Panther, aber leider begleitet von Tadius Tullianus, der seine anmutige Schwester jetzt umso strenger überwachen wird.«

»Anmutig?«, wiederholte Castor und verlieh seinem Widerspruch mit einem leichten Heben der Augenbrauen Ausdruck. »Eine solche Beschreibung würde vielleicht auf ein hübsches, aber vollkommen unschuldiges Mädchen zutreffen, *domine*. Bei Tullia hingegen fehlt jede Spur von ausgewogener Urteilskraft, die wenigstens ab und zu den weiblichen Launen einen Riegel vorschiebt.«

»Vernünftige Frauen langweilen mich zu Tode, Castor. Die Anwesenheit eines so unternehmungslustigen Mädchens wird zumindest den Exhibitionismus mancher Epheben ausgleichen.«

»Du spielst auf das Jüngelchen mit den goldenen Locken an, das gestern Abend unser Gastmahl gestört hat?«, grinste der Sekretär. »Sein Auftritt war auf jeden Fall Wasser auf den Mühlen aller Kritiker, die sich nur schlecht mit der griechischen Tradition des Ephebentums anfreunden können. Eine solche Tradition besteht in einer Beziehung zwischen einem Jungen, dem *eromenos* oder Geliebten, und einem erwachsenen Mann, dem *erastes* oder Liebhaber, der sich seiner annimmt, indem er ihn zum Beispiel erzieht, während er gleichzeitig versucht, seine Zuneigung zu gewinnen. Wird der Ephebe allerdings erwachsen, erwartet man von ihm, dass die Rollen sich umkehren und er den männlichen Part übernimmt: Dieser ziemlich abrupte Wechsel findet statt, sobald die ersten Härchen sprießen, ein Drama, das nicht zufällig in den Liedern vieler Dichter besungen wird.«

»Meine typisch römische Ungehobeltheit bewahrt mich ja zum Glück davor, mich in solchem Kummer zu verzehren«, brummte der Patrizier gereizt.

»Und doch riskierst du wesentlich mehr, wenn du ständig auf der Jagd nach Frauen bist, als irgendein hellenischer *erastes*. Erinnerst du dich an diese saftige Anekdote, in der ein Verführer der Rache des tobenden Ehemanns entkommt, indem der vorgibt, nur deshalb ins Haus eingedrungen zu sein, um einen kleinen Sklaven zu verführen? Um Tullianus davon zu überzeugen, dass du in aller Unschuld seine Schwester umarmt hast, musste ich mich genau von dieser Geschichte inspirieren lassen.«

»Was hast du ihm denn erzählt?«, fragte der Patrizier voller düsterer Vorahnungen.

»Ich habe ihm vorgemacht, Tullia hätte ihre Kleider mit dir getauscht, um einem ganz bestimmten Verlangen deinerseits nachzugeben«, erklärte der Sekretär seelenruhig.

»Aber jetzt wird Tullianus glauben …« Aurelius wagte es nicht, die zwangsläufigen Schlussfolgerungen laut auszusprechen.

»Ja, er hat tatsächlich nur breit gegrinst und es bemerkenswert gefunden, wie eilfertig manche Reisenden die örtlichen Gepflogenheiten übernehmen.«

»Du unglückseliger Tunichtgut! Du niederträchtige Kanaille, du nichtsnutziger Sklave, du wandelndes Unheil!«, tobte Aurelius wutentbrannt. »Weißt du, was es bedeutet, in

Rom den Ruf eines *pathicus* zu bekommen? Du schaffst es noch, dass man mich aus der Kurie wirft!«

»Sieh das doch nicht so eng, *domine*! Der göttliche Julius hat die Urbs für sich gewonnen, obwohl er ständig am Bett des Nicomedes von Bithynien herumlungerte. Und viele sind überzeugt davon, dass der göttliche Augustus seine jugendliche Unschuld dem mächtigen Großonkel geopfert hat, um adoptiert und in der Folge zum Erben ernannt zu werden.«

»Caesar und Augustus sind mir vollkommen egal! Wenn diese Geschichte nach Rom dringt, wird keine annehmbare Matrone mehr etwas mit mir zu tun haben wollen.«

»Da irrst du dich, *domine*: Ein zweideutiger Ruf bringt ohne Zweifel nur Vorteile, nicht zuletzt den, sich ohne Bedenken den Damen nähern zu können, wie vornehm oder verheiratet sie auch sein mögen, ohne ihre Bewacher zu alarmieren!«, versuchte Castor seinen Herrn zu überzeugen – vergeblich.

»Wage es nur Castor: Wenn nur ein Wort, ein einziges Wort, über diese Sache in der Hauptstadt zu hören ist, wirst du deine Heimfahrt auf einem meiner Schiffe, auf dem untersten Deck ans Ruder gefesselt, antreten. Noch mehr, ich werde dafür sorgen, dass du so neben dem dreckigsten, schmutzigsten und ekelhaftesten Individuum in der ganzen Ägäis in Ketten geschlagen wirst, dass deine Nase ständig direkt an seinem Hinterteil liegen muss! Und wenn du Rom erreicht haben wirst und dein Geruchssinn sowieso schon außer Gefecht gesetzt ist, werde ich dich in die Salzminen Siziliens schicken, wo du bleiben wirst, bis auch deine Augen hinüber sind. Ach was, wozu noch bis zu unserer Abreise warten? Besser, ich schicke dich direkt zum Hafen!«

»Wie du willst, Patron. Schade nur, dass ich dir dann einige sehr seltsame Informationen über unseren Tadius Tullianus nicht mehr mitteilen kann …«

»Spuck alles aus!«, befahl ihm Aurelius und spürte, wie sein Zorn sich legte.

»Er behauptet, erst gestern in Olympia angekommen zu sein. Dagegen habe ich herausgefunden, dass er schon seit einigen Tagen hier ist…«

»Was hat er zu verbergen? Hör auf, mich auf die Folter zu spannen, so sag schon, du missratener Sklave, rück heraus damit!«, drängte ihn sein Herr.

»Es geht das Gerücht, er hätte ein hübsches Sümmchen auf Elektrions Sieg im Fünfkampf gesetzt, das ihm gar nicht gehörte. Es gibt keine Beweise, aber man weiß ja: *vox populi, vox die* – des Volkes Stimme ist die Stimme Gottes…«

»Möglicherweise versucht er, das Geld, das er den Bankkunden aus der Tasche gezogen hat, noch zu vermehren. Dabei behauptet er steif und fest, überhaupt nichts mehr zu besitzen – wie so viele Bankrotteure, die mit Taschen voller Geld Pleite machen«, überlegte der Senator. »Psalmonaios' Tod hat auf jeden Fall sein Risiko gemindert…«

»Um den Megarer aus dem Weg zu räumen, musste man ihn aber doch nicht gleich ermorden; es hätte schon gereicht, dafür zu sorgen, dass er sich das Knie verstaucht«, wandte Castor ein. »Als du mir erzählt hast, ihn humpeln gesehen zu haben, habe ich gedacht, es könnte ganz nützlich sein, ein wenig mehr darüber in Erfahrung zu bringen. Es sieht ganz so aus, als sei Psalomonaios direkt am Abend vor seinem Tod im Bad ausgerutscht. Dabei ist ihm ein Diener zu Hilfe gekommen, dem er mit einem reichlichen Trinkgeld gedankt hat, damit er zu niemandem ein Wort über den Vorfall verlöre.«

»Also wollte er nicht, dass irgendjemand von seinem Unglück erfährt«, meinte Aurelius nachdenklich. »Aber war es denn wirklich ein Unfall?«

»Und jetzt kommt das Schöne daran, *domine*!«, juchzte der Grieche und streckte die Hand aus, in Erwartung einer angemessenen Gegenleistung für die Fortsetzung seines Berichtes. »Als der Bademeister das Becken putzte, hat er einen großen Fleck am Beckenrand entdeckt. Er stammte von dem Öl, mit dem sich die Kämpfer einreiben, um es ihren Gegnern zu erschweren, ihre Griffe anzubringen. Und tatsächlich war kurz davor der Fünfkämpfer Panther im Bad gewesen, zusammen mit einem Fremden. Einem Mann mit Adlernase und römischem Akzent. Und hier kommt unser braver Ritter wieder ins Spiel!«, schloss Castor hochzufrieden.

Tagsüber schwirrte der heilige Wald vom Zirpen der Zikaden, nachts standen die Grillen ihnen in nichts nach. Im Traum verwandelten sie sich in Sistren – die alten rituellen Rasselinstrumente –, gespielt von einer Sylphide, die sich langsam und rhythmisch in fließenden Bewegungen hin und her wiegte. Aurelius sah ihr Gesicht nicht, doch er bewunderte den geschmeidigen Körper, der durch einen Schleier auf den Hüften kaum verhüllt wurde. Und siehe da, als die Tänzerin sich umwandte, schwieg das Sistrum unvermittelt, untergegangen im Schlagen der Trommeln, und die Brust erschien in vollem Licht, flach, muskulös, männlich, während das Gesicht sich als das Antlitz des jungen Frisso entpuppte…

Schweißgebadet fuhr Publius Aurelius aus dem Schlaf hoch und sprang aus dem Bett.

»Was hältst du von Hermeteus' Sohn?«, fragte er wenig später Castor, der mit der Waschschüssel für die Morgentoilette hereinkam.

»Er scheint mir ein Junge von eher bescheidener Intelligenz zu sein; offen gesagt, verstehe ich nicht, wieso du ihn ständig so interessiert beobachtest«, erwiderte Castor misstrauisch.

»Ich? Ach woher! Das musst du dir im Weinrausch eingebildet haben!«, stritt der Patrizier entschieden ab und hütete sich wohl, ihm von seinem seltsamen Traum zu erzählen. »Mich beschäftigt eher dieser komische Tierarzt, der mich so schräg anschaut, als wäre ich es persönlich gewesen, der die Felder von Karthago versalzen hat!«

»Ja, das ist wirklich ein seltsamer Mensch, *domine*. Den ganzen Abend lang hat er seine lächerliche Kappe aufbehalten und seinen Pelz um sich gezogen, als wären wir mitten im Winter, hat mit vollen Backen gemampft und sich nicht ein einziges Mal am Gespräch beteiligt. Anscheinend interessiert er sich ausschließlich für seine Esel…«

»Esel… Onos! Lass mich noch mal das Stück Papyrus sehen, Castor, vielleicht haben wir das Rätsel gelöst! Wenn Zarzas geschäftliche Kontakte zu Psalmonaios aus Megara hatte und am Ort des Verbrechens war…«

»Ich muss deiner Begeisterung leider einen Dämpfer versetzen, *domine*: Weder Onos noch der Plural Onoi können das Wort sein, das wir suchen. Der dritte Buchstabe ist leider kein O, sondern vielmehr ein A. Und jetzt, auch wenn deine Ratespielchen noch so unterhaltsam sein mögen, muss ich dich daran erinnern, dass das Konzert der Herolde gleich beginnt und du dich noch rasieren lassen und die Toga mit dem *laticlavius* anlegen musst, um den Senat von Rom würdig zu vertreten.«

»Ich muss immer noch über Psalmonaios' Leichnam nachdenken«, murmelte Aurelius, der sich unbeirrt seinen Überlegungen hingab, während er sich Gesicht und Hals mit dem kalten Wasser aus der Schüssel wusch. »Warum hat man ihm zwei Hiebe versetzt, von denen erst der zweite tödlich war? Als ich mich im Schatzhaus über den Fünfkämpfer gebeugt habe, kam es mir noch dazu so vor, als sei das Blut auf der *endromis* bereits geronnen, während das aus der Kehle noch auf die Marmorplatten des Bodens tropfte. Die Untersuchung im Leichenschauhaus hat außer der Verstauchung am Knie keine weiteren Verletzungen zu Tage gebracht…«

Der Sekretär bebte schon vor Vorfreude, tat aber, als höre er zu. Nachdem er die sizilianischen Mienen und die Galeere von der Liste der möglichen Bestrafungen gestrichen hatte, erschien ihm das Beharren seines Herrn auf dem Thema des Verbrechens eher lästig, eine reine Verschwendung kostbarer Zeit, die man wesentlich sinnvoller mit ausgedehnten Aufenthalten in den Spielhöllen oder im Bordell verbringen könnte. »Haben wir etwa in einer Nussschale den wilden Stürmen getrotzt, nur um uns hier mit einem alten Stockfisch zu beschäftigen?«, fragte er. »Leichen haben wir in der Urbs schließlich auch in Hülle und Fülle.«

»Wesentlich weniger interessante!«, gab der Senator zurück. »Hier stehen wir nicht vor der üblichen Verschwörung, um den Kaiser zu erstechen, der gerade an der Macht ist, und wir haben es auch nicht mit einer banalen Vergiftung unbequemer Verwandter zu tun, wie sie zu Zeiten von Livia Augusta so zahlreich in der kaiserlichen Familie vorkamen. Ebenso wenig handelt es sich um einen gewöhnlichen Gattenmord oder einen Befreiungsschlag irgendwelcher junger Leute, die der exzessiven Langlebigkeit wohlhabender Erbonkel ein Ende setzen. Wir haben hier ein echtes Rätsel zu lösen, und das alles im Rahmen der Olympiade mit ihren Riten, ihren Hoffnungen und ihren heftigen Konkurrenzkämpfen, die einen hervorragenden Hintergrund dafür liefern. Das ist eine besonders komplexe Herausforderung, Castor, ein für uns vollkommen neues Abenteuer. Und uns gefällt alles Neue, also beschäftigen wir uns damit!«

»Meinst du mit diesem ›wir‹ mich, *domine*?«, fragte Castor, leicht beunruhigt durch diesen verpflichtenden Plural, vorsichtig nach.

»Bist du etwa nicht mein treuester Sklave?«

»Sklaverei hin oder her, es ist allgemein bekannt, dass wer

gute Arbeit gut gemacht haben will, sie auch angemessen entlohnen muss.«

»Fünfhundert Drachmen, wenn du mir detaillierte Informationen über das Opfer beschaffst, und noch mal so viel, wenn es dir gelingt, noch etwas über den Wagenlenker Lampo herauszufinden, dessen Anwesenheit in den Ställen eine offene Bedrohung für die Gesundheit von Pomponias Fohlen darstellt«, schlug der Senator vor.

»Hundert!«, spielte Castor ihm den Ball aus reiner Gewohnheit zurück, denn beide wussten, dass sie nach kurzer Verhandlung die Belohnung genau in der Mitte festsetzen würden. »Außerdem musst du noch den Gefallen einrechnen, den ich dir getan habe, indem ich dich bei einem eifersüchtigen Bruder von jedem Verdacht rein gewaschen habe.«

»Was Recht ist, ist Recht, Castor«, gab der Patrizier zu und streckte die Finger nach seinem *marsupium* aus. Doch auf halbem Wege, statt die kleine Börse aus Damwildleder zu ergreifen, rutschte seine Hand mit Schwung auf die ausgestreckte Handfläche des Sklaven und versetzte ihm einen heftigen Schlag.

»Eine giftige Spinne wollte gerade deinen Arm hochkrabbeln, Castor! Die sind hier fast so verbreitet wie die Skorpione.«

»Quitt?«, fragte Castor ungerührt und streckte seinem Herrn die geschundene Hand hin.

»Quitt«, akzeptierte Publius Aurelius. »Zumindest für den Augenblick.«

III

Erster Tag der zweihundertfünften Olympiade

Der Wettstreit der Trompeter nahm kein Ende. Publius Aurelius, der keine besondere Schwäche für Fanfaren hegte, gähnte auf seinem tragbaren Stuhl und schaute zu der unternehmungslustigen Tullia hinüber, die wenig entfernt in Verkleidung neben ihrem griesgrämig dreinblickenden Bruder saß. Keine Macht der Welt hatte sie von ihrem Vorhaben abbringen können: Nach einer Flut von Tränen und Schluchzern war es der Dame gelungen, verkleidet der Eröffnungsparade der Olympiade beiwohnen zu dürfen, allerdings unter dem Versprechen, sich ab dem folgenden Tag, wenn die Athleten in all ihrer verwegenen und kraftstrotzenden Nacktheit auf der Bildfläche erschienen, züchtig an einen sicheren Ort zurückzuziehen.

Der Anblick einer attraktiven Dame, auch wenn sie in Männerkleidung gehüllt war, war äußerst tröstlich für Aurelius, ebenso wie das kleine verschwörerische Zeichen, das Tullia ihm heimlich gab, als ihr aufmerksamer Wächter für einen Augenblick abgelenkt war. Allerdings konnte dieses flüchtige Lächeln den Schaden nicht wettmachen, den die Herolde anrichteten, die seit Stunden aus voller Kehle trompeteten; mit verheerenden Auswirkungen auf das Trommelfell des Senators, den nur seine allerhöchste senatoriale Würde davon abhielt, sich wie der größte Teil des Publikums einfach eine Kappe mit langer Krempe überzuziehen, die vielleicht wenig elegant sein mochte, dafür aber bestens geeignet war, um die Ohren zu schützen.

Zu der Geräuschkulisse kamen noch die Mücken hinzu, angelockt durch das Blut, das während der Schlachtungen und Opfer der Eröffnungszeremonie in den Fluss geflossen war. Als Aurelius die ersten Zenturien kriegerisch gesinnter Insekten bedrohlich summend seine Nase ins Visier nehmen sah, gab er den *flabelliferi* ein Zeichen, energisch mit den Fächern einzuschreiten, Senatorenrang, epikureischer Gleichmut und ehrwürdige olympische Traditionen hin oder her.

»Denkst du, das Trompetenkonzert dauert noch sehr lange?«, wandte er sich voller Ungeduld an Castor, der, unerschüttert durch die infernalische Geräuschkulisse, zufrieden vor sich hin döste.

»Wie?«, fragte der listige Grieche und pulte sich die Stopfen aus den Ohren. Aurelius schaute ihn verblüfft an: Sicher hätte er seinem Sklaven befehlen können, ihm die Stopfen zu überlassen, aber das wäre gleichbedeutend mit einem Eingeständnis gewesen, nicht selbst an diese einfache Gegenmaßnahme gedacht zu haben…

Also zog er es vor, seine Gedanken von den Musikern ab- und einem fesselnderen Thema zuzuwenden. Und dafür eignete sich nichts besser als ein deftiges Verbrechen.

Was immer noch seine Verwunderung erregte, war das Knie des Opfers: Niemand hätte einen Wettlauf, Weitsprung oder Speerwurf mit einem dermaßen angeschwollenen Gelenk bestreiten können. Aber auch der Angreifer musste Augen im Kopf gehabt und gesehen haben, dass Psalmonaios nicht in der Lage war, zum Wettkampf anzutreten. Der Konkurrent, der am meisten von der Verletzung des

Megarers profitierte, war nun einmal Pyrrhus. Doch warum sich dann noch bemühen, den Rivalen aus dem Weg zu räumen, noch dazu mit einer so auffälligen Waffe?

Allerdings gab es immer noch einen anderen Athleten, der großen Vorteil daraus zog, dass Psalmonaios und Pyrrhus aus dem Rennen waren, der eine ermordet, der andere verschwunden: Elektrion aus Sparta, der dadurch automatisch zum Hauptverdächtigen wurde. Und bei genauer Betrachtung konnte man nicht einmal die anderen Anwärter auf den Sieg im Fünfkampf ausschließen. Sie alle repräsentierten die alten und berühmten *poleis*: Elis, Sparta, Megara und die berühmteste von allen, Athen. Letztere hatte allerdings an Einfluss verloren und war inzwischen nicht viel mehr als ein Reiseziel für nostalgische Pilger, die sich nur dorthin begaben, um die Akademie, das Lyzeum und den Garten Epikurs zu besichtigen.

Schon seit Jahrhunderten war die Hauptstadt Griechenlands nicht mehr als ein florierender Marktplatz Korinths. Athen war bei den olympischen Spielen ebenso spärlich vertreten wie die großen Metropolen des Orients und die Urbs selbst, deren sowieso schon bescheidene Delegation unter der erbarmungslosen Ägide der Richter noch einmal stark geschrumpft war: Nur Duronius aus Ariminum und der kleine Berillio aus Leptis Minor waren zum Finale zugelassen worden. Abgesehen davon hegte Aurelius den Verdacht, dass der kleine Junge – zusammen mit anderen eher zwielichtigen Läufern: Leander aus Sykion, Hieronymus aus Hierapetra, Melissus aus Syrakus, Arpokrates aus Massalia, Meneptolemos aus Faro und Simon aus Kurion – nur deshalb ausgewählt worden war, um den Triumph des schönen, gold gelockten Kallimachos zu garantieren.

Auf einmal wurden die Gedankengänge des Senators durch einen ohrenbetäubenden Lärm unterbrochen. Aurelius brauchte ein Weilchen, um zu begreifen, dass es nicht der Lärm selbst gewesen war, der ihn aus seinen Gedanken gerissen hatte, sondern sein abruptes Ende: Die Götter hatten Gnade walten lassen, das Konzert der Herolde war endlich zu Ende gegangen.

»Was machst du, Patron, schläfst du?«, riss ihn der treue Castor aus seinem fruchtbaren Müßiggang.

»Nein, ich bin absolut konzentriert«, erklärte der Patrizier mit tiefem Ernst. Da er regelmäßig die Kurie besuchte, verfügte er über langjährige Übung darin, konzentriert zu erscheinen, denn es gehörte im Senat zu den geschätztesten Fähigkeiten, im geeignetsten Moment aufwachen zu können, also dann, wenn die logorrhoischen Reden der Kollegen – die umso länger waren, je weniger Einfluss der Redner tatsächlich hatte – sich dem Ende näherten.

»Ich habe wenig beruhigende Nachrichten«, verkündete der Alexandriner. Aurelius war sich der schier unendlichen Quellen seines Sekretärs bewusst und vermied es, ihn danach zu fragen, wie er an die Informationen gekommen war, wo er doch den größten Teil des Konzertes unbeweglich und dank der wächsernen Ohrstopfen lächelnd und zufrieden neben ihm auf den Stufen gesessen hatte.

»Lampo ist ein notorischer Schwerenöter, der schon öfter wegen seiner unglücklichen Angewohnheit, mit allen und jedem Streit anzufangen, einen Rauswurf riskiert hat. Das Paar Brauner gehört der Witwe seines Großvaters, Phtia, einer Dame mit lebhafter Vergangenheit, die irgendwann zur Besinnung gekommen ist und einen wohlhabenden Mann geheiratet hat. Nach dem traurigen Hinscheiden ihres Gatten hat sie sich, ohne es an Zeit und Geld mangeln zu lassen, der Pferdezucht gewidmet. Ihre Fohlen, Nachkommen einer zweifachen Olympiasiegerin, sind das Ergebnis jahrelanger sorgfältiger und geduldiger züchterischer Selektion«, erklärte der Sklave, während er seinen Herrn zum Zelt zurück begleitete. »Ich habe sie laufen sehen, *domine*, und ich versichere dir, sie waren so schnell wie Blitze, wie von der Hand des Zeus geschleudert!«

»Ob die Investitionen dieser reichen *kyria* auch den Gebrauch von Gift einschließen, um die Pferde anderer Leute zu schwächen?«, fragte sich Aurelius besorgt.

»Frag die Dame doch selbst. Du findest sie in ihrem Pavillon hinter dem Alpheios: Du kannst ihn nicht verfehlen, er ist größer als der Parthenon und das Capitol zusammengenommen. Allerdings muss ich dich warnen, Phtia meint es ernst: Sie hat bereits zur Erinnerung eine Statue aus parischem Marmor bestellt, um sie direkt nach ihrem Sieg aufstellen zu lassen!«

»Es ist doch lächerlich, dass Frauen an der Olympiade teilnehmen dürfen, wo es ihnen nicht einmal erlaubt ist, zuzusehen!«, wunderte sich der Senator.

»Traditionsgemäß können sie den olympischen Ölzweig immerhin durch einen Mittelsmann erlangen, denn er fällt ja nicht dem Wagenlenker zu, sondern dem Eigentümer des Gespanns: Nur so konnte Cinisca, die Schwester des spartanischen Königs Agesilaos, zweimal den Zweig bekommen, oder die Kurtisane Belastice, die Favoritin des Ptolomäus Philadelphos, des Königs von Ägypten.«

»Diese Megäre Phtia muss dem hellenischen Adel entstammen, wenn sie sich Hoffnungen auf den Titel macht. Habe ich Recht, Castor?«

»In der Tat, *domine*. Ursprünglich von niederer Geburt, hat sie nach einer fulminanten Karriere als Luxuskurtisane in eine der angesehensten Familien der Region eingeheiratet. Wie du sicher weißt, erlauben es die griechischen Gesetze, eine abgetakelte Hetäre zu heiraten, sofern sie griechische Bürgerin ist und ihren Beruf aufgegeben hat.«

»Wenn die Alte hier zur lokalen Prominenz gehört, haben wir kaum Chancen gegen sie. Wir haben ja bereits gesehen, wie ernst die Richter ihre Pflicht zur Unparteilichkeit nehmen, die sie auf ein geopfertes Schwein geschworen haben.«

»Es ist ja nicht zufällig dieselbe Eideszeremonie, bei der Agamemnon, als er Achilles die Sklavin Briseis zurückgab, versichert hat, ihr kein Haar gekrümmt zu haben…«, erinnerte ihn Castor.

»Die Spiele sind eine Brutstätte für Intrigen«, seufzte Publius Aurelius. »Ohne Zweifel hat schon eine ganze Menge Geld den Besitzer gewechselt, aber allein auf Grund des kleinen Fetzchens Papyrus in der Hand des Psalmonaios wird es uns nicht gelingen, die Transaktionen aufzudecken.«

»Das du im Übrigen noch nicht hast entschlüsseln können, *domine*.«

»Da irrst du dich, das ist mir endlich gelungen!«, verkündete Aurelius triumphierend. »Der vierte Buchstabe muss ein großes Gamma sein, ein G«, erklärte er. »ONAG, ONAG… Onager! Und damit wären wir wieder bei den Eseln, und unser karthagischer Freund kommt ins Spiel!«

»Er muss ein leidenschaftlicher Sportsfreund sein, erst vor wenigen Monaten war er bei den Isthmischen Spielen, die übrigens von demselben Pyrrhus gewonnen wurden, der jetzt des Mordes verdächtigt wird… Der Korinther und sein Opfer haben sich nicht nur mit einem olympischen Sieg begnügt, sie waren auch in Liebesdingen Rivalen.«

»Also steckt eine Frauengeschichte dahinter!«, vermutete der Senator.

»Nicht ganz: Wir sind hier in Griechenland, *domine*, und noch dazu in einem sportlichen Umfeld, aus dem Frauen ausgeschlossen sind und wo homophile Leidenschaften alles andere als selten blühen«, korrigierte ihn Castor. »Das Objekt der Begierde war in der Tat ein junger Mann. Zufälligerweise handelte es sich genau um unser Goldlöckchen, unseren Knackarsch mit dem begnadeten Hüftschwung oder wie auch immer man ihn nennen möchte. Dieser Ephebe hat alles, um einem Liebhaber den Kopf zu verdrehen, und glaube nicht, dass Kallimachos noch zu jung für so etwas wäre. Wie schreibt doch gleich Straton: *An einem Zwölfjährigen genieße ich, wie er erblüht, doch zählt er erst einmal dreizehn Jahre, brennt das Verlangen umso stärker* … Na los, *domine*, zieh nicht so ein finsteres Gesicht. In Rom ist es verboten, die Tugend eines Jungen anzutasten, aber hier sieht man die Dinge anders: andere Länder, andere Sitten!«

»Aber wir reden von Kindern!«, wandte Publius Aurelius ein. Von freien Kindern, korrigierte er sich im Geiste: Auch in der Hauptstadt nahm niemand Anstoß am Missbrauch hunderter kleiner Sklaven, Jungen oder Mädchen, die in den stinkenden Bordellen des Esquilin besonders wichtigen Klienten zur Verfügung gestellt wurden. Viele erreichten nicht einmal das Erwachsenenalter und starben an Misshandlungen, Krankheiten und Frühgeburten: eine Schadensersatzzahlung an den Zuhälter, und niemand erinnerte sich mehr an sie …

»Um die Wahrheit zu sagen, scheint Kallimachos nicht einmal mehr so jung zu sein«, bemerkte Castor.

»Ja, ich frage mich wirklich, wie sie es angestellt haben, dass er zu den ›Knabenläufen‹ zugelassen wurde.«

»Das ist nicht allzu verwunderlich, *domine*. In Griechenland, wo es häufig keine Dokumente gibt, die eine Geburt registrieren, ist die Zuordnung zu einer Altersgruppe immer eine etwas heikle Angelegenheit: Vor ungefähr fünfhundert Jahren hat sich der Spartanerkönig Agesilaos nicht geschämt, seinen ganzen Einfluss geltend zu machen, damit sich der Geliebte eines persischen Gastes beim Wettlauf einschreiben konnte, obwohl er ganz offensichtlich zu weit entwickelt war, um noch bei den *paides* mitzulaufen. Theoretisch müsste das Problem heute, da die zählungsbesessenen Römer an der Macht sind, eigentlich gelöst sein, doch noch heute ist es Aufgabe der Hellanodiken, nach dem Aussehen des Athleten oder auf Grund von Informationen Dritter über die Zulassung zu den Wettläufen zu entscheiden. Wegen des Alters des Kallimachos waren schon – und sind es immer noch – verschiedene Klagen der anderen Konkurrenten anhängig, aber Busirides ist so von ihm eingenommen, dass Kallimachos sowieso über jede von ihnen triumphiert hätte.«

»Sogar der Dekan! Ist es denn möglich, dass sich hier niemand für Frauen interessiert?«

»Der Richter Diagoras ist ständiger Kunde der Hetäre Aglaia, derselben, der du ein reiches Geschenk gemacht hast, ohne im Gegenzug auch nur ein Zeichen von ihr zu erhalten. Allein ihre Apanage kostet ihn ein Vermögen, und dennoch garantiert ihm das investierte Geld nicht einmal, dass er ihre Gunst für sich allein hat: Sie behält sich zwei Tage in der Woche für andere Kunden vor. Ich rate dir, dich bei ihr vormerken zu lassen, *domine*, zumal die strenge Überwachung, unter die der Ritter Tullianus seine Schwester gestellt hat, alle deine galanten Pläne zunichte macht!«

»Wo wir gerade vom Alter sprechen, wie alt schätzt du Frisso, den Sohn des Hermeteus? Ohne Zweifel ist er schon eine Weile aus dem Ephebenalter heraus.«

»Solange ihm kein Bart wächst, bleibt er noch im Rennen. Warum willst du das wissen?«, fragte Castor mit düsterer Miene.

»Reine Neugierde«, behauptete Aurelius. »Dieser Junge hat eine seltsame Wirkung auf mich…«

Der Sekretär empfand plötzlich ein unbehagliches Kribbeln auf den Armen, wo sich ihm die Härchen aufgestellt hatten, wie es geschieht, wenn die Haut auf Kälte oder Angst reagiert. Einen Augenblick später fühlte er einen ersten Zweifel aufkeimen, der sich zu einem hässlichen Unkraut auswuchs.

Nein, nicht sein Herr, versuchte er sich zu überzeugen.

Doch dann fiel ihm ein, dass selbst in Rom, wo die Verführung eines Minderjährigen als schweres Verbrechen galt, niemand etwas daran auszusetzen fand, wenn ein hoch gestellter Quirite sich im Haus einen willfährigen Sklaven hielt. Der edle Sulla und sogar der Caesarenmörder Brutus hatten ihre Favoriten gehabt, wie alle anderen Caesaren, unter denen der gute Claudius, der sich gewissenhaft an die Frauen hielt, die lobenswerte Ausnahme bildete. Und Senator Publius Aurelius, auch wenn er bis zum Hals mit griechischer Kultur voll war, war durch und durch ein waschechter Römer: ein unverbesserlicher Schürzenjäger und grundsätzlich nicht in der Lage, der Anziehungskraft einer Frau zu widerstehen, versuchte sich der Sekretär zu versichern.

Manchmal jedoch ändern sich die Menschen, mitunter ohne es selbst zu bemerken: Sein Herr jedenfalls schien vollkommen blind dafür zu sein, welche Art von Anziehung dieser zu groß gewordene Faun, der auf den Namen Frisso hörte, auf ihn ausübte. Doch solange er sich dessen nicht bewusst war, konnte man ihn zumindest immer noch auf den rechten Weg zurückführen …

»Eine wunderbare Nachricht, *domine*: Die bezaubernde Aglaia hat eine Magd geschickt, um sich bei dir für die Fibel zu bedanken!«, verkündete er daher fröhlich.

»Aber wenn du doch eben gerade das Gegenteil behauptet hast!«, wunderte sich der Senator.

»Ich hatte es vergessen, *domine*! Weißt du, bei all diesen Neuigkeiten …«, verteidigte sich der Alexandriner, den die Umstände zwangen, die Karte mit der Kurtisane vorzeitig auszuspielen, die er sich eigentlich für bessere Zeiten hatte aufheben wollen.

In Wirklichkeit war Aglaia sofort mit ihm in Kontakt getreten, was im Übrigen auch gar nicht anders zu erwarten gewesen war, nach den Informationen, die sie erhalten hatte: Das ungeheure Vermögen, ein adeliger Stammbaum, der bis auf Ancus Martius zurückging, der Sitz in der Kurie, die langjährige Freundschaft mit Claudius Caesar und eine unbezwingbare Leidenschaft für das weibliche Geschlecht machten Senator Publius Aurelius zum idealen Kunden, den jede Hetäre, die diesen Namen verdiente, früher oder später zu treffen hoffte. Doch er hatte sich nach dem ersten Geschenk nicht mehr gerührt. Obwohl es der Sekretär, selbstverständlich gegen eine entsprechende Aufwandsentschädigung, arrangieren könnte, dass sie zu einem Gastmahl eingeladen würde.

Castor hatte ihr, vielleicht etwas voreilig, die Sache fest zugesagt. Aurelius schien alles andere als einverstanden zu sein.

»Kurtisanen sind doch alle gleich langweilig: immer dieselben Tricks, dieselbe Aufmachung, dasselbe stereotype Lächeln. Und dann fehlt ihnen dieses gewisse Überraschungsmoment, diese Ungewissheit, die bei einer erotischen Eroberung wie das Salz in der Suppe ist.«

»Wer weiß, *domine*, manche Leckerbissen, auch wenn sie vollkommen frei von Salz sind, sind ebenso köstlich!«, legte ihm Castor nahe.

»Ein andermal«, enttäuschte ihn sein Herr, ohne die plötzliche Blässe im Gesicht seines Sklaven zu bemerken, der normalerweise über die rosige Gesichtsfarbe derjenigen verfügte, die sich regelmäßig mit ausgiebigen Trinkgelagen die Zeit vertreiben.

Keine Kurtisane also, grübelte Castor besorgt. Vielleicht handelte es sich nur um eine vorübergehende Laune, doch er musste gewappnet sein: Nicht umsonst bestand eine seiner wichtigsten Gaben darin, seinen Herrn unbemerkt dazu zu bringen, von außen geschickt eingeflüsterte Einfälle und Überlegungen für seine eigenen zu halten. Jetzt war es absolut unerlässlich, den Geist des Senators zu anderen Ufern zu lenken, und da Tullia außer Reichweite war, blieb ihm nichts anderes übrig, als ihn auf ein anderes, schwieriges Thema zu bringen…

»Ich fürchte, deine Zweifel an dem Mord sind berechtigt, *domine*. Was hältst du davon, wenn ich noch etwas über die Vergangenheit des Opfers ausgrabe und dir alle drei Stunden einen detaillierten Bericht liefere? Nein, besser noch, wir machen es zu zweit: Die Frage ist so komplex, dass wir unsere ganze Kraft darauf konzentrieren sollten!«, schlug er in ziemlich resolutem Ton vor. In zwei Stunden sollte es unmöglich sein, mit einem Epheben anzubändeln, noch dazu für jemanden, der so wenig Erfahrung darin hatte. In der Zwischenzeit würde er selbst sich darum bemühen, etwas über das verhasste Jüngelchen herauszufinden und irgendeinen Makel an ihm zu entdecken, der das Interesse des Senators zum Erlöschen bringen würde. Ein schönes Stück Arbeit, das jedoch absolut notwendig war, wenn er weiterhin in der *domus* der Aurelii leben, den hervorragenden Wein seines Herrn trinken, seine elegante Garderobe mit benutzen und sich mit seinen bildhübschen Dienerinnen amüsieren wollte. Treue hat ihren Preis, und ein Ehrenmann muss bereit sein, ihn zu zahlen, sagte sich Castor und machte sich tapfer ans Werk.

Publius Aurelius hatte sich derweil in glücklicher Unkenntnis der Pläne seines Sekretärs ohne allzu viel Appetit am Tisch zum *ientaculum* niedergelegt, der im Freien gedeckt worden war, und probierte lustlos die Trauben, frischen Feigen, Äpfel aus Kerasus und Melonenscheiben, die auf Tellern zwischen gewürzten Brotfladen, mit Ziegenkäse gefüllten Teigtaschen, kleinen Tintenfischchen in pikanter Soße, gekochten Eiern und verschiedenen Salaten thronten. Zu viel für einen allein, dachte der Patrizier, als er den kleinen Berillio vor der Brotausgabe in der Schlange sehen sah.

»He, Römer aus Leptis Minor, warum leistest du mir nicht Gesellschaft? Diese ganzen Sachen werden weggeworfen, wenn du mir nicht hilfst, sie aufzuessen!«, lud ihn der Senator liebenswürdig ein. Noch ein Jüngelchen, stöhnte Castor und spürte sofort, wie das Kribbeln auf seinen Armen stärker wurde…

»Wann wird denn dein Rennen sein?«, fragte der Patrizier Berillio, während sein Sklave sich wand und sich kratzte wie ein Berberaffe auf dem Jahrmarkt.

»Der Lauf ist für morgen angesetzt, aber ich glaube nicht, dass ich gewinne. Niemand glaubt das, nicht einmal meine Mutter«, sagte der Junge und schüttelte traurig den Kopf, und wäre er nicht ein echter Römer aus Numidien gewesen, hätte er es sich vielleicht sogar erlaubt, ein Tränchen zu vergießen. »Ich habe mich einfach überschätzt, als ich nach Olympia gegangen bin. So viele Opfer, und das alles nur, um mich lächerlich zu machen.«

Das wurde ja immer schlimmer: Frisso beunruhigte ihn, die Rotznase rührte seine weiche Seite, verzweifelte Castor, bevor er sich, besorgt den Kopf schüttelnd, davonmachte.

»Du bist zu pessimistisch, Junge. Wir wollen doch mal sehen, ob wir dir nicht ein bisschen Mut machen können!«, sagte der Senator jetzt tatsächlich und gab einem der vielen Buchmacher, die sich im Lager herumtrieben, einen Wink.

»Nimmst du ein Talent auf Berillio aus Leptis Minor im Knabenlauf an?«, fragte er.

»Ein Talent? Du meinst, eine Mine?« Der Buchmacher rollte ungläubig die Augen.

»Du hast ganz richtig verstanden. Und nicht auf Platz, sondern auf Sieg!«, bekräftigte der Senator.

»Gegen Kallimachos kann ich dir 30:1 geben!«, leckte der andere sich schon die Lippen. Wenn es nur mehr von diesen Tölpeln gäbe, die bereit waren, gleich einen ganzen Haufen Geld auf einen geborenen Verlierer zu setzen… »Aber wer garantiert mir, dass die Bank deinen Wechsel auch anerkennt?«

Statt zu antworten, befahl Publius Aurelius einem Sklaven, ihm das Kästchen mit dem Bargeld zu bringen. Er öffnete es mit gleichgültiger Miene und hielt dem Buchmacher das Geld direkt unter die Nase, deren Flügel zu vibrieren begannen wie bei einem Wolf, dem der Duft eines zarten Lämmchens in die Nase steigt.

»Es lohnt nicht, so viel zu riskieren!«, versuchte der Knabe ihn mit tränenschimmernden Augen zurückzuhalten. Doch Berillio hatte noch einen weiteren Unterstützer.

»Ich setze ein Muli mit Packsattel auf meinen Landsmann!«, schrie Zarzas, der auf den Buchmacher zugerannt kam. Geschmeichelt von so viel Zuwendung, segnete der Buchmacher in seinem Herzen die Unsterblichen dafür, dass sie die Mutter der Dummköpfe so reichlich mit Fruchtbarkeit gesegnet hatten.

»Siehst du? Es gibt Leute, die an deinen Erfolg glauben«, sagte Aurelius zu dem entmutigten Läufer.

»Oh, ich weiß, warum der Eselzüchter mich so sympathisch findet«, erwiderte Berillio. »Er hat es sich in den Kopf gesetzt, dass ich karthagischen Ursprungs bin. Er hat meine Mutter schon ewig damit gequält, um zumindest einen Vorfahren in unserer Familie zu finden, der in Hannibals Heer gekämpft hat, aber vergebens. In meinen Adern fließt nicht ein Tropfen punisches Blut: Mein Vater war ein römischer Soldat. Trotzdem hat mir Zarzas das hier gegeben, um es beim Wettlauf um den Hals zu tragen«, erklärte er und zeigte ihm einen Anhänger, in den ein Halbkreis auf einer waagrechten Linie geprägt war, die auf der Spitze eines Dreiecks lag.

»Schaden kann es dir nicht«, kommentierte der Senator angesichts des Symbols der Tanit, der dunklen Verschlingerin der Erstgeborenen. Doch die phönizische Göttin würde nicht ausreichen, um so viel Mutlosigkeit wettmachen zu können. Es gab nur eine Person, die Berillio Vertrauen einflößen könnte. »Wo wohnt denn deine Mutter?«, fragte er deshalb.

»Unter dem Porticus des Gasthauses«, antwortete der Junge. »Sie arbeitet dort, seit uns das Geld ausgegangen ist. Aber sie wäscht nur das Geschirr ab, ohne in Kontakt mit den Gästen zu kommen«, beeilte sich der Junge zu versichern, denn er wusste sehr gut, in welchem Ruf die Bedienungen der Gasthäuser standen.

»Ich bitte dich um Erlaubnis, sie besuchen zu dürfen«, bat Aurelius betont förmlich, und Berillio stimmte vor Freude strahlend zu.

Busirides kam zum Ende seiner Ansprache: »Wir sind hier zusammengekommen, um unser Griechentum im gesunden und kraftvollen sportlichen Wettstreit zu pflegen und zu erneuern und gleichzeitig das Band der fruchtbaren Zusammenarbeit zweier Völker neu zu knüpfen, vereint durch den Willen der Götter, ausersehen, die Zivilisation zu verteidigen und bis in die entlegensten Winkel der Welt zu tragen, zu den Menschen, die noch im Dunkel der Barbarei leben …«

Die langatmige Eröffnungsrede hatte es dem Senator erlaubt, ohne eine weitere Schädigung seiner Trommelfelle zu riskieren, in das Gymnasion zurückzukehren. Doch als er gerade hineingehen wollte, bemerkte er, dass das Konzert noch längst nicht zu Ende war: Andere Herolde, Trompeter, Posaunisten, Bucinisten und Hornbläser bereiteten sich auf ihren Auftritt vor. Was zu viel ist, ist zu viel, entschied er, machte auf dem Absatz kehrt und floh in Richtung des Heratempels.

Er musste erst den Eingangsbereich des Stadions erreichen, bis das Getöse eine erträgliche Lautstärke annahm. Endlich in Sicherheit, schaute sich Aurelius die lange Reihe der *zanes* noch einmal an, jene großen Zeusstatuen, die über die Jahrhunderte vom Geld bestrafter Athleten errichtet worden waren, und deren stattliche Anzahl allein eigentlich ausreichen müsste, um auch den letzten Träumer zu desillusionieren, der noch von der Unbestechlichkeit der antiken Olympioniken schwärmte.

Direkt hinter den *zanes* führte eine Reihe monumentaler Stufen auf die Terrasse der Schatzhäuser am Fuß des Kronoshügels hinauf. Einige der Gebäude schienen geöffnet zu sein. Aurelius beschloss, seine Ruhepause zu einer Besichtigung zu nutzen, und begann langsam, in der Einsamkeit der schwülen Mittagsstunde, die Stufen zu erklimmen.

Als er den Jungen hinter dem Schatzhaus von Megara erblickte, konnte er nicht anders als innezuhalten.

Unter den ausladenden Zweigen eines Olivenbaums, dessen nackte Wurzeln direkt dem Hang entsprangen, saß Frisso und zupfte auf einer Kithara herum. Mit seiner schön modulierten Stimme, die den kristallklaren Klang der Jugend noch nicht verloren hatte, begleitete er melancholisch seine Komposition, die sicher den ersten Aufwallungen der Liebe gewidmet war, die alle jungen Leute aufgrund irgendeines unglückseligen, ungeschriebenen Gesetzes in Verse oder Musik umsetzen zu müssen glauben.

»*Ave*, Senator«, grüßte ihn der Sohn des Hermeteus unverzüglich. So unverzüglich, dass man annehmen könnte, er habe hier auf ihn gewartet.

Genau deshalb entschied sich Publius Aurelius, ihn ein wenig zu provozieren: »Wie kommt es denn, dass ein griechischer Junge ganz allein hier spielt, anstatt sich mit seinesgleichen im Stadion zu messen?«

Das freudige Aufleuchten in den blauen Augen des Sängers erlosch schlagartig.

»Soll ich etwa *damit* laufen?«, erwiderte er bitter, zog den ungewöhnlich langen *chiton* bis über die Knie hoch und enthüllte ein Paar unbehaarter Beine: gerade und gut gewachsen das linke, durch tiefe Narben entstellt das rechte. »Eine Erinnerung an einen schwarzen Tag. Ich muss den Göttern dafür danken, überhaupt noch am Leben zu sein!«

»Was ist dir denn zugestoßen?«, fragte Aurelius.

»Ich habe keine Lust, darüber zu sprechen!«, antwortete der Junge barsch; dann ging ihm auf, wie unhöflich seine Worte waren, weshalb er in freundlicherem Ton vorschlug: »Ich könnte dir die Schatzhäuser zeigen, wenn du möchtest.«

Aurelius hätte niemals gewusst, wie er, ohne eine Ausrede vorzuschieben, hätte erklären sollen, warum er zustimmte. Einträchtig machten sich die beiden im Gleichschritt, doch ohne einander zu berühren, auf den Weg, während der Junge anfing, leidenschaftlich zu sprechen, sichtlich bemüht, mit seinem umfassenden Wissen zu glänzen.

»Hier haben wir das Votivgebäude von Sikyon. Es stammt von der dreiunddreißigsten Olympiade, ist also schon fast siebenhundert Jahre alt: Als Miron es hat erbauen lassen, war Rom noch ein kleines Nest voller Straßenräuber. Darin befinden sich zwei Kammern aus tartessianischer Bronze, in denen eine ganze Reihe wertvoller Reliquien aufbewahrt werden, zum Beispiel das Messer des Pelops und das Füllhorn der Ziege Amalthea.«

An Füllhörnern der Ziege Amalthea hatte Aurelius allerdings auf seinen zahlreichen Reisen bereits mindestens acht Stück in anderen Heiligtümern besichtigt, weshalb er achtlos daran vorbeiging. »Und diese da?«, fragte er, angezogen von zwei an der Wand aufgehängten Metallscheiben, die derjenigen ähnelten, die neben Psalmonaios' Leichnam gefunden worden war.

»Das sind die Wettkampf-Disken der alten Fünfkämpfer. Aber es fehlt einer.«

Der Senator betrachtete mit leichtem Schaudern die runden Platten mit ihren abgerundeten Kanten. Und wenn der Mörder die dritte Scheibe an sich gebracht und eine tödliche Waffe daraus gemacht hatte? Konnte eine heilige Reliquie, die seit Jahrhunderten in Ehren gehalten wurde, benutzt werden, um einen Menschen zu töten? Und wenn ja, warum hatten die Hellanodiken sie nicht erkannt?

Er musste diese verstörende Entdeckung unverzüglich Busirides mitteilen, nahm sich Publius Aurelius vor, und bedauerte, dass der streitbare Diagoras eine solche Abneigung gegen Rom hegte. Es wäre wesentlich fruchtbarer gewesen, sich an ihn, einen praktischen und effizienten Mann, zu wenden, anstatt seine Zeit mit dem schmeichlerischen Dekan zu vergeuden, der ihn immer an einen ganz besonders glitschigen Aal erinnerte.

»Hier haben wir das Schatzhaus der Karthager«, dozierte Frisso derweil. »Es war eines der reichsten, bevor…« Er wollte gerade fortfahren, als er zu seinem großen Verdruss plötzlich von einem sichtlich erregten Zarzas unterbrochen wurde, der just in diesem Moment aus dem Gebäude kam.

»Bevor die Römer unsere Stadt dem Erdboden gleichgemacht haben!«, beendete der Eselzüchter den Satz, tief bewegt vom Wein und seinen starken patriotischen, wehmütigen Gefühlen. »Während Aeneas latinischen Gestaden entgegensegelte, warf sich Dido auf den brennenden Scheiterhaufen und schwor den Nachkommen ihres pflichtvergessenen Liebhabers ewige Feindschaft. Seit Generationen erneuern alle wahren Punier regelmäßig diesen Schwur: Auch wenn das neue Karthago in römischer Hand ist, so schlägt doch Tanits Herz noch unter den Ruinen des Tophet.«

»Tanit, die Göttin, die adelige Neugeborene als Opfer verlangte«, erinnerte sich Publius Aurelius.

»Der Göttin einen Sohn zu opfern, ist doch wohl die beste Art und Weise sie zu ehren, oder?«, gab Zarzas angriffslustig zurück. »Ihr Römer zieht eure Brut doch nur groß, damit sie anschließend kämpfen, massakrieren, abschlachten, niederbrennen, vergewaltigen…«

»… niederstechen, foltern, verstümmeln, morden kann!«,

schloss Frisso und sang mit leerem Blick: »Es kommen Frauen, gehüllt in dunkle Gewänder, die Haare voller Schlangennester. Unversöhnlich wie der wilde Wolf verschließe ich den Zorn in meiner Brust!«

Aischylos, erkannte Aurelius bestürzt, während der Sohn des Hermeteus mit einem furchtsamen Ausdruck in den Augen davonlief.

Im ersten Moment wollte Aurelius dem rätselhaften Frisso folgen, doch dann unterdrückte er den Impuls, denn die Gelegenheit, allein und ohne Zeugen mit Zarzas zu sprechen, würde sich nicht so bald wieder bieten. Also ließ er Frisso, der sich nicht einmal umdrehte, die ganze Terrasse bis zum Ilizia-Tempel entlanglaufen, einem der ältesten in Olympia, der zur Erinnerung an die Frau errichtet worden war, die am Vorabend einer entscheidenden Schlacht ihren neu geborenen Sohn zur Rettung der Stadt geopfert hatte.

Als er ihn verschwinden sah, wandte er sich brüsk an den Karthager. »Zarzas, ich gehe nicht umher und schlachte irgendwen ab, ganz abgesehen davon, dass die punischen Kriege schon drei Jahrhunderte zurückliegen. Erzähl mir lieber von diesem Onager-Geschäft, über das du mit Psalmonaios am Morgen vor seinem Tod verhandelt hast. Und hüte dich, mich anzulügen, ich bin im Besitz eines äußerst kompromittierenden Dokuments, geschrieben von deiner Hand!« Aurelius lehnte sich mit dieser Drohung weit aus dem Fenster, doch er hielt es für sehr unwahrscheinlich, dass sich noch andere Eselhändler im olympischen Bezirk aufhielten.

»Einen Moment mal, Römer! Das Gespräch gefällt mir gar nicht, du wirst doch nicht versuchen, mir das Verbrechen anzuhängen, oder? Ich habe bloß als anständiger Vermittler fungiert. Pyrrhus aus Korinth beabsichtigte, seinem Gegner aus Megara ein Geschenk zukommen zu lassen: zwei wilde

Esel, gesund und robust, die er ihm aus reiner Freundschaft anbieten wollte …«

Also hatte es einen Versuch gegeben, den Megarer zu kaufen, schloss der Senator.

»Ist Psalmonaios darauf eingegangen?«

»Am Abend vorher hat er noch so getan, als sei das unter seiner Würde, aber schon am nächsten Morgen hat er seine Meinung geändert«, berichtete Zarzas. Dabei strich er sich unablässig mit der Hand über die kratzige Wange, wo nur wenige Stunden nach der Rasur schon wieder unübersehbar schwarze Bartstoppeln sprossen.

»Ein olympischer Ölzweig für ein paar Eselchen, die noch dazu kaum zähmbar sein dürften? Du nimmst mich auf den Arm, Zarzas! Zumindest, wenn das Bestechungsmittel aus den Onagern bestehen sollte und nicht aus irgendetwas, das sie auf dem Packsattel getragen haben … Ich wette, es waren Drachmen oder sogar Goldbarren!«

»Die Last ging mich nichts an; sie wurde mir bereits fertig verpackt geliefert«, redete Zarzas sich heraus, stets darauf bedacht, nur das Allernötigste einzugestehen. »Ich habe Psalmonaios die Onager zusammen mit einer rechtlich einwandfreien Besitzurkunde genau hier vor den Schatzhäusern übergeben. Und willst du wissen, was eigenartig daran war? Wenige Stunden später waren die Tiere schon wieder von allein in ihren Stall zurückgekommen, allerdings ohne ihre Last!«

Irgendjemand, vielleicht Psalmonaios, vielleicht auch sein Mörder, hatte sich die Beute schon in die eigene Tasche gesteckt.

»Hast du Pyrrhus an jenem Morgen auf der Terrasse gesehen?«

»Nein, da war sonst niemand.«

»Aber du hast dich wohlweislich gehütet, den Hellanodiken zu sagen, wie viel du wusstest …«

»Das ist doch klar! Denk mal darüber nach, was diese hochnäsigen griechischen Richter mit einem Fremden angestellt hätten, der zugibt, das Opfer eines Verbrechens als Letzter lebend gesehen zu haben!«

»Ein Opfer, dem du genau das geliefert hast, was böse Zungen ohne Zweifel als Bestechungsgeld bezeichnen würden«, ergänzte Aurelius. »Und warum erzählst du das jetzt mir?«

»Ich stecke in Schwierigkeiten, Senator. Wenn die Hellanodiken den Rest des Vertrages finden und ihn mit dem Fragment vergleichen, das du, unglückseligste aller Nervensägen von einem Quiriten, dir erlaubt hast, an dich zu nehmen, dann ist es aus mit dem armen Zarzas: Sie werden ihn, ehe er sich's versieht, einkassieren und ihm, mit einer schönen Mordanklage versehen, den Kopf abschneiden!«

»In den römischen Provinzen ist die Enthauptung ein Privileg der Bürger von Rom. Sklaven und Ausländer werden normalerweise gekreuzigt«, stellte der Senator richtig.

»Ja seid ihr denn verrückt?«, protestierte der Karthager. »Wollt ihr mich an ein Stück Holz schlagen und mich da hängen lassen, damit ich schön langsam sterbe, nur weil ich ein bisschen was nebenbei verdienen wollte, und das nicht mal aus eigenem Antrieb, sondern mit einem ganz legalen Auftrag? Das machen doch alle in Olympia, das ist eine Art Tradition …«

»Leider ist Pyrrhus gerade nicht hier, um sich seiner Verantwortung zu stellen, und die Hellanodiken können Strenge zeigen, besonders, wenn sie nichts dabei riskieren: Ein hübscher Karthager, auf den Punkt gegart, kommt ihnen da gerade recht.«

»Aber du wirst mich nicht anzeigen.« Anscheinend vertraute ihm Zarzas. »Ich möchte mich lieber dir als diesen hinterlistigen Griechen anvertrauen. Die würden doch alles tun, um mich in den Kerker werfen zu können, ganz egal, ob ich tatsächlich schuldig bin. Die Römer dagegen … na ja, die Römer sind anders: Kein Grieche wäre jemals zurückgekehrt wie Attilius Regulus, um sich in einem nägelgespickten Fass rollen zu lassen, nur weil er sein Wort gegeben hatte!«, stellte der Karthager fest, und diese etwas beunruhigende Feststellung klang in den Ohren des Senators schon fast wie ein Zeugnis seiner Wertschätzung.

Also waren seine Zweifel an der Schuld des Phantoms Pyrrhus begründet, dachte er, als er die Terrasse verließ: Der Korinther hatte sich nicht einmal in der Nähe des Tatortes aufgehalten. Aber wo steckte er dann? Die Zeltstadt war Zentimeter für Zentimeter durchkämmt worden, ohne Ergebnis. Und, apropos Verstecken spielen, wo war eigentlich der junge Frisso abgeblieben?

Es ging ihn ja nichts an, sagte sich der Senator, suchte aber währenddessen die Gegend mit beunruhigten Blicken nach ihm ab. Er konnte sein Mitleid mit diesem seltsamen Jungen mit dem intelligenten und gleichzeitig beunruhigenden Gesicht, der sich so sehr von seinen gezierten Altersgenossen unterschied, nicht unterdrücken.

Schließlich erblickte er ihn von weitem am Rand der Terrasse: zuerst nur die Silhouette, dann den ganzen Körper, der sich schrecklich starr vom Hintergrund abhob.

Er lag auf einer Seite, wie nach dem Liebesakt oder dem Tod. Eine Haarlocke fiel ihm in die Stirn und entblößte das kleine spitze Ohr. Senkrecht zum Thorax schimmerte der Griff eines Speers in der Mittagssonne.

Erst ein Diskus, jetzt ein Speer: Aurelius lief es eiskalt den Rücken herunter angesichts eines Mörders, der blitzschnell zuschlagen konnte, ohne irgendeine Spur zu hinterlassen. Und dieses Mal war das Opfer kein verwegener Athlet, sondern ein unglücklicher, verkrüppelter Junge voller Zweifel, für den er, wie er sich jetzt eingestand, eine schwer zu erklärende Zuneigung empfand …

»Frisso!«, rief er, als er auf den leblosen Körper zurannte, wobei ihm wieder die seltsamen Worte in den Kopf kamen, die der Junge rezitiert hatte, bevor er wie von den Erynnien gejagt die Flucht ergriffen hatte: erstechen, foltern, vergewaltigen, ermorden…

»Frisso!«, rief er noch einmal atemlos, als er bis auf wenige Schritte heran war.

Erst als er direkt vor ihm stand, bemerkte er den unmöglichen Winkel, in dem der Speer in dem Durcheinander aus Kleidungsschichten verankert war, und musste seine gesamte Selbstbeherrschung aufbieten, um sich nicht zu einem Wutausbruch hinreißen zu lassen.

»Hör sofort auf mit diesem dummen Scherz, du Dummkopf!«, sagte er trocken, ohne sich auch nur zu ihm hinunterzubeugen.

Frisso schlug die Augen auf, schob den Stab, den er in seinem zusammengeknüllten Mantel fixiert hatte, beiseite und sprang mit einer gewissen Genugtuung auf.

»Du hast dir Sorgen gemacht, nicht wahr?«

Als er keine Antwort bekam, fügte er in flehentlichem Ton hinzu: »Nein, warte, geh nicht: Ich habe es nur gemacht, um zu sehen, ob ich dir irgendetwas bedeute!«

»Und genau das ist es, was mich irritiert, mein Junge«, platzte Aurelius verärgert heraus. »Aus welchem Grund sollte mich dein Leben irgendetwas angehen? Ich bin nicht dein Vater und ebenso wenig deine Amme!«

»Du könntest mein Freund sein. Ich habe keine Freunde.«

»Und was ist mit Kallimachos?«

»Wir sind ziemlich unterschiedlich. Abgesehen davon, dass mein Vater mich sowieso davon abhalten würde, ihn zu treffen: Er möchte nicht, dass ich mit Altersgenossen verkehre, er hat Angst, sie könnten mich von meinen Studien ablenken.«

»Wenn ich es richtig verstanden habe, möchte er dich zu seinem Nachfolger machen. Willst du das?«

Der Junge zuckte gleichgültig die Schultern: »Warum nicht? Mathematik ist nicht schwierig. Sicher, ich würde lieber eine Rolle in einer Tragödie spielen: den Wahnsinn Elektras nacherleben, Medeas blinde Wut, Hekubas Schmerz, Iphigenies Verzweiflung auf dem Opferaltar. Auf der Bühne kann man weinen, ohne Qual zu empfinden, lieben ohne zu leiden, durchbohrt werden, ohne Schmerz zu empfinden, die Götter herausfordern, ohne von ihnen verdammt zu werden, sich ermorden lassen, ohne zu sterben. Man kann sogar den Tod selbst auf die Schippe nehmen.«

Aurelius hörte ihm verwundert zu und fragte sich, ob der Scherz eben gerade vielleicht eine Art tragischer Vorstellung gewesen war.

»Meine Schwester hatte eine Gans«, fuhr der Junge fort. »Eine schöne, fette, weiße Gans, die sie sehr geliebt hat. Sie haben ihr den Hals durchgeschnitten. Die Menschen sind böse, sehr böse… Aber erzähl meinem Vater nicht, was ich gemacht habe, ich bitte dich!«, bat er, während sich Bestürzung auf seinem Gesicht ausbreitete. Er hat Angst vor seinem Vater, wurde Aurelius klar, panische Angst. »Du wirst es ihm nicht sagen, nicht?«, wiederholte Frisso ängstlich, und der Senator ließ sich widerstrebend eine Zustimmung entlocken.

»Abgesehen von der Gans, gibt es noch eine weitere grauenvolle Tragödie in der Vergangenheit dieses Jungen!«, berichtete Castor wenig später, der sich bereits umfassend informiert hatte. »Es ist schon Jahre her, dass Frau und Tochter des Hermeteus in den Mauern ihres eigenen Hauses barbarisch niedergemetzelt wurden, zusammen mit einem Säugling, der erst wenige Monate alt war. Man erzählt sich, eine Bande von Räubern oder entlaufenen Sklaven hätte die Tat begangen, aber die Schuldigen wurden nie gefasst. Frisso, damals elf Jahre alt, war der Einzige, der dem Massaker entkam, indem er sich in einer *arca* versteckt hielt; allerdings hätte er dabei beinahe sein rechtes Bein verloren, das vom Deckel eingeklemmt war. Stunden später wurde er gefunden, dermaßen schockiert, dass er sich weder daran erinnerte, was geschehen war, noch die Mörder beschreiben konnte.«

Wie oft mochte Frisso sich – wie jeder Überlebende einer Katastrophe – schuldig gefühlt haben, weil er noch am Leben war, fragte sich Aurelius. Und wie oft mochte er schon den Tod gespielt haben, um ihn auszutreiben, wie in der albernen Posse mit dem Speer?

»Sogar heute noch leidet er unter diesem alten Trauma: Es heißt, er besäße ein überdurchschnittliches Denkvermögen, aber Intelligenz ist nicht gleichbedeutend mit Ausgeglichenheit«, bestätigte Castor in dem verzweifelten Versuch, den jungen Versucher zu diskreditieren. »Andererseits genügt es ja schon, ihn anzuschauen, um festzustellen, dass er ein bisschen verrückt ist …«

»Auf mich macht er nur einen sehr einsamen und unglücklichen Eindruck«, hielt der Senator dagegen.

»Ein labiler, halb verrückter Kerl, kindisch wie eine Rotznase und verbittert wie eine alte Tante!«, entgegnete der Sekretär, wobei er versuchte, ein kräftiges Kitzeln in der Nase zu ignorieren. »Er macht mir eine Gänsehaut, wenn er mich mit diesen fahlen Augen wie schmutziges Wasser ansieht!«

»Aber die sind doch wunderschön!«, widersprach ihm sein Herr, worauf sein Sekretär begann, sich heftig die Nase zu reiben. »Es gibt noch gute Neuigkeiten, *domine*: Die Witwe Phtia hat nach dir gefragt«, verkündete er, um das Gespräch in andere Bahnen zu lenken.

»Ich gehe sofort hin!«, erklärte Aurelius neugierig.

»Nein, nicht so, nicht in diesen schlammbespritzten Kleidern!«, protestierte der Alexandriner. »Du wirst eine geplättete Toga anlegen und eine Tunika mit gut sichtbarem *la-*

ticlavius. Ich würde sogar zu den kurialen Sandalen mit der *lunula* aus Ebenholz raten und zu ein paar Ringen, für jeden Finger einen, zumindest an der linken Hand. Am Zeigefinger trägst du das senatoriale Siegel, und vergiss nicht, den Seidenmantel mit einer kostbaren Fibel zusammenzuhalten.«

»Warum soll ich mich denn auftakeln wie ein Muli auf einer Parade? Phtia ist eine alte Greisin, und wenn sie in ihrer Jugend noch so eine großartige Kurtisane gewesen sein mag, so glaube ich nicht, dass ich Lust darauf bekomme, sie zu verführen!«

»Ältere Herrschaften legen viel Wert auf das äußere Erscheinungsbild«, erklärte ihm der Grieche, während er ihm einen Rubinring auf den Finger schob. »Ich habe schon einen kleinen Geleitzug zusammengestellt: acht Sänftenträger, drei *flabelliferi* mit Federwedeln, einen *nomenclator*, zwei Ausrufer, einen Negerjungen mit einem Schemel, um dir beim Aussteigen behilflich zu sein, vier starke Jünglinge, die den Baldachin hochhalten, und meine Wenigkeit, in deiner goldenen *chlamys*, vor den Mägden, die die Behältnisse mit den Geschenken tragen.«

»Castor, ich fürchte, du hast meinen kurzen Besuch mit der heiligen Prozession zu Ehren der Artemis verwechselt: Phtias Zelt liegt nur auf der anderen Seite des Alpheios, der Grenze, die die Frauen traditionell nicht überschreiten dürfen. Es ist ein Katzensprung bis dahin«, wandte der Senator ein, der trotz seines unendlich großen Vermögens, bestehend aus Landgütern, Geldinstituten und Lastschiffen, übertriebenen Pomp nur schwer ertragen konnte.

»Du vergisst, dass du kein einfacher Privatmann mehr bist, *domine*. Seit du in den Senat aufgenommen worden bist, vertrittst du Roms Macht … und es ist nur gut, wenn man das auch sieht!« Castor bestand auf seiner Meinung, vor allem, um die Gelegenheit wahrzunehmen, nicht nur die reich verzierte *chlamys* seines Herrn anzulegen, sondern auch noch einen passenden langen Mantel dazu.

Wenige Augenblicke später setzte sich der Zug in Marsch.

Phtias Lager bestand aus gut fünf Zelten, wovon das größte der *kyria* vorbehalten war und den Eindruck machte, als könne es mühelos den olympischen Zeustempel inklusive der gigantischen Statute des Phidias aufnehmen.

Die Witwe saß, das Gesicht mit einem dichten Schleier bedeckt, auf einem hohen, mit seidenen Kissen ausgepolsterten Sessel, umringt von einer Schar Mägde, die schon beinahe übertrieben aufwändig gekleidet waren. Als sie den Arm hob, um den Gast zum Vortreten aufzufordern, erreichte das Klingeln der goldenen Armreifen, die vom Handgelenk bis zum Ellenbogen hinaufreichten, um dahinter Anschluss an eine weitere Ansammlung funkelnder Pretiosen zu finden, beinahe dieselbe Lautstärke wie die Trompeten der Herolde.

»Also du bist der Intrigant, der aus Rom gekommen ist, um mir den Sieg zu entreißen!«, zischelte eine bösartige Stimme hinter dem Schleier hervor, während die Sklaven sich eilig mit einer Verbeugung zurückzogen. »Es wird dir nicht gelingen, das verspreche ich dir!«.

»Sicher nicht, wenn du weiterhin versuchst, meine Pferde zu vergiften«, erwiderte Publius Aurelius trocken.

»Ich habe es nicht nötig, auf so primitive Mittel zurückzugreifen. Ich besitze die schnellsten Fohlen Griechenlands, wenn nicht gar der ganzen Welt!«

»Und warum verseuchst du dann das Futter meiner armseligen Klepper?«

»Falls dir irgendjemand einen üblen Streich gespielt hat, dann verschwendest du deine Zeit, wenn du in meinem Zelt nach ihm suchst. Ich habe von deinen lahmen Krücken überhaupt nichts zu befürchten. Sag mir lieber: Stimmt es, dass sie einer reichen römischen Dame gehören?«

»Sie gehören Pomponia, der Gattin des Ritters Tullius Servilius«, bestätigte der Senator mit einem Nicken.

Phtia brach in ein schrilles Gelächter aus: »Was für ein wunderbarer Zufall! Also streiten sich dieses Jahr *zwei Frauen* um den Ölzweig! Wer ist diese Matrone, deine Geliebte?«

»Nur eine gute Freundin. Die sich, nachdem sie bereits die Hälfte des Weges, der den Sterblichen zugedacht ist, hinter sich gelassen hat, einen zweiten Frühling gönnt und, bei der Energie, die sie in sich hat, ohne weiteres noch einen dritten erleben wird, deinem illustren Beispiel folgend, edle Phtia«, lächelte der Patrizier.

Die Antwort gefiel der Witwe, die erneut, dieses Mal etwas wohlwollender, auflachte.

Dann hob sie in einer gemessenen Bewegung die Hände zum Gesicht und lüftete langsam den Schleier, der ihre Züge verbarg. Es kam ein sehr altes Gesicht zum Vorschein, durchzogen von einem so dichten Netz aus Falten, dass es aussah wie ein Mosaik aus runzeligen Steinchen. Die Nase war sehr klein und wohl geformt, das Kinn so spitz wie ein Eiszapfen und der Mund unglaublicherweise mit einem immer noch beneidenswerten Gebiss ausgestattet.

»Hast du deine Neugierde über die Herrin des Gespanns gestillt, *kyria?* Ist das der Grund, aus dem du mich sehen wolltest?«

»Das streite ich nicht ab. Aber man hatte mir auch zugetragen, dass du ein schöner Mann bist … und das ist nicht gelogen. Ein Jammer, dass ich nicht rasch ein halbes Jahrhundert ablegen kann, mein Junge: Du siehst mich jetzt, wo ich so viele Jahre auf dem Buckel habe, dass man sich schon dabei verzählt. Aber früher wusste niemand so gut den Männern mit einem Hüftschwung zum Klang der Tamburine die Köpfe zu verdrehen wie ich! Ich war bis in den Orient hinein berühmt: Ein parthischer Prinz hat mir einmal für eine

Nacht so viel geboten wie andere Hetären im ganzen Jahr verdienen!«

»Warum hast du einen so einträglichen Beruf aufgegeben?«

»Mit zwanzig Jahren Ehefrau und zusammen mit einem Haufen dummer Mägde in ein Frauenhaus eingesperrt zu werden, ist eher unangenehm und in keiner Hinsicht verlockend. Aber andererseits ist es schwierig, jenseits der vierzig noch als Hetäre zu arbeiten, wenn der Lack abblättert und man das Feld den Anfängerinnen überlassen muss. Das Alter herrscht mit harter Hand: Ach, Mädchen, ich habe keine zarten Glieder mehr ...«, seufzte die Dame.

»Oh, dass ich ein Eisvogel wäre, der zusammen mit den anderen fliegt ...«, fuhr Publius Aurelius fort.

»Du kennst Alkman«, wunderte sich Phtia und nahm den Faden wieder auf: »Es bleichen meine Schläfen und mein Haupt ist kahl ...«

»Das ist Anakreon: Habe ich die Prüfung bestanden?«, unterbrach sie der Senator spöttisch.

»Mit Bravour. Ein kräftiges römisches Mannsbild, obendrein noch zivilisiert genug, um griechische Lyrik zu schätzen ... ich weiß nicht, ob es das zu meinen Zeiten gab!«, lachte die Alte. »Du hast mich gefragt, warum ich das galante Leben aufgegeben habe. Das ist schnell erzählt: An einem bestimmten Punkt blieben mir nur noch die unangenehmen Aufgaben – empfangen, lächeln, schmeicheln und den Männern schöntun –, ohne dass ich persönlich die Früchte meiner Bemühungen hätte ernten dürfen. Also habe ich mich mit einem Witwer arrangiert, der schon Töchter und Enkel hatte. Ich habe es nicht des Geldes wegen getan – er war reich, aber ich war wesentlich reicher als er.«

»Verstößt es nicht gegen das Gesetz, eine Hetäre zu heiraten?«

»Nicht, wenn sie eine freie Bürgerin ist. Da wir keine gemeinsamen Kinder hatten, haben seine Sprösslinge der Verbindung zugestimmt, vor allem, weil ich klar gestellt hatte, dass ich keinen Anspruch auf das Erbe erheben würde. So habe ich zurückgezogen im Schatten und an der Seite meines Mannes gelebt wie jede gute griechische Ehefrau. Vor seinem Tod hat er mir gestanden, seine Entscheidung nie bereut zu haben.«

»Hast du nicht das Glitzerleben von vorher vermisst, die Musik, die Bücher, die Bankette, die Gespräche?«

»All das habe ich gegen das Recht, in Frieden alt zu werden, eingetauscht. Das ist nicht gerade wenig. Sich mit Süßigkeiten voll stopfen können, ohne Angst um das Gewicht, sich nicht mehr das Haar färben oder sich unter scheußlichen Qualen die Beine enthaaren zu müssen, sich stundenlang im Bad räkeln können, ohne Angst davor zu haben, die körperlichen Unzulänglichkeiten sehen zu lassen. Nur ein Herr statt hunderten. Ich war eine glückliche Frau, als Ehefrau ebenso wie als Kurtisane. Und jetzt fehlt mir nur noch olympischer Lorbeer, um mein Lebenswerk zu krönen. Und ich werde ihn bekommen, bei allen Göttern, und wie ich ihn bekommen werde! Ich habe den besten Wagen im Rennen und zwei Fohlen, die davonpreschen wie die Geschosse eines Katapults! Lampo fährt sie, der Zweitgeborene meines Stiefsohnes. Er ist ein unschlagbarer Wagenlenker, blitzgescheit und geschickt, nicht so eine Schlafmütze wie dein Pelagius!«

»Pomponia hat ihn unter hunderten von Bewerbern ausgewählt«, verteidigte ihn Publius Aurelius.

»Ein Blender und Lügner wie alle Kreter; vielleicht ist er es sogar selbst gewesen, der deine Pferde vergiftet hat! Oder Apollodoros' schmutzige Finger stecken dahinter: Er hat schließlich nicht umsonst Himmel und Hölle in Bewegung gesetzt, um in die Jury aufgenommen zu werden, in der Hoffnung, mit irgendwelchen deftigen Nebeneinkünften das Vermögen seiner Familie wieder auffüllen zu können, das ihm mit jedem Tag weiter durch die Finger rinnt. Ich weiß, auf den ersten Blick wirkt er wie ein anständiger Mensch, aber ich kenne ihn gut, und ich versichere dir, dass er für ein paar Drachmen sogar seine eigene Mutter verkaufen würde, wie er es ja im Übrigen gerade mit seinem Sohn tut.«

»Mir hatte man gesagt, alle seine Erben seien noch in den Windeln gestorben …«, warf Aurelius neugierig ein.

»Alle legitimen. Ich spreche von Kallimachos, der letzten, unverhofften Frucht seiner müden Lenden, gezeugt durch ein Wunder und einen extremen Kraftakt!«, rief die Witwe aus. »Hier wissen alle darüber Bescheid, dass der Hellanodike der wahre Vater des Kallimachos ist, auch wenn der Junge offiziell von einem gewissen Euristeos abstammt, einem Schmied, der beide Augen zugedrückt und sich dadurch ein schönes Geschäft mit mehr als zehn Sklaven, die für ihn arbeiten, hat aufbauen können.«

»Ist Kallimachos wirklich so weibisch, wie er sich gibt?«

»Das glaube ich nicht. Ich denke eher, dass er, weil er in einem plebejischen Umfeld aufgewachsen ist, etwas übertrieben versucht, die Verhaltensweisen junger Leute aus gutem Hause nachzuahmen, oder besser gesagt, das, was er dafür hält. Das Ergebnis ist eher eine Karikatur dessen, aber nichtsdestotrotz hat er Erfolg damit: Psalmonaios aus Megara und Pyrrhus aus Korinth haben sich pausenlos um ihn gerissen, während Busirides ihm versprochen hat, die Hindernisse auszuräumen, die ihm von den anderen Hellanodiken in den Weg gelegt wurden, und dafür zu sorgen, dass er zu den Spielen zugelassen würde.«

»Apollodoros ist sein Vater, und Busirides hat sich in ihn verguckt: Deshalb sind also seine stärksten Gegner schon während der Qualifikation ausgeschieden! Nur Diagoras hat sich dem entgegengestellt.«

»Oh, oh, der kleine Blonde interessiert dich wohl auch …

und da heißt es immer, du würdest dich von den Knaben eher fern halten.«

»Ich werde anfangen, darüber nachzudenken, sie in die engere Wahl zu nehmen, wenn alle Frauen, von den kleinen Mädchen bis hin zu den Hundertjährigen, vom Erdboden verschwunden sind.«

»Hast du Hundertjährige gesagt? Gut, sehr gut...«, kicherte die Witwe. »Aber was hast du dann den ganzen Vormittag auf der Terrasse der Schatzhäuser in trauter Zweisamkeit mit dem kleinen Frisso getrieben?«

»Ich habe ihn zufällig getroffen«, verteidigte sich Aurelius. »Und abgesehen davon, ist er nicht mehr gar so klein. Er ist mindestens genauso alt wie Kallimachos, wenn nicht älter.«

»Das ist unmöglich«, widersprach ihm die Alte. »Ich habe ein sehr gutes Gedächtnis, und ich kannte seine Familie, bei der ich ein Jahr vor der Tragödie zu Gast war. Sie lebten in einem großen Haus am Rande eines Waldes: Die Straße führte in engen Kurven hinauf auf eine Lichtung direkt unterhalb des Gipfels, von der aus man die gesamte Besitzung überblicken konnte. Hermeteus nannte sie seine *Denkstube* und hatte dort einen Holztisch aufgestellt, an dem er mit Lineal und Zirkel arbeiten konnte. Von dort oben sind wir direkt zu dem Pfad durch den Weinberg hinabgestiegen, seine Frau und ich zusammen mit den Kindern. Ich erinnere mich noch gut daran, dass das Mädchen die Älteste war, weil ihre Mutter sie mehrmals tadeln und sie daran erinnern musste, dass sie als Mädchen im heiratsfähigen Alter nicht mehr so hinter ihrem Brüderchen herlaufen durfte...«

Aurelius runzelte überrascht die Stirn. Auch wenn er noch keinerlei Anzeichen eines Bartwuchses im Gesicht zeigte, war Frisso doch wohl proportioniert, als hätte er die Pubertät schon seit längerem hinter sich, wenngleich die Stimme, mit der er gesungen hatte, in der Tat noch hoch und fein geklungen hatte.

»Was für eine Tragödie das war! Der Mutter haben sie die Kehle durchgeschnitten und das Kleinste gegen eine Wand geschleudert wie den Trojaner Astyana. Sie haben es in einer Blutlache gefunden; sogar der Gans, mit der die Kinder spielten, war die Kehle durchtrennt worden!«

»Und wo war Hermeteus, als das geschah?«

»Auf dem Hügel, versunken in seine Berechnungen. Bis dort oben hat er die Schreie der armen Seelen gehört.« Phtia schüttelte den Kopf. »Aber lass uns aufhören, von diesen längst vergangenen Gräueln zu sprechen, kommen wir zum wahren Grund, aus dem ich dich habe rufen lassen: Meine Pferde, schnell wie der Blitz des Zeus, haben keine Tricks nötig, um als Erste über die Ziellinie zu kommen. Ich werde gewinnen!«

»Wie viel willst du setzen?«, fragte Aurelius, der wie alle Römer ein leidenschaftlicher Glücksspieler war.

»Wir sind beide zu reich, als dass das Riskieren von Geld wirklich aufregend wäre. Ich setze deshalb etwas anderes aufs Spiel: meine Fohlen für dich, wenn du gewinnst, plus dieses Armband für deine Freundin Pomponia«, schlug Phtia vor und streifte einen goldenen Armreif ab, der mit zartesten Blumenmotiven verziert war. »Er ist unbezahlbar, er wurde vor Jahrhunderten von Aspasia getragen, als sie Gefährtin des Perikles war. Auch sie war eine Kurtisane, wusstest du das?«

Der Senator nickte. »Und wenn ich verliere?«, fragte er.

»Dann wirst du eine Nacht mit mir verbringen!«, erklärte die Greisin lächelnd.

Nur die langjährige Übung in epikureischer Unerschütterlichkeit erlaubte es Publius Aurelius, keine Miene zu verziehen; dennoch musste er mehrmals leise schlucken, wobei sein Kehlkopf auf und ab hüpfte wie der Lastenaufzug für die Bestien im Zirkus.

»Zögerst du vielleicht wegen meines Alters, Senator? Und

dabei vergeht doch kein Tag, an dem nicht irgendein alter Sack sich mit einem gerade erblühten Mädchen fleischlich vereinigt. Warum muss das andersherum immer so befremdlich erscheinen?«, fragte Phtia mit einem höhnischen Grinsen und bösartig funkelnden Augen.

Aurelius hatte schon vielen Frauen geschmeichelt – aufrichtig oder unaufrichtig –, um ihnen eine Freude zu machen, sie zu verführen und sie für sich zu gewinnen, und niemals hatte er sich einer von ihnen gegenüber geringschätzig gezeigt. Phtia hingegen versuchte unverhohlen, diese Geringschätzigkeit zu provozieren. Jeder andere hätte angesichts eines solchen Ansinnens mit offener Ablehnung, mit Hohn und Spott reagiert oder bestenfalls mit einem verlegenen Lächeln die ganze Sache als Scherz abgetan.

Nicht jedoch Aurelius. Aurelius liebte es, zu verblüffen. Und er liebte das Risiko.

»Meine Hand darauf!«, sagte er und hoffte, dass das schummerige Licht seine plötzliche Blässe verbarg.

Es wäre übertrieben zu behaupten, der Patrizier sei getaumelt, als er Phtias Pavillon verließ, doch die Monstrosität seines Versprechens ließ seinen Schritt deutlich weniger fest und entschlossen wirken als gewöhnlich. Von seinem solcherart verunsicherten Gang profitierte stehenden Fußes ein junger Prostituierter, der flugs seinen *chiton* anhob, um seine Ware zur Schau zu stellen.

»Antiquitäten, authentische Stücke!« Mit diesen Worten schubsten ihn ein paar fliegende Händler weiter, die dem wohlhabenden Fremden ebenfalls ihren Plunder zeigen wollten: allerlei Tiegel und andere keramische Dutzendware mit der Aufschrift Olympia, wie man sie Freunden und Verwandten mitzubringen pflegte, um später regelmäßig zu kontrollieren, ob sie auch gut sichtbar auf einer *arca* im elterlichen Atrium ausgestellt wurde. »Eine Amphore mit Athene-

Motiv von Perikles, handgearbeitet: nur tausend Drachmen!«, brüllte ein Händler und zeigte dem Patrizier ein brandneues Gefäß, an dem sogar noch Überreste des Brennofens zu sehen waren.

»Ein Mischkrug aus dem Trojanischen Krieg, vielleicht derselbe, mit dem Achilles während der Totenfeiern zu Ehren des Patroklos das Trankopfer dargeboten hat!«, übertraf ihn schamlos ein Konkurrent.

»Eine ganz besondere *kylix*«, warf ein Dritter ein, der ihm eine flache Schale hinhielt, auf deren Außenseite eine harmlose Szene mit einigen Diskuswerfern prangte, während sie auf der Innenseite das Bild eines bartlosen Jünglings versteckte, der gerade seinen reifen Liebhaber an sich zog.

»Das sind Aristogeiton und Harmodios, die beiden Helden, die Athen vom Tyrannen befreiten. Wenn du möchtest, habe ich auch einen Kelch mit Zeus und Ganimed oder eine Amphore mit den Paaren der Kohorte von Epaminonda, Männer und Jungen, die sich liebevoll umarmen, bevor sie sich mit vereinten Kräften in die tobende Schlacht werfen. Ich habe diese wunderbaren Kunstwerke extra für dich besorgt, denn es heißt, du wüsstest sie zu schätzen… Nur keine Sorge, ich werde den Mund halten, wir wissen ja alle, wie die Römer darüber denken!«

»Aus dem Weg, verkommenes Gesindel!«, fluchte der Senator und versuchte, in eine Nebengasse einzubiegen, um den Verkäufern zu entkommen. Plötzlich sah er vor dem grau-grünen Hintergrund des Olivenhains den weißblonden Haarschopf des Epheben.

Zum Glück schien der temperamentvolle Jüngling heute nicht zu weiteren exhibitionistischen Einlagen aufgelegt zu sein. Im Gegenteil, er stand ganz allein in einer Ecke, kaute nervös auf einem Grashalm und zog ein trauriges Gesicht, als bedrücke ihn irgendetwas zutiefst.

Das Gesicht eines ängstlichen Kindes, sagte Aurelius zu

sich selbst: Dieselbe verlegene Miene hatte er bei den kleinen Sklaven gesehen, die in der Pantomime mitspielten, wenn sie sich im Versteck ihrer Garderobe den Ruß von den Augenlidern und das strahlende Lächeln von den Lippen rieben, das sie zum Vergnügen der Zuschauer und Klienten aufgesetzt hatten.

Was mochte der schöne Kallimachos hinter seinem schamlos provozierenden Verhalten verbergen? Siegen hieß für ihn, den Applaus des Publikums zu bekommen, den Ölzweig, das Bett von Busirides und in der Folge Engagements, prestigeträchtige Wettkämpfe, Symposien, Feste, einflussreiche Liebhaber und Geld, viel Geld. Und das alles mit noch nicht einmal zwanzig Jahren und obendrein für jemanden, der aus einer einfachen Schmiede stammte. Welchen Preis musste der blonde Ephebe für seinen Traum vom Ruhm zahlen, wo er, um ihn zu erlangen, sich bereits seine Kindheit hatte stehlen lassen, die er vor der Zeit gegen den unsicheren Erfolg eingetauscht hatte? Und wie viele andere gab es noch wie ihn, die bereit waren, alles für den Augenblick und den Erfolg zu tun, auf eine Familie zu verzichten, auf Freunde, und die sogar ihre Gesundheit aufs Spiel setzten für die verlockende Aussicht auf sportliche Lorbeeren?

Für einen Augenblick war der Senator versucht, sich dem Jungen zu erkennen zu geben, ihn nach seinem Kummer zu fragen und ihn aufzumuntern. Er hätte ihn daran erinnert, dass es noch eine Welt außerhalb von Olympia gab, dass das große Rund des Stadions nicht Ursprung und Ende allen Lebens war. Doch er hielt sich zurück, weil ihm klar wurde, dass all seine Worte in den Ohren dieses zu schnell erwachsen gewordenen Kindes unweigerlich wie ein kleingeistiger, abgestandener Tadel klingen musste.

Wenig später erhob sich Kallimachos und fasste, nachdem er sich den Staub von seinem *chiton* geklopft hatte, sein Haar im Nacken zu einem Knoten zusammen. Auf seinem Gesicht lag eine neue, ungewohnte Entschlossenheit, als er, ohne zu ahnen, dass er beobachtet wurde, die Lichtung verließ.

Als Aurelius ins Zelt zurückkam, hatte er weder den Zug noch die Sänfte und schon gar nicht seinen Sekretär wieder erreicht, der ganz offensichtlich viel zu beschäftigt damit war, Phtias attraktive Mägde zu unterhalten, um auf seine kläglichen Rufe zu antworten.

Wer auf ihn wartete, war ein noch finsterer als gewöhnlich dreinblickender Hermeteus.

»In Olympia wird getratscht, was das Zeug hält, also wirst du schon darüber gehört haben, was meiner Familie zugestoßen ist«, begann der Mathematiker ohne lange Vorrede und lehnte den Sessel ab, den ihm der Senator zuschob.

»Ich weiß nur, dass die Deinen von einer Räuberbande niedergemetzelt wurden, während du auf dem Hügel deinen Studien nachgingst«, äußerte sich Aurelius vage, in der Hoffnung, Hermeteus ließe sich noch weitere Details entlocken.

»Ich saß an meinem Tisch im Wald«, murmelte der Gelehrte, »und während ich über die Schönheit der Zahlen nachdachte, sagte ich mir, dass die Harmonie, die in diesen Zahlen liegt, eines der Zeichen des Wohlwollens der Götter ist, genau wie die Kugelform der Erde oder die perfekten Proportionen der Glieder des menschlichen Körpers. Was für ein Dummkopf war ich, an die Gunst der Götter zu glauben! In wenigen Augenblicken wurde meine ganze Welt zerstört: Ich hörte die Schreie und rannte wie wild quer durch den Wald, wobei ich mir Gesicht und Hände zerkratzte. Aber als ich endlich am Haus ankam, war das Gemetzel schon vorbei: Nur Frisso hat, dank des Zufalls oder irgendeines unaufmerksamen Gottes, das Massaker überlebt.«

Aurelius nickte, es tat ihm Leid, solch schmerzhafte Erinnerungen in Hermeteus geweckt zu haben.

»Gerade darüber wollte ich mit dir sprechen«, nahm Letzterer in eindeutig feindseligem Ton den Faden wieder auf. »Mein Sohn hat viel durchgemacht, und damit meine ich nicht nur die physischen Leiden. Als ich aus dem Wald zurückkam, war das Gemetzel bereits geschehen und Frisso so durcheinander, dass er das Gedächtnis verloren hatte und sogar seine Sprache. Nur dank intensiver Pflege ist es gelungen, ihn zumindest teilweise wieder herzustellen. Seine emotionale Reife entspricht dennoch nicht der eines normalen Jungen: Ich habe ihn immer vor sich selbst beschützt und bin nicht von seiner Seite gewichen, damit er sich nicht – die Götter mögen es verhindern – von irgendwem den Kopf verdrehen ließe ...«

Trotz der Hitze fühlte der Senator, wie ihm eiskalt wurde. »Und was habe ich damit zu tun?«, fragte er ungehalten.

Hermeteus schüttelte den Kopf. »Ein so junger Mensch lässt sich nur von einem reifen Mann beeinflussen, der zusätzlich zu seiner Männlichkeit noch Erfahrung und Macht ausstrahlt. Und leider geschieht es nur ebenso leicht, dass ein solches Individuum diesen Umstand skrupellos ausnutzt.«

»Um eins gleich klarzustellen«, setzte Aurelius, jetzt offensichtlich zutiefst beunruhigt, an. Doch der Mathematiker ließ ihn nicht ausreden und unterbrach ihn mit vor Sarkasmus triefender Stimme: »Aber sicher doch, du denkst nicht einmal daran! Jedenfalls wollte ich dich nur wissen lassen, dass ich eine Klinge zu gebrauchen weiß und sie auch bereithalte, für wen auch immer, der es wagt, das empfindliche seelische Gleichgewicht meines Sohnes zu gefährden. Das wäre alles, Senator.« Hiermit beendete der Alte das Gespräch und verließ ohne ein Wort des Abschieds das Zelt, wobei er die weißen Haare in den Nacken zurückschüttelte, als würde er sich einen königlichen Umhang um die Schultern werfen.

Publius Aurelius sah rot. Er konnte einfach nicht glauben,

dass ausgerechnet er, der den Frauen so zugetan war, in Verdacht geriet, einem kleinen Jungen nachzustellen: Das hatte er alles Castor zu verdanken und dieser merkwürdigen Atmosphäre hier in Griechenland, und er verwünschte das ganze Land mitsamt seinen affigen Epheben.

Seine Wut machte sich in einer Art dumpfem Röcheln Luft, dem aus dem Innern des Zeltes ein wesentlich substanzielleres Schnauben antwortete, das sich anhörte wie Boreas mitten in einem Gewitter: Castor war anscheinend längst zurückgekehrt und hatte hinter dem Vorhang gelauscht.

»Oh, ihr unsterblichen Götter, das habe ich alles nur dir zu verdanken, unseliger Sklave!«, rief der Senator aus; und obwohl er mit den Geboten des von ihm so verehrten Epikur bis ins Detail vertraut war – der Weise lässt sich nicht ablenken, lässt sich nicht überraschen, erträgt mit Gleichmut allen Überdruss, allen Ärger, alle Qualen, Erniedrigungen und Schwierigkeiten –, konnte er nicht anders als nach einem Silberkelch zu greifen und ihn wütend gegen den Vorhang zu schleudern, um sich Erleichterung zu verschaffen.

Der Kelch flog in hohem Bogen durch die Luft und schlug direkt in den Vorhang ein, wobei er jene Ausbuchtung traf, die den Kopf des lauschenden Sklaven verbarg.

Castor parierte den Schlag und wurde von einer vollkommen unangebrachten Heiterkeit ergriffen.

»Der attraktive, faszinierende, unwiderstehliche Senator Statius sammelt Eroberungen: eine Greisin und ein weibischer kleiner Junge!«

»Du Schurke von einem Sklaven, du warst dort und hast mein Gespräch mit Phtia belauscht!«, donnerte der Patrizier.

»Noch nie in meinem Leben habe ich so gelacht! Wenn das deine bezaubernden Geliebten in der Urbs erfahren!«, amüsierte sich der Sklave und hielt sich den Bauch vor Lachen.

»Du wirst keine Gelegenheit mehr haben, meine Angelegenheiten herumzutratschen: Die Matronen begeben sich nur höchst selten in die tiefsten iberischen Minen, um dem neuesten Klatsch zu lauschen«, drohte ihm der Senator aufbrausend. »Dort wirst du dich nämlich demnächst wieder finden! Ach was, jetzt gleich!«, schrie er und griff schon nach dem Glöckchen, um die Wachen herbeizurufen.

»Willst du wirklich auf meine unschätzbaren Dienste verzichten, *domine*, und mich zusammen mit meinen Geheimnissen lebendig begraben?«, fragte Castor selbstbewusst.

»Hören wir erst einmal, was sie wert sind!«, gestand ihm Aurelius zu.

»Einiges, *domine*, einiges. Als Psalmonaios' Großvater, ein Adeliger mit unerhörtem Reichtum, starb, hat er die Erbschaft des Vermögens von der Existenz eines lebenden männlichen Nachkommens abhängig gemacht. Darüber hinaus verfügte er, dass diese Klausel in jedem künftigen Testament der Familie enthalten sein muss.«

»Es heißt, Psalmonaios' Vater läge bereits im Sterben. Wem wird er sein Vermögen vererben, wenn es keine direkten Nachkommen gibt?«

»Dem nächsten Verwandten, der die Klausel erfüllt. Das wäre der Faustkämpfer Panther, der allerdings bisher nur Töchter in die Welt gesetzt hat, vier, um genau zu sein, und der daher nicht erben kann. Aber es gibt noch einen entfernten Cousin, der alle Voraussetzungen erfüllt...«

»Spuck's aus, Castor! Wenn es jemand Unbekanntes wäre, würdest du mich nicht so auf die Folter spannen!«

»Er hat eben gerade dieses Zelt verlassen...«

»Hermeteus! Also könnte unser ach so gleichgültiger Mathematiker dank Frisso schon bald außerordentlich reich werden: Landbesitz, Immobilien, Drachmen im Überfluss. Nicht zu vergessen die olympischen Ehren und die ephebischen Liebhaber! Da haben wir doch das Beste aller Motive: Geld!«, jubelte der Senator und vergaß darüber für einen

Moment die Achtzigjährige, die fest entschlossen war, ihn in ihr Bett zu zerren, und den ominösen jungen Mann, der versuchte, ihr Konkurrenz zu machen.

»Hermeteus war in der Palaistra, als die Hellanodiken die Entdeckung von Psalmonaios' Leichnam bekannt gegeben haben«, erinnerte ihn Castor.

»Aber er war erst kurz zuvor dort angelangt«, gab Aurelius zurück. »Das ist mindestens das zweite Mal, dass Hermeteus in unmittelbarer Nähe eines Tatortes erscheint: er hat selbst zugegeben, nicht weit von seinem Haus entfernt gewesen zu sein, während seine Familie ausgelöscht wurde.«

»*Domine*, du denkst doch nicht, dass er seine Frau und Kinder ermordet haben könnte? Frisso hätte ihn doch erkannt!«

»Aber er hat das Gedächtnis verloren, zumindest behauptet er das ... Hast du bemerkt, wie sein Vater ihn in Angst und Schrecken versetzt?« Es gibt Dinge, an die man sich lieber nicht erinnert, dachte der Patrizier, der Geist löscht sie aus, vertreibt sie aus dem Bewusstsein, weil es unerträglich wäre, mit ihnen zu leben. Welche grauenvolle Szene muss der Junge an jenem verfluchten Tag miterlebt haben? Seine Familie, von Unbekannten niedergemetzelt, oder etwas noch viel Schlimmeres? Wusste man wirklich nicht, wer die Mörder waren?

»Patron«, begann der Sekretär von neuem, »jede Hypothese über ein vor so langer Zeit begangenes Verbrechen muss eine unbeweisbare Schlussfolgerung bleiben. Du tätest besser daran, dich auf den noch frischen Leichnam zu konzentrieren.«

»Du hast Recht, Castor«, nickte Publius Aurelius. »Beschäftigen wir uns also mit Psalmonaios, dem mit einem olympischen Diskus die Kehle durchschnitten worden ist. Eine ziemlich umständliche Art und Weise, seinen Nächsten ums Leben zu bringen, geht man nicht davon aus, dass der

Angreifer, von einem plötzlichen Wutausbruch gepackt, den erstbesten Gegenstand benutzt hat, der ihm in die Finger geriet. Das erinnert mich an einen Bauern, der sein Opfer mit dem Baum seines Pfluges angegriffen hat, und an einen Zimmermann, der angeklagt wurde, seine untreue Ehefrau mit einem Hobel erschlagen und in den Tartarus gebracht zu haben ...«

»Ich finde deine Abhandlung über an sich ungeeignete Mordwerkzeuge wirklich anregend; ja, ich muss gestehen, dass ich seit Jahren davon träume, einmal eine Erörterung darüber zu verfassen, wie Hippen, Sensen, Hacken, Disken und Lanzen verwendet werden können, um den Hals eines Menschen vom Rumpf zu trennen. Leider jedoch muss ich mich ans Lager eines kranken Freundes begeben«, entschuldigte sich Castor und zog dabei seine manipulierten Spezialwürfel aus der Tunika. »Da sind sie ja, diese kleine Veränderung wird die nächsten Partien etwas abwechslungsreicher gestalten: Meine Mitspieler würden ja anfangen, schlecht von mir zu denken, wenn ich immer nur eine dreifache Sechs würfele«, erklärte er und bearbeitete die beschwerte Seite der Fünf, damit sie wieder so aussah wie aus einem einzigen Stück Knochen gefertigt.

»In Ordnung, geh nur«, erlaubte ihm sein Herr.

»Ach, beinahe hätte ich es vergessen ... da ist Post für dich, *domine*«, zwitscherte der Alexandriner fröhlich und überreichte Publius Aurelius einen weiteren versiegelten Zylinder im Tausch gegen die üblichen tausend Drachmen.

Pomponia an Aurelius S.V.B.E.E.V.

Gewöhnlich gut informierte Kreise behaupten, Tadius Tullianus, der Bruder jener Freundin, von der ich dir bereits geschrieben habe, sei Pleite gegangen. Die Gelder, die er den Bankkunden unterschlagen und unter falschem Namen im Orient deponiert hat, sollen allmählich zu Ende gehen, ver-

schlungen durch Laster und Spiel, zur großen Verzweiflung der Gläubiger, denen es noch nicht gelungen ist, ihr Darlehen zurückzubekommen. Wenn du Tullia besuchst, denk daran, ihr Pfefferkuchen mitzubringen, die liebt sie!
Vale, *Pomponia.*

P. S.: Ich habe noch einmal darüber nachgedacht: Wäre es nicht besser, der Statue eine klassische Frisur zu verpassen, so wie Octavia sie trägt, mit einem Knoten in der Stirn?

Milliardenschwere Wettgeschäfte. Der Ölfleck, der unglückselige Sturz des Psalmonaios und zwei Onager aus Korinth mit einer ganz besonderen Last: Nachdem er das Bestechungsgeld zunächst abgelehnt hatte, weil er noch auf einen Sieg hoffte, hatte Psalmonaios nach dem Unfall mit dem Knie hastig akzeptiert. Doch wo war das Gold geblieben? Und warum war der Megarer ermordet worden? Wie passten eine so bedrohliche Figur wie Hermeteus, die chronische Angst Frissos und das düstere Drama, das sich vor einigen Jahren abgespielt hatte, in ein solches Bild?

Zu viele unbeantwortete Fragen. Publius Aurelius musste das alles noch einmal konzentriert überdenken, aber nicht jetzt. Jetzt stand die kleine Unterredung mit Berillios Mutter an erster Stelle; das konnte nicht länger warten, denn der Knabenlauf sollte bereits morgen stattfinden.

Das Gasthaus erhob sich jenseits des Alpheios, außerhalb des monumentalen Gebäudekomplexes, der das Heiligtum von Olympia bildete. In der Nähe standen einige Grabsteine. Daran war nichts Ungewöhnliches, sagte sich Aurelius: Auch in Rom war es stets verboten gewesen, die Toten oder ihre Asche innerhalb eines heiligen Bezirkes zu beerdigen, weshalb die Gräberfelder sich an den großen Zufahrtsstraßen jenseits der Servianischen Mauer befanden.

Ein verwahrlostes, aber sehr geräumiges Haus, das seinem Besitzer einen Haufen Drachmen einbringen musste: Das war das wenig erfreuliche Urteil, welches der Senator fällte, kaum dass er seinen Fuß in einen großen, mit Rauch und anderen Gerüchen geschwängerten Raum gesetzt hatte.

»Arbeitet hier die *kyria* aus Leptis Minor?«, fragte er den Wirt.

»Oho, ein hohes Tier, das nach Levia fragt und sie *kyria* nennt! Ich hätte mir diese Schlampe wohl genauer ansehen müssen, anscheinend ist mir da was entgangen!«, höhnte der Angesprochene und zeigte lässig auf die Hintertür.

Entlang des kleinen Säulengangs verlief ein gemauerter Vorsprung an der Wand, der jetzt als Gemeinschaftslager benutzt wurde. Normalerweise schliefen darauf die Sklaven, die an der Ölpresse arbeiteten, doch alle vier Jahre, wenn ganz Hellas in Olympia einfiel, wurde jede Nische kostbar, und der Platz hier, direkt am Brunnen, war wahrscheinlich Gold wert.

Das Durcheinander ringsum war schlichtweg unbeschreiblich: unendlich viele Strohsäcke, Taschen, Beutel, verschossene Decken, Schläuche aus Schaffell, Kleidungsstücke von fragwürdiger Sauberkeit; ein Paradies für Motten und Flöhe, die hier sicher prächtig gediehen. In einer Ecke des Hofes stand auf dem Waschstein ein großer Stapel Geschirr: kleine Steingutkrüge, schmutzige Schüsseln, Messer. Vor allem Messer, viele, viele Messer, eines neben dem anderen…

»Ave, domina!«, grüßte Aurelius die Frau, die gerade Wasser heraufzog, in aller Form. Eingeschüchtert durch den Anblick einer Respektsperson ließ sie unvermittelt die Pumpe fahren, um sich die Hände mit fahrigen Bewegungen an ihrer Schürze abzutrocknen. Was wollte denn dieser Stutzer von ihr? Ihre Ersparnisse waren bereits seit einiger Zeit aufgebraucht, und um sich in Elis weiter durchzuschlagen, hatte sie jede Art von Arbeit angenommen, vorausgesetzt sie war anständig. Doch für eine allein stehende Frau, fern der Heimat, war es alles andere als leicht, den Männern um sie herum ihre Vorstellung von anständiger Arbeit klar zu machen. Also hatte sie ihre Reize verborgen; um keine Blicke auf sich zu ziehen, trug sie ein formloses Kleid, versteckte die Haare unter einem Tuch, hielt den Blick stets gesenkt und zog den Stoff weit in die Stirn. Jetzt allerdings würde dieser unvermutete Besuch das Interesse der Gäste auf sie ziehen und ihr bestimmt eine Menge unangenehmer Aufmerksamkeit bescheren.

»Ich möchte, dass du Berillio sagst, du würdest erwarten, ihn als Sieger zurückkehren zu sehen«, kam Publius Aurelius ohne weitere Vorrede direkt zum Wesentlichen. »Ein Junge kann kein wirkliches Selbstvertrauen für den Wettkampf aufbauen, wenn nicht einmal die eigene Mutter an ihn glaubt.«

Levia trocknete sich erneut die Hände an der Schürze ab und zupfte das Tuch zurecht, das ihren Kopf bedeckte, bevor sie sehr leise antwortete.

»Ich bin doch überhaupt nur wegen meines Sohnes hier. Von klein auf war er ein sehr schneller Läufer, und ich war stolz darauf, dass er an lokalen Wettläufen teilnahm. Doch dann ist er immer weiter gekommen, und als er begann, sich Hoffnungen auf Olympia zu machen, habe ich all unsere Habe verkauft, um ihm diese fantastische Möglichkeit zu eröffnen. Aber es war ein Fehler. Das habe ich schon nach dem ersten Blick auf die Gegner eingesehen, die sich seit Monaten unter Anleitung der besten Trainer – alles ehemalige Olympioniken – vorbereiten, während Berillio ganz allein unter der Sonne läuft. Ganz zu schweigen von den Schummeleien der Hellanodiken, die Läufer zu den Rennen zulassen, die längst aus dem vorgeschriebenen Alter herausgewachsen sind. Wir haben gegen einen gewissen Kallimachos Protest eingelegt, und anfangs sah es auch so aus, als sei Diagoras auf unserer Seite, doch bis jetzt ist es ihm nicht gelungen, die Dinge wieder ins Lot zu bringen.«

»Mit etwas Glück könnte Berillio es schaffen. Mir scheint fast, du hast Angst, ihn tatsächlich siegen zu sehen«, vermutete der Senator.

»Da ist etwas dran«, gab die Frau zu. »Ich hätte schon vor Jahren mit ihm darüber sprechen sollen, stattdessen habe ich es immer vor mir hergeschoben, weil ich überzeugt davon war, das er es sowieso nie bis in die Nähe eines Ölzweigs schafft… Du weißt ganz genau, was passiert, wenn er gewinnt: Ein Herold würde vor dem ganzen Stadion seinen Namen ausrufen, gefolgt vom Namen seines Vaters und seiner Geburtsstadt. Aber der vollständige Name meines Sohnes lautet nur Berillio Spurio, Enkel des Berillio Levio.«

Spurio. Diesen Nachnamen verlieh man außerehelichen Kindern, die nur vom Großvater mütterlicherseits anerkannt worden waren, dessen Namen sie dann annahmen.

»Und was ist mit dem römischen Soldaten, den Berillio erwähnt hat, als wir miteinander geplaudert haben?«

»Eine Geschichte, die ich erfunden habe, als er noch klein war, weil jedes Kind stolz auf seinen Vater sein sollte. Ich habe es nicht gewagt, ihm zu gestehen, dass sein Vater in Wirklichkeit ein punischer Sklave war, der noch vor Berillios Geburt unter einer Kelter ermordet wurde. Und als er langsam älter wurde, wurde mir klar, dass ich in meiner eigenen Lügengeschichte gefangen war«, murmelte Levia mit einem tiefen Seufzer.

»Es muss hart für dich gewesen sein, ganz allein ein Kind aufzuziehen.«

»Mein Vater hat ihn mit viel Liebe angenommen, ohne wissen zu wollen, wer sein Vater war. Als braver Zimmermann, der er war, hat er schon bald in einer anderen Stadt Arbeit gefunden, in der ich mich als Witwe ausgeben konnte, was angenehmer für mich war. Auch nach seinem Tod habe ich es nie gewagt, Berillio die Wahrheit über seine Abstammung zu enthüllen. Und jetzt ist es zu spät dafür. So wie ich ihn kenne, würde er sich weigern, am Wettlauf teilzunehmen, wenn er erführe, dass er von einem Punier und noch dazu von einem Sklaven abstammt!«

»Vielleicht könntest du die Geschichte etwas ausschmücken«, schlug der Patrizier vor, der kein Freund der Wahrheit um jeden Preis war. »Römischen Soldaten ist es erst am Ende ihrer militärischen Laufbahn erlaubt, eine Familie zu gründen. Also leben sie oft schon jahrelang mit ihren künftigen Ehefrauen zusammen, bevor sie sie rechtmäßig heiraten dürfen. Manch ein Pechvogel schafft es dann doch nicht, die Situation rechtzeitig zu legalisieren, weil er vielleicht als Held in einem Hinterhalt fällt…«

»Das wäre nur eine weitere Lüge.« Levia schüttelte den Kopf.

»Die Sophisten behaupten, dass die Wahrheit immer relativ ist.« Aurelius zuckte die Schultern. »Eine solche Version der Geschichte würde für Berillio zumindest akzeptabel genug klingen, damit er sich beim Wettlauf ernsthaft anstrengt.«

»Ich werde darüber nachdenken. Doch jetzt muss ich mit meiner Arbeit weitermachen, dafür brauche ich noch bis zum Sonnenuntergang.« Eine Sklavenarbeit. Und genau wie bei den Sklaven ging man davon aus, dass Levia bereit war, den Gästen jeglichen Gefallen zu erweisen. Vielleicht hatte sie es geschafft, sich diesen Ansinnen zu entziehen, vielleicht auch nicht. Es war kostspielig, einen Athleten im Leonidaion zu unterhalten…

»Du brauchst diese Arbeit nicht mehr zu machen«, entschied Aurelius spontan. »Kauf dir ein anständiges Oberkleid und denk daran, dich zu kämmen: Du musst sehr verführerisch aussehen, um Berillio davon zu überzeugen, dass nur ein Schicksalsschlag seinen Vater daran hindern konnte, sich um ihn zu kümmern.«

»Was soll denn das sein, eine neue Art von Annäherungsversuch?«, rief Levia empört aus, empfindlich, wie es nur eine Frau sein konnte, die durch Armut, niedere Herkunft und das Fehlen eines Mannes in der Familie jedweder Erniedrigung ausgesetzt war.

»Habe ich etwa eine Gegenleistung von dir verlangt?«, gab der Patrizier zurück.

Nein, ein solcher Mann brauchte keine Abwäscherin, überlegte sie, und fühlte sich sicherer und erleichtert zugleich.

Wenig später kehrte Publius Aurelius an ihrer Seite in den Gastraum zurück.

»Die *kyria* steht unter dem Schutz des Senats von Rom, es wage niemand, sie zu belästigen. Besorg ihr ein anständiges Zimmer und eine Magd, die ihr zur Hand gehen kann.«

»Die Zimmer sind alle besetzt!«, protestierte der Wirt, dem es gegen den Strich ging, zu Gunsten irgendeines Habenichts einen zahlenden Gast hinauszuwerfen.

»Es ist gerade eines frei geworden«, berichtigte ihn der Senator und legte einen kleinen Haufen funkelnder Geldstücke auf den Tisch.

Der Wirt steckte das Geld ein und biss sich vor Wut auf die Lippen: Wie dumm war er gewesen, dass er nicht bemerkt hatte, wie unergründlich und leuchtend die Augen der Numiderin waren, dass er nicht gemerkt hatte, welche Schätze unter den unförmigen Kleidern geschickt verborgen lagen. Und jetzt, da sie einem Mächtigen gehörte, war es zu spät, um noch Ansprüche auf sie zu erheben. Vielleicht wurden manche Leute gerade dadurch so mächtig, dass sie sahen, was andere übersahen.

Levia blickte sich vorsichtig um, als sie das Kämmerlein betrat, das man ihr zugewiesen hatte. Müde streckte sie sich auf dem Lager aus, endlich allein, nach so vielen Monaten, die sie auf der allgemeinen Schlafstatt verbracht hatte. Wenn ein Senator sie eine Dame nannte, dachte sie, dann war alles möglich. Vielleicht sogar, dass ihr Sohn bei der Olympiade gewann…

»Wann wirst du anfangen, nach Pyrrhus zu suchen, Patron?«, fragte Castor provozierend, während er Aurelius beim Auskleiden behilflich war.

»Pyrrhus, immer dieser Pyrrhus!«, platzte Aurelius heraus. »Demnächst werden ihm noch die dreiundzwanzig Messerstiche zugeschrieben, mit denen Julius Caesar ermordet wurde!«

»Wenn er unschuldig ist, warum stellt er sich dann nicht den Richtern? *Silentium videtur confessio* – Schweigen wird als Eingeständnis gesehen«, sagte der Sklave.

»Er könnte in Gefangenschaft geraten oder selbst gestorben sein«, mutmaßte Aurelius.

»Und die Leiche? Glaubst du, es wäre einfach, mitten im Sommer und auf einer so trockenen Ebene wie hier einen Leichnam verschwinden zu lassen?«, gab Castor zu bedenken.

»Wo würdest du denn eine Leiche verstecken, Castor?«

»O ihr Götter, was für eine feinsinnige Frage. Auf dem Friedhof natürlich!«, witzelte Castor, während er die Vorhänge um das Bett herum zuzog. Ein weiser Rat, den man ernsthaft in Erwägung ziehen sollte, dachte Aurelius, während er die Augen schloss.

»Publius Aurelius Statius!«, rief eine laute Stimme. Der Ruf erscholl klar und hallte wie das Echo im Rund eines Theaters wieder. Er musste eingeschlafen sein, ohne es bemerkt zu haben, sagte sich der Senator, mit jenem seltsamen Bewusstsein, mit dem ein Träumer manchmal erkennt, dass er träumt.

Im Wald war es schon dunkel. Und der Wald selbst war außergewöhnlich hoch gewachsen, mit mächtigen Stämmen, deren Kronen kaum auszumachen waren. Doch nein, es waren Säulen, keine Bäume. Hermeteus auf hohen Kothurnen, das Gesicht hinter einer tragischen Maske verborgen, streckte die Hand nach einem kleinen Kind in zartestem Alter aus. Einen Augenblick später verschwanden der Alte und das Kind in einem undurchsichtigen Nebelschleier und machten einer zusammengekauerten Gestalt zwischen den Wurzeln eines mächtigen Olivenbaums Platz. Ein außergewöhnlich schön geformter, nackter Rücken, wohl gerundete Hüften, ein üppiger Busen. Das Mädchen lächelte einladend: Sie hatte Augen, so blau wie die Ägäis, und Frissos scharf geschnittene Gesichtszüge.

Ein seltsames Gefühl und ein kalter Schauder. Dann strich der Blick die Kurven ihrer Flanken entlang, um ungläubig auf einem eindeutig männlichen Geschlechtsteil liegen zu bleiben.

Schweißgebadet fuhr Aurelius aus dem Schlaf: dieselbe Szene, derselbe beunruhigende Traum wie in der vorigen Nacht.

Er musste zu viel gegessen haben, versuchte er sich einzureden, ganz zu schweigen davon, dass es in Hellas sowieso zu warm war, um friedlich unter den Zeltbahnen zu schlafen, die, Stunde um Stunde von der glühenden Sonne aufgeheizt, sich des Nachts in stickige Öfen verwandelten: Kein Wunder, dass Hypnos einem böse Streiche spielte, indem er jene gespenstischen androgynen Gestalten aus der Mythologie heraufbeschwor, die, halb Mann, halb Frau, die menschliche Perfektion in all ihren Spielarten verkörperten.

Dennoch hatte der Traum ihn stärker beunruhigt, als er zugeben wollte. Nicht, dass er an Vorzeichen oder göttliche Botschaften glaubte! Als guter Epikuräer war er davon überzeugt, dass die Götter, falls sie überhaupt existierten, sich nur wenig in die Angelegenheiten der Sterblichen einmischten. Einigen neueren griechischen Denkern zufolge jedoch waren Träume von ganz besonderer Bedeutung, weil sie, ein Werk des Schläfers selbst, im Traum noch einmal jene Bilder heraufbeschworen, die ihn während des Tages am tiefsten beeindruckt hatten. Er würde diesem seltsamen Jungen künftig besser aus dem Weg gehen, wenn er seinen Aufenthalt in Hellas noch in vollen Zügen genießen wollte, nahm er sich vor.

Doch im Moment war an Schlaf nicht mehr zu denken, vor allem angesichts des Schwarms Mücken nicht, der in kriegerischer Absicht durch eine Bresche im Vorhang gedrungen war und jetzt in eindeutig räuberischer Absicht sein Bett bedrohlich umschwirrte.

Hellwach wog Aurelius unvoreingenommen die beiden Möglichkeiten gegeneinander ab, die sich ihm boten, um seiner Schlaflosigkeit zu begegnen: Er konnte die *flabelliferi* herbeirufen, in der Hoffnung, dass sie mit ihren Wedeln aus Pfauenfedern die Oberhand über die dichten Insektenwolken erringen würden, oder sich durch einen Spaziergang im Freien erfrischen, vielleicht in Richtung von Tullias Zelt, deren Bruder, wie alle starken Esser, einen tiefen Schlaf hatte. Und da die *flabelliferi* lautstark schnarchten, blieb ihm zwangsläufig nur die zweite Möglichkeit.

Wie Aurelius selbst gegenüber Berillios Mutter behauptet hatte, war alles relativ, sogar die Wahrheit. Selbst die erdrückende Schwüle der Nacht unterlag dieser Regel, dachte der Patrizier, als er den Wald betrat: Wenn Tadius Tullianus' gut aussehende Schwester wach war, ihn willkommen hieß und der Überwachung ihres scharfsichtigen Verwandten entkommen konnte, dann würde das feindselige Halbdunkel ihm als Komplize, das Zirpen der Grillen harmonisch und die Mondsichel wie die Sichel der Artemis wunderschön erscheinen, der ihn, böswillig betrachtet, eher an die Hippe eines Landmannes erinnerte.

Tullia würde alles ändern, dachte er, während er ohne allzu große Vorsichtsmaßnahmen auf das Zelt der jungen Frau zuging. Es war schließlich kein Zufall, dass ausgerechnet zwei seiner treuesten Sklaven dazu abgestellt waren, den Eingang zu bewachen: der alte Nicophorus und sein Neffe Zeno.

Aber ach, die vergnügte Sicherheit des Senators hatte die üblen Scherze des Schicksals nicht eingerechnet, das stets geneigt ist, jeden Gauner mit dem Geschenk der Klugheit zu beglücken, bei den Anständigen jedoch häufig daran spart: Die beiden Sklaven des Senators, unerschütterlich, unbeugsam und unbestechlich, glänzten leider nicht gerade durch ihren Scharfsinn.

»Alarm!«, schrie Zeno, kaum dass er einen verstohlenen Schatten auf das Zelt zugleiten sah, der, heftig gestikulierend, angestrengt versuchte, sich erkennbar zu machen. »Haltet den Dieb, den Banditen, den Verbrecher!«

»Ruhe, du Idiot, ich bin's, dein Herr!«, versuchte Aurelius ihn einzuschüchtern, entdeckte dabei jedoch sofort, wie wenig ein Flüstern dazu geeignet war, jemanden einzuschüchtern.

»Gib's ihm mit der Pike, Zeno!«, feuerte Nicophorus seinen Neffen an, und zwar in solcher Lautstärke, dass er Tadius Tullianus in seinem tiefen Schlaf stören musste.

Aurelius sah sich schon verloren. Zum Glück ließ das Erscheinen des Ritters auf sich warten; stattdessen erschien seine Schwester im Eingang des Zeltes, aufs Anmutigste verschlafen und zerzaust. »Was ist denn los?«, fragte sie neugierig und schaute sich um. Im silbernen Mondlicht umflossen ihre Haare, von der strengen Männerfrisur befreit, ihr Gesicht wie ein dunkler Mantel. Zwischen den einzelnen Strähnen schimmerten die Umrisse der Schultern hindurch. Während er die makellose Schönheit aus dem schützenden Halbdunkel des Waldes betrachtete, gelangte der Patrizier zu der Überzeugung, dass es geradezu seine moralische Verpflichtung war, den Kummer einer durch eine unglückliche Vermählung betrübten jungen Dame zu lindern, egal, wie hoch das Risiko dabei sein mochte. Und dieser magische, nächtliche Augenblick mit dem mysteriöserweise immer noch abwesenden Tadius war sicher der geeignetste Moment, um Tullia Trost zu spenden; vorausgesetzt, diese beiden trotteligen Sklaven weckten aus lauter falsch verstandenem Pflichtgefühl nicht noch das ganze Zeltlager auf.

»Es handelt sich um einen falschen Alarm, edle Tullia«, versicherte er ihr zuvorkommend. »Die Wache war bestimmt betrunken, und das wäre nicht das erste Mal.«

»Aber *domine*…«, protestierte Zeno, der einzige rigoros Abstinente unter allen Sklaven des Senators.

»Ich war immer sehr nachgiebig deinem Laster gegenüber, Zeno, aber jetzt kann ich das nicht länger dulden!«, rief der Patron arglistig. »Geh und schlaf deinen Rausch zusammen mit deinem Onkel aus; wir regeln die Sache morgen. In der Zwischenzeit werde ich zwei andere Wächter auf euren Posten stellen!« Zwei weniger anständige und dafür etwas gescheitere, dachte Aurelius, während Nicophorus seinen sich sträubenden Neffen mit sich fortschleifte und dabei bittere Bemerkungen über die menschliche Undankbarkeit im Allgemeinen und die der Herren im Besonderen vor sich hinmurmelte.

»Endlich allein!«, freute sich der Senator laut lachend.

»He, wo willst du denn hin?«, zwitscherte Tullia, als Aurelius versuchte, sie ins Zelt zu drängen. »Ihr seid doch alle gleich, ihr Männer! Es reicht, dass ein Mädchen einen Fingerbreit nackte Haut zu zeigen wagt, und schon glaubt ihr, das Recht zu haben, euch alle möglichen Freiheiten herauszunehmen!«, protestierte sie. Doch da ihr weicher Tonfall eher freudige Erwartung als Ablehnung auszudrücken schien, fühlte sich der Senator in seinem Tun ermutigt.

Tullia leistete in der Tat keinerlei Widerstand, als Aurelius die Fibeln löste, die ihr leichtes, leinenes Übergewand zusammenhielten: Der Stoff glitt bei der ersten Berührung von ihren Schultern. Aurelius hatte das Gewand noch in der Hand, als Tadius plötzlich im Eingang des Zeltes erschien.

Aurelius sprang zurück, während er im Geiste bereits seinen reichen Fundus an Entschuldigungen, Vorwänden und Rechtfertigungen gegenüber zornentbrannten Verwandten durchforstete.

»Schon wieder ein Kleidertausch, wie? Hoffen wir mal, dass das nicht zur Gewohnheit wird…«, sagte hingegen der Ritter peinlich berührt, der wohl die Rolle der weiblichen Tunika missverstand, die Aurelius vergeblich hinter seinem Rücken zu verbergen suchte.

»Ich bin herbeigeeilt, als ich die Alarmrufe der Wachen hörte…«, plapperte Aurelius drauflos, überrascht von der unerwarteten Wirksamkeit von Castors Lügengeschichte. »Apropos Alarmrufe, wo warst du denn?«

»Ich habe einen Verfolger abgeschüttelt«, enthüllte Tadius mit düsterer Miene. »Seit Tagen habe ich den Verdacht, beschattet zu werden, und jetzt bin ich mir sicher. Dieser Ariminer mit der ungepflegten Mähne und den Hasenzähnen spioniert mir hinterher: Er folgt mir überall hin wie ein Hund, der Witterung aufgenommen hat, und dabei habe ich ihn doch noch nie gesehen, bevor ich ihn in deinem Pavillon getroffen habe. Dass er nur hergekommen ist, um die römischen Athleten zu unterstützen, ist bestimmt eine Lüge. Auch diese blödsinnige Geschichte mit den mythologischen Studien überzeugt mich ganz und gar nicht, ich hoffe, du weißt noch etwas mehr über ihn!«

Schweren Herzens musste Aurelius gestehen, dass er den

jungen Mann tatsächlich kaum kannte, und dieses Bekenntnis beunruhigte den Ritter nur noch mehr.

»O ihr unsterblichen Götter! Er könnte ein Übeltäter sein, der es auf mich abgesehen hat!«

»Hast du dir vielleicht Feinde gemacht?«, fragte der Senator, dem Pomponias Botschaft wieder einfiel.

»Wer hat denn keine?«, redete sich Tadius heraus und beeilte sich, das Thema zu wechseln. »Was deine kleine Marotte angeht, dich als Frau zu verkleiden … Da bist du nicht der Einzige. Ich weiß, dass Sulla es liebte, sich wie eine Schauspielerin zurechtzumachen, und Caligula gefiel sich im Gewand der Venus Aphrodite. Ich persönlich sehe nichts Schlimmes darin, aber ich kann mir vorstellen, dass sie in der Kurie etwas konservativer über diese Art von Gewohnheiten denken, von wegen *virtus* und *dignitas* und ähnlichem Kokolores. Wie auch immer, sei ganz beruhigt, ich werde zu niemandem ein Wort darüber sagen. Ich hoffe, du weißt das zu würdigen!« Dabei zwinkerte er ihm dermaßen schmierig zu, dass Aurelius sich fragte, ob es alles in allem nicht besser gewesen wäre, von ihm in flagranti ertappt zu werden.

Wenig später zog der Ritter sich zurück.

Als der Senator, derart lächerlich gemacht, seine Schritte wieder heimwärts lenkte, war seine Stimmung noch düsterer als auf dem Hinweg. Der inzwischen tief am Himmel stehende Mond ähnelte der Sichel der Artemis nicht im Geringsten, ja nicht einmal der Hippe eines Landmanns; er sah eher aus wie ein alter Brotfladen, von dem ein heißhungriger, geifernder Mastino ein Stück abgebissen hatte. Es gibt Nächte, die zu poetischen Vergleichen inspirieren, dachte er bitter, aber diese hier zählt definitiv nicht dazu.

Während er leise eine Lichtung überquerte, weckte etwas Helles sein Interesse, das immer wieder zwischen den Zweigen auftauchte und verschwand: Inmitten der Lichtung, vor den gewundenen Ästen eines dicken Baumes, leuchtete ein hellblonder Haarschopf auf. Nicht einmal für einen Augenblick hoffte der Senator, er gehöre einer Frau.

»Also, haben wir uns verstanden?«, ertönte tatsächlich Kallimachos' unverwechselbare Stimme. Sein Gesprächspartner musste ihm zugestimmt haben, denn der junge Mann machte sich zusammen mit ihm in Richtung des Leonidaions auf. Seltsame olympische Spiele, bei denen so viele Athleten sich noch im Dunkeln draußen herumtreiben, und das wenige Stunden vor Beginn der Wettkämpfe, wunderte sich Aurelius, während er sich beeilte, dem Epheben zu folgen, um herauszufinden, wer sein Begleiter war.

Doch plötzlich – heftiges Flügelschlagen, ein verzweifelter Schrei – kollidierte ein vom Kurs abgekommener Nachtvogel mit seinem Kopf. Eine Waldeule oder eine Zwergohreule, nahm er an, oder vielleicht eines jener Steinkäuzchen, die in Griechenland als heilig galten und der Pallas Athene zugeordnet wurden, in Rom hingegen als Todesboten galten. Welcher Art auch immer der Vogel gewesen sein mochte – der Zusammenstoß hatte den Unbekannten auf ihn aufmerksam gemacht und ihm Gelegenheit gegeben, zu verschwinden.

IV

Zweiter Tag der zweihundertfünften Olympiade

»Nein, ich habe ihn nie zuvor gesehen!«, versicherte Evaristos am nächsten Morgen eilig. Die direkte und unvermittelte Antwort wurde jedoch durch sein plötzliches Erschrecken Lügen gestraft, bei dem er einen Salbentiegel umstieß, der auf dem Boden zerschellte, worauf dessen Inhalt sich auf den Teppich ergoss. »Tadius irrt sich.«

Um dem spritzenden Öl auszuweichen, drehte Publius Aurelius sich rasch zur Seite, was nicht allzu schlimm gewesen wäre, wäre er nicht gerade mitten in der Rasur gewesen.

Der Barbier stöhnte auf und ließ die *novacula* sinken. Dann wischte er sich den Schweiß von der Stirn und spritzte zum hundertsten Mal Wasser auf die Wangen, wobei er das Rasiermesser mit der eleganten Bewegung eines Fechters schwang, der sein Schwert aus der Scheide zieht.

»Was weißt du über Hermaphroditen?«, fragte der Patrizier und wandte sich wieder dem Ariminer zu, der sich in Entschuldigungen erging und niederkniete, um die Bescherung aufzuwischen.

Mit einem kleinen Aufschrei sprang der Barbier zurück, gerade noch rechtzeitig, um seinem widerspenstigen Kunden nicht die Kehle durchzuschneiden. Alles noch einmal von vorn: Jetzt wurde ihm die linke Wange hingestreckt, und die Lampen mussten vollkommen neu ausgerichtet werden. Wenn dieser Unglückselige doch nur einen Augenblick still halten könnte …

»Viele Völker verehren die Androgynen als heilig, weil sie männliche und weibliche Elemente in sich vereinen und so den Dualismus, die Unvollkommenheit der menschlichen Natur, überwinden. Ovid erzählt in seinen Metamorphosen die Geschichte von der Nymphe Salmacis, die sich leidenschaftlich in einen wunderschönen jungen Mann verliebt. Es gelingt ihr, ihren Körper mit dem seinen zu vereinen und für immer mit ihm vereint zu bleiben«, erklärte der überaus belesene Evaristos, während er mit langen Schritten im Zelt auf und ab ging, wobei ihm der Senator, aus Angst vor weiteren Zerstörungen, nicht nur mit Blicken, sondern mit der Bewegung des ganzen Kopfes folgte.

Der Barbier stand kurz davor, die Schüssel wegzuwerfen und den illustren Senator mitsamt seinen Reichtümern in die Unterwelt fahren zu lassen. Dennoch, selbst wenn er den ansehnlichen Prozentsatz abzog, den dieser raffgierige Sekretär ihm abgepresst hatte, war dies ein äußerst einträgliches Geschäft. Also unterdrückte er einen Seufzer und gab seinen Gehilfen ein Zeichen, die Lampen in die Hände zu nehmen, um den Bewegungen des Kopfes geduldig zu folgen.

»Gibt es solche Phänomene in Wirklichkeit, nach allem, was du weißt?« Aurelius ließ nicht locker. »Die Statuen, die Hermaphroditen darstellen, sind den Bildern von Epheben nicht gerade unähnlich, abgesehen davon, dass sie einen Busen haben.« Er dachte einen Moment nach, was dem Barbier eine, wenn auch kurze, Gelegenheit gab, die Haare am Kinn in Angriff zu nehmen.

»Solche Statuen sind hier weit verbreitet, viele, vor allem in Griechenland, sprechen ihnen sogar eine ganz besondere erotische Bedeutung zu«, antwortete Evaristos, auch wenn sein zweifelnder Gesichtsausdruck anzuzeigen schien, dass er sich seinerseits gern mit einem halben Hermaphroditen begnügen würde, besonders in der weiblichen Ausprägung.

»Die medizinische Literatur hingegen hält Androgyne für eine Missbildung, einen bösen Scherz der Natur, eine verkümmerte Organentwicklung«, erklärte er wenig später und blieb, ohne weitere Schäden zu verursachen, vor dem Schemel des Senators stehen, was dem emsigen Barbier erlaubte, rasch die linke Wange zu Ende zu rasieren.

»In der Tat hat noch niemand die voll entwickelten Organe beider Geschlechter an ein und demselben Individuum wirklich gesehen«, stimmte ihm der Patrizier zu, bevor er dem unglücklichen Barbier und seinen Gehilfen ungeduldig zurief: »He, wie lange braucht ihr denn noch, um mich zu rasieren? Ich sitze jetzt schon eine ganze Weile hier, ohne mich zu rühren, während ihr euch hier mit der *novacula* amüsiert. Sputet euch, es ist ja fast schon hell!«

Nur eiserne Selbstbeherrschung und der tröstliche Gedanke an die Silberdenare, die für die Dienstleistung vereinbart waren, erlaubten es dem Künstler – denn als solcher sah sich der Meisterbarbier –, sein mühsames Werk zu vollenden. Wenig später kleideten die Sklaven ihren Herrn wieder in seine Tunika mit dem *laticlavius*, seine Galatoga und die senatorialen Sandalen mit der *lunula*. Den Siegelring musste sich der Senator selbst überstreifen, denn von Castor war nicht einmal ein Schatten zu sehen.

Kurz darauf erschien Publius Aurelius in all seinem Glanz als *pater conscripto*, um dem Wettkampf des jüngsten römischen Athleten beizuwohnen.

Der lange Erdwall rund um das Stadion erstreckte sich nach Osten, jenseits des überdachten Torbogens, hinter der Echohalle, gegenüber dem verlassenen Schatzhaus der Bürger von Gela.

Der gesamte Hang war bereits mit stehenden Zuschauern besetzt, dicht gedrängt wie Legionäre in der unbesiegbaren Phalanx, und es strömten immer noch mehr durch den hinteren Eingang hinein. Neben der großen Tribüne des Hellanodikaion, direkt am Ziel, wurden *sellae* und Bänke aufgestellt und Kissen bereitgelegt für die wenigen Privilegierten, die sich für astronomische Summen das Recht erkauft hatten, den Wettkämpfen bequem im Sitzen beizuwohnen. Auch dies war eine Neuerung, die von vielen als eines der unzähligen Anzeichen für die dekadente Verweichlichung der Spiele angesehen wurde.

Eine festliche Akklamation kündigte das Erscheinen der Richter unter dem Torbogen an, die sich gemessenen Schrittes auf die hölzerne Tribüne zubewegten, auf der später die Siegerehrung stattfinden würde, und die erhöhten, ihnen vorbehaltenen Sitzplätze einnahmen. Zehn *cathedrae* für zehn Richter, einen für jeden Volksstamm aus Elis. Doch nur neun waren besetzt.

Unter dem Klang der Trompeten marschierten die *paides* ins Stadion ein, frenetisch bejubelt vom Publikum, das sie zum Teil schon seit vor Sonnenaufgang erwartete. Kampfeslustig und selbstbewusst grüßten sich die jungen Athleten untereinander nach den strengen formalen Vorgaben, doch die wilden Gesten, mit denen sie ihre Ehrenbezeugungen untermalten, zeigten mehr als deutlich, dass so mancher sich heimlich wünschte, seinen Gegner straucheln zu sehen, vielleicht mithilfe eines flugs ausgestreckten Beines.

»Leander aus Milet, Hieronymus aus Ierapetra, Melissus aus Syrakus, Arpocrates aus Massalia, Meneptolemos aus Faro, Simonides aus Curium und Berillio aus Leptis Minor!«, verkündeten die Hellanodiken und kosteten jeden der in Wahrheit nicht sonderlich bekannten Namen aus.

Als Kallimachos nicht erwähnt wurde, ging ein enttäuschtes Raunen durch das Publikum. Schon bald lief das

Gerücht durch die Reihen, der Favorit sei disqualifiziert worden.

Also hatte Diagoras über Busirides gesiegt, der fest entschlossen gewesen war, seinen Liebling laufen zu lassen, koste es, was es wolle, dachte Aurelius beifällig. Aus dem Augenwinkel bemerkte er, dass es sich bei dem fehlenden Richter um Apollodoros handelte, dem böse Zungen die Vaterschaft an dem Ausgeschlossenen zusprachen.

Der Knabenlauf begann unter dem feindlichen Schweigen des Publikums, das die Eliminierung seines jungen Idols nur schwer verwinden konnte. So erklangen weder Schreie noch Anfeuerungsrufe, als Hieronymus aus Ierapetra kurz vor dem Ziel losschoss, um zu versuchen, Melissus aus Syrakus, der vom Start weg an der Spitze gelaufen war, zu überholen. Ein unvermuteter Zusammenstoß, ein Fehltritt, beide stürzten in den Sand und entlockten dem eisig schweigenden Publikum ein überraschtes Murmeln. Einen Augenblick später verlängerte der kleine Berillio, der sie in genau diesem Augenblick erreicht hatte, seine Schritte entscheidend und schaffte es, die Ziellinie mutterseelenallein zu überqueren.

»Oh, mein junger Held! Baal Zebub beschützt dich, du hast Dido und Hannibal gerächt!«, schrie sich Zarzas die Seele aus dem Leib, während Tadius Tullianus frenetisch applaudierte, tief bewegt von jener Vaterlandsliebe, die nichts so zu wecken vermag wie ein Stadion.

Der Jubel der wenigen Römer verhallte einsam inmitten der Unmutsbezeugungen der anderen Zuschauer, die, athletische Fähigkeiten hin oder her, erwartet hatten, einen ihrer Landsleute zum Sieger erklären zu können.

Als Publius Aurelius sah, dass das Publikum Berillio seinen verdienten Triumph nicht gönnen wollte, ergriff er Gegenmaßnahmen. Einen Augenblick später begannen seine Sklaven ein hübsches Sümmchen in den Reihen zu verteilen, und während das Geld von Hand zu Hand ging, wurde der Applaus, der sich zunächst nur zögernd erhoben hatte, immer stärker, bis er schließlich zu einem ohrenbetäubenden Getöse anschwoll.

Nach der Siegerehrung ging der Senator zu den Hellanodiken hinüber, die sich eilig in Richtung Terrasse entfernten.

»Wir haben noch ein Problem«, teilte ihm Diagoras finster mit, während er ihm zum Schatzhaus von Metapont vorausging, das bereits von Wachen umstellt war.

In seinem Inneren klammerte sich Apollodoros an die Statue eines Schlafenden aus Ebenholz, des Schäfers Endimion, festgehalten in dem Augenblick, als Selene sich in ihn verliebt und ihn mit ewigem Schlaf beschenkt hatte, um seine Schönheit für alle Ewigkeit zu bewahren.

Neben dem Standbild schien auch Kallimachos zu schlafen, schön und unbeweglich wie jener junge Mann, der die Leidenschaft der Göttin des Mondes erweckt hatte. Mit geschlossenen Augen, herunterbaumelnden Gliedmaßen, die blonden Haare offen bis auf die Schultern fallend, lag er in genau derselben Pose da wie die Statue. Auf seinem wächsernen Gesicht lag ein kaum wahrnehmbarer blauer Schimmer, wie bei einem Kind, das zum Scherz die Luft angehalten hat.

Aus den rot gefärbten Kleidungsstücken ragte ein Speer, der demjenigen, den Frisso für seinen Scherz vom Vortag benutzt hatte, bis ins Detail glich.

Dieses Mal jedoch steckte die Spitze der Waffe nicht in einem Knäuel aus Kleidungsstücken, sondern in einer weißen, blutüberströmten Kehle.

»Die Wachen haben ihn unmittelbar vor Beginn des Laufes entdeckt. Wir sind übereingekommen, so zu tun, als sei er disqualifiziert worden, um das Publikum nicht weiter zu verstören. Das betrifft das öffentliche Bild der Spiele, verstehst du, und das fällt in meinen Aufgabenbereich…«, erklärte ihm Busirides, aschfahl im Gesicht. Doch seine erschütterte Miene ließ noch wesentlich mehr erkennen: Seit Monaten hatte der Ephebe seine Träume erfüllt, seine Nächte, seine Tage, wie noch nie jemand vor ihm, weder Mann noch Frau. Er war darauf gefasst gewesen, ihn gegen zahlreiche Rivalen verteidigen zu müssen, aber nicht einen Augenblick hatte er damit gerechnet, dass er ihm durch Thanatos geraubt werden könnte.

»Zeus hat diese Spiele verflucht. Wer von euch hat beim Blut des Wildschweins falsch geschworen? Wer von euch hat sich über den Gott Olympias lustig gemacht, dass er uns jetzt so schwer bestraft und uns den besten aller Jünglinge dieses Landes raubt? Denn wahrhaftig, Kallimachos war der Beste, der Schönste, der Schnellste, der Stärkste!«, keuchte Apollodoros. Das gebeugte Haupt, der schwere Atem, seine bleiche Gesichtsfarbe, als sei er direkt dem Tartarus entsprungen, und seine unendliche Verzweiflung bestätigten mehr als deutlich den Klatsch der Witwe Phtia: Der schöne Ephebe, und war er noch so illegitim gewesen, war der einzige Sohn, der ihm geblieben war, Resultat einer fruchtbaren Verbindung von adeligem Blut mit dem einer einfachen Frau, das stark genug gewesen war, um die Defekte der engen Blutsverwandtschaft auszugleichen, von dem die anderen Früchte seines Samens betroffen waren. Und jetzt war dieser gesunde Trieb, der zum stärksten aller Bäume heranzuwachsen versprochen hatte, auf barbarische Weise gefällt worden.

Aurelius sah Diagoras an, der stumm in einer Ecke stehen geblieben war und sich auf die Lippen biss.

Sein Schweigen sagte mehr als tausend Worte: Er hatte Kallimachos nie gemocht, und er hatte nie vorgehabt, seine betrügerische Einschreibung zu den Wettläufen durchgehen zu lassen, aber es war eine Sache, von den Spielen ausgeschlossen zu werden, und eine ganz andere, in einem Alter zu sterben, in dem man noch kaum vom wahren Geschmack des Lebens gekostet hatte. Was für ein tragischer Scherz, gehen zu müssen, wenn man jung und schön ist und sich für allmächtig hält! Wie der junge Achill hatte auch Kallimachos sich in seinem Verlangen nach Ruhm, überzeugt von der eigenen Unverwundbarkeit, viel zu tief auf ein Spiel eingelassen, bei dem es um das Leben selbst ging. Und er hatte verloren.

»Lasst den Senator durch!«, rief Busirides drohend und drängte die Mitglieder des Hellanodikaion beiseite, die sich, starr vor Entsetzen, um den Leichnam drängten. Tote hatten sie schon alle häufig gesehen, denn bei den Wettkämpfen, besonders beim Faustkampf oder beim Pankration, gab es häufig Tote, doch das war stets eine bedauerliche Begleiterscheinung des Sports, Resultat eines technischen Fehlers, und das Opfer wurde getreu den Regeln vom Leben zum Tode befördert, ohne das soziale Gefüge der Gesellschaft in Mitleidenschaft zu ziehen.

Die ebenso frevelhaften wie maßlosen und makaber inszenierten Verbrechen der letzten Tage jedoch verstießen gegen die festgelegte Ordnung, strapazierten die Harmonie der Olympischen Spiele aufs Äußerste, und zwar beinahe mehr durch den Skandal als durch ihre mörderische Gewalt. Und doch hatte das Schicksal sie zugelassen, was nichts anderes bedeuten konnte als ein Zeichen des Zorns der Götter, die sich für irgendeine alte Sünde der Stadt rächten: ein vergessenes Opfer vielleicht, eine unwillkommene Gabe oder ein alter Regelverstoß.

»Eine Verdammung, ein Fluch, ein Blitz des Zeus!«, stieß einer der Richter hervor und reckte die Arme zum Himmel empor, worauf sich gleich eine ganze Kakophonie aus verschreckten Anrufungen erhob. »Wenn wir nicht bald den Verantwortlichen für diese Abscheulichkeiten bestrafen, wird der göttliche Zorn auch uns treffen.«

»Ruhe, meine Freunde«, forderte sie der Dekan auf. »Bitte bewahrt Ruhe. Da zufällig ein bedeutender Vertreter des römischen Senats anwesend ist, sollten wir uns ihm anvertrauen: Die Urbs, unser gemeinsames Vaterland, wird für Gerechtigkeit sorgen, wird jene soliden Beziehungen gegenseitiger Zusammenarbeit wieder neu erstehen …«

Diagoras fuhr brüsk dazwischen, bevor der Dekan zu einer seiner üblichen Tiraden ansetzen konnte. »Ja, Publius Aurelius wird aus dieser armen Leiche sicher einiges an Schlussfolgerungen ziehen können, auf die wir mit unseren schlichten hellenischen Gemütern wohl gar nicht erst kämen«, erklärte er und unterstrich seinen schneidenden Sarkasmus mit einer angedeuteten Verneigung. »Und er tut gut daran, sich zu beeilen, denn weder uns noch Rom wäre damit gedient, wenn wir gezwungen wären, einen Aufstand niederzuschlagen!«

Eine Forderung ist eine Forderung, dachte der Senator, auch wenn das Duell nicht mit Schwertern ausgetragen wird. Höchste Zeit, dass diese überheblichen Griechen auf dem Terrain, worin sie Meister waren – dem der Logik und des logischen Denkens –, geschlagen wurden. Was war ein Verbrechen denn anderes als ein anonymes Buch, aus dessen Inhalt, wenn man ihn nur aufmerksam genug liest, man immer auch auf den Autor schließen kann? Man musste sich nur voll und ganz auf seine Beobachtungsgabe verlassen und die Vorsicht in den Tartarus schicken …

»Anscheinend wurden beide Opfer mit Waffen ermordet, die bei den olympischen Wettkämpfen verwendet werden«, begann er also und stürzte sich mit irritierender Sicherheit in seine Untersuchung. »Offensichtlich möchte der Mörder einen Bezug zu den Spielen herstellen, denn es handelt sich um eine reine Inszenierung, die exakt auf uns zugeschnitten wurde: Bei genauerer Betrachtung fällt auf, dass die Form der Wunde an Kallimachos' Kehle nichts mit der Art von

Verletzung gemein hat, die eine scharfe Speerspitze hervorruft. Folglich kann der Junge mit jeder möglichen Waffe getötet worden sein.«

»Er hat Recht«, mussten die Richter verblüfft zugeben.

»Wie gut, dass die Richter über jeden Verdacht erhaben sind, meine ehrenwerten Kollegen. Bitte erzählt uns daher, ohne etwas zu verschweigen, wo ihr heute Morgen wart«, griff Busirides gewohnt energisch ein. »Was mich angeht, so war ich heute Morgen im Leonidaion, zusammen mit einigen von euch, für die ich persönlich garantieren kann.«

»Ich danke dir, Busirides, aber ein solches Alibi nützt uns leider nur wenig«, erwiderte der Senator zuvorkommend. »Ich vermute nämlich, dass Kallimachos noch vor der Morgendämmerung überfallen wurde, kurz nachdem ich persönlich beobachtet habe, wie er sich im heiligen Hain herumtrieb.«

»Im Hain ist es dunkel. Wie kannst du sicher sein, dass tatsächlich er es war?«, entgegnete der Dekan, der es jetzt schon bereute, in der Eile einen Auswärtigen einbezogen zu haben.

»Ich habe ihn an seinem Haar erkannt«, erklärte Aurelius.

»Dann lass dir sagen, verehrter Senator, dass auch eine solche Identifikation nicht besonders überzeugend ist.« Der Hellanodike lächelte überlegen.

»Das ist noch nicht alles«, setzte Aurelius nach. »Wie ihr seht, trug der unglückliche Kallimachos geschnürte Filzstiefel. Und diese Stiefel haben makellos saubere Sohlen.«

»Genau, ich kann bestätigen, dass er sie heute Morgen angezogen hat«, enthüllte Busirides selbstgefällig, getragen von der Zustimmung seiner Kollegen.

»Du irrst dich«, korrigierte ihn der Senator und nutzte diese übereilte Schlussfolgerung, um den Dekan bloßzustellen. »Wenn ich deine Aufmerksamkeit auf den Knoten lenken darf, der die um seine Knöchel geschlungenen Bänder zusammenhält, wirst du bemerken, dass er genau an der gleichen Stelle sitzt wie an deinen Füßen. Beim Zubinden hängt jedoch die Ausrichtung des Knotens nach links oder rechts davon ab, wo sich derjenige befindet, der den Knoten bindet: Steht man *hinter* dem Schuh, wie jeder, der sich seine Schuhe allein anzieht, ergibt das einen bestimmten Typ Knoten. Steht man jedoch davor, sieht der Knoten genau andersherum aus. Im Unterschied zu den Athleten lasst ihr Hellanodiken euch die Schuhe von Sklaven anziehen. Wenn also Kallimachos' Bänder genauso geschnürt sind wie eure, bedeutet das, dass ihm die Stiefel von jemand anderem angezogen wurden. Von jemandem, der seinen nächtlichen Ausflug geheim halten wollte!«

Diagoras grinste höhnisch angesichts dieser tadellosen Beweisführung, die den Dekan blamierte.

»Der Senator hat uns mit seinem Scharfsinn in einen schönen Schlamassel hineingeritten: Jetzt haben wir alle kein Alibi mehr«, sagte er und schaute auf einmal Aurelius mit unverhohlenem Respekt an. Als sie gegen alle Regeln die Untersuchung einem Senator übertrugen, dachte er, hatten seine Kollegen eigentlich nicht nur ein heikles Problem auf jemand anderen abwälzen, sondern vor allem der Überheblichkeit Roms einen Schlag versetzen wollen. Jetzt allerdings ging ihnen auf, dass sie einen Fehler begangen hatten: Der Römer war stur und scharfsinnig genug, um tatsächlich gefährlich zu werden. Dieses Mal lief Busirides Gefahr, für seine Taktik der Diplomatie um jeden Preis teuer zu bezahlen … und niemand anders als er, Diagoras, würde dadurch an Ansehen gewinnen.

»Dreht den Leichnam um!«, ordnete Publius Aurelius derweil an und nutzte damit seine soeben gewonnene Autorität. Wenig später beendete er die Untersuchung und zog ein Band hervor, an dem ein Amulett aus Karneol hing, in das eine Schlange mit zwei Schwänzen eingeritzt war.

»Das ist der ägyptische Schlangenfüßler, mit dem sich Pyrrhus gegen den bösen Blick geschützt hat: Ihr habt ihn alle um seinen Hals gesehen, wenn er trainiert hat!«, rief der Dekan aus. »Jetzt ist klar, dass dieser Unglückselige wieder sein Unwesen treibt. Er will uns alle umbringen, bis auf den letzten Mann!«

Der Senator bezweifelte das: Aus welchem Grund hätte der Korinther seine Kollegen ermorden sollen? Aus keinem, es sei denn, er wollte sie für ihre Regelverstöße bestrafen: Als Spross einer besonders reichen Familie hatte Pyrrhus stets behauptet, nur der Ehre wegen an den Wettkämpfen teilzunehmen, und den Preisen gegenüber dasselbe aristokratische Desinteresse zur Schau getragen, das Hermeteus den praktischen Anwendungen der Mathematik entgegenbrachte. Der berufsmäßige Sport und die Arithmetik der Ingenieure galten nichts in den Augen wahrer Bürger, die sich ausschließlich aus edlen Motiven darin betätigten. Konnten solche Gedankengänge den Verbrechen zu Grunde liegen? Unwahrscheinlich, schloss Aurelius. Wenn Pyrrhus oder jemand an seiner Stelle all jene auslöschen wollte, die die Regeln verletzten, dann wäre binnen kurzem kein einziger Athlet auf der ganzen Ebene Olympias mehr am Leben. Das Karneolamulett jedoch verwies erneut auf den Korinther, um den sich die ganze Geschichte drehte: als Schuldiger, als Komplize oder sogar als Opfer?

Diagoras riss ihn aus seinen Gedanken.

»Es scheint, dir ist bei deiner gründlichen Untersuchung eine Kleinigkeit entgangen, edler Senator: Pyrrhus' Talisman ist nicht das einzige Indiz, das an Kallimachos' Körper zu finden ist…« Mit diesen Worten zeigte Diagoras auf ein winziges Perlmuttstück, über das Aurelius geschwiegen hatte, in der Hoffnung, es bliebe unbeachtet.

»Das ist ein Harfenplektron, vielleicht hat er gern ein wenig herumgeklimpert«, wiegelte er ab.

»Das glaube ich nicht. Auf jeden Fall hat das Objekt eine ungewöhnliche Form, die es eindeutig identifizierbar macht. Du tätest gut daran, dich deswegen ein wenig umzuhören, edler Statius, vielleicht sogar in deinem eigenen Bekanntenkreis.« Der Hellanodike blieb hartnäckig und tat unangenehmerweise noch so, als habe er das Plektron genau wiedererkannt.

Die Anspielung war unmissverständlich: Das letzte Mal, als Aurelius es gesehen hatte, baumelte es an einer Schnur um den Hals des jungen Frisso.

Nachdem er dafür gesorgt hatte, dass Hermeteus unter einem Vorwand weggelockt wurde, schlich der Patrizier lautlos zum Zelt des Jungen, um ihn ohne Zeugen zu befragen.

Frisso lag auf seiner Schlafstatt ausgestreckt und hielt ein Buch in Händen: Rasch flogen die blauen Augen über das Blatt, das sein Daumen mit unglaublicher Geschwindigkeit aufrollte. Er war so konzentriert, dass er einen Augenblick brauchte, um die Anwesenheit des Eindringlings zu bemerken.

»Senator, du hier?«, rief er aus, als er ihn bemerkte, und zog sich trotz der großen Hitze die Decke bis unters Kinn.

»Wann hast du Kallimachos das letzte Mal gesehen?«, fragte Publius Aurelius streng.

»Ich habe von meinem Vater erfahren, dass er disqualifiziert worden ist, und es tut mir unglaublich Leid.«

»Hör auf, mir den Trauernden vorzuspielen, Junge. Kallimachos ist mit einer Speerspitze in genau derselben Pose ermordet worden, in der du mir neulich deinen dummen Streich gespielt hast. Und er hatte das hier bei sich!« Der Patrizier zeigte ihm das Plektron.

»Du glaubst doch wohl nicht, dass ich es war!« Frisso riss die Augen vor ungläubiger Überraschung so übertrieben weit auf, dass es tatsächlich nicht mehr echt aussah.

»Warum nicht?«, gab Aurelius zurück. »Dass Kallimachos bei dir in puncto Beliebtheit nicht unbedingt an oberster Stelle stand, war nicht zu übersehen. Wenn du dem noch die Haltung, in der er gefunden wurde, und dieses erdrückende Beweisstück hinzufügst…«

»Hör zu, ich kann alles erklären.« Der Junge wedelte aufgeregt mit den Armen. »Es stimmt, direkt, nachdem du gegangen warst, ist Kallimachos zu mir in den Wald gekommen. Es war nicht das erste Mal, dass er versucht hat, mir seine widerwärtigen Aufmerksamkeiten aufzunötigen. Dieses Mal hat er sogar versucht, über mich herzufallen. Ich habe mich gewehrt, ihn ins Gesicht geschlagen und ihn fortgejagt. Aber im Handgemenge hatte er die Kordel des Plektrons in die Finger bekommen, die durchgerissen und in seinen Händen zurückgeblieben ist…«

»Wie kommst du darauf, dass ich eine solche Geschichte glauben könnte?«, bedrängte Aurelius ihn in rüdem Ton, obwohl er sich an den kleinen Bluterguss auf der Wange des toten Epheben erinnerte.

»Tja, das hört sich absurd an, nicht wahr?«, erwiderte der Sohn des Hermeteus kläglich. »Bei der Vergötterung der physischen Perfektion, die hier in Olympia herrscht – wie sollte man da auf die Idee kommen, sich an einen Krüppel wie mich heranzumachen? Zeus hätte gut und gerne auf einen Mundschenk verzichten können, wenn ich sein Ganimed gewesen wäre!«

Es fiel allerdings schwer, sich vorzustellen, dass der ausgezeichnete Läufer, um den sich alle rissen, sich auf einen so seltsamen Jungen stürzen sollte, der zudem noch älter war als er und alles andere als hübsch, überlegte der Senator.

Aber war Frisso wirklich so unattraktiv? Die in Bezug auf Proportionen kompromisslosen griechischen Vorstellungen stempelten ihn ohne weiteres als unansehnlich ab: die Jochbeine zu hoch, die Augen zu hell, das Kinn zu spitz, die Schultern zu schmal.

Die objektive Perfektion der Götter jedoch entsprach einem kalten, intellektuellen Ideal, das taub für die tiefer liegenden Bedürfnisse des Instinktes war: der friedlichen Harmonie Apollons – mit seiner Harfe, seinen Musen und seinem süßen Ambrosia – stand Dionysos gegenüber, der Gott des Weines, des Tanzes und der haltlosen Trunkenheit. Dionysos, in dessen festlichem und zugleich lasterhaftem Zug der zügellose Silenos, die ausschweifenden Menaden und Pan mit seinen lüsternen Satyrn, jene Wesen mit Ziegenfüßen und spitzen Ohren, mitmarschierten.

Auch Frisso hatte etwas an sich, das gegen die Regeln verstieß, das jede vorgeschriebene Norm durchbrach und die unterschwellige und zweideutige Anziehungskraft jener Kreaturen ausübte, die sich nicht entscheiden können zwischen Erde und Meer, zwischen Frau und Mann, zwischen menschlich und göttlich...

»Ich habe ihn nicht umgebracht, ich hätte niemals so viel Kraft aufbringen können«, beharrte der Junge.

»Wenn du die Überraschung auf deiner Seite gehabt hättest, wäre es ganz einfach gewesen«, widersprach Publius Aurelius. »Du hättest ihn bitten können, dieselbe Position einzunehmen wie du neulich, vielleicht unter dem Vorwand, deinen Streich nachzuspielen und ihm zeigen zu wollen, wie du die Speerspitze zwischen die Kleider gesteckt und dich tot gestellt hast. Dann die Waffe aus dem Kleiderhaufen zu ziehen und ihm direkt in die Kehle zu stoßen... tja, das wäre nur eine Frage eines Wimpernschlages gewesen!«

Doch Frisso schüttelte die ganze Zeit in kindlichem Starrsinn den Kopf.

»Glaubst du, ich wäre immer grausam, bloß weil ich es ein einziges Mal war?«, fragte er bitter.

Aurelius erstarrte, als er sich an das Massaker erinnerte. Was wollte der Junge damit sagen, klagte er sich etwa selbst an?

»Ich war doch nur ein Kind. Die Gans hatte es auf mich abgesehen, sie hat mich angezischt und versucht, nach mir zu schnappen. Ich habe ein Messer vom Regal genommen, und als sie auf mich losgegangen ist, habe ich blind auf sie eingestochen. Erst als das Blut auf mich spritzte, habe ich begriffen, dass ich sie getötet hatte. Ich kann mich jetzt noch an dieses Blut erinnern: Es war warm und klebrig, und es hat mich geekelt. Aber es war Ekel vor mir selbst, Abscheu wegen dem, was ich getan hatte, Entsetzen über diese wilde unbedachte Tat, die ich gerade begangen hatte. Meine Schwester hat sich die Augen ausgeweint; ich wollte mich bei ihr entschuldigen, aber sie ist unter Tränen davongelaufen. Meine Mutter war stets bereit, mir zu verzeihen. Sie hat mir versprochen, die Schuld auf sich zu nehmen, aber dann war es zu spät.« Der Junge schüttelte den Kopf.

»Was genau geschah denn *dann*?«, bohrte Aurelius mit angehaltenem Atem nach.

»Ich kann mich nicht erinnern. Ich weiß nur noch, wie ich mit einem gebrochenen Bein wieder aufgewacht bin und mein Vater bei mir war.«

»Und was hat das Ganze mit Kallimachos' Tod zu tun?«

»Man kann aus Hass oder aus Angst töten, wie ich es bei der Gans getan habe. Aber für Kallimachos habe ich überhaupt nichts empfunden, weder im Guten noch im Bösen. Um zu hassen, muss man auch lieben, und ich habe ihn nicht geliebt, er war mir gleichgültig, er hat mich überhaupt nicht interessiert. *Du* weißt, dass ich ihn nicht geliebt habe!«, erklärte der Junge leidenschaftlich und schob sein Gesicht so nah an Aurelius heran, dass er es schaffte, seine Lippen zu streifen.

Aurelius fuhr instinktiv zurück. Oder besser, er glaubte es getan zu haben. In Wirklichkeit fand er sich jedoch immer noch direkt vor Frisso wieder, so dicht, dass er beinah auf das rosafarbene Profil des Ohres schaute, da, wo das etwas spitze

Ohrläppchen in die Halsbeuge überging. Er wollte zurücktreten und ihn kaltblütig über die Nacht der Tragödie ausfragen, über seine Schwester, die vor seinen Augen niedergemetzelt wurde, über seinen Vater, den er so sehr fürchtete. Aber er konnte es nicht, nicht hier, nicht allein mit ihm im Zelt. Ohne ein weiteres Wort zog er sich bis zum Vorhang zurück und trat aufgewühlt hinaus.

Das lärmende Zirpen der Grillen verbarg einen Seufzer in seinem Rücken: eine gleichzeitig wehmütige wie tiefe Klage, die nicht aus dem Inneren des Zeltes drang, sondern vielmehr aus jener Ecke, von der aus Castor die Szene heimlich beobachtet hatte.

Castor war nicht der Typ, der so schnell in Tränen ausbrach: Er hatte nicht einmal als Kind in Alexandria eine Träne vergossen, als der Profos seinen Rücken mit der Peitsche liebkoste. Nicht einmal als die Priester des Ammon-Ra ihn zum Galgen verurteilten, unter der Anklage, den Schatz des Heiligen Tempels geraubt zu haben. Nicht einmal in jenem einzigen Mal seines Lebens, in dem er im Spiel verloren hatte, weil er in Gedanken seine manipulierten Würfel einem Mitspieler überlassen hatte.

Castors Augen blieben also auch angesichts der drohenden Katastrophe trocken. Doch sein lebendiger und kreativer Geist begann zu rotieren: Die Zeit war um, er musste eingreifen!

Auf dem Heimweg war Publius Aurelius dermaßen verwirrt, dass er beinahe Apollodoros überhört hätte, der ihm vom Saum des Waldes aus etwas zurief.

»Sie haben ihn mir in den Ruin getrieben, meinen starken Jungen, meinen einzigen gesunden und kräftigen Sohn. Die anderen, geboren von meiner vornehmen Cousine, sind alle gestorben, noch bevor sie der Obhut der Frauen entwachsen waren!«

»Wem gibst du die Schuld daran?«, wollte der Senator wissen, ungerührt angesichts dieses Ausbruchs verspäteter väterlicher Zuneigung.

»Busirides, der ihn mit seinen Schmeicheleien und seinen Visionen vom Ruhm verweichlicht hat. Diagoras, der fest entschlossen war, seine Teilnahme am Wettlauf zu verhindern. Frisso, diese Missgeburt, für den Kallimachos eine abartige Vorliebe hegte. Pyrrhus und Psalmonaios, die ihn wie ein kostbares Spielzeug behandelt haben und Wünsche in ihm geweckt haben, die weit über das hinausgingen, was ihm bei seiner Herkunft als Sohn der Frau eines Schmiedes jemals zustand!«, erklärte der alte Richter. Nicht einmal angesichts des traurigen Endes, das sein jüngster Sprössling genommen hatte, konnte er von dessen unehelicher Geburt absehen. »Er ist sogar zu mir gekommen und wollte mich erpressen, mit einem Haufen von Lügen über meine angeblichen Schulden, damit ich ihn offiziell anerkannte. Das muss ihm Diagoras eingeflüstert haben, er war der Einzige, der über meine kleinen Schwierigkeiten Bescheid wusste«.

Zusammen mit den anderen Gläubigern, denen zufolge der Hellanodike nicht einmal mehr das *subligaculum* sein Eigen nennen konnte, mit dem er seine Hüften gürtete, berichtigte Aurelius ihn im Stillen. »Zwischen uns besteht ein alter Groll«, fuhr Apollodoros fort. »Vor lauter Hass auf mich wollte dieser falsche Heilige Kallimachos vom Knabenlauf ausschließen, weil er angeblich zu alt war!«

»Wirklich?«, fragte Aurelius ironisch und tat überrascht. Er erinnerte sich noch gut daran, um wie viel Kallimachos seine Altersgenossen an Größe und Statur überragt hatte. »Aber wer hätte denn eine solche Verleumdungskampagne unterstützt?«

»Der Schmied Euristeos, der den Jungen gegen eine üppige Bezahlung als seinen Sohn anerkannt hatte. Er hat das Geld eingesteckt, aber er hat mir nie verziehen!«, enthüllte der Alte widerstrebend.

Zum hundertsten Mal überquerte Publius Aurelius das fast ausgetrocknete Flussbett des Alpheios.

Der Wirt des Gasthauses hatte ihm den Schmied gezeigt, ein dunkler, kleiner und sichtlich angetrunkener Mann, der sich gerade zum dritten Mal einschenkte.

»Ein blonder Sohn...«, nuschelte er weinselig. »Stell dir nur die Anspielungen, die Bemerkungen vor, wie die Nachbarn sich gegenseitig mit den Ellbogen angestoßen haben, wenn ich vorbeigegangen bin. Aber ich habe es nicht nötig, auf sie zu hören, ich habe den Laden; ich esse Käse und Zicklein, ich, während sie immer noch mit dem Hintern auf der blanken Erde sitzen und auf stinkendem Fisch herumkauen. Sollen sie sich nur die Mäuler zerreißen, sage ich mir, wenn sie schon nicht das Glück hatten, eine schöne Werkstatt mit zehn Sklaven zu bekommen, nur damit sie einen rotznäsigen Wechselbalg aufziehen! Schön war er ja, der Kallimachos, da konnte man nichts gegen sagen, und auch kräftig, so kräftig, dass ich mich schon frage, ob er tatsächlich der Sohn dieses blutleeren Dromedars gewesen sein kann, der ihn mir angehängt hat. Na, auf jeden Fall, um ihn nicht ständig vor Augen zu haben, habe ich ihn meiner zweiten Frau überlassen. Der zweiten, weil die erste, die ich geheiratet habe, nur um dem feinen Herrn Dromedargesicht aus der Patsche zu helfen, so taktvoll war, sich gleich im Kindbettfieber wieder davonzumachen. Aber dann wächst das Bürschchen heran und fängt an, Ansprüche zu stellen: Meine Familie ist ihm nicht gut genug, er ist Sohn eines feinen Herrn, hat adeliges Blut in seinen Adern, er muss sich fein anziehen, sich mit Zimt parfümieren und Sport treiben, während er auf einen hoch gestellten Gönner wartet, als wüsste nicht bereits alle Welt, dass er schon heimlich zu den *porné* im Viertel geht! Am

Ende meldet er sich sogar für den Knabenlauf an und macht falsche Angaben über sein Alter, ohne mich auch nur zu fragen. Nachdem ich ihm ein Dach über dem Kopf und meinen Namen gegeben habe – was hätte ich denn noch für ihn tun sollen? Also habe ich, als Diagoras mich gebeten hat, für ein ordentliches Trinkgeld sein wahres Alter zu bezeugen, gern zugestimmt, auch um diesem Weichling eine Lektion zu erteilen, der schon meinte, in meinem Haus den Herrn spielen zu können, nach all den Jahren, die ich wie ein Vater zu ihm war!«, rief der Schmied am Ende empört aus, in der festen Überzeugung, sich in der Rolle des beschützenden Vaters bereits allzu sehr verausgabt zu haben.

»Wie alt war er denn genau?«, fragte Publius Aurelius gespannt.

»Was spielt das jetzt noch für eine Rolle? Diagoras weigert sich, mich zu bezahlen!«, platzte der Schmied heraus und schielte dabei hoffnungsvoll auf den Beutel des Patriziers: Leiblicher Sohn oder nicht, lebendig oder tot, vielleicht gab es doch noch eine Möglichkeit, ein letztes Mal etwas aus Kallimachos herauszuholen. »Sechzehn«, erklärte er folglich, kaum dass ein wenig Geld auf dem Tisch erschienen war.

Dem Wirt war die kleine Transaktion nicht entgangen, er wandte sich mit schleimiger Unterwürfigkeit an Aurelius.

»Der kleine Held Berillio genießt seinen Augenblick des Ruhmes und hat seine Mama mutterseelenallein gelassen«, beeilte er sich, ihm mitzuteilen. »Seit du sie vom Waschbecken weggeholt hast, vermeidet es Levia peinlich genau, sich mit uns armem Volk abzugeben; vielleicht hat sie Angst, irgendein aufmerksamer Gast könnte sie erkennen… Aber natürlich kannst du sie jetzt sofort besuchen, ohne irgendeinen Aufschlag auf den Preis!«, schloss er großzügig und präsentierte dem Patrizier eine Rechnung, die in überhaupt keinem Verhältnis zu der bescheidenen Unterkunft stand, die er der Frau zugewiesen hatte.

Levia erwartete ihn bereits zitternd vor Aufregung: Als sie den Senator in das Gasthaus kommen sehen hatte, hatte sie gleich ihr Haar mit dem feinen Stoffband zusammengenommen, das sie gerade erst gekauft hatte, und sich die Hände mit dem Balsam eingerieben, der nach Aussage des Verkäufers in wenigen Tagen die Spuren des monatelangen Kontaktes mit Wasser und Asche zu beseitigen vermochte. Sie legte das kleine Ohrgehänge an, das einzige Schmuckstück, das sie besaß. Levia hatte sich gefragt, was sie an diesem lang ersehnten Besuch fürchtete oder sich davon erhoffte: Niemand gab einfach so etwas, das wusste sie schon lange, doch der Patrizier schien auch von dieser allgemeinen Regel abzuweichen. Wie sollte sie sich verhalten, wenn er von ihr eine Gegenleistung für sein Geld verlangte? Es war etwas ganz anderes, die plumpen Annäherungsversuche der grobschlächtigen Abenteurer aus dem Gasthaus zurückzuweisen, als einen wohlhabenden, einflussreichen und, nebenbei gesagt, auch noch attraktiven Mann in seiner Werbung zu enttäuschen. Dürfte sie sich überhaupt einem Mann verweigern, der sie in einer schwierigen Zeit so großzügig unterstützt hatte, fragte sie sich zu ihrer eigenen Überraschung, während die Tür aufging.

Doch Publius Aurelius Statius war nicht um ihretwillen gekommen, stellte sie im selben Augenblick mit einer Mischung aus Erleichterung und Enttäuschung fest.

»Du warst doch hier, als die Athleten die vorgeschriebenen Monate der Vorbereitung hier verbracht haben, deshalb hast du bestimmt viele Athleten kennen gelernt. Erzähl mir alles, auch das, was dir unwichtig erscheint: Gespräche, Gerüchte, Gewohnheiten«, kam er gleich zur Sache, nachdem sie die üblichen Höflichkeiten ausgetauscht hatten.

Sie bemühte sich, ihn zufrieden zu stellen, und konzentrierte sich, um nicht einfältig oder dumm zu erscheinen. »Über Busirides wurde kaum gesprochen, es hieß, Diagoras zöge in allen wichtigen Angelegenheiten die Fäden. An ihn musste man sich wenden, wenn es irgendein Problem gab, weil der Dekan nur für das äußere Erscheinungsbild und die richtigen Gönner für die Spiele zuständig war.«

»Also war Diagoras hoch angesehen?«

»Ja, aber niemand konnte ihn wirklich leiden. Sie hielten ihn für zu streng: Er weigerte sich, Verspätungen zu akzeptieren, war dagegen, sich möglichst prunkvoll zu präsentieren, Unregelmäßigkeiten hinzunehmen und die Regeln mit ein bisschen Fantasie auszulegen. Die Spiele, so murrten die Athleten, sollen schließlich auch unterhalten. Und wenn man es mit den Verboten übertreibt, dann könnte das Publikum sich langweilen.«

»Wo wir gerade bei den Athleten sind: Wer von den Fünfkämpfern kam denn in die Taverne?«

»Elektrion, aber heimlich, ohne dass seine spartanischen Mitbürger davon wussten, weil sie befürchteten, seine Leistung könnte darunter leiden. Pyrrhus nicht, er war nicht der Typ dafür, überhaupt einen Fuß in ein Lokal wie dieses zu setzen: Er hat zusammen mit den anderen im Leonidaion geschlafen, sich aber von seinen persönlichen Sklaven das Essen servieren und im Bad bedienen lassen.«

»Und die Wagenlenker?«

»Die sind alle streng abstinent bis auf Menothep, der in Ermangelung seines geliebten ägyptischen Gerstenbieres regelmäßig ungefähr die gleiche Menge Wein in sich hineinschüttet. Lampo dagegen lässt sich alle paar Tage blicken, wenn er am Altar des Ares Hippicos, seinem Schutzgott, geopfert hat. Dann gibt er allen einen aus, um sich beliebter zu machen. Aber er selbst passt gut auf, nicht zu viel von dem zu trinken, was hier verkauft wird!« Levia versuchte, einen Scherz zu machen, doch ihre Anspannung war in ihrem gezwungen Lächeln zu erkennen: Sie hatte sich ganz umsonst Gedanken gemacht, es war offensichtlich, dass der Senator sich ganz und gar nicht für sie interessierte. Besser so, ein Problem weniger: Sie war die Mutter eines Olympiasiegers, und jetzt, wo Berillio so begeistert von seinen Zukunftsaussichten war, hatte er sogar die Nachricht über seine uneheliche Geburt nicht allzu schlecht aufgenommen. Alle seine Wünsche, alle seine Träume, die er in den langen Jahren, in denen sie ihn aufgezogen hatte, immer für unerfüllbar gehalten hatte, waren auf einmal wahr geworden. Warum also verspürte sie tief innen ein gewisses Unbehagen, als fehlte ihr irgendetwas?

»Die neue Frisur steht dir gut«, bemerkte in diesem Augenblick der Patrizier. »Ein edles Haarnetz würde schön dazu aussehen …«

»Das ist nichts für mich!«, fuhr Levia ihm ins Wort, mit jener rauen und etwas aufgesetzten Strenge derjenigen Armen, die ihren Stolz nicht verloren hatten. Sie wusste, dass Publius Aurelius eine Frau in der Zeltstadt beherbergte; alle redeten davon, weil es sich weder um eine Sklavin noch um eine Kurtisane handelte, sondern um eine echte Matrone aus der Urbs, die Schwester jenes abgebrannten Ritters, der lange Zeit im Gasthaus genächtigt hatte. Sie besaß mit Sicherheit ein goldenes Netz für ihre Haare.

Angesichts ihres plötzlich so bitter gewordenen Tonfalls verabschiedete sich der Senator unverzüglich von den vagen Ideen, die ihm gekommen waren, als er bemerkt hatte, was für bezaubernde Augen Levia hatte: eine Farbe irgendwo zwischen grün und haselnussbraun, tiefgründig und ernst, sogar in den wenigen Momenten, in denen sich ihre Lippen zu einem Lächeln verzogen.

Levia hatte ein hartes Leben hinter sich, das keinen Raum für feine Ironie oder leichtsinnige Scherze geboten hatte, erinnerte sich der Senator. Es war an der Zeit, dass sie wieder anfing, an sich selbst zu denken, an ihr Wohlergehen und das ihres Sohnes, damit Berillio nicht zu einem zweiten Frisso heranwuchs, zerrieben zwischen moralischen Vorwürfen und kaum zu erfüllenden Erwartungen. Ein neuer Ehemann wäre ideal, um Levia wieder ins Leben zurückzuführen, dachte Aurelius und fasste gleich den Plan, diese Aufgabe in die erfahrenen Hände der Dame Pomponia zu legen, die überaus geschickt im Anbahnen von Ehen war. Er seinerseits konnte das Kind höchstens mit etwas Geld unterstützen, damit es seiner Mutter ein mit Edelsteinen besetztes Haarnetz kaufen konnte, vielleicht ein Paar schöne Ohrringe und eine feine *palla*, um eventuelle Anwärter zu ermutigen…

Als er die Schritte seines Herrn hörte, der erfrischt aus dem Bad zurückkehrte, beeilte sich Castor, die letzten Kreidekrümel und die Überreste seines lukullischen Mahls vom Tisch verschwinden zu lassen. »Dieser Schmied ist ja ein ziemlich unangenehmer Zeitgenosse«, kommentierte er, nachdem er die neuesten Nachrichten gehört hatte. »Da wundert es mich nicht, dass Kallimachos versucht hat, sich seinem Einfluss zu entziehen.«

»Zumindest wissen wir jetzt, dass Diagoras es geschafft hätte, den Epheben zu disqualifizieren, auch wenn er noch am Leben wäre«, stellte Publius Aurelius fest.

»Eine Information von wesentlicher Bedeutung, *domine*, wenn man sie nur mit dem ganzen Rest in Verbindung bringen könnte. Hast du den Papyrus des Zarzas vergessen? Und das Plektron des Frisso? Die zweifache Verletzung an Psalmonaios' Hals und das Öl, auf dem ihn jemand hat ausrutschen lassen, und den Giftanschlag auf unsere Pferde?«

»Was soll ich denn anderes tun, als alle möglichen Hinweise zusammenzutragen, in der Hoffnung, dass sie früher oder später ein stimmiges Gesamtbild ergeben? Ich habe einfach noch nicht genug Erfahrung: Auch die weniger erfahrenen Pilzsammler legen erst einmal alle Pilze in ihren Korb, um später die Essbaren herauszusuchen«, philosophierte der Patrizier, dessen Metapher dem gesunden Pragmatismus der Quiriten entsprach.

»Sie gehen aber auch ziemlich oft dabei drauf«, erinnerte ihn sein Sekretär, bevor er das Gespräch auf das Thema lenkte, das ihm auf dem Herzen lag.

»Ein großes Fest zu Ehren von Berillio?«, fragte der Senator verwundert.

»Ich habe schon an alles gedacht, *domine*, du musst nur noch genießen!«, versicherte ihm der Alexandriner. »Es wird Tiere geben, Jongleure, Ringer, Tänzerinnen, Wein nach Belieben und natürlich eine Kurtisane von Format!«

Während er sich fragte, wo Castor die Mittel für ein solches Gelage aufgetrieben hatte, schaute Publius Aurelius misstrauisch auf seinen eingeschnittenen Rubin, der ihm als Siegel diente und der unter allen Verträgen, auch bei finanziellen Transaktionen, seine Unterschrift ersetzen konnte. Er saß zwar noch fest auf seinem Zeigefinger, aber der gerissene Grieche hätte ihn bestimmt irgendwie in seine Finger bekommen können …

»In Ordnung, in Ordnung, letztlich sind wir ja hier, um uns zu amüsieren«, stimmte er schließlich zu.

Von wegen amüsieren, dachte Castor bei sich. Als wäre es vergnüglich, ein lukullisches Bankett zu organisieren, einen Vogelfänger aufzutreiben, Fenchelwürstchen, ein Wildschwein, Fisch, Muränen, Gambas und die Miesmuscheln, die, frisch an der Küste gekauft, auf Pferde verladen und schnellstens transportiert wurden, um noch lebend auf den Tisch gebracht zu werden. Dann waren da die aromatischen Kräuter zu besorgen, *garum* und *silphium* für die Soßen, Salate, eingelegte Oliven, frisch gebackenes Brot, gefüllte Eier, Obst und frische Blumen – die in diesem extrem trockenen August kaum zu bekommen waren – und, nicht zu vergessen, die Essenzen für die Räucherbecken: Weihrauch und Myrrhe, aber auch *rhodium*-Extrakt, Wacholderöl, Moschus und Piniennadelöl. Man musste den Gauklern eine geeignete Bühne zur Verfügung stellen, damit die menschliche Pyramide aus fünf Akrobaten und einem gelenkigen Äffchen nicht über den Gästen zusammenbrechen konnte. Außerdem musste sichergestellt werden, dass die Kette des dressierten Bären auch wirklich fest war, denn das wenig freundlich gesinnte Tier hatte beim letzten Symposion versucht, zusammen mit den in Honig eingelegten Feigen auch von dem mit Zimt parfümierten Kopf eines der Gäste zu kosten. Dazu waren drei oder vier *tabulae lusoriae* mit den entsprechenden Würfeln zur Verfügung zu stellen, zu kontrollieren, ob die Ringer auch kräftig und die Tänzerinnen wohl gestaltet waren – viele spielten ein falsches Spiel und verbargen krumme Beine unter einem Haufen von Schleiern – und schließlich eine auserlesene Hetäre engagieren, die als Attraktion des Abends fungieren konnte. Und all das nur, um den Herrn von gewissen gefährlichen Gedanken abzubringen: Weder die Provisionen der Lieferanten noch die üppige Aufwandsentschädigung, die er sich selbst zugestanden hatte, konnten solche Mühen auch nur annähernd aufwiegen…

»Ich hoffe, du bist gut erholt, Castor, denn ich habe eine kleine Aufgabe für dich«, sagte Aurelius zu seinem Sekretär, der sich gerade erst auf ein Triclinium geworfen hatte, vollkommen erschöpft allein schon von dem Gedanken an die Arbeit, die ihn erwartete. »Du wirst das Schuhwerk suchen, das Kallimachos im Wald getragen hat und das später von dem Mann ausgetauscht worden ist, der ihn ermordet hat.«

»Willst du damit sagen, dass ich in alle Zelte schlüpfen, an Bergen stinkender Schuhe schnüffeln und dabei riskieren soll, dass man mich für einen Perversen auf der Suche nach unaussprechlichen Erlebnissen hält?«, fragte der Grieche indigniert.

»Du kannst mit den Schränkchen in den Thermen anfangen, auch wenn es wahrscheinlicher ist, dass der Mörder die gebrauchten Stiefel direkt in den Abfall geworfen hat. Schau auch den gut durch, hörst du, bevor der Berg zu groß wird«, befahl ihm sein Herr.

Es kommt einmal der Moment, in dem, schier erdrückt unter der Last eines unverdienten Schicksals, auch der nachgiebigste Mann aufbegehrt, sich wild aufbäumt wie der Titan Prometheus und es mit offener Rebellion riskiert, den Zorn der Götter auf sich zu ziehen. Nur dank seiner außergewöhnlich gefestigten Moral gelang es Castor, auf dem Triclinium ausgestreckt liegen zu bleiben.

»Nenne mir einen vernünftigen Grund, *domine*, nur einen einzigen, weshalb ich mir diesen beschwerlichen Auftrag ans Bein binden soll, wenn du ihn doch genauso gut selbst erledigen oder einen deiner dreißig Sklaven damit beauftragen könntest!«

»Erstens, weil du mit einem überaus feinen Geruchssinn ausgestattet bist; zweitens, weil du alle Dialekte des Griechischen sprichst und dich daher leicht unter die Sklaven mischen kannst; drittens, weil dein Patron, dessen Wohlergehen du dich voll und ganz verpflichtet hast, es von dir verlangt.«

»Ich habe gesagt, einen *guten* Grund …«, setzte der Alexandriner nach.

»Viertens, weil du mein Sklave bist, und ich dir, wenn du mir nicht gehorchst, die Haut in Streifen vom Rücken abziehen lassen werde!«, donnerte Publius Aurelius.

»Du hast mich überzeugt«, gab der Sekretär nach und erhob sich, nicht ohne zwischen den Zähnen den einen oder anderen Zweifel an der ehelichen Treue der erlauchten Mutter des *dominus* hervorzupressen. In einer anderen Welt, einer Welt ohne Ungleichheit und Ungerechtigkeit, hätte er eine solche Zumutung auf jeden Fall zurückgewiesen. Aber das Schicksal hatte ihn nun einmal in dieses Tal der Tränen geworfen, wo es reichte, wenn ein Kerl stinkreich, adelig und Senator war, um mit Befehlen nur so um sich schmeißen zu können, und wo er gezwungen war, diese zu befolgen.

»Ach, Castor, vergiss nicht, für das Essen morgen Abend die *codicilli* für die Gäste zu bestellen: Rechne auch die Hellanodiken ein, auch wenn sie wahrscheinlich nicht kommen werden, dann Tadius, Hermeteus, Frisso, Zarzas und diesen dicken Alexandriner mit den Goldzähnen… Wie hieß er noch gleich? Ach ja, Serapion!«

»Willst du den etwa auch einladen?« Castor erbleichte und wurde unruhig. »Wenn ich du wäre, würde ich ihn auf Abstand halten: Er sieht aus wie ein Schwindler, und keiner kann uns versichern, dass nicht er es war, der unsere Pferde vergiftet hat.«

»Weißt du vielleicht irgendetwas über ihn, Castor?«, fragte Aurelius.

»Ich? Nein, nichts, gar nichts«, versicherte Castor hastig. »Nur, weil die Alexandriner ein übles Volk sind!«

»Nach fast fünfzehn Jahren in deiner Gesellschaft habe ich das, glaube ich, auch schon entdeckt«, brummte Aurelius. Doch wenig später ging ihm der Floh, den Castor ihm ins Ohr gesetzt hatte, nicht mehr aus dem Kopf. Ihm fiel wieder ein, dass sich Serapion an beiden Tagen, an denen die Fohlen sich schlecht gefühlt hatten, sehr dicht bei den Ställen aufgehalten hatte. Außerdem stolperten die Verdächtigen am Ende immer über Kleinigkeiten wie etwa rote Kerasusbeeren, dachte der Senator und begann sich zu fragen, wo der Mann mit dem funkelnden Lächeln wohl gewesen sein mochte, als Psalmonaios und Kallimachos ermordet wurden.

Doch es entpuppte sich als einigermaßen problematisch, den fettleibigen Kaufmann mit den Verbrechen in Verbindung zu bringen: Beim Wagenrennen kamen nur die einfachen Wagenlenker zum Einsatz, während die wahren Konkurrenten – oder besser die rechtmäßigen Besitzer der Gespanne, allesamt reich und bejahrt – wenig oder gar nichts mit der Welt des Sports zu tun hatten.

Doch es gab Ausnahmen, überlegte der Senator: allen voran Andronicus, der Sieger des letzten Jahres, der sein eigenes Gespann gelenkt hatte; dann Lampo, immerhin Enkel und Erbe der alten Phtia. Lampo, der gewalttätig und jähzornig war; Lampo, für den ein Menschenleben nicht viel zählte; Lampo, der alles dafür tun würde, um zu gewinnen. Er wäre perfekt in der Rolle des Mörders, dachte Aurelius, aber um jemanden zu ermorden, braucht man zumindest einen Grund, und der unbeliebte Wagenlenker hatte keinen. Ebenso wenig wie die Hellanodiken und die jungen Wettläufer, die von Kallimachos' Disqualifikation bereits ausreichend profitiert hätten, und noch viel weniger die Fünfkämpfer, Pyrrhus vorneweg, die mit Freuden Nutzen aus Psalmonaios' verhängnisvollem Sturz gezogen hätten, ohne jede Notwendigkeit, ihn zu ermorden. Keinerlei Motiv, es sei denn …

Aurelius dachte noch einmal darüber nach, wie Castor ihn bei seinem Versuch, den Papyrus zu entziffern, darauf aufmerksam gemacht hatte, dass der fehlende Buchstabe auch am Anfang statt am Ende des Wortes hätte stehen können. Im Umkehrschluss war es denkbar, dass die Reihenfolge der Verbrechen nicht mit dem tatsächlichen Auslöser übereinstimmte oder, besser gesagt, mit dem ursprünglichen Verbrechen, das alle anderen nach sich gezogen hatte. In diesem Fall müsste, abgesehen vom fehlenden Motiv, auch eine Erklärung für das drängendste Problem – das mysteriöse Verschwinden von Pyrrhus – zu finden sein.

Allerdings: kein Mord ohne Leiche. Noch einmal brachte eine Anmerkung seines Sekretärs den Senator auf die richtige Spur: Der Fehler bestand darin, unter den Lebenden statt unter den Toten zu suchen.

Ja, Pyrrhus hatte Olympia niemals verlassen, und Aurelius glaubte zu wissen, wo er zu finden war.

Der Senator streckte sich auf seinem Triclinium aus, das er im Freien hatte aufstellen lassen, neben sich die *flabelliferi*, die sich nach Kräften bemühten, die totale Abwesenheit jener erfrischenden Zephire auszugleichen, die in den Versen der Poeten stets auf das lieblichste wehten und die anmutigen Flügel der Nymphen zum Schwingen brachten. An jenem Abend aber waren keine Nymphen in Sicht, und es ging nicht einmal der Hauch eines Windes. Der Alpheios und die umliegenden Sümpfe waren bereits ausgetrocknet, sodass der Boden die während des Tages gespeicherte Hitze in der Schwüle der Nacht wieder abgab, was die Luft beinahe zu dick zum Atmen werden ließ.

»Die Exhumierung eines Leichnams auf Grund reiner Vermutungen zu verlangen, war ein großes Wagnis«, meinte Castor, während er eine überreichliche Menge *cervisia* in den Kelch seines Herrn einschenkte, um sich dann selbst daran zu laben.

»Habe ich Pyrrhus gefunden, ja oder nein?«, entgegnete der Patrizier. »Schon als ich mich zu Berillios Mutter begeben habe, habe ich neben dem Gasthaus die frisch aufgeworfene Erde gesehen, wo der Zuschauer begraben worden ist, der bei der Schlägerei zwischen Korinthern und Spartanern gestorben war. Als ich dorthin zurückgekehrt bin, habe ich mich an deine Bemerkung über den Friedhof erinnert, und mir ist klar geworden, dass in dem Grab noch ein zweiter Leichnam versteckt sein könnte. Den Toten noch einmal ausgraben zu lassen, barg ein kalkuliertes Risiko, das einzugehen es uns ermöglicht hat, in unserem Fall einen gigantischen Schritt nach vorn zu machen, weil wir die Hypothese streichen können, dass Psalmonaios das eigentlich ausersehene Opfer war.«

»Ist es denn nicht so?«, wunderte Castor sich.

»Ganz und gar nicht, Castor. Oder glaubst du etwa, der Mörder hätte Pyrrhus' Leiche am helllichten Tage unter die Erde gebracht, mit allen Gästen der Taverne als Zeugen? Nein, offensichtlich war der Korinther schon tot und begraben, als Psalmonaios erschlagen wurde. Unsere ganze Arbeit über seine Erbschaft und die verdächtigen Verwandten können wir in den Wind schießen: Wir müssen sämtliche Fäden dieser Geschichte noch einmal von vorn aufrollen.«

»*Wir müssen?*« Der Sekretär hob die Augenbrauen. Er hatte aus eigener Erfahrung gelernt, dass das »wir« seines Herrn häufig eher ein »du« bedeutete.

»Du wirst alles über den Korinther herausfinden«, befahl der *dominus* in der Tat. »Herkunft, familiärer Hintergrund, Familienstand, Liebesbeziehungen, Gewohnheiten, Feindschaften und Vorlieben: ein komplettes Bild also, auch wenn es zwangsläufig oberflächlich bleiben muss.«

»Erinnerst du dich nicht mehr, wie dringend die Sache mit den schmutzigen Schuhen war? Nach langen, kräftezehrenden Nachforschungen habe ich es endlich geschafft, sie aufzuspüren«, verkündete der Grieche und verschwieg dabei den Spürhund, der, nachdem er einmal an der Kleidung des toten jungen Mannes geschnüffelt hatte, sofort den Weg in Richtung einer Müllkippe eingeschlagen hatte. »Leider stammen die einzigen Spuren an den Schuhsohlen vom Waldboden, und du wusstest ja bereits, dass der Junge sich in der Nacht vor dem Verbrechen dort aufgehalten hatte.«

»Aber jetzt bin ich sicher, dass die Schuhe wirklich ausgetauscht worden sind!«, gab Aurelius triumphierend zurück.

»Wie das? Und was ist mit der brillanten Überlegung über die linken und rechten Knoten, mit deren eiserner Logik du den Hellanodiken gegenüber aufgetrumpft hast?«, fragte Castor stirnrunzelnd.

»Um die Wahrheit zu sagen war ich mir nicht wirklich

sicher, ob meine Schlussfolgerung korrekt war, aber ich habe es dennoch gewagt und wollte den Beweis später nachholen«, bekannte der Senator.

»Willst du sagen, du hast mich gezwungen, wie ein Pferd in einer Mühle zu schuften, um Informationen einzuholen, die du längst kanntest?«, empörte sich der Sklave.

»Es ist doch etwas anderes, eine Idee zu entwickeln, als sie zu beweisen, wie die Mathematiker und Astronomen genau wissen. Vor Jahrhunderten hat Aristarch bereits vermutet, dass die Erde um die Sonne kreist, aber er wurde zum Schweigen gebracht, weil er seine Hypothese nicht mit den richtigen Berechnungen untermauern konnte.«

»Aus gutem Grund, *domine*: Es liegt doch auf der Hand, dass wir im Mittelpunkt des Universums stehen!«

»Nicht immer entspricht das Offensichtliche auch der Wahrheit. Schau dich um, Castor, dann könntest du tatsächlich auf die Idee kommen, die Erde sei eine Scheibe, wie es viele Barbaren immer noch glauben. Wenn du aber die Schiffe am Horizont beobachtest, merkst du sofort, dass der Baum vor dem Rumpf erscheint, und du begreifst, dass du dich auf einem runden Himmelskörper befindest. Auch wir müssen uns bei diesen Verbrechen in Olympia auf das konzentrieren, was sich hinter dem ersten Anschein verbirgt.«

»Mir scheint deine Methode bis jetzt noch nicht besonders Frucht bringend …«, nörgelte der Alexandriner.

»Du irrst, ich bin schon im Besitz einer fundamentalen Erkenntnis. Wie vor ihm Psalmonaios, konnte Kallimachos nicht mehr am Wettkampf teilnehmen, als er ermordet wurde. Das Motiv für die Morde ist folglich nicht der Ölzweig, wie der Mörder uns weismachen möchte, indem er überall falsche Spuren legt.«

»Eine Serie von Verbrechen in Olympia, die nichts mit der Olympiade zu tun hat? Kommt dir das nicht absurd vor, *domine*?«

»Im Gegenteil, mir erscheint das genial. Bei Psalmonaios und Kallimachos hat der Mörder einen Diskus und einen Speer benutzt – oder besser, er hat vorgetäuscht, sie benutzt zu haben –, gerade damit das seinen Gewalttaten zu Grunde liegende Motiv in den Spielen gesucht und jede andere Spur übergangen wird. Die Exhumierung von Pyrrhus' Leiche, der durch einen banalen Schwertstreich ermordet worden ist, hat seine Pläne durchkreuzt: Er war so davon überzeugt, dass der Leichnam niemals entdeckt würde, dass er sich nicht darum gekümmert hat, dieses Verbrechen als rituelles Opfer zu arrangieren.«

»Na und?«, fragte Castor wenig überzeugt.

»Jetzt sind wir sicher, dass wir woanders suchen müssen, nach Hass unter Verwandten, ungelösten Konflikten, nicht erwiderter Liebe, Hoffnungen auf eine Erbschaft, dem ganzen Durcheinander materieller Interessen … also überall außerhalb der Spiele«, schloss der Senator befriedigt.

V

Dritter Tag der zweihundertfünften Olympiade

Im Westen des Kronos erstreckte sich der Komplex der Gymnasien und Palaistren entlang der Flussufer, um schließlich in Sichtweite der Thermen und in der Nähe des Heiligtums der Artemis Philomirax in der engen Straße des Schweigens zu enden. Die Straße trug diesen sprechenden Namen in Erinnerung an die ätolischen Spione, die sich hier getroffen hatten, um Informationen über Elis zu sammeln, und die Schweigen gelobt hatten, um sich nicht zu verraten. Heute jedoch war von Schweigen nicht viel zu merken, weil die Zuschauer, die gerade aus der Palaistra kamen, in der der Endkampf im Pankration hätte stattfinden sollen, lautstark protestierten, weil sie sich erneut betrogen sahen.

Am verzweifeltsten von allen war Tadius Tullianus: »Wie konnte das nur passieren?«, fragte er ungläubig.

»Der Rückzieher, den du auf Grund deiner sicheren Quellen vorhergesagt hast, ist doch tatsächlich eingetreten«, erklärte Castor seelenruhig und wog das Säckchen Geld in der Hand, das er dem Ritter soeben abgeknöpft hatte. »Nur dass es nicht Kephalos war, der verzichtet hat, sondern sein Rivale Panther!«

Tadius stöhnte: Als sich nur ein Kämpfer zum Finale gestellt hatte, war er zu früh in Jubel ausgebrochen und wollte schon Publius Aurelius' Sekretär wegen seiner Leichtgläubigkeit bedauern, der sich mit seiner verlorenen Wette ruiniert hatte. Alles war zu erwarten gewesen, aber nicht, dass der korpulente Allkämpfer, der im Ring erschien, eine schwarze Binde über dem linken Auge zur Schau trug, während er mit dem gesunden Auge begehrliche Blicke auf den Ölkranz warf, den er durch den Rückzug seines Rivalen gewonnen hatte.

Der Ritter hatte die zum Applaus schon erhobenen Arme wieder fallen lassen, schlaff wie Segel in einer Flaute, und eine Art Schlucklaut ausgestoßen: Die Wette, die er gegen Castor verloren hatte, war dummerweise nicht die einzige…

Nach der Proklamation des Siegers hatte das Publikum zu Recht seiner Empörung Ausdruck verliehen und den Ring mit einer Unmenge von Gartenfrüchten überschüttet, von denen nicht alle mehr taufrisch waren. Die Würfe wurden auch auf der Straße noch fortgesetzt, wobei man in Ermangelung von Zielen aus Fleisch und Blut die Statuen der antiken Faustkämpfer ins Visier nahm, die zu beiden Seiten des Eingangs thronten.

»Nichts ist's mit dem Pankration, der Feigling hat sich nicht mal blicken lassen! Was für eine Olympiade ist denn das? Wir sind aus allen Teilen der Welt hierher gekommen, um sportliche Wettkämpfe auf höchstem Niveau zu sehen, und alles, was man uns bisher geboten hat, war ein Wettlauf vollkommen unbekannter Kinder und ein dermaßen schlapper Faustkampf, dass man beinahe dachte, die Gegner streichelten einander mit den Binden um ihren Händen, anstatt sich ordentlich zu verprügeln!«, beschwerte sich ein Zuschauer.

»Hab Geduld, es kommen ja noch der Fünfkampf, die Pferderennen und die drei Hauptläufe!«, tröstete ihn ein Freund.

»Wer weiß, ob wir das überhaupt noch zu sehen bekommen! Die Konkurrenten treten in Massen zurück, wenn sie nicht gerade ermordet werden!«, entrüstete sich ein anderer, wobei er mit Nachdruck auf seine Tasche klopfte, die voll mit verfaulten Pastinaken war. »Es heißt, Panther packt schon seine Sachen, um in irgendeinen entlegenen Winkel der Welt zu verschwinden, weil keine griechische Stadt ihm noch Asyl gewähren würde, jetzt, da er sich bestechen lassen hat, aufzugeben.«

»Es ist das Geld, das die Kampfkunst ruiniert!«, stimmte ihm einer der Anwesenden zu, der seine Tunika säuberte, nachdem er seinen Vorrat an pflanzlichen Geschossen aufgebraucht hatte.

»Dieser gekaufte Panther soll bloß nicht glauben, er käme so einfach davon. Er hat uns um den Wettkampf betrogen; lasst uns ihn daran hindern, die Früchte seines Verrats zu genießen!«, schlug der Wütendste von allen vor und schüttelte dabei seine Faust drohend in Richtung Leonidaion.

»Ja, verpassen wir ihm eine ordentliche Tracht Prügel, schlitzen wir ihm den fetten Wanst auf, reißen wir ihm gleich beide Augen aus!«, fielen die anderen begeistert ein.

Castor trat an Publius Aurelius heran, der bereits einen Akt von Selbstjustiz befürchtete, und flüsterte ihm ins Ohr: »Keine Sorge, *domine*. Unser Freund ist bereits in Sicherheit auf der Straße nach Sikyon, in Gesellschaft eines kräftigen Pferdes und eines gut gefüllten Geldbeutels. Das Geld, das er dafür bekommen hat, nicht anzutreten, nachdem er nach allen Regeln der Kunst das Gerücht verbreitet hat, Kephalos wolle aufgeben, ist nur Kleingeld, wenn du noch die Summe dazurechnest, die er gegen sich selbst gesetzt hat. Diese wird ihm sein Agent gegen eine angemessene Beteiligung nach Aphrodisium nachschicken.«

»Und woher weißt du das schon wieder?«, fragte der Patrizier verblüfft.

»Ich bin sein Agent, Patron«, erklärte sein Sklave mit bescheiden gesenktem Blick.

Wieder einmal blickte Aurelius seinen Sekretär mit tiefer Verwunderung über dessen schier unendliche Ressourcen an. Dieser polierte sich die Nägel an seinem blauen *chiton*, damit sie ordentlich glänzten.

»Bevor er sich aus dem Staub gemacht hat, hat Panther darum gebeten, dir dies hier auszuhändigen«, fügte der Alexandriner mit einem breiten Lächeln hinzu, bevor er eilends verschwand, um sich den Vorbereitungen des Festes zu Berillios Ehren zu widmen.

Da du einen Mörder suchst, wird es dich vielleicht interessieren, dass der berühmte Gelehrte, dem das Vermögen meines Onkels überschrieben werden wird, wenn er getrunken hatte – was ziemlich oft vorkam –, regelmäßig seine Frau schlug, ebenso wie seine Tochter und sogar seine Schüler. Außerdem hat er sich in der näheren Umgebung des Hauses herumgetrieben, bevor seine Familie niedergemetzelt wurde: Eine Bäuerin hat ihn gesehen, aber weil sie eine Frau war und noch dazu eine Ausländerin, hat man sie nicht aussagen lassen.

Aurelius ließ die Botschaft verblüfft sinken. Sollte er sie als eine wichtige Enthüllung werten oder nur als die Rache eines Enttäuschten, der sich um eine beachtliche Erbschaft gebracht sah und nun versuchte, seinen Rivalen daran zu hindern, sie einzustecken?

Er konnte sich Hermeteus nur schwerlich betrunken vorstellen: Während des Gastmahls im Pavillon hatte er ihn nur mäßig trinken sehen. Allerdings hatte er sich tatsächlich bei jedem Trankopfer darauf beschränkt, den Becher an die Lippen zu setzen, ohne jemals die Sklaven aufzufordern, ihm nachzuschenken, wie jemand, der keinen Wein mehr verträgt und weiß, dass schon wenige Tropfen genügen würden, um ihn erneut den Verstand verlieren zu lassen.

Der Senator dachte noch über den besten Weg nach, ihn

zu entlarven, als der alte Nicophorus aufgeregt zu ihm gelaufen kam.

»Patron, die Ställe stehen in Flammen!«

Er hatte noch nicht zu Ende gesprochen, da schoss Aurelius auch schon los und stürmte so schnell er konnte zum Ufer des Alpheios.

»Ruh dich aus, ich mache hier weiter«, befahl der Senator.

Erschöpft übergab ihm der alte Sklave den letzten Eimer Wasser. »Aber ist denn der Wagenlenker gerettet? Und unsere schönen Fohlen?«, fragte er besorgt, während er aus der Menschenkette heraustrat, die sich durch den ganzen Wald schlängelte: Eine für diese sonnengedörrte Ebene vollkommen unzureichende Pumpe zog Wasser aus dem Fluss und pumpte es bis in die Straße des Schweigens, doch von da ab war alles schwere Handarbeit.

Zum Glück war das Feuer nur an einer Stelle ausgebrochen, sodass man es rasch hatte eindämmen können, bevor es die ganze Zeltstadt in Flammen setzen konnte.

»Wir schaffen es!«, verkündete Diagoras gerade, der die Arbeiten in glänzender Weise koordinierte.

Publius Aurelius gönnte sich einen Moment Ruhe, um sich die Stirn zu trocknen. In der Reihe neben seiner bemerkte er den kleinen Kopf des Spartaners Elektrion, dem einzigen Fünfkämpfer, der sich an den Löscharbeiten beteiligte, anstatt sich seine Kräfte für die morgigen Wettkämpfe aufzusparen.

Auch Zarzas hatte sich nicht zurückgehalten und beteiligte sich mit überraschendem Eifer an den Arbeiten, indem er seine mit Wasserschläuchen bepackten Esel hin und her führte, die Berillio und seine Mutter abluden, um sie dann den Sklaven dicht am Brandherd zu übergeben. Ohne seinen Fellmantel und die alberne gestreifte Mütze machte der Punier einen durchaus stattlichen, wenn auch wenig eleganten

Eindruck, was vor allem an dem ewigen Schatten seines widerspenstigen Bartes lag, der sein Gesicht verdunkelte.

An seiner Seite stand Levia, die den Schleier verloren hatte, der normalerweise ihr Haar bedeckte. Sie trug ihre Flechten in einer Art improvisiertem Kranz um den Kopf, was ihr ziemlich gut stand. Das verschwitzte Gewand klebte ihr am Leib und enthüllte ihre wohl gestaltete Figur, die sie für gewöhnlich unter wallenden Oberkleidern verbarg. Aurelius merkte zu seinem Verdruss, wie sich ein leichter Ärger bei ihm einstellte, als er das Lächeln sah, mit dem sie die Schläuche aus Zarzas' Händen entgegennahm, um sie an ihren Sohn weiterzureichen.

In derselben Reihe arbeiteten Frisso und die Gruppe Lakedämonier, die zu Fuß aus Sparta hergekommen war.

»Lampo, komm fass auch mit an!«, befahl die alte Phtia, die an der Spitze eines Geleitzuges eingetroffen war, um ihren Enkel anzuspornen, der sich noch sträubte, die Ärmel aufzukrempeln. Erst auf diese Anordnung hin stellte Lampo sich widerwillig zur Verfügung, um ebenfalls einen Eimer in Empfang zu nehmen.

Der hochnäsige Wagenlenker seinerseits arbeitete, wie Aurelius in der Reihe beobachtete, die sich im Wald verlor, mit einem besonders aktiven jungen Mann zusammen, der die Eimer wieder auffüllte, wobei er sich außergewöhnlich geschickt anstellte. Mit ihren von den einengenden Kleidern befreiten Beinen sah Tullia aus wie eine Amazone, dachte Aurelius, und versicherte sich von seiner Position weiter vorn, dass ihr Bruder sie nicht in ihrer Männerkleidung sehen konnte. Aber von Tadius Tullianus war keine Spur zu entdecken, genauso wenig wie von Castor, diesem Herumtreiber.

Die Drohung mit der Galeere nutzte nichts, diesmal würde er die Peitsche sprechen lassen, nahm sich Aurelius wieder einmal vor. Nichts und niemand würde den unzuverlässigen Alexandriner diesmal vor einer exemplarischen Bestrafung bewahren.

Als die letzten Flammen gelöscht waren, setzte sich der Senator verzweifelt nieder, um die glühenden Holzbalken zu betrachten, hinter denen einst Pomponias Pferde gewiehert hatten: Wie sollte er der geschätzten Dame jemals das Verschwinden des treuen Wagenlenkers und der kostbaren Pferde, die seiner Obhut anvertraut worden waren, erklären?

»Es ist dir gelungen, den Schaden zu begrenzen, obwohl die geeigneten Mittel dafür fehlten. Nicht schlecht für einen Griechen!«, sagte er zu Diagoras, der zu ihm kam, während die freiwilligen Helfer nach und nach den Unglücksort verließen.

»Für einen Römer hast du dich auch nicht schlecht geschlagen«, zahlte es ihm der gestrenge Vorsteher mit gleicher Münze heim. »Aber jetzt musst du mit mir kommen; anscheinend sind die Flammen zuerst in deinen Ställen ausgebrochen. Lass sie uns zusammen in Augenschein nehmen, solange sie sozusagen noch warm sind!«, schlug er vor und amüsierte sich still über sein unangebrachtes Wortspiel.

»Es sieht alles nach Brandstiftung aus«, bemerkte Publius Aurelius. »Natürlich hast du keinerlei Idee, wer der Brandstifter sein könnte …«

Anstatt abzuwiegeln, begann Diagoras überraschenderweise darüber nachzudenken: »Der Schuldige stammt zweifellos aus dem Umkreis der Pferdeleute. Mir kommt da sofort die Witwe Phtia mit ihrem unerträglichen Enkel in den Sinn, die für nichts anderes mehr lebt als für einen olympischen Ölzweig. Lampo ist ein Schwerenöter, dem ich ohne weiteres etwas in der Art zutrauen würde, wenn er nicht ständig unter meinen Augen gewesen wäre. Andererseits ist wohl auszuschließen, dass er einen einfachen Sklaven damit beauftragt hat, das Feuer zu legen, und so das Risiko eingegangen ist, hinterher damit erpresst zu werden. Über Serapion weiß ich zu wenig, um ihn einschätzen zu können, aber ich kann dir versichern, dass sein ägyptischer Wagenlenker Menothep in der Taverne war, als das Feuer ausbrach.«

»Bleibt noch Andronicus«, erinnerte ihn Aurelius.

»Den kannst du von der Liste streichen: Er ist ein absolut korrekter Sportler, ein weißer Rabe unter allen, die an den Spielen teilnehmen.« Diagoras schüttelte den Kopf.

»Warum sich auf die Wagenlenker beschränken? Meinst du nicht, all diese Verbrechen, von den Morden bis hin zu dem Brandanschlag, könnten zusammengehören? Das Reglement schreibt vor, dass alle Athleten einen ganzen Monat in Olympia verbringen, um sich vorzubereiten, also haben sie Zeit genug gehabt, einander gut kennen zu lernen, Sympathien und Antipathien zu entwickeln, Hass, Groll, Neid, oder nach allem, was ich gehört habe, auch irgendwelche zarten Bande zu knüpfen. Ganz zu schweigen von der Tatsache, dass alle Opfer – Pyrrhus, Psalmonaios und Kallimachos – in persönlicher Beziehung zu den Richtern standen, vor allem zu Busirides.«

Beim Namen des Dekans verzog Diagoras verächtlich die Lippen. Das war der richtige Moment, um sich die offensichtlichen Rivalitäten innerhalb der Richterschaft näher anzusehen, erkannte Aurelius, der die unerwartete Offenheit des sonst so unzugänglichen Hellanodiken zu seinen Gunsten ausnutzte. Diagoras war nicht unbedingt ein umgänglicher Mensch, aber er schien mit Sicherheit der einzige unter allen Richtern mit ehrenhaften Absichten zu sein.

»Busirides könnte auf vielfache Weise mit dieser Geschichte zu tun haben: Er hatte Zugang zu dem verschwundenen Diskus ebenso wie zu den Ställen, abgesehen davon, dass niemand weiß, wo er gewesen ist, als die Verbrechen begangen wurden«, wagte sich Aurelius ohne Rücksicht auf

Verluste vor, um dann in verständnisvollem Schweigen auf die Antwort zu warten.

Diagoras schwieg lange. Ohne Zweifel dachte er darüber nach, was den Dekan bewogen haben mochte, einen Fremden mit den Untersuchungen zu dem Fall zu beauftragen und von dem bekannten Prinzip abzuweichen, schmutzige Wäsche möglichst innerhalb der Familie zu waschen. Steckte hinter so viel Verbindlichkeit seitens Busirides vielleicht der Wunsch, den Mörder zu decken, wenn nicht gar die Absicht, ihn, seinen direktesten Konkurrenten, mit dem er seit langem um die Vorherrschaft im Richtergremium kämpfte, in Schwierigkeiten zu bringen?

»Es wird noch mehr Olympiaden geben, und Busirides' Führungsstil führt jetzt schon zu beträchtlichen Irritationen«, insistierte der Senator, in der Absicht, sich die Frustration des Richters zu Nutze zu machen, des ewigen Zweiten, und das nicht aus Mangel an Begabung, sondern weil er anderen zu wenig schmeichelte. »Es ist nicht unbemerkt geblieben, dass der Dekan zu sehr auf persönliche Sympathien baut, vor allem wenn sie mit einem gewissen Mehrwert verbunden sind wie zum Beispiel politischem Einfluss, erotischen Abenteuern oder prestigeträchtigen Verwandtschaftsverhältnissen. Ich weiß, dass er seine Tochter mit Parabellon verlobt hat...«, fügte er noch hinzu, als er bemerkte, dass er einen wunden Punkt berührt hatte.

Diagoras ließ sich tatsächlich dazu hinreißen, sich das eine oder andere Steinchen von der Seele zu reden, die Worte sprudelten nur so aus ihm heraus, wie ein Bach, der, ist der Damm erst mal gebrochen, mit Macht zu Tal schießt.

»Für einen Ölzweig! Ich habe auch eine Tochter im heiratsfähigen Alter, und Parabellon hatte es zuerst, aber vergeblich, bei mir versucht. Busirides dagegen ist sofort mit ihm handelseinig geworden, genauso wie er den Sieg diesem schönen Epheben geschenkt hätte, um ihn dafür in sein Bett zu bekommen, hätte ich nicht einen Zeugen aufgetrieben, der sein wahres Geburtsdatum kannte!«

»Der Mörder hat dir die Mühe erspart, ihn disqualifizieren zu lassen«, gab Aurelius zu bedenken.

»Tja, der Mörder. Der Mann, der diesen heiligen Ort mit Brandstiftung und Mord entweiht, der im Verborgenen versucht, der ehrwürdigen Tradition der Spiele zu schaden. Warum? Mit welchem Ziel? Und vor allem, wer? Ich war überzeugt davon, dass es Pyrrhus war, aber jetzt weiß ich nicht mehr, was ich denken soll«, seufzte der Richter, während er neben dem Patrizier zum Brandherd ging.

»Hier kann man ja kaum etwas sehen«, sagte Aurelius, als sie den Pferdestall erreicht hatten, und zog den Saum seines Gewandes vors Gesicht, um den Rauch nicht einzuatmen.

Das bisschen, was durch den Qualm zu erkennen war, zeugte von einer unglaublichen Verwüstung, die es absurd erscheinen ließ, darauf zu hoffen, hier noch etwas Lebendes zu finden, Mensch oder Tier. »Das ist alles, was von dem Wagen noch übrig ist. Und wenn ich mich richtig erinnere, war da hinten die Futterraufe«, murmelte der Senator, bevor er im Gedenken an den unglücklichen Wagenlenker, der Zephir und Boreas so geliebt hatte, ausrief: »Du hast dein letztes Rennen verloren, armer Pelagius!«

»Hier bin ich doch, Herr!«, antwortete ihm überraschenderweise eine belegte Stimme, während aus den aschegeschwängerten Rauchschwaden das taumelnde Gespenst des Wagenlenkers erschien.

Für ein Gespenst aus dem Erebros stank Pelagius ein wenig zu stark nach Wein.

Nach einem ersten, spontanen Seufzer der Erleichterung stürzte Publius Aurelius sich wütend auf ihn: Dieser Unglückselige war also in die Taverne gegangen, um sich zu betrinken, und hatte die Fohlen unbewacht dem Brandstifter ausgeliefert…

»*Domine*, ich trinke nur ganz wenig Wein; kein Sportler trinkt viel, wenn er sich seine Chancen auf den Sieg nicht verderben möchte«, rechtfertigte sich der Wagenlenker. »Ich war bei Boreas, der sich ziemlich gut von seinem Unwohlsein erholt hatte und schon mit den Hufen stampfte, weil er ins Freie wollte. Um seine Genesung zu feiern, habe ich einen winzigen Schluck aus einem Schlauch genommen, den jemand im Stall vergessen hatte. Direkt danach bin ich in einen tiefen Schlaf gefallen.«

Ein einziger Schluck hätte niemals ausreichen können, um ihn so fertig zu machen, überlegte der Senator. Folglich war Pelagius, wenn er die Wahrheit sagte, durch Opium oder irgendeine andere schläfrig machende Droge außer Gefecht gesetzt worden. Aber wie war er so glücklich davongekommen?

»Mich hat der glänzendste, wertvollste und mutigste aller Helden aus den Flammen gezogen, der so kühn war, mich ungeachtet der Gefahr zu retten!«, rief der Wagenlenker überfließend vor Dankbarkeit aus und zeigte auf einen Punkt hinten im Wald.

Dort, geschützt vor dem Rauch, lehnte Castor an einem Baum, taufrisch wie die erste Rose an einem Maimorgen.

»Wo warst du, du vermaledeiter Sklave?«, fuhr ihn sein Herr drohend an.

»Stets zu deinen Diensten, *domine*, wie immer!«, gab der Alexandriner zurück und wies zwischen den Zweigen hindurch auf eine kleine Lichtung, wo Pomponias Pferde friedlich grasten.

Nachdem Wagenlenker und Pferde in Sicherheit gebracht und der Sekretär großzügig belohnt worden war, hatte Publius Aurelius mit Serapion eine Vereinbarung getroffen, dessen Pferde so stark vom Rauch vergiftet worden waren, dass sie nicht mehr starten konnten: Sie würden ihre Kräfte vereinen, um dennoch am Rennen teilzunehmen, und die römischen Fohlen vor den alexandrinischen Wagen spannen. Dass die Geschichte noch besser ausgegangen war als erwartet, abgesehen von dem Feuer und demjenigen, der es gelegt hatte, musste gefeiert werden. Castor hatte bereits daran gedacht und ein lukullisches Bankett vorbereitet, das gerade in vollem Gange war.

In dem großen Pavillon zupften Musiker ihre Kitharen, bliesen mit geblähten Wangen in ihre Flöten und schlugen die Tamburine in einem fröhlichen Rhythmus.

Während die Sklaven die Speiseplatten abdeckten und dafür sorgten, dass der Boden von Essensresten gesäubert wurde, machte der Kelch erneut die Runde unter den Tischgenossen – es war schon die sechste seit dem Trankopfer an die Götter, das die Zecherei eingeleitet hatte. Alle prosteten einander zu, alle, außer Berillio, dem zu Ehren das Gastmahl eigentlich veranstaltet wurde. Der kleine Held war es nicht gewohnt, lange aufzubleiben, und schon vor einiger Zeit in die Obhut seiner Mutter zurückgegeben worden.

»Auf dass die Siegesgöttin dem jüngsten römischen Olympioniken stets freundlich gesinnt sein möge!« Tadius Tullianus hob den Kelch.

Publius Aurelius beobachtete heimlich aus dem Augenwinkel Hermeteus, der den Becher an die Lippen setzte, schnupperte, probierte und, zumindest allem Anschein nach, trank. Doch als er den Becher von den Lippen nahm, schien die Flüssigkeit unberührt.

Währenddessen schaute Castor von einem Triclinium hinter einem Vorhang wohlgefällig auf das Ergebnis seiner Bemühungen: Von den Gauklern hatte er nur ein paar Sesterzen erhalten, aber an den hundert Drachmen des Bärendompteurs und den fünfhundert der Ringer hatte er sich gesund gestoßen, wobei noch gar nicht eingerechnet war, dass er noch seinen Anteil von den Flötenspielern einziehen musste.

Rasch gab er Aglaia ein Zeichen, die überaus elegant aussah in ihren Schleiern aus jenem hauchzarten *byssus*, einem der wirtschaftlich bedeutsamsten Rohstoffe aus Elis, der für jede erfolgreiche Tänzerin das wichtigste Instrument der Verführung darstellte.

»Jetzt, wo die Kinder im Bett sind, bist du an der Reihe, meine Schöne! Denk an unsere Vereinbarung und sorg dafür, dass du dein Geld wert bist!«, flüsterte er ihr zu, als er sie nach vorn schob, ohne sich selbst den Gästen zu zeigen.

Ein bewunderndes Murmeln begleitete den Einzug der Kurtisane in den Pavillon: Es war äußerst schwierig, Aglaia zu engagieren. Normalerweise war sie nur Diagoras vorbehalten, der die Einladung zum Bankett jedoch schroff abgelehnt hatte. Nicht so Apollodoros, der trotz seiner Trauer gekommen war, und Busirides, der als Vollblutpolitiker sehr darauf bedacht war, seinen Freundschaftsbesuch im römischen Zelt zu nutzen, um seine Machtposition in der olympischen Welt weiter auszubauen.

»Wir sind hier zusammengekommen, um einen jungen Stern am sportlichen Firmament zu feiern und jene tief reichenden Verbindungen zwischen unseren beiden Völkern zu erneuern, die seit Jahrhunderten in einer schicksalhaften, politischen Gemeinschaft Frucht bringend zusammenleben, unterstützt von den wohlwollenden Göttern, auf dass die hellenische Kultur auch bis in die entferntesten Winkel der Welt dringe!«, bekundete er wortreich und begann – hingerissen von seiner eigenen Beredsamkeit – ohne große inhaltliche Veränderungen dieselbe Ansprache zu halten, mit der er bereits die Spiele eröffnet hatte. Und da eine Rede umso mehr Beifall findet, je inhaltsleerer sie ist, brach begeisterter Applaus aus, während der Dekan sich zufrieden wieder auf seiner *kline* ausstreckte.

Er war es, dem Aglaia das erste Lächeln schenkte: Die üppige Bezahlung, die ihr für den Abend in Aussicht gestellt war, enthob sie nicht der Pflicht, sich für die Zeit nach der Abreise des Senators die Protektion des aufsteigenden Sterns der guten Gesellschaft von Elis zu sichern, dessen Autorität sich früher oder später auch der grimmige Diagoras würde beugen müssen.

Das Rad des Schicksals dreht sich, dachte die Kurtisane, und man muss seinen Launen folgen: Hätte sie nach ihren persönlichen Vorlieben handeln können, hätte sie die honigsüße Liebenswürdigkeit des Dekans mit Genugtuung zur Hölle geschickt und sich mit seinem Stellvertreter begnügt, einem anständigen und auch im Bett starken Mann, auch wenn er nur wenig für galante Spielereien übrig hatte.

Aber eine Hetäre mit immer unsicherer Zukunft hatte keine Wahl: Schon jetzt, auf dem Gipfel ihres Ruhmes, bekam Aglaia die Tyrannei der Zeit zu spüren, welche die Form ihrer Brüste nach unten zog, die Rundungen ihres Pos erschlaffen ließ und um die makellose Augenpartie die ersten, unübersehbaren Fältchen aufwarf. Noch ein paar Jahre, und sie würde die Aufmerksamkeit der Teilnehmer eines Symposions mit gebildeter Konversation fesseln müssen, um von den Bewegungen der neuen, frischeren Tänzerinnen abzulenken. Und wenn jener unglückselige Tag erst angebrochen wäre, würde sie sich darauf verlassen müssen, dass die mit Bedacht getätigten Investitionen ihrer Hüften dank einer klugen Auswahl an Freunden und Kunden reiche Frucht getragen hatten: Das war der Grund, weswegen sie sich vor dem Dekan verneigen und den wahren Stern des Gastmahls zunächst vernächlässigen musste.

Doch Arbeit ist Arbeit, und Geschäft ist Geschäft, und ihr Engagement beinhaltete eine präzise Aufgabenstellung. Daher widmete die Kurtisane, nachdem sie den Hellanodiken ihre Ehrerbietung erwiesen hatte, ihre Aufmerksamkeit Publius Aurelius: Sie schwenkte den Kelch, legte ihn an die Lippen und tänzelte dann mit verführerischem Hüftschwung zu ihm hinüber, um ihm den Becher an die Lippen zu setzen.

»Welch unglaubliche Grazie!«, kommentierte Apollodoros ihren Auftritt, während Busirides etwas verhaltener nickte, ohne die Augen von einem zierlichen Flötenspieler zu nehmen, der eine Doppelflöte blies. »Aglaia ist die einzige von Phtias Schülerinnen, die ihrer würdig ist: Erinnert ihr euch noch, wie sie zu ihren goldenen Zeiten getanzt hat?«, versuchte der alte Richter die anderen zu erinnern, ehe ihm klar wurde, dass er der Einzige im Pavillon war, der alt genug war, um die Witwe tanzen gesehen zu haben.

Am begeistertsten von allen war Serapion.

»Die verführerischen Bewegungen dieser bezaubernden Hetäre erinnern mich an Stratonike, meine Lieblingskonkubine«, gab er sich weinselig seinen nostalgischen Erinnerungen hin. »Sie war gertenschlank und federleicht. Ganz besonders gern habe ich sie nur bedeckt mit kostbaren Schmuckstücken gesehen. Manchmal habe ich alle meine Schatzkästen geöffnet, um sie den Schmuck tragen zu lassen …«

»Eine großartige Erinnerung!«, rief Zarzas begeistert aus.

»Na ja, nicht ganz so großartig: Sie hat sich von einem untreuen Sklaven verführen lassen, ist mit ihm durchgebrannt und hat all meine Ringe mitgenommen. Als ich sie verfolgen wollte, bin ich über einen Draht gestolpert, den dieser verdammte Kerl gespannt hatte, und habe mir die Zähne ausgeschlagen. Zum Glück können Geld und ein guter Zahnarzt heutzutage Wunder bewirken«, erzählte der Kaufmann und sperrte den Mund zu jenem goldenen Lächeln auf, auf das er so stolz war. »Jedenfalls habe ich eine Prämie auf den Kopf dieses Verbrechers ausgesetzt und mir geschworen, ihn noch am selben Tag, an dem ich ihn endlich in die Finger kriege, den schrecklichsten Torturen zu unterziehen. Seitdem suche ich ihn überall.«

Aurelius spitzte die Ohren, denn er fand die Geschichte über die Untaten eines listigen Sklaven ziemlich anregend, die sich zufälligerweise gerade in Alexandria in Ägypten zugetragen hatte, wo sein Sekretär lange gelebt hatte.

Aglaia erging sich derweil in Verneigungen und empfing die Huldigungen der Tischgenossen wie eine Königin, die Tributzahlungen ihrer Untertanen entgegennimmt. Aber warum schien der Senator so wenig angetan von ihren Verführungskünsten? Während sie sich wollüstig drehte und wand und einen der leichten Seidenschleier nach dem anderen ablegte, um das strahlende Weiß ihrer Haut zu enthüllen, hatte sie seinen Blick zum Zelt hinausschweifen sehen, wohin eine überempfindliche Römerin sich schlecht gelaunt zurückgezogen hatte.

Wie unverschämt doch die Frauen aus der Urbs waren, dachte sie, während sie zu dem Patrizier zurückkehrte und mit den Fingern ganz leicht über seinen Oberkörper strich: Sie wollten alles, und zwar sofort, den Ehering, die Tribüne im Zirkus, die Schlüssel zur Vorratskammer und Verehrer, die ihnen den Hof machten, den Respekt der anständigen Frauen und die Bewunderung der Priesterinnen der Liebe.

Das leichte Mädchen aus dem Zelt nebenan hatte bereits einen Ehemann, natürlich, überlegte die Hetäre, während sie versuchte, ihren Amphytrion mit einem schmachtenden Lächeln zu erheitern, und es ging sogar das Gerücht, dass es bereits der dritte war. Aber das reichte ihr nicht, nein, sie wollte sich als Mann verkleiden, mit Gesindel Würfel spielen und das Muskelspiel der Athleten sehen, die sich im Stadion von Olympia schlugen, nackt und mit Öl eingerieben. Und obendrein vielleicht noch mit dem Senator ins Bett gehen. Was jedoch absolut ungerecht wäre, weil sie damit in fremden Gärten wilderte: Die Frauen mussten auf einer Seite bleiben und auf der anderen die Lebedamen, zusammen mit dem Wein, den Banketten und den Tänzen, sonst auf

Wiedersehen Zivilisation, auf Wiedersehen Moral und auf Wiedersehen üppige Verdienstmöglichkeiten für die Professionellen.

»Auf Apollon, der uns die Musik geschenkt hat«, hob Busirides seinen Kelch, der den jungen Flötisten immer noch nicht aus den Augen ließ.

»Auf die göttliche Aphrodite, die uns die überschäumende Leidenschaft schenkt!«, prostete die Kurtisane und gab sich betrunken, denn sie pflegte niemals mit dem Wein zu übertreiben, um stets die Kontrolle über die Situation zu behalten. Dann wiegte sie sich plötzlich in einem neuen Hüftschwung, ließ die Glöckchen an ihren goldenen Knöchelbändern erklingen und machte den ersten Schritt zu einem neuen Tanz.

»Auf Eros und Dionysos, die Tröster der Sterblichen!«, nahm Tadius Tullianus ihren Faden auf. Dieser dicke, haarige Bär mit der Adlernase musste der Bruder der verwöhnten Römerin sein, erkannte die Hetäre, während sie dicht an ihm vorbeitanzte, ohne innezuhalten: Wenn ihre Informationen zutrafen, hatte der Ritter Tullianus, trotz all der Ringe und der eleganten Kleider, viel zu wenig Geld, als dass es der Mühe wert war, ihn zu umgarnen.

»Auf Zeus Olympikos!«, wagte sich Evaristos vor, wie es die Tradition verlangte, und Apollodoros antwortete ihm mit einem kaum verständlichen Aufschrei.

Der Jüngling war so ungeschickt, dass er beinahe die Liege umgeworfen hätte, und machte ansonsten den Eindruck, als müsste er jeden Sesterzen umdrehen, schätzte ihn Aglaia mit einem schnellen Blick ein. Was den alten Apollodoros betraf, so war er zwar Hellanodike, aber dennoch nicht zahlungskräftig, ganz abgesehen davon, dass eine allzu große Anstrengung ihn auf der Stelle umbringen könnte.

Nein, es war der Senator, auf den sie schauen musste; es hieß, er sei reich wie Krösus, und sie würde ihn mit Vergnügen zu ihren festen Kunden zählen. Er hingegen sah sie kaum an, vielleicht bevorzugte er die kleinen Jungen – in seinem Zelt hatte er ein paar ausgesprochen niedliche Tischsklaven, die bereit waren, jede spontane Laune zu befriedigen – oder er dachte weiterhin an seine verheiratete kleine Hure. Doch in ihrem Vertrag war ihr die doppelte Gage versprochen worden, wenn sie es schaffte, mit ihm ins Bett zu gehen, und Aglaia hatte nicht vor, darauf zu verzichten: Vielleicht musste man ihn bloß ein wenig eifersüchtig machen …

Im Tanzschritt bewegte sich die Kurtisane zum jüngsten Gast und strich ihm mit dem Schleier um den Hals, den sie sich gerade von den Hüften gewickelt hatte: eine unwiderstehliche Bewegung, auf die schüchterne Jugendliche normalerweise mit einem deutlichen Erröten, gemischt mit uneingestandenem Gefallen, reagierten.

»Ich habe für niemanden mehr Augen als für dich, Frisso«, schnurrte sie ihm schmachtend ins Ohr, wobei sie peinlich genau darauf achtete, sich nicht mit dem Namen zu vertun: Eine erfolgreiche Hetäre musste im Stande sein, sich hunderte von Namen zu merken, um sie dann sofort wieder zu vergessen.

Aber warum zeigte sich dieser verklemmte Knabe mit den spitzen Ohren jetzt nicht erregt, warum schob er sie verärgert fort? Hatte er vielleicht Angst, sein Vater könnte ihn ausschelten, oder glaubte er sich noch in dem Alter, in dem er den Mädchen Konkurrenz machen konnte?

Der teure Diagoras hatte schon Recht, mit dem Griechentum ging es unaufhaltsam bergab, sagte sich Aglaia, während sie ihre Enttäuschung hinter einem strahlenden Lächeln verbarg: Jetzt verhielten sich schon die Frauen wie Männer und die Männer wie Frauen. Andererseits, was konnte man schon erwarten in Zeiten, in denen verschiedene Männer bereits erklärten, ihre eigene Ehefrau zu lieben, als handele es sich um eine Kurtisane oder einen Epheben?

»He, Frisso, glaub bloß nicht, das wäre alles nur für dich!«, erhob Tullianus seine Stimme und prostete der Hetäre weinselig zu. Aglaia verwünschte das Schicksal, das sie dazu verurteilt hatte, unter der Herrschaft ungehobelter Römer zu leben, während ihre Kolleginnen aus dem goldenen Zeitalter Strategen besucht hatten, Redner und Philosophen von reinstem hellenischem Blut, und höchstens gelegentlich einen orientalischen Potentaten eingeschoben hatten, nur damit sie auf ihre Kosten kamen.

Als es ihr schließlich gelang, sich aus der wenig zartfühlenden Umarmung des lästigen Bewunderers zu befreien, musste sie einen wütenden Aufschrei unterdrücken: Die Liege des Gastgebers war leer.

Aurelius schlich leise um das Zelt herum, bis er fand, was er suchte: eine vorgebeugte Figur, die mit einem Auge durch einen Streifen Stoff hindurchspähte.

»Und, gefällt dir die Vorstellung, liebliche Tullia?«, grüßte er sie neckend.

Auf frischer Tat ertappt, fuhr Tullia zusammen, war aber geistesgegenwärtig genug, um zu antworten: »Glaubst du, ich würde mich darüber aufregen, dass mein Bruder wie ein Schwein am Trog hinter einer griechischen Kurtisane hersabbert, die viel zu teuer für seinen Geldbeutel ist? Na ja, auf jeden Fall wird sie ihn, sobald du zurückgekehrt bist, wieder ignorieren und sich nur dir zuwenden, der du über einen entsprechend ausgestatteten Geldbeutel verfügst«, erwiderte sie mit einem Schulterzucken.

»Aglaia ist in der Tat ein bisschen kostspielig: Sie kostet fünftausend Drachmen die Nacht«, gab der Senator mit noblem Gleichmut zu.

»Fünftausend Drachmen für so einen Schinkenknochen?«, fragte Tullia indigniert.

»Oh, so mager ist sie nun aber nicht«, verteidigte sie der

Senator. »Es fehlt ihr ganz einfach nur die typische junonische Stattlichkeit vieler römischer Damen.«

»Ihre Beine sind zwei armselige Bohnenstangen!«, protestierte Tullia.

»Gerade, schlank, wohlgeformt...«, urteilte Aurelius mit Kennermiene.

»Weniger als meine!«, protestierte Tadius' Schwester gekränkt.

»Ich kann mich kaum noch an deine Beine erinnern, vielleicht solltest du meine Erinnerung noch einmal auffrischen«, versuchte Aurelius sie zu verführen. Als er sah, dass sie nur die Achseln zuckte, fügte er hinzu: »Wenn man überlegt, wie geübt die griechischen Hetären darin sind, mit allen Mitteln das Wohlgefallen ihrer Gefährten zu erregen, da ist es doch klar, dass solche Kunstfertigkeit ihren Preis hat...«

»Blödsinn! Was machen sie denn so anders als jede gewöhnliche Frau?«, gab Tullia gereizt zurück.

»Wer weiß, vielleicht könntest du es mir ja erklären...«

»Immer langsam, Senator. Du hast es hier nicht mit einer Kurtisane zu tun. Ich bin eine verheiratete Frau, vielleicht nicht allzu glücklich, aber so ist die Welt für uns Frauen nun einmal eingerichtet.«

»Drei wenig zufrieden stellende Ehen: erst einem Greis untergeschoben, dann gezwungen, einem Gladiator Konkurrenz zu machen, und schließlich unter Bewachung eines zutiefst eifersüchtigen Mannes gestellt, der stets bereit ist, sein Messer auch gegen Unschuldige einzusetzen... Hast du nicht Lust, dir wieder deine Freiheit zu nehmen, faszinierende Tullia?«

»Sicher habe ich den Wunsch! Wenn es mir nur gelänge, mich scheiden zu lassen...«, ließ die Matrone nichts anbrennen und verzog die Lippen zu einem koketten Schmollmündchen. Publius Aurelius nutzte die Gelegenheit und schob ihr einen der Pfefferkuchen in den Mund, die er extra für diesen Zweck vom Tisch hatte mitgehen lassen. Er mochte naschhafte Frauen: Wer nicht die ursprünglichste aller Freuden, das Essen, genießen konnte, wusste nur selten auch den Rest zu genießen.

»Was sagtest du?«, fragte er, während er zusah, wie das Mädchen genussvoll auf der Süßigkeit herumlutschte.

»Mein derzeitiger *pater familias*, Tadius, würde sicher sein Einverständnis dazu geben, meine Ehe zu lösen, aber aus dem Exil heraus kann er nichts machen, er müsste nach Rom zurückkehren«, erklärte Tullia und sperrte den Mund auf, um noch ein Küchlein entgegenzunehmen, wobei sie sich so an ihn schmiegte, dass es ein Leichtes war, sie in die Arme zu nehmen.

Der Senator ließ sich nicht zweimal bitten. Er war beim vierten Küchlein und der dritten Fibel – jener mitten auf der makellosen Brust der Matrone –, als er das Knacken eines trockenen Zweiges vernahm. Wer war es diesmal, schon wieder Tadius? Oder Castor, der ihm wie üblich hinterherspionierte? Blitzschnell schubste er das Mädchen in den Schatten und drehte sich irritiert zu dem unbequemen Plagegeist um.

»Willst du nicht wieder hineinkommen? Ich habe auf dich gewartet«, sagte Frisso in jenem jämmerlichen, unterwürfigen Ton, der wenig duldsamen Menschen grundsätzlich auf die Nerven geht.

»Später«, versuchte Aurelius ihn abzuwimmeln, genervt von seiner klammernden Anhänglichkeit, während er sich fragte, wie er diesem Irrtum ein Ende setzen konnte, ohne die Gefühle des Jungen aufs Äußerste zu verletzen.

»Hör zu, du bedeutest mir viel«, insistierte der andere, während sein Blick misstrauisch zu den Büschen hinüberwanderte, zwischen denen Tullia verschwunden war. »Wenn du nur für einen Augenblick deine Vorurteile beiseite lassen könntest…«

Der Senator richtete sich auf. »Es steht dir nicht zu, über

meine Vorlieben oder meinen Geschmack zu urteilen, Junge. Geh zum Bankett zurück und sag ihnen, ich würde mich nicht wohl fühlen«, trug er ihm trocken auf. Zum Tartarus mit diesen ganzen komplizierten Griechen, Hermeteus, Busirides, Apollodoros, Diagoras. Und zum Tartarus auch mit Frisso, schließlich war nicht er es, der ihn tyrannisierte oder seine Familie ausgerottet hatte.

»Warte, wir müssen reden!«, bat ihn der Junge mit brüchiger Stimme.

»Ein andermal!«, beendete Aurelius das Gespräch. Dann wartete er ab, bis Frisso sich auf den Rückweg machte, um Tullia in ihrem Zelt aufzusuchen, vor dem anstatt des diensteifrigen Nicophorus heute ein aufgeweckter Sklave Wache stand, dem sofort klar war, in welchen Situationen man den Herrn wie vollkommen unsichtbar behandeln musste.

Die Nacht war bereits hereingebrochen, als Aurelius sich entschied, aufzustehen und Tullia zu verlassen. Er schlüpfte durch den Hintereingang des Zeltes hinaus. Nach wenigen Schritten enthüllte ihm das kalte Licht des Mondes den Umriss eines zwischen den Bäumen versteckten Beobachters.

Also hatte sich Tadius das nicht bloß eingebildet. Evaristos spionierte tatsächlich, folgerte Aurelius, als er den nur notdürftig zwischen den Zweigen verborgenen Ariminer erkannte. Da es ihm schwer fiel, still zu halten, war seine Anwesenheit leicht zu entdecken, die sich ansonsten auch durch das leise Knacken und ein entlarvendes Niesen verraten hätte.

Warum um alles in der Welt verfolgte Evaristos ihn, fragte er sich. Und war er wirklich der, der zu sein er vorgab, ein argloser Zuschauer, der nach Olympia gekommen war, um einen Landsmann zu begleiten, oder vielleicht etwas ganz anderes? Wenn man es recht überlegte, konnte die plumpe Geschichte vom Mythenschreiber nichts anderes als eine dreiste, vor arglosem Publikum zum Besten gegebene Komödie sein. In der Tat war es ihm scherzend und lachend gelungen, sich ohne große Schwierigkeiten in die Untersuchungen einbeziehen zu lassen: Er hatte sich ungestraft in den Ställen umsehen können, hatte sich zu den Besuchern des Leichenschauhauses gesellt, war beim Herumschnüffeln im Gasthaus erwischt worden, und jetzt ließ er sich dabei entdecken, wie er ihm heimlich folgte.

Vielleicht war es an der Zeit, ihn zu entlarven. Angesichts der Tatsache, dass die Fähigkeiten des Beschatters einiges zu wünschen übrig ließen, wäre es ein Leichtes gewesen, ihn zu überraschen und so unter Druck zu setzen, dass er seine Pläne aufdeckte.

Ein solcher Handstreich hätte jedoch Aurelius selbst zu peinlichen Eingeständnissen gezwungen: Fortuna hatte ihn schon genug beschützt, indem sie Tadius vom Zelt seiner Schwester fern gehalten hatte, und es war nun wirklich nicht angebracht, noch mehr von ihr zu verlangen. Und so entschied sich Aurelius zu verschwinden, ohne Evaristos aus seiner geräuschvollen nächtlichen Beschattung herauszureißen.

Um nicht aufzufallen, schlich er sich durch einen seitlichen Eingang in das große Zelt, in dem das Fest stattgefunden hatte.

Ein einziger Blick enthüllte ihm, dass die Sklaven unter Leitung dieses Faulpelzes Castor wenig Eifer gezeigt hatten, Ordnung zu schaffen: die schmutzigen *mappae* voller Soßen- und Weinflecken lagen noch auf den Tischen, mitten zwischen den verwelkten Girlanden, von denen die noch frisch gebliebenen Blüten sorgfältig abgezupft worden waren, um sie am nächsten Morgen an weniger anspruchsvolle Kunden zu verkaufen. Auf den Tabletts war keine Spur von Nahrungsmitteln mehr zu entdecken; auch für die Reste gab es einen florierenden Markt unter den weniger vermögenden Beobachtern, die, gegen ein geringes Entgelt, von den kalt gewordenen Leckerbissen kosten konnten, die im Überfluss für die geladenen Gäste bereitgestellt worden waren.

Dieser schwunghafte Handel war ohne Zweifel von Castor organisiert worden, dachte Aurelius, als er laut nach ihm rief, bevor er merkte, dass Tadius und Serapion noch betrunken auf dem Boden lagen. Sie hatten es anscheinend nicht mehr bis in ihre Unterkunft geschafft.

Eine günstige Gelegenheit, dachte sich der Senator, und klopfte Tullianus' Kleidung auf der Suche nach eventuell eingenähten Taschen ab. Seine Durchsuchung förderte aber nur einen Notizzettel zu Tage, auf dem die Namen einiger Banken seines Vertrauens in Asia Minoris notiert waren. Vermutlich diejenigen, bei denen der Bankrotteur seine Notgroschen deponiert hatte. Aber es war weniger der Inhalt als vielmehr die Schrift, die Aurelius' Aufmerksamkeit weckte: Dieselbe Handschrift hatte er auf dem Brief gesehen, der Tullia nach Olympia gerufen hatte und von dem ihr Bruder geschworen hatte, ihn niemals geschrieben zu haben …

»Castor!«, rief der Senator noch einmal und stieg über die beiden Betrunkenen hinweg.

Der Sekretär erhob sich ohne Eile vom Lager seines Herrn, wo er es sich bequem gemacht hatte, um Bilanz zu ziehen: Die Dinge hatten sich zwar nicht genauso entwickelt wie geplant, aber das Ziel war wohl oder übel dennoch erreicht worden. Was Aglaia betraf, so hatte er ihr einen ehrenvollen Kompromiss angeboten, damit sie die vereinbarte Gage doch noch annehmen konnte, obwohl ihre Mission gescheitert war. Die Hetäre hatte, wie vorauszusehen gewesen war, mit Freuden angenommen und sich auch zu künftiger, fruchtbarer Zusammenarbeit bereit erklärt. Sie ware eine kluge Frau, und eine sehr, sehr kostbare, zumindest ihrem Preis nach zu urteilen, dachte Castor, während er seinen leeren Geldbeutel schüttelte. Er musste so schnell wie möglich den Ufern des Alpheios einen kleinen Besuch abstatten, wo es Kreide in Hülle und Fülle gab …

»Ich sehe, es ist dir gelungen, den Ritter Tullianus zurückzuhalten«, äußerte sich der Herr wohlgefällig.

»Um die Wahrheit zu sagen, hat er sich ganz von allein zurückgehalten, *domine:* Ganz offenkundig wollte er dir für den Besuch bei seiner Schwester Zeit geben. Auch wenn er es noch so heftig abstreitet, ist es doch vollkommen klar, dass er sie nur hat herkommen lassen, damit sie ihm den Weg für seine Rückkehr in die Urbs ebnet, indem sie sich von einem engen Freund des neuen Imperators verführen lässt. Was ist denn? Kommt dir das komisch vor? Du glaubst doch nicht wirklich, eine echte Eroberung gemacht zu haben!«, zog ihn Castor breit grinsend auf.

Aurelius stritt nichts ab und musste mit einer gewissen Irritation zugeben, dass sein Sekretär Recht hatte: Allzu passend war das unvermutete Auftauchen der knapp bekleideten jungen Dame in seinem Zelt gewesen, allzu leicht ihre Eroberung, viel zu bereitwillig ihr Wunsch nach einer Scheidung. Die Übereinstimmung der Handschriften räumte schließlich jeden Zweifel aus.

»Ich bin mir sogar sicher, dass der Ritter sich auch nicht von der Geschichte mit den vertauschten Kleidern hat hinters Licht führen lassen, selbst wenn ich sie ihm aufgebunden habe«, fuhr der Alexandriner fort. »Glaub mir, *domine*, Tadius weiß alles; und wenn er sich dir gegenüber so nachgiebig zeigt, dann nur deshalb, weil er möchte, dass du deine guten Beziehungen zu Kaiser Claudius zu seinen Gunsten spielen lässt!«

Der Senator kam nicht allzu enttäuscht zu derselben Einschätzung: Was auch immer ihre geheimen Ziele gewesen sein mochten, so hatte sich Tullia doch sehr großzügig gezeigt, und in Rom würde sich auch für ihren Bruder, Betrüger hin oder her, noch ein Platz finden, immer vorausgesetzt, dass er seine Schulden zurückzahlte. Bei seiner Vorliebe für aussichtslose Wetten allerdings bestand nur wenig Hoffnung, dass er jemals wieder auf einen grünen Zweig kommen würde.

»Ist Hermeteus bis zum Schluss nüchtern geblieben?«, fragte er seinen Sklaven.

»Deinen Anordnungen gemäß habe ich ihn aufmerksam beobachtet«, antwortete Castor, »und ich kann dir versichern, dass er nichts getrunken hat, nicht einmal während der Anrufung des Zeus Olympicos, Poseidon Hippicos und dem ganzen Rest der Gesellschaft. Hermeteus hat peinlich darauf geachtet, nicht die Selbstbeherrschung zu verlieren; er hat es sogar geschafft, ruhig zu bleiben, als Zarzas ihn mit Zitaten von Herodot heftig angegriffen und behauptet hat, die Ursprünge der griechischen Zivilisation lägen in Ägypten und im Orient.«

»Es muss hart für ihn gewesen sein, einer solchen Provokation zu widerstehen«, lächelte Aurelius.

»Er hat sich geweigert, darauf zu antworten, mit der Begründung, es sei unter seiner Würde, mit einem schäbigen Eselhändler zu diskutieren!«, kicherte Castor.

»Eine bekannte Ausrede: Auch in der Politik vermeiden diejenigen, die keine Gegenargumente vorbringen können, gern die Teilnahme an den Debatten.«

»Aber dieses Mal ist es Hermeteus schlecht bekommen, *domine:* Sein eigener Sohn hat angefangen, die Thesen des Karthagers zu unterstützen, zum größten Entsetzen von Tadius und Serapion, die schon Angst hatten, dass auch dieses Symposion zu einem Disput zwischen Gelehrten verkommen könnte. Kurz darauf jedoch hat Frisso nachgegeben, sich bei seinem Vater entschuldigt und ihn um Erlaubnis gebeten, hinauszugehen, um dich zu suchen.«

»Er hat mich auch gefunden«, bestätigte Aurelius und erinnerte sich an jenen peinlichen Apell, den der Junge an ihn gerichtet hatte, in dem Versuch, seine Aufmerksamkeit auf sich zu ziehen.

»Es war nicht zu übersehen, dass er sich von eurem Treffen etwas vollkommen anderes erwartet hatte«, berichtete der Sklave. »Als er in den Pavillon zurückkehrte, war er wie durch den Wolf gedreht, so fertig, dass Hermeteus ihn sofort in seine Unterkunft zurückbringen musste. Dieser Junge ist wirklich lästiger als eine Mücke, *domine*; ich verstehe nicht, warum du ihm gegenüber so nachgiebig bist«, kritisierte ihn Castor, der sein seelisches Gleichgewicht wieder gewonnen hatte, seit seine beunruhigenden Zweifel ausgeräumt waren.

»Es sind drei Morde in Olympia begangen worden, die mit dem Massaker zu tun haben könnten, dessen Opfer Frisso seinerzeit geworden ist. Wenn man erreichen könnte, dass er sich an die Vergangenheit erinnert, könnte man vielleicht auch das Geheimnis der aktuellen Verbrechen lüften«, murmelte der Senator nachdenklich.

»Aus diesem Geistesgestörten wirst du nichts Vernünftiges herausbekommen, *domine*«, entgegnete Castor. Doch Aurelius, der schon unzählige Male vom Gedankenaustausch mit seinem Sekretär profitiert hatte, hatte dieses Mal das Bedürfnis, allein darüber nachzusinnen.

»Oh, oh, es sieht ganz danach aus, als würde Serapion aufwachen!«, verkündete er daher mit einer weitläufigen Geste in Richtung des Vorhangs zum Tablinum.

Es wäre übertrieben zu behaupten, dass Castor die Augen aufriss und seine Augäpfel in ihren Höhlen kreisten, aber seine Augenbrauen zitterten und hoben sich deutlich. Einen Augenblick später hatte er sich in Luft aufgelöst.

Aurelius löschte die Lampe und streckte sich auf seinem Bett unter dem großen, in die Zeltbahn geschnittenen Fenster aus und verschränkte die Arme hinter dem Kopf. In dieser Haltung konnte er am besten nachdenken.

Die von Hermeteus gelieferte Geschichte handelte von einem autoritären Vater, der all seine Hoffnungen in seinen Sohn setzte, der wundersamerweise unversehrt aus einem Massaker an seiner Familie hervorgegangen war; die Verantwortlichen für dieses extrem grausame Verbrechen waren niemals entdeckt worden, sie hatten sich nach der Tat irgendwie in Luft aufgelöst.

Aber warum hätte die alles in allem doch ziemlich bescheidene Wohnstätte des *arithmeticus* Begehrlichkeiten bei einer Bande Gesetzloser wecken sollen, während es in der näheren Umgebung wesentlich luxuriösere gab? Hatten die flüchtigen Sklaven wirklich existiert, oder hatte sich an jenem Tag ein noch viel tragischeres Drama abgespielt?

Im Wald ein Mann, der schnell handgreiflich wurde und dem Wein verfallen war. Nicht weit davon ein isoliert stehendes Haus, eine sanfte und unterwürfige Frau, drei Kinder in zartem Alter und einc außergewöhnlich aggressive Gans. Deshalb hatte, Phtia zufolge, mitten unter den Leichnamen von Hermeteus' Ehefrau und Kindern auch der des Vogels gelegen, den Frisso glaubte, aus Versehen umgebracht zu haben. Und auf Psalmonaios' Leiche war eine Gänsefeder gefunden worden …

Aurelius griff auf seine Vorstellungskraft zurück, um den Ablauf des Verbrechens zu rekonstruieren: Die angeblichen Banditen greifen das Haus an, während alle Sklaven fort sind, bei der Arbeit oder im Weinberg beschäftigt. Hermeteus hört in seiner »Denkerstube« auf der Lichtung Schreie und rennt zum Schauplatz des Massakers, wo er außer dem geliebten Erstgeborenen – demselben, der es ihm in ferner Zukunft ermöglichen würde, eine ansehnliche Erbschaft anzutreten – alle tot findet.

Was war mit der Gans passiert? Listige Räuber hätten sich sicher nicht lange mit einem Haustier aufgehalten. Im Moment des Angriffs hatte Frisso, zumindest seiner Erinnerung zufolge, die Gans bereits erstochen. Oder hatte ihn jemand erst dazu gebracht, das zu glauben?

Manchmal reichte eine Kleinigkeit, um blinde und irrationale Wut auszulösen, überlegte der Senator: Die tausend störenden Kleinigkeiten, die wir Tag für Tag in irgendeinen versteckten Winkel unseres Bewusstseins verdrängen, können sich gefährlich zusammenballen, bis sie sich schließlich in einem einzigen zerstörerischen Ausbruch entladen; vor allem Trunksüchtige können diesem Drang kaum widerstehen. Konnte man aber annehmen, dass eine so unmenschliche Wut durch einen so unwesentlichen Zwischenfall wie den Tod eines Vogels zum Ausbruch gebracht worden sein sollte?

Ja, denn Aurelius zweifelte ohnehin schon daran, dass die Verbrechen von jemandem außerhalb der Familie begangen worden waren: Frissos schwere emotionale Probleme, sein eingeschüchtertes Verhalten dem Vater gegenüber, seine Weigerung, sich an eine Episode zu erinnern, deren zentrale Gestalt er gewesen war – all dies ließ genug Raum für beunruhigende Mutmaßungen, die sich darauf stützten, dass zufälligerweise allein der männliche Erbe eines ansehnlichen Vermögens überlebt hatte. Ein verschlossener, schwieriger Junge, den vielleicht nur eine Amnesie vor dem psychischen Zusammenbruch bewahrt hatte… aber würde es ihm nach dem Tod von Psalmonaios' reichem Verwandten, der bereits durch eine lange Krankheit geschwächt war, tatsächlich vergönnt sein weiterzuleben, wenn das Risiko bestand, dass früher oder später seine Erinnerung zurückkehrte?

VI

Vierter Tag der zweihundertfünften Olympiade

Nach der ersten Runde der Wettkämpfe im Fünfkampf schüttelte Nephos gedemütigt den Kopf: Nachdem er im Faustkampf geschlagen worden war, war es bereits unmöglich, noch in der Gesamtklassifikation Erster zu werden. Jason hatte Recht daran getan, einen Rückzieher zu machen und so zu vermeiden, der Parteilichkeit des Richters ausgeliefert zu sein, der bei jeder noch so kleinen Inkorrektheit seinerseits ebenso genau gewesen war, wie er großzügig über die massiven Regelverstöße seines Gegners hinweggesehen hatte.

Parabellon, Favorit des Publikums und der Hellanodiken, rief nach seinem Triumph im Weitsprung schon Viktoria, wo er sich als unschlagbar im Ausbalancieren der Gewichte und im Sich-nach-vorn-Werfen gezeigt hatte, während acht von zehn Richtern so taten, als hätten sie nicht gesehen, wie sein Fuß beim Anlauf weit über die Linie gerutscht war. Für wen lohnte es sich jetzt noch, sich anzustrengen? Nicht einmal Pyrrhus mit all seinem Geld und seinem Einfluss hatte es geschafft: Statt einfach seinen Sieg zu verhindern, hatten sie ihn gleich umgebracht. Nur der eisenharte Elektrion leistete dem Druck der Richter noch furchtlos Widerstand, aber auch er würde bald nachgeben müssen, dachte Nephos, als er an Publius Aurelius vorbeiging, der ebenso perplex wie die anderen die Palaistra zur Mittagspause verließ.

»Diagoras fragt nach dir«, richtete Nicophorus dem Senator aus, der Castor als Bote ersetzte, welcher im Morgengrauen, ausreichend mit Geld ausgestattet, um eventuell hinderliche Bankgeheimnisse zu umgehen, ins nahe gelegene Elis geschickt worden war. Er sollte die *nummularii* und lokalen Prokuratoren gut schmieren, um die wahre finanzielle Lage der drei wichtigsten Hellanodiken herauszufinden: Busirides, Diagoras und Apollodoros.

Castor, ein überaus sesshafter Charakter, hatte den Anordnungen seines Herrn eine ganze Reihe herzergreifender Vorwände entgegengestellt: Das Pferd könnte fehltreten und ihn einen Abgrund hinunterwerfen; wilde Räuberbanden hatten sich bereits jetzt in den Schluchten versteckt, um ihn zu überfallen und auszurauben; sein von der langen Reise wundes Hinterteil würde ihn zu einem Erholungsaufenthalt in einem Leprakrankenhaus zwingen; der Gott Pan, dessen Anwesenheit in den umliegenden Wäldern belegt war, dachte schon darüber nach, ihn in eine Ziege seines Gefolges zu verwandeln und ihn zur Sodomie zu zwingen.

Taub für die Drohung mit der Galeere, den Minen und sogar dem Kreuz, war der Alexandriner erst aufgebrochen, als der *dominus* ihm die Wahl zwischen dieser kurzen Reise von wenigen Meilen und dem sofortigen Verkauf an seinen Landsmann Serapion gelassen hatte.

Daher war Aurelius allein, als er bei Diagoras eintraf, der vor Wut schäumte über die fragwürdigen Entscheidungen seiner Kollegen, die zu verhindern er mit seinem Veto vergebens versucht hatte.

»Siehst du, was hier vor sich geht? Willst du dich vielleicht endlich dazu durchringen, einzugreifen, du vermaledeiter Römer, oder kannst du nichts anderes, als zu willigen Kurtisanen ins Bett steigen?«, donnerte ihn Diagoras an, der offensichtlich die Einladung Aglaias zu dem kleinen Fest in den falschen Hals bekommen hatte.

»Was sollte ich denn deiner Meinung nach tun?«

»Beende diesen Skandal! Die Gier nach olympischem Gold hat schon drei Tote gekostet, und was noch viel schlimmer ist: Der Mörder erreicht sein Ziel. Er macht aus den Wettkämpfen einen elenden Marktplatz, auf dem der Ölzweig für billiges Geld den Besitzer wechselt. Mir sind die Hände gebunden, Busirides hat die Richterschaft in der Hand. Aber wenn jemand Einflussreiches, der nichts mit den Spielen zu tun hat, die Richter wissen lassen würde, dass es Beweise für die Bestechung gibt und dass sie deswegen ein großes Risiko eingehen, wenn sie den Manövern des Dekans nachgeben …«

»Was für Beweise?«, fragte Aurelius misstrauisch, der sich alles wünschte, nur nicht, in dem ungeheuren Räderwerk der internen Auseinandersetzungen des Organisationskomitees zermahlen zu werden.

»Jetzt, wo Kallimachos tot ist, wird Apollodoros nicht zögern, seinen Pakt mit Busirides anzuzeigen: ein Ölzweig gegen die Keuschheit oder zumindest das bisschen, was davon noch übrig war.«

»Das ist viel zu wenig, um sich Gehör zu verschaffen: Anscheinend hat der Junge, weit davon entfernt, sich auf seine passive Rolle zu beschränken, schon reichlich mit den *porné* des Viertels zu tun gehabt, was nicht besonders gut in das Bild passt, das du den Richtern vermitteln wolltest.«

»Dieser kleine Betrüger war wirklich gut darin zu täuschen – den Dekan, Psalmonaios und sogar Pyrrhus. Aber ich hätte trotzdem einen Weg gefunden, ihn festzunageln!«

»Der Vorwurf allein reicht nicht für eine Anklage. Ich bräuchte mehr, viel mehr.«

»Wenn Busirides es schafft, mit Parabellon verwandt zu

werden, dann haben die Spiele keine Zukunft mehr. Ich kenne ihn gut, meinen Vorgesetzten; wir sind zusammen aufgewachsen, Gymnasium und der ganze Rest. Als Heranwachsende waren wir beide kurze Zeit Schüler des Mathematikers Hermeteus: Busirides hat sich mit Leichtigkeit angepasst, sowohl an die Schmeicheleien, die der große Meister hören wollte, als auch an die körperlichen Strafen, die er austeilte, wenn er zu viel getrunken hatte: Er hat schon damals für jeden den Fußabtreter gegeben, der ihm dabei behilflich sein könnte, aufzusteigen. Ich dagegen bin es ganz schnell leid gewesen und habe die Schule verlassen, ohne ihr nachzutrauern.«

»Willst du damit sagen, dass du auf dem Anwesen am Rande des Waldes gelebt hast, wo Hermeteus unterrichtet hat?«, freute sich Aurelius, und als der Richter nickte, fuhr er fort: »Endlich finde ich jemanden, der das Haus, in dem das Massaker stattgefunden hat, aus nächster Nähe kennt! Beschreib mir ganz genau, wo sich die so genannte Denkerstube befand!«

»Auf der kleinen Lichtung, die man über den Pfad erreichte, der zum Hügelkamm hinaufführte. Die Straße, die durch den Besitz ging, beschrieb eine Art Dreieck«, erklärte Diagoras und malte eine Zeichnung in den Sand. »Vom Wohnhaus aus stieg sie durch den Wald bis zum Gipfel des Berges hinauf und führte von dort auf die Lichtung, auf der der Arbeitstisch stand, bevor sie durch den Weinberg wieder hinunterging. Aber was hat das mit unserem Problem zu tun?«

Publius Aurelius spürte, wie es ihm kalt den Rücken hinunterlief: Diagoras' exakte Beschreibung zusammen mit jener der Witwe Phtia erlaubte es ihm jetzt, den Ablauf des Massakers zu rekonstruieren, als wäre er persönlich dabei gewesen. Hermeteus behauptete, an jenem Schicksalstag durch den Wald nach Hause gerannt zu sein. Aber warum, um

Himmels willen, sollte ein berühmter Mathematiker – und obendrein ein besorgter Vater – zwei Seiten eines Dreiecks entlanglaufen, anstatt den kürzesten Weg zu nehmen, als er die Schreie hörte? Schreie, die keiner der im Weinberg arbeitenden Sklaven, der viel näher am Ort des Verbrechens lag, gehört hatte …

»Lass uns zur brennendsten Frage zurückkehren, wenn es dir nichts ausmacht«, nahm Diagoras den Faden wieder auf und riss damit den Senator aus seinen beunruhigenden Gedanken. »Ich hatte ja schon Gelegenheit, dir zu erzählen, dass Parabellon um die Hand meiner Tochter angehalten hat, bevor er sich an Busirides gewandt hatte. Ich war bereit, sie ihm zu geben; er war es, der einen Rückzieher gemacht hat, als er begriff, dass der olympische Siegeskranz nicht Bestandteil des Vertrages war. Die ganze Angelegenheit lag mir schwer im Magen. Sobald ich davon erfahren habe, dass ein Vertrag existiert, in dem mein Kollege sich gegen eine Herabsetzung der Mitgift verpflichtete, sich für den Sieg seines künftigen Verwandten einzusetzen, habe ich mir eine Abschrift davon beschafft. Das Papier hat natürlich keinerlei rechtlichen Wert, aber wenn die anderen acht Richter es zu lesen bekämen, würden sie sich den Wünschen des Dekans vielleicht weniger verpflichtet fühlen.«

»Um einen Betrug aufzudecken, müsste man einen neuen einfädeln?«

»Ganz im Gegenteil, edler Statius: Die Richter würden nur dazu angehalten, sich unparteiisch zu verhalten und niemanden zu bevorzugen. Wenn auch im Fünfkampf – wie in den anderen Disziplinen – der Sieger bereits im Voraus festgelegt wird, dann wird das das Ende Olympias sein!«

»Und was gewinnst du dabei, Diagoras? Die Erfahrung lehrt, dass jedes so laut vorgetragene ehrenhafte Anliegen eine Kehrseite hat«, erwiderte der Senator skeptisch.

»Wenn Parabellon den Ölzweig nicht in die Finger bekommt, wird der Ehevertrag automatisch gelöst. Meine Tochter wird als rechtmäßige Ehefrau in sein Haus einziehen und damit das alte Band zwischen unseren Familien erneuern, das Busirides' Machenschaften zu zerreißen drohen. Die Wettkämpfe würden ehrlicher, die Wetten wieder Gewinn abwerfen, wesentlich mehr Zuschauer würden wieder nach Olympia kommen, die Spiele würden die Bedeutung zurückerlangen, die sie einstmals hatten, und die Immobilien, die meine Wenigkeit, aber auch Busirides, Apollodoros, Parabellon und all die anderen in Elis besitzen, würden unglaublich im Wert steigen. Hab ich mich klar ausgedrückt, edler Statius?«

»Sehr klar, Diagoras. Was ich nicht verstehe, ist, wieso dein Vorgesetzter nicht zu demselben Schluss kommt, wenn es doch, wie du behauptest, auch seinen Interessen entgegenkäme.«

»Busirides ist ein Dummkopf, ein Kurzsichtiger, der nicht weiter als bis zu seiner Nasenspitze sieht. Er begreift nicht, dass die Isthmischen Spiele in Korinth allmählich beliebter werden als die Olympiade, auch dank euch Römern, die ihr immer gern unsere Hauptstadt bevorzugt und ihr die ehrgeizigsten Projekte zuschustert. In seinem Streben nach unmittelbarem Gewinn vergisst Busirides, dass Alexandria, Ephesos und sogar Neapel ebenfalls exzellente Wettkämpfe ausrichten, während Olympia zum Niemandsland wird, gemieden von den Spitzenathleten und vergessen vom Publikum. Aber die Spiele müssen überleben, denn sie sind ein Symbol der griechischen Identität, unabhängig von regionalen Einzelinteressen!«

»Und die Morde, wem schieben wir die in die Schuhe? Auch dem niederträchtigen Dekan?«, unterbrach ihn Aurelius ironisch.

»Um Himmels willen! Eine solche Anschuldigung würde den Spielen den Gnadenstoß versetzen, ganz zu schweigen von der Tatsache, dass mir das ganz einfach absurd erscheint: Um jemanden zu ermorden, bedarf es Mumm, und ich bezweifle, dass Busirides davon auch nur eine Unze hat«, brummelte Diagoras.

»Du kannst noch List und Tücke hinzufügen«, empfahl ihm der Senator. »Ich wüsste zum Beispiel gerne, wie er das Papyrusfragment, auf dem der Buchstabe Gamma fehlte, vor dem Kollegium gerechtfertigt hat, das ich ihm unmittelbar, nachdem ich es zwischen Psalmonaios' Fingern entdeckt hatte, gezeigt habe … ein Fragment, das sich in der Folge als ziemlich kompromittierend erwiesen hat.«

»Von welchem Papyrus sprichst du?« Diagoras fiel aus allen Wolken. »Ach ja, jetzt erinnere ich mich: Busirides hat seine Bedeutung heruntergespielt und behauptet, es betreffe eine Transaktion, die überhaupt nichts mit dem Verbrechen zu tun habe.«

»Vielleicht stimmt das ja«, gab Aurelius zu. »Aber es hatte ganz sicher etwas mit dem Geschacher um den Ölzweig zu tun!«

»Dann leg es zu meinem Dokument dazu: Es wird ein Argument mehr sein, um die Richterschaft von ihrer Hörigkeit ihm gegenüber zu befreien. Aber beeile dich, edler Statius: Der Fünfkampf wird morgen zu Ende gehen, und es sieht ganz so aus, als dächte auch Elektrion darüber nach, seine Teilnahme zurückzuziehen.«

»Ich werde versuchen, ihn davon abzubringen, vorausgesetzt dein Plan geht auf!«, stimmte der Senator zu.

»Gut!« Diagoras war hocherfreut. »Im Gegenzug werde ich so tun, als wüsste ich nichts davon, dass du eine Frau in deinem Lager beherbergst und uns anscheinend alle für taub, blind und dumm hältst!«

Publius Aurelius betrat den großen Porticus des Leonidaion auf der Suche nach dem Spartaner.

Er fand ihn unter einer der Platanen des Peristyliums, allein. Es wäre beschönigend gewesen, ihn als deprimiert, entmutigt oder demotiviert zu bezeichnen: Er war im wahrsten Sinne des Wortes am Boden zerstört.

»Gegen Pyrrhus und Psalmonaios wäre es ein ehrenhafter Kampf gewesen. Aber gegen diesen verderbten Parabellon … er hat schon die Wertung im Faustkampf und im Weitsprung für sich entschieden, obwohl alle gesehen haben, wie er da herangekommen ist!«

»Es fehlen noch drei Wettkämpfe: Diskuswurf, Speerwurf und Laufen«, ermutigte ihn der Senator. »Du bist ein schneller Läufer und ein unschlagbarer Diskuswerfer, du musst nur noch ein bisschen durchhalten.«

»Leicht gesagt, wenn man auf den Stufen steht! Aber wenn du so etwas in deinem Beutel findest…«, platzte Elektrion ärgerlich heraus und schwenkte die Doppeltasche mit den Sportgeräten.

Zwischen den abgerundeten Wettkampf-Disken stach ein älterer, scharfkantiger hervor, der mit dem Bild einer Frauengestalt verziert war.

»Die Göttin aus Korinth«, erkannte der Senator. Ohne Zweifel war das die Waffe, mit der Psalmonaios ermordet worden war. Von den Hellanodiken vom Tatort entfernt, war sie danach verschwunden, um mit Angst einflößender Präzision genau zum richtigen Zeitpunkt in den Händen jenes Athleten wieder aufzutauchen, der vom Tod des Favoriten am meisten profitiert hatte.

»Gib nicht auf, das ist nur ein billiger Einschüchterungsversuch, damit du Parabellon das Feld überlässt«, erklärte Aurelius finster.

»Ich habe Angst, dass die Hellanodiken planen, mich aus dem Rennen zu werfen, indem sie mir das Verbrechen anhängen. Stattdessen hätte ich es verdient, zu gewinnen. Ich *muss* gewinnen, sonst… Die anderen schauen aufs Geld, auf den Ruhm, den Beifall der Menge. Für mich ist das anders, bei mir geht es ums Leben!«, klagte Elektrion niedergeschlagen und vergrub seinen kleinen Kopf zwischen den riesigen Händen, die fast so groß waren wie reife Honigmelonen. »Du weißt ja nicht, was es heißt, aufzuwachsen wie eine Schachfigur, eine Ameise im Dienst der Gemeinschaft. Ich war sechs Jahre alt und liebte es von ganzem Herzen zu tanzen, ohne dass ich es gewagt hätte, jemandem davon zu erzählen, nicht einmal meiner Mutter, die sich sicher meiner geschämt hätte. Der Sportlehrer, der uns beim ersten Turnen beobachtete, bemerkte, wie schnell ich war und was für ein gutes Auge ich hatte. Das war mein Verderben: Ich wurde in ein Trainingszentrum gesteckt, und kurz darauf war ich schon auf der Bahn!«

»Ich dachte, Sport wäre deine Leidenschaft!«, wunderte sich der Patrizier.

»Ich hasse ihn!«, schrie Elektrion hemmungslos aufrichtig heraus. »Ich hasse den Diskus, die Speere, die Weitsprungfelder, die Laufbahnen, die Binden für den Faustkampf. Ich hasse die vorbereitenden Übungen, Gymnastik, Massagen, den abendlichen Kräutertee. Ich hasse sogar den Wettkampf an sich. Es widerstrebt mir, mich mit anderen zu messen, ständig den Kampf zu suchen, mich jeden Tag zu behaupten und meine Überlegenheit unter Beweis zu stellen!«

»Aber warum wirfst du dann nicht alles hin?«

»Ich stehe bei meinem Land, der Wiege von Soldaten und Helden, in der Schuld: Alle erwarten, dass ich siege, sie haben Zeit, Geld und Hoffnungen in meinen Triumph bei den Spielen investiert. Meinem Vater, einem ganz kleinen Grundbesitzer, hat man seinen Landbesitz verdoppelt, nachdem ich bei den Isthmischen Spielen gesiegt habe. Meine Mutter hält mich für einen neuen Leonidas, und um die Hand meiner Schwestern halten die besten Familien Spartas an, weil sie erwarten, dass ich in Olympia den Ölzweig erringe. Ich habe in meinem ganzen Leben nichts anderes gemacht, als mich auf diesen Tag vorzubereiten. Wenn ich versage, bedeutet das, fünfundzwanzig Jahre meines Lebens zum Fenster hinausgeworfen zu haben! Meine Gegner singen Spottlieder über mich und erinnern mich daran, dass ich mich, wenn ich verliere, in ein Schwert stürzen muss. Und ja, lass dir gesagt sein, dass ich das mit Vergnügen tun würde, hätte nur diese Tortur endlich ein Ende!«

»Das wird vielleicht nicht nötig sein«, meinte Aurelius und zeigte dem Athleten das Dokument, in dem Busirides' Machenschaften offen gelegt wurden. »Wenn du möchtest, dass dieses Papier unter den Richtern in Umlauf kommt, musst du mir haarklein alles erzählen, was du über Pyrrhus und Psalmonaios weißt. Dann absolvierst du deinen Wettkampf und gibst dein Bestes. Wenn du gewinnst, gut; wenn nicht, kannst du immer noch deine Landsleute zum Tartarus schicken: Die Welt ist groß, und Sparta ist heutzutage keine unabhängige *polis* mehr, sondern nur ein Provinzstädtchen unter vielen im römischen Imperium.«

Elektrion schöpfte ein wenig neuen Mut und begann zu sprechen. Am Vorabend von Psalmonaios' Tod hatte Pyrrhus sich nicht im Leonidaion blicken lassen: Er aß nie mit den anderen Athleten, sondern ließ sich von seinen Sklaven eine eigens für ihn zusammengestellte Diät vorbereiten, die ihn in Form halten sollte, ja, er mied sogar die öffentlichen Bäder. Elektrion hingegen war mit seiner Eskorte aus Unterstützern – oder, wenn man so wollte, seinen Kerkermeistern – in die Bäder gegangen und genau in dem Moment hereingekommen, als der Allkämpfer Panther mit einem Freund schwatzte, dem Akzent nach zu urteilen einem Römer. Die beiden schienen sehr vertraut miteinander zu sein, so sehr, dass sich der Römer eilends daran gemacht hatte, das Öl, das Panther gedankenlos verschüttet hatte, wieder aufzuwischen wie ein Sklave, während ihm der Allkämpfer irgendwelche

Geheimnisse ins Ohr flüsterte. Auf dem Weg nach draußen hatte er sie gegrüßt; er selbst, Elektrion, hatte dagegen noch bleiben müssen, um sich den täglichen Massagen zu unterziehen, bevor er den Trank zu sich nahm, den der Trainer ihm jeden Abend bereitete. Er schmeckte ihm nicht, dieser verdammte Kräuteraufguss, und er hätte zu gern gewusst, was wohl darin war, weil er ihm im Wettkampf zwar sehr viel Energie schenkte, ihn danach aber total entkräftet und mit Herzrasen zurückließ. Der Trainer jedoch war unerbittlich: Alles musste bis auf den letzten Schluck ausgetrunken werden.

Als er wieder ins Leonidaion zurückgekehrt war, hatten ihn seine Landsleute endlich in Ruhe gelassen. Doch er war mitten in der Nacht aufgewacht und, da er nicht mehr einschlafen konnte, zu einem kleinen Spaziergang hinausgegangen.

Zu seiner großen Verwunderung war Psalmonaios auch noch auf gewesen. Ungesehen hatte er ihn heftig mit einem Menschen in eher bizarrer Kleidung – trotz der großen Hitze trug er eine Art Fellumhang – diskutieren sehen. Das seltsame Gespräch, das er, ohne es zu wollen, belauschte, drehte sich um zwei Esel, von denen der Athlet aus Megara dringend Nachricht haben wollte. Er hätte seine Meinung geändert, sagte er, und ob es vielleicht möglich wäre, das Geschäft doch noch zu machen, aber er hätte kein Vertrauen zu den Mittelsmännern und würde gern zum Abschluss des Geschäftes mit Pyrrhus persönlich sprechen.

In dem Augenblick hatte Elektrion dem Gespräch nicht allzu viel Bedeutung zugemessen, aber am nächsten Morgen, bei der Entdeckung von Psalmonaios' Leichnam, hatte er sich schon gefragt, ob die Unterhaltung, die er mit angehört hatte, irgendetwas mit dem Verbrechen zu tun haben könnte. Als er dann den Kerl mit den Eseln an seiner lächerlichen Kopfbedeckung erkannt hatte, war er ihm zu den Ställen gefolgt. Natürlich hatte er den Richtern kein Wort davon gesagt; im Grunde hatte ja, wer auch immer Psalmonaios ermordet hatte, ihm einen großen Gefallen erwiesen; auch wenn es ihm Leid tat, dass der Vater des Megarers dabei draufgegangen war, denn der war, als er die Nachricht erhielt, an einem Herzinfarkt gestorben. Mehr wusste er nicht, außer dass es Busirides war, der den Diskus eingezogen hatte, der später verschwunden und jetzt auf wundersame Weise mitten zwischen seinen Sportgeräten wieder aufgetaucht war.

»Wann ist die Nachricht vom Tod von Psalmonaios' Vater eingetroffen?«, fragte Aurelius mit vor Spannung bebender Stimme. Wenn Hermeteus bereits das Vermögen des Megarers in Händen hielt, dann wurde Frisso nutzlos, wenn nicht sogar gefährlich...

»Es ist erst vor kurzem bekannt geworden. Angeblich ist der Erbe unmittelbar darauf nach Sikyon aufgebrochen, um sich mit den Vermögensverwaltern des Verstorbenen zu treffen«, antwortete Elektrion und erklärte dann, von der Auslöschung einer Familie noch nie etwas gehört zu haben und ebenso wenig von einem berühmten Mathematiker. In Sparta war die Pflege der Wissenschaften nicht besonders hoch angesehen, weil sie zu Lasten der körperlichen Ertüchtigung ging. Er solle deswegen lieber Diagoras oder Busirides fragen, die sich immer mit solchen Dingen beschäftigt hätten.

»Hast du immer noch vor, zurückzuziehen?«, fragte Aurelius.

Er würde teilnehmen, versprach der Spartaner, es wäre ja kein großer Unterschied, ob man durch Selbstmord mit dem Schwert starb oder durch den Henker für ein nicht begangenes Verbrechen.

»Ich werde tun, was meine Mitbürger von mir verlangen. Von klein auf hat man mich gelehrt, mich wie Leonidas zu verhalten, der, als er sich an den Thermopylen aufopferte, erklärt hatte: ›Sagt den Lakedämoniern, dass wir hier ruhen, getreu ihren Befehlen!‹«

»Mir haben sie dieselben Sachen beigebracht in Rom, aber ich habe da so meine Zweifel, ob Gehorsam wirklich eine Tugend ist«, erwiderte der Patrizier. »Wenn man es recht bedenkt, ist es viel einfacher zu gehorchen, als Nein zu sagen.«

Der Athlet schenkte ihm ein rätselhaftes Lächeln, als habe er nur darauf gewartet, dass diese Worte ausgesprochen wurden, um eine Entscheidung zu treffen.

Anstatt den Dekan direkt anzugreifen, wie es der ruppige Diagoras getan hätte, wählte Aurelius den entgegengesetzten Weg und begnügte sich damit, ihm eine Abschrift des kompromittierenden Vertrages zukommen zu lassen: Busirides als Mann von Welt würde bestimmt bald versuchen, zu verhandeln.

Die Antwort erreichte ihn in Form einer schriftlichen Einladung: Der Dekan erwartete den berühmten Gast vor Beginn der zweiten Runde der Wettkämpfe im Leonidaion. Das Treffen, auch wenn es informell war, sollte die unverbrüchliche Freundschaft zwischen dem Senat von Rom und dem olympischen Komitee bekräftigen und den Grundstein für eine künftige fruchtbare Zusammenarbeit legen. Mit anderen Worten: Sag mir deinen Preis, und wir werden uns einig werden.

Auch wenn er vor Neugier fast verging, hütete sich Aurelius wohl, nicht zu früh zu erscheinen: Die Endrunde des Pentathlon – Laufen, Diskuswerfen und Speerwerfen – würde nach den Laufwettbewerben stattfinden, die erst in einigen Stunden, wenn die Sonne nicht mehr so heiß brannte, beginnen würden. Also blieb ihm noch ein bisschen Zeit, um das eine oder andere herauszufinden, was die Hellanodiken aus ihrer sklavischen Abhängigkeit von ihrem Vorsitzenden herausreißen könnte.

Das war eine weise Entscheidung. In der Echohalle überreichte ihm Nicophorus, an den Händen des habgierigen Sekretärs vorbei, Pomponias neueste Botschaft.

Pomponia Publio Aurelio Statio salutem dicit!
Endlich habe ich deinen Brief aus Olympia bekommen, und ich will dir rasch antworten. Perquitienus, Tullias Ehemann, über den du weitere Informationen haben wolltest, befindet sich als Verantwortlicher für das öffentliche Bauwesen im Gefolge des Statthalters von Korinth. In dieser Funktion möchte er Claudius Caesar einen überaus ambitionierten Plan zu einem Kanal durch den Isthmus unterbreiten: Es handelt sich um ein Bauwerk von pharaonischen Dimensionen, inspiriert durch ein ähnliches Projekt der Ptolomäer, die in der Wüste zwischen Ägypten und dem Sinai eine Wasserstraße graben wollten, was aber an der ständigen Versandung der Kanäle scheiterte. Hinter diesem Antrag stehen die einflussreichsten Familien der Stadt, die ihre Profite um ein Vielfaches steigern könnten, wenn die Handelsschiffe von Piräus aus Korinth direkt anlaufen könnten, statt erst den Peloponnes umfahren zu müssen.
Obwohl er es immer wieder wünscht, bezieht Perquitienus seinen Schwager nicht in dieses Projekt mit ein, weil er ihn für nicht vertrauenswürdig hält, während Tullia sich überhaupt nicht dafür interessiert.
Mir ist da noch ein Zweifel wegen der Siegesstatue gekommen: Würde sie nicht viel beeindruckender aussehen, wenn ich darauf mit einer Lockenkrone unter dem Olivenkranz abgebildet würde?

Vale, *Pomponia*

PS: Danke bitte in meinem Namen dem lieben Castor, der mir rechtzeitig die Brieftauben aus dem Schlag von Olympia geliefert hat, über die ich jeden Tag mit dir kommunizieren kann.

Aurelius war so erfreut darüber, hier auf eine wirklich große Sache gestoßen zu sein, dass er beinahe vergaß, sich über Castors Schwindel zu ärgern, der aus der Postzustellung ein so großes Geheimnis gemacht hatte und sich jeden einzelnen Brief mit tausend Drachmen hatte bezahlen lassen.

Rasch eilte er zur Terrasse der Schatzhäuser, in deren Richtung er Zarzas hatte gehen sehen. Zarzas wusste vielleicht etwas über diese Sache, da er ja schon in Pyrrhus' Auftrag gearbeitet hatte.

Als er den großen Olivenbaum erreichte, unter dem er Frisso hatte Harfe spielen sehen, übermannte ihn der Gedanke an den Jungen und beunruhigte ihn zutiefst. Er hatte das Gefühl, dieser schwebe in großer Gefahr: Er war der einzige Überlebende einer Tragödie, der einzige Zeuge. Ein Zeuge ohne Erinnerung zwar, aber wie lange noch? Wenn Hermeteus, wie er fürchtete, das jugendliche Alter und die Verwirrung seines Sohnes ausgenutzt hatte, um ihm die Idee von einer Bande von Übeltätern einzupflanzen, die nie existiert hatte – was würde er tun, wenn seine Erinnerung plötzlich zurückkehrte?

Ans Töten kann man sich schnell gewöhnen: Wahnsinnige wiederholen nach einigen Jahren ihre Verbrechen, wie ein Ritual, dem sie sich nicht entziehen können, dachte der Patrizier, während ihm wieder die Gänsefeder in den Sinn kam, die unter dem Körper das Psalmonaios zum Vorschein gekommen war. Aber auch für klar denkende und geistesgegenwärtige Mörder verliert der Akt des Tötens mit jedem Folgeverbrechen etwas von seiner tragischen Bedeutung, bis hin zur gewohnheitsmäßigen Tätigkeit derjenigen, deren Handwerk das Töten war, wie Gladiatoren, Auftragsmörder und Soldaten. Mit jedem genommenen Leben nimmt das Grauen ab und die Gleichgültigkeit zu, bis das Opfer schließlich gar nicht mehr als solches wahrgenommen wird, sondern nur zu einer Nummer auf einer Liste, einer Kerbe im *pilum*, einem Sammlerobjekt wird.

Hermeteus machte nun wirklich nicht den Eindruck eines Verrückten, aber dafür hatte er ein hervorragendes Motiv, um den Megarer in den Erebros zu schicken oder, besser gesagt, ihn daran zu hindern, sich wieder mit seinem kranken Vater zu versöhnen. Nach allem, was der Mathematiker wusste, hätte der Alte gut und gerne in seinem langen Kampf gegen die Parzen noch ein weiteres Jährchen durchhalten und Psalmonaios als Nachfolger und Gesamterben anerkennen können.

Eine bestechende Hypothese, die jedoch Pyrrhus' Ermordung immer noch nicht erklären konnte, für die es ein wesentlich überzeugenderes Motiv gab, das ihm Pomponia – die Götter mögen sie segnen – in ihrem Brief dargelegt hatte, überlegte der Senator, während er auf der Suche nach dem karthagischen Eselzüchter die Terrasse entlangschritt.

Zarzas war nicht zu sehen: Hinter dem letzten Votivgebäude verlor sich die Straße im Gelb der ausgedörrten Hügel, ein trauriges Panorama, das nur durch ein letztes Tempelchen unterbrochen wurde, das Tempelchen, in dem Frisso vor einigen Tagen Zuflucht gefunden hatte.

Es war eines der ältesten Heiligtümer Olympias, in dem die Geburtsgöttin Ilizia verehrt wurde, hatte ihm der gebildete Evaristos erklärt, erbaut zum Gedenken an eine Frau, die sich einverstanden erklärt hatte, ihren Sohn als Opfer darzubringen, um die Stadt zu retten. Heute wurde der Junge zusammen mit seiner Mutter unter dem Namen Sosipolis verehrt, und dem rettenden Paar wurden göttliche Geschenke dargebracht.

Publius Aurelius wollte gerade gedankenverloren durch die offen stehende Tür eintreten, als plötzlich eine alte, weißhaarige Frau auf der Schwelle erschien und ihm den Weg versperrte.

»Keinen Schritt weiter! Ich bin die, die Sosipolis, den Retter, und seine Mutter mit Ölen salbt. Ich wasche sie mit Quellwasser, nähre sie mit Milch und Honigbrot, kleide sie in kostbare Gewänder, während die Frauen Hymnen singen und duftende Kräuter verbrennen und ihren Namen preisen. Fort von hier, du bist ein Mann, und dieser Ort ist dir verboten!«

Der Senator schnaubte verärgert auf und sagte sich, dass ihm der Wahn einer Megäre und ein Tempel nur für Frauen egal waren.

Dann hielt er plötzlich inne. Einzelheiten, die er bis dahin für unwichtig gehalten hatte, kamen ihm in den Sinn: Frissos helle Stimme und sein augenscheinliches Alter, das von den offiziellen Angaben abwich, zusammen mit dem gewaltsamen Überfall des Kallimachos – der sich in der Öffentlichkeit zwar als Ephebe gab, in Wirklichkeit aber Stammkunde bei den Prostituierten war –, all das gewann plötzlich eine andere Bedeutung. Im Licht der seltsamen Ansprache der Priesterin ergab sogar der Schmerz über die Ermordung der Gans und die Anziehungskraft, die der Junge auf ihn selbst ausübte – die er zwar versucht hatte zu verdrängen, die sich jedoch weiterhin in beunruhigenden Träumen manifestierte –, einen Sinn.

Innerhalb weniger Augenblicke wurde der Verdacht zur Hypothese und die Hypothese zur Gewissheit.

Aber wenn das stimmte, wovon er mehr und mehr überzeugt war, dann schwebte Frisso in unmittelbarer Gefahr, ob er sich erinnerte oder nicht. Umso wichtiger war es jetzt, dass der Schleier des Vergessens über der Vergangenheit weggerissen wurde und sie ihm wieder klar zu Bewusstsein kam, bevor Hermeteus von seiner Reise nach Sikyon zurückkehrte …

Der Senator fand Zarzas am karthagischen Schatzhaus, wohin der Eselzüchter wesentlich lieber ging als zu den sportlichen Wettbewerben, obwohl er seiner Aussage nach extra aus Afrika herübergekommen war, um sie zu sehen.

»Was versteckst du denn da drin?«, fuhr ihn Aurelius überraschend von hinten an. Der Karthager blickte erschreckt auf und sah ihn an wie ein Kind, das, beim Honigstehlen entdeckt, schnell nach einer guten Ausrede sucht, um seine Pobacken vor der *ferula* zu bewahren. »Unter Freunden, Zarzas«, fuhr der Senator etwas versöhnlicher fort. »Mir schien der Preis, den Pyrrhus für einen olympischen Kranz zu zahlen bereit war, übertrieben hoch. Ein Brief aus Rom, zusammen mit einer Bemerkung, die Diagoras vor kurzem herausgerutscht ist, hat mich auf die Idee gebracht, dass deine Vermittlertätigkeit einem wesentlich bedeutenderen Geschäft galt.«

»Verdächtigst du mich etwa, Römer? Dabei war ich doch bei dir, als Psalmonaios ermordet wurde. Siehst du nur, was du sehen willst, oder ärgert es dich, mir ein Alibi zu liefern?«, gab der Eselzüchter spöttisch zurück.

»Für zwei einfache Onager hätte man keine Quittung gebraucht, für eine illegal gelieferte Ladung Gold schon eher«, bedrängte ihn der Senator weiter. »Vielleicht hat Pyrrhus in dem Schriftstück, von dem ich ein Fetzchen gefunden habe, etwas ganz anderes zugesagt. Niemand hat es jemals wieder gefunden, aber ich vermute, dass du den Inhalt des Schreibens kennst.«

»Versteh endlich, dass ich – zu meinem Glück – überhaupt nichts davon weiß. Denn wäre das Gegenteil der Fall, wäre mein Leben keine zerlöcherte Sesterze mehr wert«, wiegelte Zarzas ab.

»Und wenn dieser griechische Buchstabe gar kein großes Gamma gewesen ist? Ich stelle mir vor, dass es noch ein anderes Wort gibt, das zu dem Fragment ONAR passen könnte. In diesem Fall kann das Dokument sich auf ein viel größeres Unternehmen beziehen, wobei ein Sieg in Olympia nur der allererste Schritt war... ein Unternehmen wie zum Beispiel eine Schneise in einen Berg zu schlagen, um den größten Kanal der bekannten Welt dort hindurchzuleiten. Ein Milliardengeschäft, und das nicht nur im Hinblick auf künftige Erträge, sondern auch unmittelbar: Verkauf von Rohstoffen, lukrative Pachtverträge, Arbeitsplätze für Klienten und Aufgaben, die unter den Getreuesten verteilt werden können, ganz zu schweigen vom Wert der Grundstücke in der näheren Umgebung, der im Falle eines Verkaufs ins Unermessliche steigen würde. Wem gehören die wohl, Pyrrhus vielleicht? Und wem wollte er sie übereignen, um sich Unterstützung für den Moment zu sichern, in dem er, gestützt durch den Sieg in Olympia und mit Rückendeckung der ganzen Stadt, das Projekt dem Imperator unterbreitet hätte?« Aurelius klopfte auf den Busch und ließ seiner Fantasie freien Lauf. »Aber Claudius Caesar, der nicht nur Korinth verwaltet, sondern ganz Griechenland, würde das Werk nur mit Zustimmung aller griechischen *poleis* vorantreiben, allen voran von Elis, das durch den Bau des Kanals nicht wenig zurückstecken müsste...«

»Die Eleer hätten sich heftig dagegen gewehrt, um das Feld nicht der mächtigen Rivalin zu überlassen«, meinte Zarzas.

»Was für eine Gesellschaft gut ist, deckt sich nicht notwendig mit den persönlichen Interessen ihrer Regierenden: Man hat ja schon oft Könige und Tyrannen – und sogar vom Volk gewählte Herrscher – gesehen, die Gesetze erlassen haben, die dafür sorgten, dass sie sich ihre privaten Taschen füllen konnten, zum Nachteil ihrer Untergebenen.«

»Das passiert überall.« Zarzas zuckte die Achseln.

»Aber an manchen Orten mehr als an anderen«, gab der Römer zurück. »Vor allem, wenn eine Schar schlitzohriger Funktionäre sich verschwört, um einen Teil der Beute in die Finger zu bekommen. Die Richter aus Elis, die jetzt Parabellon unterstützen, hätten uns alle hereingelegt, wenn jemand Einflussreiches vom Format eines Busirides oder Diagoras sie davon überzeugt hätte, gegen ein üppiges Entgelt Pyrrhus zu bevorzugen.«

»Prima, Statius! Aber diese Hypothese ist nur eine fiebrige Ausgeburt deiner Fantasie.«

»Also würde es dir nichts ausmachen, wenn ich sie öffentlich dem Kollegium vorlege und dich als den Abgesandten Korinths darstelle?«

Zarzas erbleichte. »Du willst mich ruinieren.«

»Nein«, erwiderte Aurelius. »Ich habe immer noch eine Aufgabe übernommen, die ich in meiner kindlichen Naivität für ehrenhaft und schlicht gehalten habe: der Gerechtigkeit zu dienen, die Korruption zu bekämpfen, den Verantwortlichen für drei grausame Verbrechen zu finden. Ich wusste nicht, das ich mit dem Fortschreiten der Untersuchung begreifen würde, wie dünn die Grenze zwischen Ehrlichen und Unehrlichen ist, zwischen Gerechten und Ungerechten, Guten und Bösen. Aber jetzt, wo ich einmal damit angefangen habe, werde ich die Sache auch zu Ende bringen!«

»Als guter Eseltreiber erlaube ich mir, dich daran zu erinnern, dass die Drohung mit dem Stock ohne das entsprechende Lockmittel, die Karotte, wenig bringt. Sicher, wenn du mir Straffreiheit und den Schutz des Senats von Rom für das Wenige zusicherst, was ich weiß …« Der Punier kniff die Augen zu, und nachdem er die Zustimmung des Patriziers erhalten hatte, fuhr er fort: »Das Geschäft mit dem Kanal ist noch nicht so sicher wie du denkst. Unter Caligula, diesem Megalomanen, sahen die Korinther sich schon als Sieger, aber sein Nachfolger Claudius ist ein umsichtiger Mann, und Träume vom leichten Ruhm liegen ihm fern: Es könnten in der Tat noch Jahre vergehen, bevor ein neuer Imperator in einem Anfall von ungebremstem Größenwahn seine Zustimmung zu dem Projekt, den Isthmus zu durchteilen, erteilt. Trotzdem, da sie die Schwäche der Römer für Attentate und Verschwörungen kennen, halten sich die Einwohner Korinths für den Fall der Fälle bereit.«

»Und während des Wartens fangen sie schon einmal damit an, sich sozusagen die ›Genehmigung‹ zu erkaufen, jene Einwilligungen, die auch über den Ruhm eines olympischen Sieges zu bekommen sind, der so viel Prestige mit sich bringt, dass man es nur mit einem Triumphzug in der Urbs vergleichen kann. Darauf haben in der Vergangenheit einige spekuliert: Miron, der Tyrann von Sikyon, und Chilon von Athen haben, ausgehend von einem Olympiasieg, nach der Macht gegriffen. In unserem Fall sollte Pyrrhus sich den Ölkranz aufsetzen, das Oberhaupt einer der einflussreichsten Familien Korinths, die obendrein noch beste Beziehungen zum römischen Statthalter unterhält…« Zu dessen Gefolgschaft übrigens auch Tullias Bruder und ihr Ehemann gehören, fügte Aurelius bei sich hinzu, und so, viel schlüssiger als mit den Wetten, ließ sich auch der Anschlag auf Psalmonaios' Knie erklären, der vom Ritter Tadius Tullianus in den Bädern ausgeführt worden war. Immer unter der Voraussetzung, dass es sich nicht um einen Unfall gehandelt hatte, wie es die Aussage von Elektrion nahe legte.

»Natürlich bräuchte ein solches Projekt einen Vertreter in Elis«, warf Zarzas ein.

»Da fiele mir sofort Busirides ein, wenn er nicht so offensichtlich versucht hätte, Parabellon zu bevorzugen«, erwiderte der Senator.

»Das eine schließt das andere ja nicht aus«, gab der Punier zu bedenken. »Hört man nicht in Wahlkampfzeiten alle fröhlich allen alles versprechen, den Unternehmern Profite, den Veteranen Pensionen, den Bauern Land, den Freigelassenen mehr Rechte, den weniger Wohlhabenden Steuersenkungen, und je mehr einer hat, desto mehr verspricht er?«

Er musste herausfinden, ob irgendeiner der Richter Land in der Umgebung des Isthmus erworben hatte, dachte Aurelius, als er sich von Zarzas verabschiedete. Vielleicht würde es ihm gelingen, während seiner Unterredung mit dem Dekan an diese Informationen heranzukommen, aber zuvor musste er Frisso in Sicherheit bringen, vor seinem Vater, vor seinen Erinnerungen… und auch – vielleicht sogar vor allem – vor sich selbst.

Wieder keine Wachen vor dem Zelt des jungen Frisso: Hermeteus war sich also sicher, dass sein Sohn es nicht einmal während seiner Abwesenheit wagen würde, ihm den Gehorsam zu verweigern, so stark war er durch Abhängigkeit und Angst an ihn gefesselt.

Frissos erste Reaktion auf den unverhofften Anblick des Eindringlings war ein Wutausbruch.

»Was willst du?«, fuhr er ihn an. »Bist du deine Hure schon leid geworden, dass du es wagst, hierher zu kommen? Hau ab, du weißt mit mir nichts anzufangen, kehr zurück in die Arme dieser Hetäre!«

Aurelius zwang sich zur Geduld: Hinter dem, was sich wie eine ausgewachsene Eifersuchtsattacke anhörte, verbarg sich die Unsicherheit eines Menschen, der nicht wusste, worauf er sich verlassen konnte, weil seine einzige Bezugsperson so viele Gesichter hatte – liebender Vater und Angst einflößender Herr, Krankenpfleger und Kerkermeister, Komplize und Verräter – und keine Alternative in Sicht war. Aus vielerlei Gründen klammerte sich der labile Frisso folglich an seinen Vater wie ein Gefangener, der, von allen verstoßen, am Ende den Beistand des verhassten Kerkermeisters sucht und gleichzeitig auf die unwahrscheinliche Ankunft eines heldenhaften Befreiers hofft.

Aber weder er noch irgendjemand anders konnte jener Held sein, dachte Aurelius, denn Freiheit war keine Ware.

Man konnte sie nicht exportieren, man konnte sie nicht verkaufen, man konnte sie nicht kaufen, und man bekam sie nicht geschenkt; man musste sie selbst schaffen. Anderen die Aufgabe zu übertragen, die eigenen Ketten zu sprengen, bedeutete nur, eine Abhängigkeit durch eine andere zu ersetzen.

Und für Frisso war es in der Tat unmöglich, sich selbst zu finden oder wieder zu finden, solange er sich nicht mit seiner tragischen Vergangenheit auseinander setzte, die ihm auf der Seele lag. Es gab keine andere Möglichkeit: Wenn der Junge wirklich unabhängig werden wollte, musste er sich dem Problem stellen, das seit seinem grauenvollen, erinnerungslosen Erwachen nach dem Massaker an seiner Familie ungelöst geblieben war…

»Hör auf mit dieser Szene, du führst dich auf wie ein hysterisches Weibsbild! Wenn ich dir helfen soll, gibt es nur eine Möglichkeit: Ich muss dich dazu bringen, dich zu erinnern!«

»Das ist schwer, Senator, schrecklich schwer…«, murmelte Frisso, den Kopf zwischen den Händen.

»Erzähl mir von deiner Schwester. Sie hieß Erissa, nicht wahr? Dein Vater hat sie geschlagen. Hat er dich auch geschlagen?«

»Niemals. Ich war sein Liebling, der Mann, der Erbe. Erissa ist nicht einmal zur Schule gegangen – selbst wenn es jetzt in den griechischen Familien Mode geworden ist, auch den Frauen Bildung zukommen zu lassen –, weil sie unser Haus schon bald verlassen hätte, um Kinder zu bekommen, wie es ihre Pflicht war, wie es unsere Mutter getan hatte und deren Mutter vor ihr. Aber sie hatte trotzdem etwas gelernt, da sie mir zuhörte, wenn ich die Lektionen auswendig lernte: Schlau wie sie war, ist ihr der Lehrstoff nur so zugeflogen, und sie konnte die kompliziertesten Verse schon wiedergeben, auch wenn sie sie nur ein einziges Mal gehört hatte. Sie war so viel intelligenter als ich!«

»Deswegen hast du die Gans getötet?«, fragte Aurelius, nicht ohne den Widerspruch zu bemerken zwischen der Geringschätzigkeit, mit der Frisso von sich sprach, und dem, was viele andere über ihn sagten, nämlich dass er ohne weiteres in der Lage war, sogar seine Lehrer zu korrigieren.

»Ich habe dieses Vieh gehasst. Meine Schwester hat sich einen Spaß daraus gemacht, sie auf mich zu hetzen, weil sie ganz genau wusste, dass ich Angst vor ihr hatte!«

»Sie muss sehr gelitten haben, als sie gesehen hat, wie du ihr die Kehle durchgeschnitten hast …«

»Sie hat geweint und geschrien, als sei ein Dämon in sie gefahren. Ihre Schreie haben sogar unseren Vater herbeigelockt, der in seiner Denkerstube war …«, erklärte Frisso mit brüchiger Stimme, sichtlich angestrengt durch den Versuch, sich zu erinnern.

Das war der Punkt, an dem Aurelius sich entschied, seine Karten auszuspielen: reine Vermutungen und schwache Hypothesen, durch die er aber hoffte, den Jungen aufrütteln zu können.

»Wie eifersüchtig Erissa auf dich gewesen sein muss!«, sagte er eindringlich. »Ständig wurde sie misshandelt; dein Vater hat sich nur mit ihr beschäftigt, wenn er sie schlug; deine Mutter hat all deine Übeltaten gedeckt, während sie immer streng bestraft wurde. Einer von euch hatte Zugang zu den Büchern, zum Wissen, zur Poesie; der andere durfte nur weben und spinnen. Einer konnte auf den Feldern herumlaufen, der andere blieb im Hof eingesperrt, mit einer Gans als einziger Gesellschaft. Dieses Tier war wichtig für sie, ganz außerordentlich wichtig … und du hast es ihr genommen!«

»*Er hätte das nicht tun dürfen:* Es war schrecklich, gemein und ungerecht!«, rief Frisso aus, ohne zu bemerken, dass er in der dritten Person sprach. Dann brach er in Tränen aus und klammerte sich an den Senator, der sich dieses Mal seiner Umarmung nicht entzog.

»Dein Bruder hatte alles, und du hattest nichts. War das der Grund, weshalb du nach seinem Tod zugestimmt hast, seine Rolle zu übernehmen und darauf zu verzichten, eine Frau zu sein?«, fragte er halb laut.

»Du weißt es!«, murmelte Erissa erstickt und fuhr zurück.

»Wie es Kallimachos wusste. Wie viele andere bald verstehen werden«, antwortete der Senator. Es war nicht schwer, das vorauszusagen. Die Natur nahm bereits ihren Lauf: Obwohl sie so mager war, verlangten die gerundeten Brüste und Hüften des Mädchens schon eine schwere Tunika, um unbemerkt zu bleiben. Hermeteus hätte sie nicht für immer verkleiden können. Aber vielleicht hatte er auch schon vorgesorgt...

»Als mein Vater mich fragte, erschien mir die Idee großartig«, gestand sie unter Tränen. So also hatte Hermeteus den toten Erben ersetzt, um sich nicht der Möglichkeit zu berauben, in Zukunft seine Hand auf ein fettes Vermögen zu legen. Nach Jahren bangen Wartens in ständiger Angst, sein Spiel könnte aufgedeckt werden, war für ihn jetzt endlich der Moment gekommen, die Früchte seines Betruges zu ernten. Und was seine Tochter anging – wer hätte ihre wahre Identität je entdeckt, wenn ihr Körper erst auf dem Scheiterhaufen verbrannt wäre?

»Ich war glücklich. Endlich wandte mein Vater sich mir zu! Er hörte auf, mich zu schlagen. Er pflegte mich gesund, er half mir. Er begann, mich zu mögen, ich war wichtig für ihn, um über die schreckliche Tragödie hinwegzukommen, die er erlebt hatte...« Und um eines Tages ein Vermögen zu erben, ergänzte der Patrizier bei sich.

»Als dann mit den Jahren die Rolle, die ich mit so viel Begeisterung übernommen hatte, zu einem immer engeren, immer bedrückenderen Käfig für mich wurde, war es zu spät, um noch umzukehren.«

Aurelius schauderte, er fühlte, dass er ganz nah an der Wahrheit war.

»Was genau ist denn geschehen, als dein Vater den Hügel hinunterkam? Hast du die Banditen wirklich gesehen?«

»Ja. Nein. Ich weiß es nicht, ich kann mich nicht erinnern! Ich flehe dich an, bring mich fort von hier, irgendwohin, wo er mich nicht finden kann!«

Ja, in der Tat war es jetzt am wichtigsten, das Mädchen aus Hermeteus' Reichweite zu bringen, entschied Aurelius, der sah, wie aus seinem Verdacht Gewissheit wurde. Aber wo konnte er sie verstecken? Ganz sicher nicht in seinem Zelt oder in Tullias. Doch es gab noch eine andere Frau in Olympia, eine Frau, die genug erlebt hatte, um zu verstehen. Ohne ein weiteres Wort gab er Erissa ein Zeichen. Sie nahm ihre Kithara und folgte ihm vertrauensvoll.

Nachdem er das Mädchen in Phtias Zelt zurückgelassen hatte, machte sich Publius Aurelius zum Hellanodikaion auf und ging im Geist noch einmal die Fakten durch.

Busirides hatte zweifellos ein schmutziges Spiel gespielt, mit Parabellon, mit Kallimachos und auch mit Pyrrhus, aber nicht notwendigerweise in dieser Reihenfolge: Wenn Pyrrhus tatsächlich als Erster gestorben war, dann verwandelte der Betrug, den der Dekan mit seinem Landsmann aus Elis eingefädelt hatte, sich in ein reines Abfallprodukt des viel größeren Geschäftes, eines Betrugs, der durch das unvorhergesehene Eingreifen des Mörders zunichte gemacht worden war.

Das wiederum bedeutete, dass Busirides nicht der Mörder sein konnte, sondern vielmehr jemand, der entschlossen war, das Unternehmen mit dem Kanal von Korinth zu verhindern. Jemand, der es verabscheute, dass mit Pachtverträgen und Siegerkränzen, öffentlichen Aufträgen und Ölzweigen skrupellos umgegangen wurde. Jemand, der an die olympische Tradition als Symbol der hellenischen Identität glaubte und der Korinth seine Überlegenheit als Handelszentrum und Hauptstadt Griechenlands nicht zubilligte. Jemand wie Diagoras.

Doch Diagoras konnte Psalmonaios nicht ermordet haben, weil er – im Unterschied zu Busirides – sich am Morgen des Verbrechens weithin sichtbar auf der Richtertribüne an seinem Platz befunden hatte.

Blieben also nur noch zwei mögliche Hypothesen: Das Geschäft mit Pyrrhus war überraschend geplatzt (in diesem Fall würde Busirides, ohne Alibi, wieder in die vorderste Reihe der Verdächtigen zurückkehren), oder die Wurzeln der Verbrechen reichten tief in die Vergangenheit, wie die jüngsten Entdeckungen über Hermeteus' Familie vermuten ließen.

In Wirklichkeit gab es noch eine dritte Möglichkeit, gab Aurelius widerstrebend zu: Vielleicht hatten die Morde weder etwas mit dem Kanal durch den Isthmus noch mit Psalmonaios' Erbe zu tun.

Der Senator hatte jedoch nicht vor, sich geschlagen zu geben. Mörder sind nur selten wirklich genial, überlegte er, im Großteil der Fälle beschränken sie sich darauf, ihre Opfer zu töten, ohne sich allzu große Gedanken über die Folgen zu machen. Gut möglich, dass all seine kunstvoll konstruierten Hypothesen nur eine Ausgeburt seines verschnörkelten Denkens waren, während der Schuldige in Wirklichkeit einfach nur aus blankem, sportlichem Neid, persönlichem Groll oder aus Gier nach dem Ölzweig gehandelt hatte. Vielleicht war es Elektrion gewesen, damit er den Fünfkampf gewinnen konnte. Oder Zarzas, um an das Gold zu kommen. Oder Tadius, um die Wetten zu gewinnen. Oder Lampo, aus irgendeinem anderen, zutiefst banalen Grund.

Nein, nein, es nützte nicht, zu viele Eisen gleichzeitig im Feuer zu haben, immer schön eins nach dem anderen, rief sich Aurelius zur Ordnung und schob seine letzten niederschmetternden Überlegungen beiseite. Jetzt musste er sich erst einmal mit Busirides auseinander setzen.

Wenn der Senator gehofft hatte, den Hellanodiken von Skrupeln oder Ängsten geplagt anzutreffen, wurde er enttäuscht: Der Dekan empfing ihn in vollem Ornat mit der nachsichtigen Arroganz eines Souveräns, der sich auf die Ebene seiner Untergebenen herablässt.

»Was für ein Vergnügen, dich im Hellanodikaion zu sehen, mein lieber Publius Aurelius! Wir beide sind wie dazu geschaffen, einander zu verstehen. In meiner Position ist es mir nicht allzu oft vergönnt, mich mit jemandem beraten zu können, der versteht, welche Probleme mit einer so verantwortungsvollen Aufgabe verbunden sind...«, versuchte er ihm zu schmeicheln und stellte dabei geschickt das olympische Komitee auf eine Ebene mit der Kurie in Rom. Aurelius schaute mit so viel Verachtung auf ihn herab, dass es ausreichte, um ihm klar zu machen, dass ein Hellanodike im Vergleich zu einem Senator wenig mehr als ein Haufen Rindermist war, den man in der Jauchgrube versenkte.

Der Dekan erriet seine unausgesprochenen Gedanken. »Natürlich erfordern die Aufgaben eines Senators der Urbs noch viel mehr Mühe als die meinen«, nahm er seine Anmaßung eiligst zurück. »Dennoch, jeder der eine gewisse Position innehat, und sei sie auch so gering wie die meinige, lernt beizeiten, wie ineffektiv die direkte Konfrontation sein kann: Wo eine Schlacht häufig nur zu einer unfruchtbaren Unterwerfung führt, kann eine freundschaftliche geschäftliche Allianz bei beiden Wettbewerbern für Frieden und eine blühende Wirtschaft sorgen. Aber sicher weißt du das wesentlich besser als ich, edler Statius: Ich weiß die Umsicht zu schätzen, die du hast walten lassen, als du so zuvorkommend warst, mich zu benachrichtigen, ohne die Existenz eines Vertrages öffentlich zu machen, den dir nur ein neidischer Rivale in die Hände gespielt haben kann.«

Diagoras' Name kam keinem von beiden über die Lippen, doch es war, als dröhnte er laut durch den Raum. Und da sich

Busirides bedeckt hielt, in der Annahme, er müsse sich nur wegen des Heiratsversprechens gegenüber Parabellon rechtfertigen, musste er unverzüglich durch eine vollkommen andere Anschuldigung aus dem Tritt gebracht werden...
»Bitte, Dekan, lass mich die Bedeutung deiner Worte richtig verstehen: Wenn du von fruchtbaren wirtschaftlichen Vereinbarungen sprichst, willst du mir damit vielleicht den Erwerb von Grundstücken am Isthmus von Korinth nahe legen?«

»Aber wieso, ich dachte...«, stammelte Busirides sichtlich beschämt. »Das Blatt, das du mir hast zukommen lassen, betraf die Heirat meiner Tochter mit einem Athleten, der zuvor einem anderen Hellanodiken versprochen hatte, sich mit ihm verwandtschaftlich zu verbinden. Es wäre doch nicht verwunderlich, wenn jener Kollege, getrieben durch diese Schmach und den Neid auf meine jüngsten Erfolge, hinter meinen Entscheidungen irgendein seltsames Manöver vermutete. Er ist ein hoch geschätzter Mann, sicher, aber seine Gesinnung ist altmodisch, er klammert sich an Vorstellungen, deren Zeit vorüber ist.«

»Die internen Scherereien in eurem Komitee interessieren mich nicht«, stellte der Senator klar. »Dennoch würde ich nicht zögern, das Dokument, das ich dir geschickt habe, öffentlich zu machen, wenn die Richter in den kommenden Wettbewerben sich ein wenig zu stark für deinen künftigen Verwandten einzusetzen scheinen. Parabellon untergehen zu lassen, dürfte dir relativ leicht fallen: Im Vergleich zu dem Pakt, den du mit Pyrrhus geschlossen hattest, dürfte deine Vereinbarung mit ihm eher eine bescheidene Dreingabe gewesen sein!«, wagte sich Aurelius mit einer Sicherheit vor, die er in Wirklichkeit keineswegs verspürte.

»Du kannst ruhig schlafen, Senator Statius: In Olympia wird nur der Beste gewinnen, wie immer«, erwiderte Busirides ungerührt. Er war viel zu gerissen, um nicht zu bemerken, dass sein Gegenüber nicht einmal die Spur eines Beweises in den Händen hatte. »Aber wo wir gerade von diesem Kollegen sprechen… Ich werde dir den Namen nicht nennen, denn es wäre nicht anständig, schlecht über nicht Anwesende zu reden, aber lass dir gesagt sein, dass er wirklich übertreibt. Auf jeden Fall ist er längst aus dem Rennen, vergessen und vorbei, genau wie die antike Unabhängigkeit der griechischen Städte, wenn es sie überhaupt jemals gegeben hat. Abgesehen von den sporadischen Allianzen gegen die Perser haben die *poleis* doch in der Tat nicht viel mehr getan, als sich gegenseitig zu bekämpfen, diesen oder jenen Bürger ersten Ranges ins Exil zu schicken, ihre besten Leute vors Scherbengericht zu stellen oder sie gar mit Schierling zu vergiften. Heute dagegen brauchen wir eine weiter gefasste und modernere Konzeption von Hellas, mit deren Hilfe wir die engen geographischen Grenzen mit einem kühnen Sprung überwinden können, jene Grenzen, die das Schicksal uns schon auf politischer Ebene zu überwinden vergönnt hat, in dem es in weiser Voraussicht zueinander passende Völker in einem einzigen Imperium vereint hat, um…«

»Um dorthin zu gelangen, wo noch nie ein Mensch zuvor gewesen ist!«, schloss Aurelius.

»Ganz genau!«, bestätigte der Dekan zufrieden und tat so, als bemerke er den beißenden Sarkasmus seines Gesprächspartners nicht. »Du warst nicht zufällig bei der Eröffnungszeremonie der Spiele, dass du meine Einführungsrede so gut kennst?«

»Ich könnte mir vorstellen, deine weit reichende Zukunftsvision umfasst auch die Ersetzung der Olympischen Spiele durch die Isthmischen in Korinth«, unterstellte ihm Aurelius honigsüß.

»Die Zukunft liegt in den Händen der Götter.« Der Dekan breitete die Arme aus. »Wo ist heute Ilion mit seinen roten Türmen? Wo sind das reiche Karthago und die anderen mächtigen Städte, die vor der Gründung Roms so üppig blühten? Städte entstehen und sterben, andere nehmen ihren Platz ein, *panta rei* – alles ist im Wandel!«, bestätigte Busirides begeistert und schämte sich nicht, sogar Heraklit zu bemühen, um eine gute Entschuldigung für seinen Verrat zu finden.

Eine listige Argumentation, musste Aurelius anerkennen, ein halbes Schuldeingeständnis – das gleichzeitig auch als Widerruf interpretiert werden konnte –, durch das der Dekan zwischen den Zeilen bestätigte, dass er sich durch Pyrrhus' Ermordung nur ins eigene Fleisch geschnitten hätte.

»Was sagst du zu der Scheibe der Hexe Deima? Wie ist die zwischen meine Sachen gekommen, nachdem sie dir anvertraut worden war?«

»Du hast sie gefunden?«, japste Busirides, tief getroffen durch Aurelius' Lüge: Seine Verblüffung bewies unmissverständlich, dass er es gewesen war, der die Waffe in Elektrions Tasche versteckt hatte, in der Gewissheit, ihn so zum Aufgeben bringen zu können.

»Das ist mir ein Rätsel, aber denk daran, wie leicht man in den Bädern die Taschen verwechselt«, verteidigte er sich wirr. »Aber warum denkt ihr immer noch, das Bild würde die Hexe von Korinth zeigen? Diese Identifikation konnte gelten, als wir noch Pyrrhus für den Schuldigen hielten, aber jetzt ist das nicht mehr so sicher ...«

»Du selbst hast sie doch identifiziert, Busirides!«, erinnerte ihn der Senator.

»Du irrst dich, das war Diagoras!«, korrigierte ihn der Dekan. »Offensichtlich hat das überhaupt nichts zu bedeuten. Mein illustrer Kollege steht ja im Unterschied zu mir in keinster Weise unter Verdacht. Ich dagegen bin nicht verdächtiger als jeder andere Hellanodike, Athlet oder Zuschauer in Olympia, mein edler Statius, und das weißt du ganz genau, sonst wärst du nicht hier, um mit mir über die

Vergabe des Ölzweiges zu sprechen. Besänftige deine Zweifel – der Wettbewerb wird genauso ablaufen, wie es sich gehört!«

Gerissenheit war vielleicht nicht dasselbe wie Intelligenz – wovon allerdings jene, denen Erstere fehlt, fest überzeugt sind –, aber sie sah ihr auf jeden Fall sehr ähnlich: Jenseits seiner wohl klingenden rhetorischen Ergüsse entpuppte Busirides sich als eine wesentlich härtere Nuss als angenommen, dachte Aurelius, als er das Hellanodikaion unter dem starken Eindruck verließ, ins Bockshorn gejagt worden zu sein.

Elektrions Sieg im Fünfkampf hob seine Stimmung wieder etwas. Es war ein glatter, eindeutiger Sieg gewesen; frei in ihrer Entscheidung hatten die Richter ohne Wenn und Aber seine absolute Überlegenheit im Wettlauf, im Diskuswerfen und im Speerwerfen anerkannt.

Der gestrige Favorit, Parabellon, der schlimmer als ein geprügelter Hund aus dem Wettbewerb hervorgegangen war, suchte im Laufschritt Zuflucht in seiner Unterkunft und fragte sich, welche wohlhabende Verwandtschaft der Spartaner wohl ins Feld geführt haben mochte, um sich nach vorn zu schieben: Er musste mindestens den königlichen Hof, wenn nicht sogar den Olymp mobilisiert haben.

Mit einer angewiderten Handbewegung riss er sich das geweihte Medaillon der Demeter Camina vom Hals – eine besonders untreue Göttin! Ja, sie hatte ein Wunder gewirkt, aber zu Gunsten seines Rivalen! Dann begann er seine Kleider in den Reisesack zu packen, zusammen mit dem wenigen Bargeld, das er mitgenommen hatte. Auf keinen Fall wollte er seinem Vater von Angesicht zu Angesicht gegenübertreten, der ihn überall suchte, um ihm die Niederlage heimzuzahlen. Der Alte war hart und rachsüchtig, seine Wut würde nicht so bald vorüber sein: Er musste sich in ein sicheres Versteck zurückziehen, bis sie verraucht war. Vielleicht könnte er bei seinem Onkel mütterlicherseits Asyl suchen, der in Boetia lebte, überlegte Parabellon, ließ die Idee jedoch gleich wieder fallen: Dort würde der Alte ihn genauso leicht aufspüren. Es war besser, weit weg zu gehen, nach Dalmatien vielleicht oder sogar nach Thrakien, nach Klein-Asien oder an einen noch entlegeneren Ort. Während er das Leonidaion eilig verließ und sich fragte, wo wohl das ferne Thule liegen mochte, konnte Parabellon den schwachen Anflug eines Lächelns nicht unterdrücken: In den unbequemen Gewändern eines Exilanten müsste er zumindest nicht mehr diese hässliche Tochter des Dekans heiraten.

Draußen tobte die Menge.

»Ah, unser Held! Du wirst Statuen, Monumente, Steine, Altäre bekommen!«, verkündeten seine feierlich gestimmten Landsleute Elektrion, der gerade aus dem Gymnasion kam. »Du wirst auf einem Triumphwagen nach Sparta zurückkehren!«

»Ich werde überhaupt nicht nach Hause zurückkehren!«, erklärte dieser halb laut.

»Eine Tasche voller Geld erwartet dich und eine brandneue Palaistra, ganz allein für dich, damit du sofort anfangen kannst, dich auf die nächsten Wettbewerbe vorzubereiten«, schwärmte der Trainer des Spartaners, als hätte der Athlet nicht einmal den Mund aufgemacht. »Wir haben dich schon zu den Isthmischen und den Parthenopeischen Spielen gemeldet!«

»Ihr habt euren Ölzweig, also lasst mich jetzt in Frieden. Ich werde nie wieder einen Fuß nach Sparta setzen«, erwiderte Elektrion entschlossen.

»Bist du verrückt?« Der Trainer erbleichte. »Oder versucht jemand, dich zu kaufen, bietet dir eine andere Bürgerschaft an? Wer hat dir mehr geboten als Sparta? Welche Stadt, welche Kolonie? Nein, du würdest dein Vaterland nicht für eine einfache Kolonie verlassen… es muss Rom sein!«, vermutete der Trainer zornig und starrte dabei Publius Aurelius herausfordernd an, der ein wenig abseits stand und die Diskussion verfolgte.

»Ihr irrt euch gewaltig«, sagte Elektrion. »Ich kann nicht mehr, ich schmeiße alles hin, ich trete zurück, ich höre auf mit dem Sport, dem Gymnasion, dem Stadion, *einfach mit allem!«*

»Eine solche Gemeinheit kannst du uns nicht antun! Du hast Verpflichtungen, erinnerst du dich nicht? Sparta würde dir den Rücken zukehren, wenn du es enttäuschst. Du würdest ausgestoßen, ohne eine einzige Drachme, ohne Familie, ohne Haus…«, drohte der andere.

»Mit dem Ruf, den er sich jetzt erworben hat, kann er in Rom oder in Alexandria oder wo immer er möchte vorstellig werden. Oder eine Balletttruppe leiten«, sprang ihm Aurelius bei.

»Glaub nicht, du könntest mich aufs Glatteis führen, Römer«, knurrte der Trainer. »Du willst unseren Helden nur bei den nächsten Olympischen Spielen für Rom laufen lassen!« Nach diesen Worten wandte er sich erneut an den Triumphator des Pentathlon. »Elektrion, du machst einen Fehler, wenn du glaubst, du hättest freie Wahl: Die Stadt befiehlt dir, zurückzukehren. Du wirst doch nicht ausgerechnet jetzt den Mut deiner Vorfahren verraten, die schon immer jeden Befehl ausgeführt haben, ohne ihn zu hinterfragen.«

»Es bedarf noch mehr Mut, Befehle anzuzweifeln«, warf der Senator ein, während der Olympionike mit unbewegtem Gesicht schweigend zuhörte.

»Willst du vielleicht, dass alle dich einen Renegaten, einen Feigling, einen Hosenscheißer nennen?«, erhöhte der Trainer den Druck.

Ein gut platzierter Fausthieb setzte der Beleidigungsarie ein vorzeitiges Ende.

Elektrion wischte sich die Hand an seinem *chiton* ab, nahm den Kranz aus Ölzweigen vom Kopf und übergab ihn seinen Landsleuten. »Er gehört euch«, erklärte er. »So könnt ihr, bekränzt wie es sich gehört, zum Tartarus fahren!«, fügte er hinzu und unterstrich seine Worte mit einer schmutzigen Geste, die nicht einmal Castor mit seiner überaus lebendigen Mimik eindeutiger hätte ausführen können.

»Willst du sagen, Frisso ist eine Frau?« Der Sekretär erbleichte, als er endlich über die neuesten Entwicklungen unterrichtet wurde. »Und er war es auch vorher, als du, als ich...«

»Es sieht ja fast so aus, als wärst du traurig darüber«, wunderte sich Publius Aurelius.

»Natürlich tut es mir Leid!«, platzte Castor zutiefst empört heraus: Also war alles unnütz gewesen, er hätte sich das prunkvolle Bankett sparen können, die frischen Miesmuscheln, die Gaukler und Akrobaten, die Vereinbarung mit der Kurtisane und den Rest der Arbeit, die er sich aufgehalst hatte, nur um den Senator von seinen schlechten Angewohnheiten abzubringen. Aber so war es nun einmal, wen kümmerte schon die mühselige Arbeit der Sklaven? Die Herren ganz sicher nicht, und nicht einmal die Epheben, die jederzeit bereit waren, von einem Augenblick zum anderen ihr Geschlecht zu wechseln, ohne auch nur Bescheid zu sagen...

Sein Zorn jedoch war nur von kurzer Dauer. Wenig später korrigierte er sich bereits: »Ich wollte sagen, besser so, *domine*, entschieden besser. Aber wie bist du darauf gekommen?«

»Ich hatte mit eigenen Augen gesehen, wie Frisso im Heiligtum der Ilizia Zuflucht suchte, und als die Priesterin mir den Zutritt verweigerte, habe ich das mit Kallimachos amourösem Überfall in Verbindung gebracht, der sich zwar weibisch gegeben hat, weil es bequemer für ihn war, in Wirklichkeit aber gänzlich entgegengesetzte Neigungen hegte: Er hatte mit Sicherheit schon vor einiger Zeit die Wahrheit über seinen Gefährten herausgefunden und versucht, Nutzen daraus zu ziehen. Wenn du dem noch die hohe Stimme und den Widerspruch mit dem Alter hinzufügst…«, enthüllte Aurelius, wobei er wohlweislich seine Träume und die Verwirrung verschwieg, für die er jetzt endlich eine überzeugende Erklärung gefunden hatte: Der Sekretär, der niemals an ihm zweifeln würde, hätte das bestimmt nicht verstanden…

»Also hat Hermeteus seine Tochter dazu gebracht, ihre Rolle zu wechseln«, stellte Castor fest, nachdem er den vollständigen Bericht gehört hatte. »Du warst zwar geschickt genug, um das herauszufinden, aber du weißt immer noch nicht, was in der Nacht geschehen ist, in der sich die Tragödie abgespielt hat.«

»Das Mädchen konnte mir nicht sagen, ob tatsächlich eine Gruppe von Banditen oder entflohenen Sklaven an jenem schicksalhaften Tag zum Haus gekommen war. Mit Sicherheit war nichts geschehen, bevor Frisso – der echte Frisso – zum Entsetzen seiner Schwester die Gans getötet hatte.«

»Also, Erissa, oder besser gesagt, der falsche Frisso, den wir kennen gelernt haben. Sehr interessant. Aber daraus zu schließen, dass Hermeteus seine ganze Familie umgebracht haben soll, um einen Vogel zu rächen, der sowieso für den Kochtopf bestimmt war – *domine*, bei allem, was Recht ist, das ist doch ein bisschen viel verlangt.« Der Sekretär schüttelte ganz und gar nicht überzeugt den Kopf.

»Unser *arithmeticus* war für seine unvermittelten Gewaltausbrüche bekannt, er hat schließlich nicht zufällig sowohl seine Schüler als auch seine Frau regelmäßig geschlagen.«

»Die allerdings körperliche Strafen zu einem großen Teil befürwortet hat!«

»Wie es leider nur allzu oft bei Frauen geschieht, die von ihren Männern misshandelt werden: Einige leiden stumm, weil sie wissen, dass sie sich von ihrer Familie keine Unterstützung erhoffen können; manche schämen sich auch, die Misshandlungen zu gestehen oder sind sogar überzeugt davon, sie zu verdienen. Phtia zufolge war Hermeteus Gemahlin eine solche Frau.«

»Wie bist du darauf gekommen, Erissa der Witwe anzuvertrauen?«

»Phtia ist genau die Richtige dafür. Sie ist verrückt nach Geheimnissen, Komplotten und Verschwörungen.«

»Auch nach dem Ölzweig, ganz zu schweigen von einem gewissen stattlichen römischen Senator aus meinem Bekanntenkreis, der eine allzu große Vorliebe für gewagte Wetten hegt. Wenn sie das Wagenrennen gewinnt, wird sie Anspruch auf beide erheben: Es scheint, als habe sie sich extra für diese Gelegenheit neben der Erinnerungsstatue auch einen neuen purpurnen Bettüberwurf aus Chios besorgt, der mit den besten Essenzen parfümiert ist.«

»Das kannst du vergessen, Castor! Wir werden gewinnen, mit Serapions Wagen! Wo wir gerade davon sprechen: Auch wenn du es noch so abstreitest, werde ich das Gefühl nicht los, dass du ihn gut kennst. Ihr habt beide in Alexandria gelebt, es wäre nicht unwahrscheinlich, wenn ihr euch dort begegnet wärt…«

Der Sekretär überging die unausgesprochene Frage mit der heiteren Gelassenheit eines Menschen, der sich im Einklang mit Göttern und Sterblichen fühlt, und beeilte sich, seinerseits Bericht zu erstatten.

Busirides verfügte über Grundbesitz in Elis, einen Teil seines Vermögens hatte er über Mittelsmänner in florierende Handelshäuser investiert. Vor kurzem hatte er in der Umgebung Korinths unfruchtbares Land erworben, das wegen des felsigen Grates, der den Isthmus zwischen dem griechischen Kontinent und dem Peloponnes bildete, kaum für den Landbau geeignet war.

Auch Diagoras war reich, aber seine Einkünfte speisten sich ausschließlich aus seinen Ländereien, die sich zwischen Elis und Olympia erstreckten. Die weite Ebene, die das Heiligtum umgab, gehörte ihm fast vollständig, nachdem er vor kurzem auch Apollodoros' Besitz übernommen hatte, den der nach einer Serie finanzieller Tiefschläge hatte verkaufen müssen.

Apollodoros war tatsächlich so gut wie am Ende: Um zu retten, was vom sowieso schon fast aufgebrauchten Familienvermögen noch zu retten war, hatte er sich auf eine Reihe riskanter Spekulationen eingelassen, die ihm nichts als Schulden eingebracht hatten. Die einzigen noch aktiven seiner Unternehmen waren das Gasthaus und die Stände mit den falschen Antiquitäten, die von einigen seiner Getreuen geführt wurden. Diese führten einen beträchtlichen Prozentsatz ihrer Gewinne an ihn ab, wofür sie heiß begehrte Lizenzen erhielten, mit deren Vergabe der alte Hellanodike vom Superintendenten beauftragt worden war.

»Wenn das Motiv etwas mit dem Kanalprojekt von Korinth zu tun hat, dann würde das Busirides ausschließen. Es sei denn, bei seiner Übereinkunft mit Pyrrhus wäre irgendetwas schief gelaufen…«, bemerkte Castor.

»Aber Apollodoros hätte niemals genug Kraft gehabt, um Gegner wie Pyrrhus oder Psalmonaios niederzuschlagen«, entgegnete der Senator. »Ganz zu schweigen vom dritten Opfer, Kallimachos, seinem unehelichen Sohn. Bleibt uns noch Diagoras: ein aufgeweckter Mann, auch an der Schwelle zur zweiten Lebenshälfte noch stattlich, gut durchtrainiert und alles andere als schwächlich. Ein Mann, der in der Lage wäre, entschieden und erbarmungslos zu töten, wenn er es für notwendig oder angemessen hielte.«

»Schade nur, dass er unter aller Augen war, als Psalmonaios ermordet wurde!«, bemerkte Castor spöttisch.

»Das habe ich mit eingerechnet«, erwiderte Aurelius in aller Ruhe. »Deshalb möchte ich auf die bizarrste Vermutung zurückkommen: dass die Verbrechen bei den Spielen ihre Wurzeln in dem alten Verbrechen haben, das in Hermeteus' Haus begangen wurde. Denk daran, dass der Alte nicht ein einziges Mal zu sehen war, als die Athleten niedergemacht wurden.«

»Eine faszinierende Hypothese, *domine*. Aber du wirst sie in seliger Einsamkeit vertiefen müssen, weil ich mir nämlich nach einer so anstrengenden Reise ein bisschen Freizeit verdient habe!«, verkündete der Sklave und schüttelte dabei seine Würfel, worauf ihm Aurelius seinen wohl verdienten Urlaub zugestand.

»Hermeteus«, sprach der Senator laut zu sich selbst, kaum, dass er allein war. Ein anerkannter Wissenschaftler, aber nicht anerkannt genug, um seinen immensen Ansprüchen zu genügen. Ein ambitionierter Exzentriker, auch wenn seine Studien schwerlich in die Geschichte eingehen werden. Ein nicht allzu vermögender Grundbesitzer, weit entfernt vom fetten Überfluss, der es ihm erlaubt hätte, dem Geld gegenüber jene aristokratische Gleichgültigkeit an den Tag zu legen, die sein Ideal war. Ein Frauenfeind, den das Schicksal verhöhnt hatte, indem es seine einzige Tochter mit einem brillanten Verstand gesegnet hatte, während der Sohn ihn mit seiner Begriffsstutzigkeit enttäuschte. Ein gewalttätiger Mensch, leichte Beute für das Laster des Weins. Ein Feigling, der Schwächere zu schlagen pflegte. Ein Amoralist, überzeugt davon, über allen Regeln zu stehen, denen die gewöhnlichen Sterblichen unterworfen waren. Ein Mörder, der bereits die Verantwortung für ein Massaker trug, von der er sich befreit hatte, indem er auf dem Rücken eines unschuldigen Mädchens eine tragische Scharade aufgeführt hatte.

Und jetzt, fünf Jahre danach, war er bei einer neuen Serie von Morden anwesend, für die er kein Alibi vorzuweisen vermochte. Dafür hatte er jedoch ein Motiv, zumindest für eines der Verbrechen, für das an Psalmonaios. Und die anderen?

Wäre es möglich, dass der berühmte Mathematiker sich als verrückte Variable in die dreisten Pläne der verschiedenen Korrupten und Korrumpierenden gemischt und bereits gefallene Würfel durcheinander gebracht hatte?

Um das zu verstehen, musste er mehr über die Sache mit dem Kanal erfahren, schloss Aurelius, während er sich auf seinem Triclinium ausstreckte und Zeno befahl, ihm zusammen mit dem Abendessen die Karten Griechenlands zu bringen, die er besaß, die geschliffenen Edelsteine zum Vergrößern und eine Kerze, die es ihm erlauben würde, auch nach Sonnenuntergang noch weiterzulesen.

Korinth, der Isthmus, der schmale Grat, der Peloponnes, sagte sich der Patrizier, während er das Blatt auf dem ebenholzfarbenen Prometheus des Tischchens entrollte, und schon schwirrte ihm der Kopf angesichts des gigantischen, technischen Wagnisses, das das wirtschaftliche Gesicht des Mittelmeerraumes vollkommen verändern könnte.

Ja, der Durchbruch der Halbinsel war machbar, vielleicht sogar wünschenswert, urteilte Aurelius nachdenklich, während die Miesmuscheln in Soße und die Kaninchenpastete mit *garum* auf dem vor Karten überquellenden Tisch kalt wurden. Unter der Bedingung allerdings, dass die Menschen, die damit betraut wurden, anständig genug waren. Zwei Jahrhunderte öffentlicher Bautätigkeit in der Urbs hatten in der Tat gezeigt, welche Risiken mit solch großen Bauarbeiten verbunden waren: Nicht durch Zufall waren die Unternehmen, die sie realisieren sollten, stets in den Händen derselben Politiker, die das Bauwerk vorgeschlagen, befürwortet und zur Abstimmung gebracht hatten, zur Mehrung des Ruhms der Stadt Rom.

Sicher, ähnliche Systeme wurden in jeder Stadt und in jeder sozialen Schicht geduldet – wer hätte noch nie einem Funktionär ein kleines Entgelt zugesteckt, um irgendeinen Prozess voranzutreiben? –, aber der Korruption war eine klare Grenze gesetzt: Die Brücken, Gebäude und Tempel, für die die Provisionen geflossen waren, standen zumindest noch. Nichts hingegen garantierte, dass ein von so schamlosen, leichtfertigen und beinah schon töricht optimistischen Menschen wie Busirides durchteilter Berg nicht über dem ersten Schiff, das durch den Kanal fuhr, zusammenstürzte. Kurz gesagt, an der Angelegenheit mit dem Kanal war etwas faul, sie stank schon eine Meile gegen den Wind.

Levia betrachtete sich lange und zögerlich. Der kleine Kupferspiegel warf ihr das Bild einer alles andere als hässlichen Frau zurück, die stark genug war, um in nur zwei Tagen der Erholung jene Frische zurückgewonnen zu haben, die sie längst verloren geglaubt hatte. Die Lippen, mit einem Hauch *fucus* betont, sahen voller aus; die Wangen weicher, die Augen leuchtender. Die neue *palla* stand ihr vorzüglich und trug sich angenehm.

Es tat ihr immer noch Leid, dass sie Berillio so scharf getadelt hatte: Sie waren arm, hatte sie ihn zurechtgewiesen, als sie das Geschenk gesehen hatte, sie konnten es sich nicht einmal nach einem olympischen Sieg erlauben, Geld zu verprassen, weil die Gewinne, von denen die Trainer schon fabulierten, erst noch kommen mussten.

Als der Junge ihr entdeckt hatte, woher das Geld stammte, hatte sie zunächst verärgert reagiert. Solch kostbare Geschenke hätten sie all ihren Anstrengungen zum Trotz, sich einen letzten Rest von Anstand zu bewahren, zum Gegenstand von Klatsch und Tratsch gemacht. Sie würde die Sachen so bald wie möglich zurückbringen.

Doch dann hatte sie der Versuchung nachgegeben, die wundervollen Ohrringe anzulegen, das malvenfarbene Überkleid und das mit Schmuckstücken besetzte Haarnetz. So kam es, dass sie sich jetzt im Spiegel betrachtete und sich fragte, ob es ihr überhaupt etwas nützte, noch jung und schön zu sein.

Es kam ihr vor, als sei sie schon seit unvordenklichen Zeiten allein. Sie erinnerte sich kaum noch an jenen punischen Sklaven, mit dem sie Berillio gezeugt hatte. Sie hatte geglaubt, ihn zu lieben – wer weiß, wie die Sache geendet hätte, wenn ihnen die Zeit vergönnt gewesen wäre, einander kennen zu lernen. Später war es ein unaufhörlicher Kampf gewesen, das Kind großzuziehen, ihm einen anständigen Namen zu geben, mit Hingabe das Fehlen des Vaters auszugleichen und ihm dabei zu helfen, sein Ziel zu erreichen. Elf lange Jahre in herber Einsamkeit. Sie hatte es so gewollt und ihre Einsamkeit gegen alle Widerstände verteidigt. Eine Einsamkeit, die sie jetzt nicht mehr ertrug.

Sie war eine Frau, nicht nur eine Mutter. Einmal, nur ein einziges Mal, würde sie an sich selbst denken: Um wieder ganz von vorne anzufangen, ohne absurdes Bedauern, brauchte sie vor allem den Schatten einer Erinnerung, eine vage Illusion eines verbotenen Traumes.

So warf sie sich, als der letzte Sonnenstrahl hinter den Bäumen verschwand, einen schwarzen Mantel über und ging in die Nacht hinaus.

Als sie ihn auf seinen seidenen Kissen sah, neben sich zwei Sklaven, die ihm kühle Luft zufächelten, begriff Levia, dass sie einen schweren Fehler begangen hatte.

Sie hatte sich ein zartes, fast abenteuerliches Stelldichein im Dunkeln oder höchstens im intimen Licht einer einzigen

Laterne vorgestellt. Stattdessen lieferten ihr die großen, parfümierten Wachskerzen das fremdartige Bild eines mächtigen Mannes auf einer mit goldbesticktem Tuch bezogenen Liege, bedient von *flabelliferi* in auffallenden Uniformen, über kostbare Papyrusrollen gebeugt, die er durch einen geschliffenen Edelstein von unschätzbarem Wert forschend betrachtete.

Die Haare des Senators waren schwarz und glänzend, seine Nägel wohl gepflegt, das Gesicht perfekt rasiert, bemerkte Levia erschüttert und berührte unwillkürlich eine der widerspenstigen Strähnen, die sich gelöst hatten, während sie gleichzeitig versuchte, ihre Finger mit den abgebrochenen Nägeln in den Falten ihres Gewandes zu verbergen.

Als sie aufgefordert wurde, näher zu treten, fiel sie beinahe hin, als ihre Füße in den weichen Teppichen versanken, die den Boden bedeckten, und wagte sich keinen Schritt weiter vor. All die Worte, die sie sich zurechtgelegt hatte, gefroren ihr im Mund, ihr Gesichtsausdruck versteinerte, und jede ihrer Bewegungen erstarb in panischer Starre. Unbeweglicher als eine Salzsäule, starr vor Angst und Verwirrung, stand sie da und starrte auf den senatorialen Siegelring.

»Was gibt es?«, fragte Aurelius ahnungslos und zutiefst verblüfft angesichts dieses unerwarteten Besuchs.

»Ich… ich wollte dir nur deine Geschenke zurückbringen. Ich kann sie nicht behalten«, murmelte Levia erstickt und war sich dabei wohl bewusst, dass ihre Kleidung und die Stunde, die sie für den Besuch gewählt hatte, auch andere Schlussfolgerungen erlaubten.

Sie glaubt, mir etwas zu schulden, sie fühlt sich verpflichtet, mich zu entschädigen, für zwei kleine Fetzen Stoff, ein Paar Ohrringe und eine armselige Kammer in einem Gasthaus, dachte der Patrizier, der sich auf seinem Lager plötzlich unwohl fühlte.

Ein reicher Mann und eine arme Frau, die ein hartes Leben hinter sich hatte, bei dem sie jede Sesterze dreimal umdrehen musste. Der die offensichtliche, ja sogar banale, Schlussfolgerung nur allzu vertraut war: etwas Geld auf der einen, bereitwillige Verfügbarkeit auf der anderen Seite. Aber durfte er tatsächlich die verzweifelte Lage einer Mutter ausnutzen, die sich aus Dankbarkeit und Not verpflichtet fühlte?, fragte sich Aurelius zweifelnd. Vielleicht wäre es besser, sie rasch zu verabschieden, bevor er noch irgendwelchen unangebrachten Versuchungen erlag.

Die fiebrigen Augen, der nervöse Mund, die ungeschickt in dem neuen goldenen Haarnetz zusammengefassten Haare, die vom kalten Wasser aufgesprungenen Hände, der an harte Arbeit gewöhnte Rücken, all das konnte sie nicht hässlich machen.

Levia war anders als die gekünstelten und zimperlichen Matronen, die ihre leere Langweiligkeit mit Kultiviertheit verwechselten. Sie war auch anders als die koketten Hetären, die gerissenen Sklavinnen, die schlagfertigen Plebejerinnen, die leichtfertigen Damen, für die ein Ehebruch nichts anderes war als ein schlichter Zeitvertreib zur Abwechslung von den Zirkusspielen und den Würfelpartien. Sie war lebendig. Sie war echt. Und sie war so viel schöner.

»Patron!«, rief Castor aus dem Vorraum. »Die Schwester des Ritters fragt nach dir!«

Einer Ohnmacht nahe, begann Levia zu zittern. Jetzt würde sie der Frau von Angesicht zu Angesicht gegenüberstehen, die der Senator in seinem Lager versteckte. Sie hatte sie während des Feuers gesehen, als sie in Männerkleidung an ihr vorbeigegangen war: Sie hatte die wohlgeformten Beine eines Menschen, der alle Tage Fleisch aß, spöttische, frech dreinblickende Augen, Lippen, die stets bereit waren, sich vom Schmollmund in ein Lächeln zu verwandeln, eine je nach Bedarf harte oder weiche Stimme und zwei schlanke

Hände, die in ihrem ganzen Leben noch nicht gearbeitet hatten. Sie verfügte über Ausstrahlung, Ungezwungenheit, hatte keine Teller in der Waschschüssel, keine Rechnungen zu bezahlen und keinen Sohn großzuziehen.

Wer war sie schon im Vergleich zu einer solchen Frau?, fragte sie sich erschüttert und drehte sich schon um, um so weit wie möglich zu entfliehen.

Die Finger des Patriziers schlossen sich um ihr Handgelenk. Es gibt keine schlimmere Arroganz als die, mit der ein Reicher das Geschenk eines Armen verschmäht, sagte sich Aurelius, teils aus echter Überzeugung, teils, um sich vor sich selbst eine nicht allzu unehrenhafte Entschuldigung zurechtzulegen.

»Richte Tullia aus, dass du mich nicht finden konntest«, antwortete er auf die Ankündigung seines Sekretärs. Dann hob er mit wohlbemessener Vorsicht seine Finger, um sanft über Levias Wange zu streichen, denn er wusste, sie würde ihn nicht abweisen.

VII

Fünfter und letzter Tag der zweihundertfünften Olympiade

Publius Aurelius kam zu dem Pferch, in den man die Fohlen und Serapions extra leichten Wagen mit den gut gefetteten Achsen gebracht hatte. Pelagius würde das Rennen fahren, aber im Fall eines Sieges würde Pomponia den Ölzweig mit dem alexandrinischen Kaufmann teilen müssen, der gerade wachsam um die Ställe herumstrich, weil er ein weiteres Attentat von Lampo befürchtete.

»Ich muss auf jeden Fall Erster werden«, erklärte Serapion besorgt. »Nachdem mein ganzer Schmuck zusammen mit meiner geliebten Stratonike verschwunden war – sie wurde mir von diesem verfluchten Sklaven geraubt, sie hätte mich niemals freiwillig verlassen –, bin ich einer außergewöhnlichen Pechsträhne zum Opfer gefallen und in Armut geraten. Um dem abzuhelfen, habe ich eine ägyptische Witwe mit ausgedehnten Besitztümern geheiratet; um die Wahrheit zu sagen: Sie war in allem ziemlich ausgedehnt, nicht nur was ihren Geldbeutel anging, sodass ich, um sie beherbergen zu können, die Tür meines Hauses erweitern lassen musste. Wir lebten einige Jahre glücklich zusammen ohne Geldsorgen, denn ihr erster Mann hatte ihr ein großes Vermögen hinterlassen: Sie blieb zu Hause, um sich mit Bier und Kichererbsenpastete voll zu stopfen, und ich habe mich an den Ufern des Nils mit ihren sympathischen Mägden vergnügt. Als sie vor ein paar Monaten starb, habe ich ihr ein würdevolles Begräbnis ausgerichtet, in das ich meine letzten Ersparnisse gesteckt habe. Weil ich kaum mit den barbarischen Gebräuchen Ägyptens vertraut war, wusste ich nicht, dass meine Frau nicht nur das Recht hatte, ihr Vermögen selbst zu verwalten, sondern es auch vererben durfte, wem immer sie wollte, selbst wenn sie einen rechtmäßigen Ehemann hatte. Du kannst dir vorstellen, wie ich dreingeschaut habe, edler Statius, als der Schreiber mir verkündete, dass meine Gefährtin das gesamte Vermögen den Katzen der Göttin Bast vermacht hatte, weil sie sicher war, dass die heiligen Katzen ihr *ka* wesentlich besser schützen würden als die Mägdelein, mit denen ich mich zu unterhalten pflegte.«

»Eine unerfreuliche Situation«, bemerkte Aurelius mitfühlend.

»Zum zweiten Mal hatte ich alles verloren. Aber Serapion ist nicht der Mann, der vor solchen Schicksalsschlägen kapituliert; der Preis und die Wettgewinne werden es mir erlauben, wieder Geschäfte zu machen, vielleicht mit einer neuen Bank, bei der ich die Schmuckstücke hinterlegen kann …« Sehnsüchtig hing der dicke Kaufmann seinen Träumen vom Ruhm nach. »Aber wo ist Pelagius? Die anderen Wagenlenker sind schon dabei, die Pferde loszubinden; schau, da hinten ist Andronicus mit seinen Schimmeln, und hinter ihm Lampo, schon beim Aufwärmen von Deimos und Phobos. Bist du sicher, dass die Fohlen deiner Freundin mit diesen beiden fliegenden Dämonen mithalten können, Aurelius?«

»Du hast sie gesehen, sie haben Eol auf ihrer Seite!«, versicherte ihm der Patrizier, der sich allerdings selbst gar nicht so sicher war.

»Es wird besser sein, du suchst deinen Wagenlenker, Senator, die Zeit wird knapp. Ich hole auch Menothep her; es kann nicht schaden, für den Fall der Fälle einen Ersatzmann zu haben«, forderte ihn Serapion auf, der nicht vergessen hatte, wie der Kreter sich den mit Rauschgift gemischten Wein hatte andrehen lassen.

Kaum war er verschwunden, erschien Castor, die Kukulle seiner Tunika über den Kopf gezogen, um sein tief besorgtes Gesicht zu verbergen.

»Im ganzen Lager keine Spur von Pelagius, *domine*. Lampo ist zu allem fähig, er könnte ihn ausgeschaltet haben!«

»Gehen wir, schnell!«, erwiderte Aurelius beunruhigt. »Wir müssen sofort den ägyptischen Wagenlenker dazu bewegen, Pelagius' Stelle einzunehmen!«

Doch es wurde schnell klar, dass Menothep nicht in der Lage sein würde zu fahren, denn er war durch genau dieselbe stark beruhigende Droge außer Gefecht gesetzt wie Pelagius am Tag des Feuers.

»Wie konnte das passieren?«, ächzte Serapion. »Der Platz stand die ganze Zeit unter Bewachung, aber Phtias Enkel – Zeus möge ihn verfluchen – hat es trotzdem geschafft, hereinzukommen! Wir müssen bei den Hellanodiken Protest einlegen, wir lassen ihn vom Rennen ausschließen!«

»Das würde nichts nützen: Er hat bestimmt ein perfektes Alibi vorzuweisen, genau wie bei dem Brand. Doch er ist nur der Ausführende, der wahre Schuldige ist jemand anders, der Einzige, der Zugang zu den Ställen hatte!«, hielt ihn Aurelius mit einer herrischen Geste auf. »Denk einmal scharf nach, Serapion: Wer konnte ohne Probleme für die erste Kolik der Fohlen sorgen und dann für die plötzliche Vergiftung, vor der sie nur Zarzas' Schnelligkeit gerettet hat? Wer konnte in aller Ruhe das Feuer legen? Wer ist ohne einen Kratzer den lodernden Flammen entkommen? Wer konnte so tun, als trinke er einen Schluck von dem mit Opium versetzten Wein, um ihn dann in Wirklichkeit seinem Kollegen Menothep einzuflößen?«

»Das alles deutet auf einen einzigen Verdächtigen hin, aber wir können nicht sicher sein …«, zweifelte Castor, während sich der arme Ägypter vergebens bemühte, ein Wort herauszubringen.

Aurelius wandte sich zu den Fohlen um und brüllte ein einziges Wort: »Pelagius!«

Im Stall ertönte ein lautes Wiehern.

»Hattest du mein Geld schon gesetzt?«, fragte Serapion ängstlich Castor, der sein Gesicht weiterhin im Schatten der Kapuze verborgen hielt. Als er den Sklaven nicken sah, schlug der Kaufmann verzweifelt die Hände vors Gesicht. »Sie rufen die Teilnehmer des Rennens auf. Es ist zu Ende, wir können ohne Wagenlenker nicht mitmachen!«

»Noch ist das letzte Wort nicht gesprochen«, antwortete Aurelius mit neu erwachter Energie. »Ich fahre!«

Castor schrak zusammen. »Aber *domine*, seit ich dich kenne, habe ich dich noch nie ein Gespann kutschieren sehen«, rief er alarmiert aus.

»Ich bin als Junge ein paar Mal gefahren«, wiegelte der Senator ab und legte seine Tunika ab, bevor er geschmeidig auf den Wagen sprang.

»Und wie lange ist es her, dass du ein solches Gefährt gelenkt hast?«, fragte Castor provozierend.

»Das werden schon so zwanzig Jahre sein, vielleicht auch ein paar mehr, aber es gibt Dinge, die verlernt man nicht, man muss einfach nur wieder anfangen …«, erwiderte Aurelius, der sichtlich damit kämpfte, auf der winzigen Standfläche das Gleichgewicht zu halten.

»Was werden sie in Rom sagen?« Castor verzweifelte allmählich. »Sich auf einer Pferderennbahn wie ein gewöhnlicher Wagenlenker zur Schau zu stellen, damit wirst du endgültig den letzten Rest deines sowieso schon angekratzten guten Rufes verlieren!«

»Wer reich genug ist, kann auf den guten Ruf pfeifen!«,

spottete der Patrizier und schwankte gefährlich über der Achse des Wagens.

»Beeile dich, Statius, die anderen stehen schon an der Startlinie!«, drängte ihn Serapion, dem alles besser erschien als eine garantierte Niederlage, sogar ein Senator an den Leinen eines Gespanns. »Bei Isis und Serapis, der Helm fehlt! Pelagius muss Menothep vergiftet haben, bevor er den Helm aufgesetzt hat!«

»Den brauche ich nicht«, wischte Aurelius das Problem beiseite und ließ den schwankenden Wagen selbstbewusst anfahren.

Castor explodierte: »Du hast ja keine Ahnung, du kannst nicht ohne Helm fahren! Du wirst wegfliegen, noch vor der ersten Kurve wirst du aus dem Wagen geschleudert und unter den Hufen hunderter wütender Tiere zerstampft werden! Du wirst als ein blutiger Klumpen enden, den Kopf unter den Rädern zerquetscht, und ich werde auf dem Sklavenmarkt verkauft werden, mit einem Schildchen um den Hals!«

»Und, was noch viel schlimmer ist, ich werde all mein Geld verlieren!«, fügte Serapion verzweifelt hinzu.

»Mach das Gatter auf, Castor: Wir fahren bei der Olympiade mit!«, lachte Aurelius, die Leinen in der Hand, den allmählich die Aufregung packte.

»Wenn du tot bist, komm nachher nicht zu mir und sag mir, ich hätte dich nicht gewarnt!«, rief ihm sein Sekretär aufgebracht hinterher.

Doch Publius Aurelius Statius, römischer Patrizier und Senator, machte sich unerschrocken in Richtung Hippodrom auf und ließ nichts außer einer Staubwolke hinter sich zurück.

Als Castor die Schreie des Publikums hörte, ließ er verzweifelt den Kopf sinken. Das Unheil war nicht mehr aufzuhalten; es blieben ihm nur zwei Möglichkeiten: beten oder wetten.

Wenig später erreichte er den letzten, verspäteten Buchmacher.

Nachdem er sein Geld gesetzt hatte, brachte der Sekretär eine lange Prozession zu den Altären verschiedener, eher zweifelhafter Götter hinter sich, beginnend bei der Nymphe Alkmene, dem Apollon Thermios bis hin zur Artemis Coccoca. An Letztere richtete der Sklave auch ein flehentliches Gebet, überzeugt davon, dass eine Göttin mit einem solchen Namen so wenig Anhänger hatte, dass sie seine Bitte bestimmt ernst nehmen würde.

Dann ging er zum Porticus des Agnaptos hinüber, um einen Blick auf die Rennbahn zu werfen, wo sich die spitz gewinkelte Startlinie erstreckte, die wie der Bug eines Schiffes auf die Rennbahn zeigte und an dessen Spitze ein Altar stand, der von einem bronzenen Adler mit gespreizten Flügeln überragt wurde.

Die Gespanne stellten sich zwei und zwei zu beiden Seiten dieser Spitze auf, in einer Reihenfolge, die durch das Los entschieden wurde. Die besten Plätze waren die an der Grundlinie des Dreiecks, die Lampo und Pisatis aus Aphrodisium mit ihren Gespannen innehatten: Beim Start würde der Dekan aus dem Inneren des Altars heraus einen Mechanismus in Gang setzen, der den Raubvogel in die Höhe schnellen ließe. Im selben Moment würden die Seile vor den hintersten Pferden gelöst werden und es den Gespannen erlauben, zu denen vor ihnen aufzuschließen, die noch hinter den Seilen an ihrem Startplatz verharrten.

Der Senator hatte einen ganz schlechten Platz erwischt, genau an der Spitze des Dreiecks, neben dem Epheser Andronicus, der bereits die Rennen der letzten Olympiade gewonnen hatte. Als er sich zu den Stufen aufmachte, fragte Castor sich, wie die Richter aus Elis es wohl angestellt hatten, die Auslosung so geschickt zu manipulieren.

Einen Augenblick später erreichte er, die Kapuze bis tief über die Augen gezogen, Serapion.

Bei der vierten Runde wagte es Castor, der sich die ganze Zeit mit den Händen die Augen zugehalten hatte, den Kaufmann zu fragen: »Siehst du ihn? Schau du hin, ich kann es nicht.«

Es gibt Momente im Leben eines Mannes, in denen das Leben einen Scheideweg erreicht, dachte er düster, und ein weiser Mann sollte den Weg, den er einschlägt, mit Vorsicht und Weitblick wählen. Als er sich so leichtfertig auf dieses verrückte Wagenrennen eingelassen hatte, hatte ihn der Senator vor eines dieser Dilemmata gestellt: Die Freiheit war natürlich von vornherein auszuschließen, denn ohne Herrn hätte er selbst für seinen Lebensunterhalt aufkommen oder sich eine echte Arbeit suchen müssen, was genau das war, was er sein ganzes Leben zu vermeiden gesucht hatte. Das Einzige, was dagegen half, war, sich zumindest vorübergehend von der guten Pomponia kaufen zu lassen: Die anständige Dame würde doch den treuen Sklaven ihres Freundes, der auf der Rennbahn in Olympia gefallen war, als er ihre eigenen Pferde kutschierte, nicht auf der Straße stehen lassen. Die Matrone sparte in der Tat nicht an Trinkgeldern, und auch der Umzug aus seiner jetzigen Wohnstätte wäre auszuhalten, versuchte Castor sich einzureden: Vom Quirinal aus, wo er bald leben würde, waren das Forum und die verschiedenen Tavernen der Suburar genauso gut zu Fuß zu erreichen wie vom Viminal aus, auf dessen Höhen sich Aurelius' antike *domus* erhob. Und über den tragischen Verlust seines Herrn würden ihn Pomponias ausgesprochen hübsche Mägde hinwegtrösten, ganz zu schweigen von dem exzellenten *archimagirus* der naschhaften Dame und ihrer erlesenen Sammlung gut abgelagerter Weine, von denen einige sogar aus der Zeit des Konsulats des Opimus stammten…

»Er ist noch im Rennen«, berichtete Serapion aufgeregt.

»Er hat schon viermal ohne Probleme den Taraxippos überwunden, den runden Altar, der den meisten Pferden einen gewaltigen Schrecken einjagt. Viele werden schier verrückt, geraten in Panik und sind nicht mehr kontrollierbar, wie die Pferde von Pisatis, der aufgeben musste. Der Senator dagegen hält prima durch ...«

»Beschrei es nicht, das bringt Unglück!«, brachte ihn Castor zum Schweigen und schickte eine Unglück abwehrende Beschwörung hinterher.

Serapion hielt den Mund und warf seinem Gefährten einen forschenden Blick zu. Von Anfang an, schon vor Tagen, als er ihn hinter den Ställen hatte sprechen hören, war ihm die Stimme schon bei den ersten Silben bekannt vorgekommen. Bei seinem vehementen, spontanen Ausruf eben verfestigte sich sein Eindruck, dass er diese Stimme schon lange nicht mehr gehört hatte, eine Stimme, die ihn aus wer weiß welchem Grund an nichts Gutes erinnerte. Wenn er diesem seltsamen Sklaven nur direkt ins Gesicht schauen könnte ...

In diesem Augenblick bestätigte ein ohrenbetäubendes Donnern Castors schlimmste Befürchtungen.

»Er fällt, er fällt!«, schrie die Menge erregt.

Den Kopf unter dem Arm verborgen, sah der Sklave die Szene genau vor sich: Der zu Boden geschleuderte Körper seines Herrn hüpfte wie ein Spielball auf und ab, bis die sich wild drehenden Räder ihn erfassten und zerfetzten, um ihn dann in einer scharlachfarbenen Wolke aus Staub und Blut hinter sich herzuschleifen.

Ein enttäuschtes Murmeln teilte dem Sklaven mit, dass das Schlimmste noch nicht eingetreten war: Aurelius hatte es zum hundertsten Mal geschafft, das Gleichgewicht zu bewahren und damit das Publikum einer bewegenden Tragödie beraubt, die man nach der Heimkehr seinen Freunden hätte erzählen können.

»Sechste Runde!«, schrie Serapion enthusiastisch. Wenn auch mehr schlecht als recht, der Senator war noch im Rennen, wunderte sich Castor. Vielleicht hatte er ihn doch unterschätzt. Um die Wahrheit zu sagen, war es vielleicht sogar gar nicht so gut, wenn er das Rennen gewann: Er war schon arrogant genug, doch welcher römische Patrizier, dessen Vorfahren bis auf Ancus Martius zurückgingen, wäre das nicht? Ein olympischer Sieg hätte seine Überheblichkeit allerdings ins Unermessliche gesteigert...

»Er fliegt nur so über die Bahn, er passiert unbeschadet den Taraxippos und ist jetzt Dritter hinter Andronicus, der soeben versucht, Lampos Pferde Deimos und Phobos zu überholen!«, schrie Serapion so begeistert, dass Castor sich entschied, ein Auge aufzumachen.

Einige spannende Augenblicke später sah er den Wagen des Senators an das ephesische Gespann von Andronicus heranfliegen, genau in dem Moment, als dieser zu einem letzten Überholmanöver ansetzte.

Mit einem überraschenden Satz sprang Phobos zur Seite und schnitt dem Verfolger den Weg ab. Während Lampo, der die Kontrolle über sein linkes Pferd verloren hatte, heftig ins Schleudern geriet, zerschmetterte der ephesische Wagen auf der Rennbahn, Andronicus sauste durch die Luft und folgte seinem zerstörten Gefährt auf seinem schicksalhaften Flug.

»Der Römer gewinnt!«, schrie die Menge, als sie sah, wie Zephir und Boreas sich vor Phtias Braune setzten. »Aber was macht denn der Idiot, zieht er an den Leinen? Ihr allmächtigen Götter, *er bremst!*«

Die Anfeuerungsschreie des Publikums wandelten sich augenblicklich in zornbebende Protestrufe, aus denen schnell Pfiffe und Beleidigungen wurden.

»In die Mühlen mit ihm! In die Minen! Auf die Galeere!«, riefen die Zuschauer wütend, während sie zuschauten, wie

Aurelius' Gespann an Geschwindigkeit verlor, um im letzten Augenblick dem gestürzten Wagenlenker auszuweichen.

»Bei Jupiter, Diana und allen Unsterblichen! Wer sonst, außer meinem wunderlichen Herrn, könnte einen olympischen Sieg auf so dämliche Weise sausen lassen?«, staunte Castor ungläubig.

»Lang lebe Hellas!« Das ganze Rund brach in Hochrufe aus, als Lampo, dicht gefolgt von Aurelius, die Ziellinie überquerte. »Wir haben dem Römer den Schneid abgekauft!« Die Freudenschreie erfüllten die gesamte Rennbahn, drangen bis in den Wald und hallten schließlich sogar von den Hängen des Kronoshügels zurück.

Serapion schloss stumm den vergoldeten Mund, zwei dicke Tränen rollten seine Wangen hinunter. Castor hingegen stieß einen tiefen Seufzer der Erleichterung aus. Kein Umzug also, wie auch immer die Dinge gelaufen waren, sein Patron war am Leben.

Eine Sekunde später, vielleicht sogar noch schneller, rannte er los, um den Buchmacher zu suchen.

Die Hellanodiken lächelten zufrieden. Es würde ein Eleer sein, der seine Statue unter den Großen Olympias errichtete: Man munkelte schon, Phtia wolle es der antiken Olympionikin Cinisca gleichtun, indem sie dem Heiligtum einen Altar stiftete, der von zwei eleganten bronzenen Fohlen gekrönt sein sollte. Obendrein hatten sie dem Römer eine harte Lektion erteilt, die bestens geeignet war, seiner Arroganz einen heftigen Dämpfer aufzusetzen, den er nicht so schnell vergessen würde. Außerdem wagten es diejenigen, die bei den Spielen verloren hatten, traditionsgemäß nicht einmal mehr, sich in der Öffentlichkeit zu zeigen, so dass sie diesen Schnüffler von einem Senator endlich los wären …

Doch ihre Hoffnungen wurden umgehend enttäuscht.

»O ihr Götter, er kommt trotzdem! Der ist hartnäckig wie

eine Zecke, die sich im Fell eines räudigen Hundes festklammert!«, seufzte Busirides, als er Publius Aurelius sah, der sich ungeachtet der Pfiffe des Publikums und der mitleidigen Anteilnahme seiner Freunde seinen Weg über die Piste bahnte.

»Für einen Augenblick hatte ich tatsächlich Hoffnung«, brummelte Serapion, während Evaristos und Berillio beleidigt schwiegen.

»Du hattest den Sieg schon in der Hand!«, bemerkte Tadius Tullianus hingegen bitter. »Die Regeln der Spiele hätten es dir erlaubt, Andronicus zu überfahren: Wer freiwillig ein Gespann lenkt, weiß, dass er sein Leben riskiert!«

»Es ist nicht immer nur wichtig, zu gewinnen«, stellte Aurelius klar, doch es war nicht Tadius, an den er sich mit diesen Worten wandte, sondern der kleine Berillio, dem sein unverhoffter Triumph im Knabenlauf eine Zukunft voll härtestem Wettbewerb eröffnet hatte.

»Du hättest aber doch an Roms Ruhm denken müssen, wenn schon nicht an die vielen, die ihr Vertrauen in dich gesetzt hatten, darunter vor allem meine Wenigkeit!«, fuhr Serapion ihn giftig an, der Castor beauftragt hatte, alles bis auf die letzte Drachme auf den Sieg seines Wagens zu setzen. »Ich habe mein letztes Geld in den Wind geschrieben. O ihr Götter, wer soll mir das je zurückgeben?«

»Ich!«, antwortete Castors Stimme keck, der, zwei bis zum Rand mit klingenden Münzen gefüllte Geldbeutel hochhaltend, mit unverhülltem Gesicht erschien. »Hier ist auch dein Anteil, Serapion. Weil fast alle auf Andronicus als Sieger gewettet hatten, haben wir, die wir auf Lampo setzten, ein hübsches Sümmchen gewonnen …«

»Wie bitte?«, stammelte Publius Aurelius.

»Du hast doch nicht wirklich geglaubt, ich würde auf dich setzen, *domine!* Die Hellanodiken waren alle auf Seiten ihres Landsmannes, und du hättest sogar ganz leicht disqualifiziert werden können, weil du im *subligaculum* gefahren bist, wo das Reglement doch vorschreibt, dass die Wagenlenker nackt zu sein haben.«

»Oh, du Quell ewiger Weisheit, du Leuchtfeuer der Gerissenheit, du Schrein der Voraussicht, du Arche des Weitblicks, du Liebling der Götter!«, rief Serapion glückselig aus, und als er seinen Mund zu einem blendenden Lächeln aufriss, um seinem Retter zu danken, sah er ihm zum ersten Mal direkt ins Gesicht.

Seine Lippen, die nur verzögert reagierten, erstarrten in einer Grimasse, während sich über der Nasenwurzel zwei zweifelnde Falten zu bilden begannen. Als aus dem Zweifel Gewissheit geworden war, verschwand das Lächeln mit einem Schlag: Einen Lidschlag später hätte auch der begriffsstutzigste Beobachter bemerkt, dass der Kaufmann Castor alles andere als wohlwollend anstarrte.

»Du!«, schrie er erstickt auf.

»Ja, sieh einer an, mein alter Patron!«, grüßte ihn der Sekretär dreist mit einer kaum hörbaren Spur von Enttäuschung in der Stimme. »Entschuldige, aber ich habe dich mit all diesen Zähnen im Mund einfach nicht erkannt: Du hattest keine mehr, als ich dich das letzte Mal getroffen habe!«

»Hab ich dich endlich erwischt, du Kanaille, seit einer Ewigkeit suche ich dich!«, brüllte der Kaufmann, während Castor hinter dem Senator in Deckung ging und dessen Körper als Schild nutzte. »Aus dem Weg, Statius«, donnerte Serapion, »und lass mich diesen niederträchtigen Sklaven auf der Stelle niedermachen: Er ist der Gauner, der dafür verantwortlich ist, dass ich keine Zähne mehr habe. Nachdem er mich meiner Lieblingskonkubine und meiner Schätze beraubt hat, hat er mich heimtückisch zu Fall gebracht, als ich ihn verfolgte, um ihn seiner gerechten Strafe zuzuführen.«

»Das war doch nur ein Irrtum; du hattest selbst angeordnet, die herrschaftlichen Gemächer abzugrenzen, um den Gästen den Zutritt zu verwehren, und ich hatte dafür nur einen ganz dünnen Faden zur Verfügung, also habe ich den am Kopf der Treppe gespannt: Es ist nicht meine Schuld, wenn du so betrunken warst, dass du ihn nicht gesehen hast!«, rechtfertigte sich der Sklave.

»Und mein Schmuck?«

»Komm schon, Serapion, du weißt ganz genau, dass die Stücke alle falsch waren!«, erwiderte Castor, gestärkt durch seine günstige strategische Position hinter Aurelius' Rücken. »Du müsstest mir eigentlich dankbar sein. Mit diesen Schmuckstücken hast du für deine Zahlungsfähigkeit gebürgt, obwohl du die kostbaren Steine längst verkauft und durch billige Fälschungen ersetzt hattest. Nur dank meines Diebstahls konntest du dich vor der Galeere oder dem Pranger retten. Und jetzt bekommst du die Gelegenheit, noch einmal von vorn anzufangen, was du schon wieder mir zu verdanken hast.«

»Meine Zähne…«

»Waren doch alle Ekel erregend faul, während sie jetzt funkeln wie der Schatz von Delphi!«

»Meine geliebte Konkubine…«

»Stratonike, diese Betrügerin, hat mir noch in derselben Nacht den größten Teil der Beute geklaut und sich mit einer Palastwache davongemacht, in die sie sich schon seit langem verguckt hatte!«

»Du sprichst doch nicht von dem anbetungswürdigen Mädchen, das mein Schlafgemach mit der Grazie einer sich wiegenden Binse erheitert hat?«, wunderte sich Serapion.

»Nachdem sie mit ihrem rüpeligen Soldaten zwölf Kinder in die Welt gesetzt hat, dürfte sie mittlerweile mehr wiegen als deine verflossene Ehefrau. Wenn du sie jetzt noch auf deinem Lager beherbergen wolltest, müsstest du schon ein übergroßes Bett bauen lassen.«

»Das ist mir egal, ich habe geschworen, dich in Scheibchen zu schneiden, und die Götter sind meine Zeugen, dass ich mein Versprechen halten werde!«, antwortete der Kaufmann, auch wenn sein Einspruch schon etwas schwächer klang.

»Gut«, erwiderte Castor mit erstickter Stimme. »Wenn das so ist, stehe ich zu deiner Verfügung. Lass mich nur noch den gesamten Gewinn meinem Herrn übergeben, zum Wohle meiner Erben …«

Serapions wütende Blicke wanderten von dem unglückseligen Sklaven zu dem Haufen Münzen. Süß ist die Rache, aber noch süßer ist der Glanz des Goldes, und der Kaufmann, als kluger Mann, brauchte nicht lange, um seine Wahl zu treffen: Das Eis in seinem Blick löste sich in großherziges Wohlwollen auf, während er mit wohltönender Stimme verkündete: »Nur Kleingeister können nicht verzeihen!«

Dann senkte er seine Stimme deutlich und flüsterte Castor ins Ohr: »War Stratonike wirklich so eine treulose Hure? Sie schien immer so süß wie eine Honigwabe zu sein, und dabei hat sie die ganze Zeit schon geplant, uns beide aufs Kreuz zu legen und uns die Beute abzuknöpfen! Ich schwöre, nie wieder werde ich mich von einem hübschen Gesichtchen und geraden Beinen bezirzen lassen; ja, weißt du was? Es ist an der Zeit, dass ich den Frauen abschwöre und mich höheren Dingen zuwende!«, erklärte er heiter und legte dabei in einem Anfall übertriebener Vertraulichkeit seinen Arm um Castors Schultern.

»Was hältst du vom Würfeln?«, schlug Castor vor. »Wird im Wirtshaus zum Roten Ibis immer noch so heftig gespielt? Und in der Anubis-Taverne, unten am Hafen von Faro? Ach, das waren noch Zeiten, Serapion! Ich weiß noch, wie schön es war, dich auszunehmen, als ich viermal hintereinander einen Sechserpasch geworfen habe!«, lachte der Sklave voller Genugtuung.

»Und ich mich daran, wie gut es getan hat, dir dafür zwanzig Peitschenhiebe auf den Rücken zu verpassen, dass du falsch gespielt hast!«, erinnerte sich der Kaufmann wehmütig. »Was für schöne Zeiten!«

»Hättest du Lust auf eine Partie?«, schlug Castor vor, und kurz darauf machten sich die beiden, Arm in Arm wie alte Freunde, aus vollem Halse schmutzige Lieder grölend, in Richtung der *taberna lusoria* auf.

Doch nicht alle schienen Castors und Serapions Freude zu teilen: Tadius Tullianus stand ein wenig abseits und zog ein Gesicht wie ein dummer Mastino, dem sein undankbarer Patron den Knochen weggenommen hatte, um ihn der Katze des Hauses zu geben. Der Mythograph aus Ariminum machte sich daran, ihn aus seiner Erstarrung aufzurütteln.

»Willst du nicht kassieren gehen, Ritter?«, fragte er ihn scheinheilig, ohne sich ein einziges Mal zu verhaspeln. »Ich verstehe ja, dass es dir peinlich ist zuzugeben, dass du gegen Rom gewettet hast, aber die Quittungen des Buchmachers sprechen eine klare Sprache: Du hast gut zwanzig Talente auf Lampos Sieg gesetzt, eine Vorhersage, die dir mindestens das Fünffache deines Einsatzes eingebracht haben dürfte!«

Aurelius verspürte eine gelinde Enttäuschung, als ihm klar wurde, dass niemand ernsthaft an seinen Sieg geglaubt hatte. Unter dem Strich hatte er jedoch allen einen Gefallen erwiesen, indem er so schmachvoll verloren hatte, sagte er sich, und schickte sich an, dem Herold zuzuhören, der Phtia aus Elis, Tochter des Euthymios und Witwe des edlen Archilocos, zur Olympionikin erklärte.

»Seht nur!«, rief in diesem Augenblick ein Zuschauer. »Andronicus, der große Verlierer, kommt, um dem siegreichen Wagenlenker die Ehre zu erweisen!« Alle drehten sich zu dem Athleten aus Ephesos um, der sich einen Weg durch die Menge bahnte. Die Blutergüsse, die er bei dem schrecklichen Sturz, den er wunderbarerweise ohne größere Verletzungen überstanden hatte, davongetragen hatte, trug er tapfer zur Schau. »Er trägt den Kranz, den er bei den letzten Spielen gewonnen hat: Bestimmt will er persönlich den neuen Sieger krönen!«

So kam es, dass nur wenige zuschauten, als Busirides Lampo den Siegerkranz der Witwe Phtia überreichte; alle waren damit beschäftigt, dem Sieger der vorigen Olympiade mit den Blicken zu folgen. Der überquerte gemessenen Schrittes die Rennbahn und blieb, den erbleichenden Lampo ignorierend, vor Publius Aurelius stehen.

»Du hast den Sieg verschenkt, um mein Leben zu retten. Du solltest diesen hier tragen!«, erklärte er, während er den Kranz abnahm, um ihn dem Senator auf den Kopf zu setzen. Und da geschah das Unvorhersehbare: Das Publikum brach in warmherzigen Applaus aus und erklärte so die beiden Verlierer zu den wahren Siegern.

Während Lampo sich mit Schamesröte im Gesicht aus dem Staub machte, drückte Berillio dem Senator die Hand: »Wenn du möchtest, kann ich dir auch meinen Kranz geben. Sollten die Götter mir gnädig sein, gewinne ich sowieso noch mehr!«

»Wenn wir nicht bald damit aufhören, die Ölkränze zu verschenken, werden sie bald an den Andenkenständen verkauft«, schalt Aurelius den kleinen Läufer scherzhaft, bevor er ihn samt seinem Siegeskranz hochhob, damit die Menge ihn bewundern konnte.

In der Zwischenzeit versuchte Tadius Tullianus das gerührte Staunen der Umstehenden zu nutzen, um sich heimlich davonzustehlen. »Darf ich dich begleiten, wenn du deinen Gewinn abholst?«, fragte ihn Evaristos, der ihm gefolgt war, eifrig.

»Sehr freundlich von dir, aber ich brauche keine Hilfe«,

wies Tadius, sichtlich bestrebt, unerkannt davonzukommen, das Angebot zurück.

»Ich fürchte, du wirst nicht ablehnen können«, lächelte der Ariminer. Auf einmal war das unsichere Gestammel zusammen mit dem provinziellen Akzent aus seiner Stimme verschwunden, um einer reinen und eleganten Aussprache Platz zu machen. »Dies ist die Vollmacht des Konsortiums deiner Gläubiger, das mich beauftragt hat, die Vermögenswerte zurückzuholen, die du den Bankkunden unrechtmäßig entwendet hast, als du dich für bankrott erklärt hast«, eröffnete er und zog dabei eine Papyrusrolle aus der Tunika. »Du wirst mir deinen Gewinn übergeben und auch den Rest deines Bargelds, das du dir von deinem *nummularius* hast auszahlen lassen, nachdem du durch meine offensichtliche Beschattung nervös geworden bist. Und glaub nicht, ich wüsste nicht, an welche Bank du dich gewendet hast: Als ich so getan habe, als wäre ich in dich hineingestolpert, habe ich dir ein Dokument entwendet, auf dem die Namen deiner Vertrauensleute stehen.«

Empört schaute sich Tadius auf der Suche nach Unterstützung um, doch die Umstehenden senkten rasch die Blicke; die meisten ergriffen unter dem Vorwand dringender Erledigungen die Flucht.

Der Bankrotteur aus der Urbs sah ein, dass er verloren hatte. All die Jahre des Exils in Erwartung einer triumphalen Rückkehr nach Rom mit den Taschen voller Geld waren vergebens gewesen, ebenso wie die wenig schickliche Mission, die er seiner Schwester aufgetragen hatte: Es gab keinen Ausweg mehr, er musste sich von seiner Beute trennen.

Für Publius Aurelius hingegen stellte Evaristos' Eröffnung eine angenehme Überraschung dar.

Ein Detektiv, wer hätte das gedacht! Der Ariminer hatte also nichts mit dem Tod der Athleten zu tun: Er hatte es auf den zahlungsunfähigen Ritter abgesehen und war nur zufällig in den Mordfall verwickelt worden. Seine ständige Aufdringlichkeit, das nächtliche Wachestehen, die plumpen Versuche einer Beschattung, die ungeschickten Bewegungen – das alles hatte nur darauf abgezielt, Tadius zu entmutigen und ihn dazu zu treiben, sich zu offenbaren.

Ein Teilchen dieses verworrenen Rätsels fand also endlich seinen richtigen Platz. Jetzt brauchte er nur noch ein wenig Ruhe, um auch die anderen korrekt zuzuordnen…

»Schnell, Patron, komm schnell: Hermeteus ist aus Olympia zurückgekehrt und nimmt unseren Pavillon auseinander!«, schrie da auf einmal Nicophorus.

Als Aurelius zu seinem Zelt kam, hatte er den Eindruck, als habe Eol sämtliche Stürme mobilisiert, um sein Heim dem Erdboden gleichzumachen: Kissen lagen verstreut umher, Vorhänge waren heruntergerissen, die geflochtenen Weidensessel zerfetzt, und sogar der Stützpfahl des Tricliniums war umgestürzt. Nicht einmal das Bildnis des Kaiser Claudius war verschont geblieben: Die Büste lag mit abgebrochener Nase auf der Erde, die schwarzen Obsidianaugen weit aufgerissen, mit dem verzweifelten Blick eines erlauchten Fürsten, der einer der zahlreichen Verschwörungen der Prätorianer zum Opfer gefallen war.

Vollkommen außer Kontrolle geraten, hatte Hermeteus sich eines Bronzekandelabers bemächtigt und schwang ihn drohend gegen zwei verängstigte Sklaven, die notdürftig hinter dem letzten Rest eines Tisches Zuflucht gesucht hatten, von dem ein Meer aus Splittern herabregnete.

»Wo ist er? Wo hast du ihn versteckt, du dummer Römer?«, schrie er. Seine Stimme klang belegt wie bei jemandem, der sich nach einer Zeit strengster Abstinenz mit einem Schlag sinnlos betrunken hatte. Auch am Tag des Massakers musste es so gewesen sein: Er war betrunken gewesen und hatte, von einer unkontrollierbaren Wut gepackt, blind zugeschlagen.

Erst hinterher war ihm klar geworden, was er angerichtet hatte, als zusammen mit allen anderen Familienmitgliedern auch der Lieblingssohn seiner mörderischen Raserei zum Opfer gefallen war. Daher also die Inszenierung, bei der Frisso zumindest so lange ersetzt werden sollte, bis der reiche Verwandte gestorben war. Doch in der Zwischenzeit musste auch Psalmonaios, der Einzige, der ihm die Erbschaft hätte streitig machen können, aus dem Weg geräumt werden. Olympia hatte ihm eine gute Gelegenheit dazu geboten, rekonstruierte Aurelius das Geschehene, der vorsichtig auf den Rasenden zuging und mit der Hand nach dem Messer tastete, das er stets bei sich trug.

Erst als er nur noch einige Schritte von dem durchgedrehten Alten entfernt war, fiel ihm ein, dass er die Waffe bei seiner Vorbereitung auf das Wagenrennen im Stall ins Heu geworfen hatte. Während die beiden völlig verschreckten Sklaven aus dem Zelt flohen, warf der Senator sich zu Boden und entging um ein Haar der Enthauptung durch den schweren Kandelaber, mit dem der wahnsinnige Hermeteus um sich schlug.

»War es am Tag der Tragödie auch so? Hast du da auch so den Kopf verloren?«, fragte ihn Aurelius. »Du warst gar nicht in der Denkerstube, wie du behauptest, sondern in der Nähe des Hauses. Du hattest getrunken, wie so oft in jenen Tagen. Du hast Erissas verzweifelte Schreie wegen ihrer Gans gehört und fandest deinen Lieblingssohn in einer Blutlache vor, den Hals des Tieres noch in der Hand. War es das, was deine Gewalttätigkeit hat ausbrechen lassen? Oder hast du ihnen nur die tägliche Tracht Prügel verabreicht und bist dabei zu weit gegangen? Hat Frisso sich zwischen dich und seine Mutter geworfen und aus Versehen den tödlichen Schlag abbekommen?«

»Schweig, du Verbrecher!«, schrie der Alte mit rauer Stimme.

»Erissa, das Mädchen, das du gezwungen hast, sich über Jahre als Junge auszugeben, hatte sich in der *arca* versteckt und war ohnmächtig geworden, weil ihr der Deckel aufs Bein gefallen war. Als sie wieder zu sich kam, war es ein Leichtes für dich, sie davon zu überzeugen, dass eine Bande entflohener Sklaven ins Haus eingedrungen war: Sie war ein kleines Mädchen und hatte wahnsinnige Angst vor dir. Sie hat sie noch, sie zittert ja schon bei deinem bloßen Anblick!«

»Du hirnloser, arroganter, unwissender Quirite! Mit deiner dummen Anmaßung hast du alles ruiniert!«, pöbelte Hermeteus außer sich vor Wut und verzog das Gesicht zu einer grausamen Grimasse, während er erneut mit ungeheurer Kraft den Kandelaber hochhob.

Doch der Patrizier war bereits blitzartig aufgesprungen und rammte ihm den Kopf in den Bauch, während er den Rasenden gleichzeitig bei den langen weißen Haaren packte und ihm den Kopf grob nach hinten riss. Der Kandelaber flog durch die Luft und schlug direkt in den Intarsien des Tisches ein, der den Sklaven als Schutzschild gedient hatte. Der ebenhölzerne Prometheus fiel in sich zusammen, genauso wie Hermeteus, der durch einen Kinnhaken endgültig niedergestreckt wurde.

Als Aurelius sich keuchend aufrichtete, erschien Castor mit einer Decke in der Hand im Eingang.

»Du Unglückseliger, warum hast du nicht vorher eingegriffen?«, beschwerte sich sein Herr, als er nach dem Stück Stoff griff, das Castor bereithielt, um den durchgedrehten Mathematiker damit zu fesseln.

»Nur um einem ungehobelten Römer den Spaß zu verderben, sich mal gründlich auszutoben?«, gab der Alexandriner zurück, doch der Senator hörte ihn nicht mehr, weil er schon zu Phtias rannte, um Erissa zu suchen.

»Oh, oh, bist du gekommen, um deine Wettschulden zu bezahlen?«, gurrte die Witwe und brachte die Kettchen ihres Schleiers zum Klingen. »Du brauchst dich nicht so zu beeilen; gönn dir erst einmal deine wohl verdiente Ruhepause, du wirst sie brauchen!«

»Ruf sofort Erissa her, ich muss sie von hier wegbringen!«, befahl Aurelius.

»Was für eine Eile! Du könntest dir diese armselige Bohnenstange immer noch zu Gemüte führen, wenn du deine Schulden getilgt hast«, beschwerte sich die Alte. »Sie ist sowieso schon seit gestern Abend nicht mehr in meinem Zelt; nach allem, was ich weiß, ist sie ausgegangen, um dich zu besuchen!«

Hermeteus Tochter hatte ein Kleid angezogen, bestätigten ihm die Mägde, und man hatte schon von weitem sehen können, dass sie nicht daran gewöhnt war, weil sie ständig auf den Saum ihrer Tunika getreten war. Sie hatte auf eine Begleitung verzichtet und sich in tiefer Nacht auf die andere Seite des Alpheios aufgemacht. Weit entfernt davon, sich Sorgen zu machen, hatten sich die Sklavinnen feixend gegenseitig mit den Ellenbogen angestoßen, überzeugt davon, sie sei zum Zelt ihres römischen Gönners unterwegs.

Aurelius hörte entsetzt zu. Erissa des Nachts im Lager. In vollkommener Dunkelheit. Während er mit Levia zusammen gewesen war.

Ihr erster Tag als Frau, nach Jahren. Der Tag ihrer Initiation, an dem ein lang gehegter Traum in Erfüllung ging. Eine Kinderei, hätte Hermeteus wahrscheinlich gesagt, doch die allerersten Verliebtheiten junger Leute, von den Erwachsenen mit nachsichtiger Oberflächlichkeit belächelt, konnten sehr ernst gemeint sein, besonders bei einer so tief verunsicherten Persönlichkeit, die noch dazu von unheilbarer Eifersucht geplagt wurde. Der Patrizier erinnerte sich an den Gesichtsausdruck des Mädchens, damals noch in

Frissos Kleidern, das ihm am Abend des Banketts nachspioniert hatte, als er die schöne Tullia umwarb. Es war nicht nur Enttäuschung oder Empörung in ihrem Gesicht zu lesen gewesen, sondern purer Hass, der Hass eines Tieres, das durch ständige Misshandlung bösartig geworden war.

Auch dieses Mal hatte sie eine Rivalin in seinem Zelt vorgefunden, als sie ihn aufsuchen wollte.

Aurelius merkte, wie es ihm vor Angst kalt den Rücken herunterlief, und er begann, zum Friedhof zu laufen.

Tullia war zusammen mit ihrem Bruder und Levia in ihren Zimmern im Gasthaus in Sicherheit, hatte der Senator erleichtert festgestellt. Jetzt bahnte er sich einen Weg durch die Menge, die sich in Erwartung des Vierspänner-Rennens, dem spektakulärsten Ereignis der Spiele, vor dem Hippodrom drängelte. Vor die Wagen, die auf die Rennbahn einfuhren, waren keine halbwüchsigen Fohlen mehr gespannt, sondern ausgewachsene Hengste aus Hellas' berühmtesten Gestüten. Und diesmal waren auch keine Römer im Rennen, keine Orientalen oder mit ägyptischem Blut gemischte Alexandriner, sondern nur reinblütige, echte griechische Aristokraten, wie in den alten Zeiten, als die Ägäis noch das Leuchtfeuer der Zivilisation und Kultur darstellte.

Da sie ihre Männerkleidung abgelegt hatte, konnte Erissa sich nicht mehr im Publikum befinden, überlegte der Patrizier. Doch es wurde noch jemand vermisst, der kleine Berillio, den seine Mutter zum letzten Mal im Morgengrauen gesehen hatte, als er hinausgegangen war, um dem Fohlenrennen zuzusehen.

»Zarzas!«, rief Aurelius, als er zwischen den wehenden, leichten Gewändern den unpassenden Pelzmantel des Karthagers erblickte: Vielleicht könnte er ihm einen Hinweis geben…

»Wir haben uns nichts mehr zu sagen!«, fertigte ihn der Eseltreiber unfreundlich ab. Als er sich gestern Abend zum Gasthaus begeben hatte, hatte er Levia nicht angetroffen. Es bedurfte nicht viel Fantasie, um sich vorzustellen, wo sie hingegangen war: Man musste nur gesehen haben, mit welchen Augen sie den Römer anhimmelte, während sie seine Ergebenheit und die Zuneigung, die er dem Kleinen entgegenbrachte, nicht einmal bemerkt hatte …

Aurelius gönnte sich einen Augenblick der Ruhe: Es brachte nichts, zwischen den Zuschauermassen umherzuirren, Erissa musste an einen ruhigeren Ort geflohen sein – vielleicht in den Tempel der Ilizia, einen der wenigen Orte in Olympia, zu dem Frauen Zutritt hatten, dachte er, während er zur Echohalle hinüberging.

Dort fand er Evaristos, der bequem an einer Säule lehnte und zufrieden auf den Sack Geld schaute, den er Tadius Tullianus auftragsgemäß abgenommen hatte. Es war genug, um nicht nur seine Familie zu entschädigen, sondern alle Sparer aus Ariminum. Von der Belohnung für den erfolgreich erledigten Auftrag würde er einen Verwalter für das Thermalbad einstellen und könnte seine Zeit endlich den heiß geliebten mythologischen Studien widmen. Er dachte darüber nach, eine Abhandlung über Deima von Korinth zu schreiben, doch er bezweifelte, dass sie beim breiten Publikum auf große Resonanz stoßen würde. Vielleicht sollte er sie mit einer Prise von etwas Sensationellem garnieren wie zum Beispiel einer Erzählung über die grausamen Verbrechen bei den Spielen …

»Willst du gar nicht beim Quadriga-Rennen zuschauen, Senator? Seltsam, dass eine solche Spezialität bei den Römern auf so wenig Interesse stößt: Tadius ist beleidigt in seinem Zelt geblieben, wütend, weil er nichts mehr hat, was er verwetten könnte, und sogar Berillio ist statt ins Hippodrom genau in die entgegengesetzte Richtung gegangen.«

»Vielleicht zu den Schatzhäusern?«, fragte Aurelius und machte sich, nachdem er ein Kopfnicken erhalten hatte, an die Verfolgung.

Zweifel kam in ihm auf: Hermeteus konnte in seinem unkontrollierbaren Wutrausch sicher seine Ehefrau und seinen Sohn totgeschlagen haben. Aber wäre er extra in die Zimmer der Frauen eingedrungen, um auch den Säugling zu ermorden, der ruhig in seiner Wiege lag? Der Weinrausch allein reichte nicht aus, um auch dieses letzte grausame Verbrechen zu begründen. Dazu bedurfte es noch etwas mehr. Es bedurfte Hass und Eifersucht, um sich an einem so wehrlosen Geschöpf zu vergreifen.

Frisso war der Liebling des Vaters gewesen, ihm wurde alles verziehen, überlegte er: Es waren die Frauen des Hauses, die die Schläge, Beschimpfungen und den ganzen Ärger einstecken mussten. Von ihren Eltern vernachlässigt, grob behandelt, daran gehindert, ihre außergewöhnliche Intelligenz weiterzuentwickeln, hatte Erissa ihre ganze Zuneigung einem niederen Tier gewidmet. Und ihr Bruder – der von der Mutter verhätschelte und vom Vater verwöhnte Junge, der über den Papyrusrollen schwitzte und lange brauchte, um die Inhalte zu begreifen, der sich vor jeder Kleinigkeit ängstigte – hatte aus einer dummen, grausamen Laune heraus ihre Gans ermordet, die einzige Kreatur, die das Mädchen wirklich lieb hatte.

Ein normales griechisches Mädchen, erzogen zum Gehorsam, hätte einfach nur geweint. Doch Erissa war mit einer komplexen Persönlichkeit ausgestattet und litt, ertrug die Ungerechtigkeiten und die gewalttätigen Übergriffe nur schwer. Sie hatte sich an tragischen Versen, unsterblichen Göttern und rachsüchtigen Heldinnen genährt. Und sie war obendrein eifersüchtig, schrecklich eifersüchtig auf alle, sogar auf ein gerade erst geborenes Kind …

»Hör auf, Erissa, er ist es nicht, der dich beleidigt hat!«, schrie er, als er sie von weitem auf der menschenleeren Terrasse erblickte. Sie hatte den Speer in der Hand und sprach lebhaft auf den kleinen Berillio ein, der ausgestreckt zu ihren Füßen lag und vor Vergnügen lachte, nichts ahnend von der tödlichen Gefahr, in der er schwebte. Wie Kallimachos.

Aurelius machte einen Schritt auf sie zu, doch schon zeigte das Mädchen mit dem *pilum* auf Berillios Hals, während sie ihn mit dem Fuß am Boden hielt.

»Er ist der Sohn der Tellerwäscherin: Sie wird leiden, wenn ich ihn ermorde, so wie ich letzte Nacht gelitten habe, als ich sie in dein Zelt habe gehen sehen, aufgetakelt wie eine Hetäre!«

»Ich bin der einzige Schuldige hier, Erissa«, erwiderte der Senator, ging mit erhobenen Armen auf sie zu und bot seine Brust der Speerspitze dar. »*Ich* habe dich beleidigt, *ich* habe dich übergangen, *ich* habe andere Frauen dir vorgezogen!«

Es reichte nicht, merkte Aurelius angsterfüllt; er musste sie noch mehr provozieren, damit sie die Waffe von Berillio wegnahm und gegen ihn richtete. Das Kind durfte nicht für seinen unverzeihlichen Hochmut bezahlen: Er hatte ein unschuldiges Leben aufs Spiel gesetzt, weil er glaubte, alles zu durchschauen, und dabei hatte er rein gar nichts verstanden.

»Strafe mich, Erissa! Ich habe dich nie beachtet, nie in Erwägung gezogen, ich habe dich außer Acht gelassen, wie dein Vater es mit dir als Kind getan hat. Triff nicht noch einmal das falsche Opfer!«

Endlich hob das Mädchen den *pilum* von der Kehle des kleinen Läufers und zeigte damit auf den Mann, der mit offenen Armen auf sie zukam und ihr Dinge sagte, die sie nicht hören wollte.

»Ich konnte meinen Vater nicht ermorden, ich habe ihn doch geliebt!«, schrie sie aufgewühlt. »Ich wollte seine Aufmerksamkeit, ich habe mich nach seiner Hochachtung gesehnt. Die anderen standen zwischen mir und ihm, wenn sie verschwanden, würde er mich endlich bemerken!«

»War es das, was dich zur Mörderin gemacht hat?« Hermeteus war erst dazu gekommen, als das Massaker bereits geschehen war, begriff Aurelius: Welche Rolle hatte sein schlechtes Gewissen, ein ungerechter Vater gewesen zu sein, und welche die Gier nach der Erbschaft gespielt, als er sich entschied, seiner Tochter zu helfen und ihr zu erlauben, den Platz des ermordeten Sohnes einzunehmen?

»Nein, es war die Gans. Frisso hatte alles und ich nur sie. Frisso hat sie ermordet, also habe ich ihn ermordet, dann habe ich auch meine Mutter getötet, als sie versucht hat, ihn zu verteidigen. Sie hat sich gewehrt und mich am Bein verletzt…«

»Und der Säugling?«

»Wenn er am Leben geblieben wäre, hätte mein Vater all seine Hoffnungen in ihn gesetzt, und ich hätte wieder aufgehört, für ihn zu existieren«, erklärte Erissa, jetzt ruhig, als habe sie ihre Gefühle vollkommen unter Kontrolle.

Berillio war es in der Zwischenzeit gelungen, aufzuspringen und zu entfliehen. *Das ist Gerechtigkeit*, dachte Aurelius, als er Erissa anblickte, die mit ihren großen, weit aufgerissenen blauen Augen und einem eisigen Lächeln all ihre Kräfte zusammennahm, um ihm den Speer in die Brust zu rammen.

»Nein, es ist zu Ende, meine Tochter!«, rief da plötzlich Hermeteus, der von hinten an sie herangetreten war. »Der Senator hat Recht, ich habe dich zugrunde gerichtet, mich hättest du ermorden müssen. Dein Geist, dein schöner Geist, den ich so lange verkannt habe, ist verwirrt wie damals: Die mörderische Wut, die ich selbst mit meinem Verhalten heraufbeschworen habe, ist von neuem erwacht. Ich bin nicht rechtzeitig gekommen, um meinen Frisso zu retten, aber dieses Mal werde ich dich aufhalten!«

Erissa zögerte nur einen Augenblick, was ihrem Vater reichte, um ihr den Speer aus der Hand zu reißen und ihn auf sie zu richten. Das Mädchen schaute ihm in die Augen und sah dort keine Liebe, sondern nur Bedauern und unendliches Mitleid. Da warf sie sich mit einem erstickten Schrei in die scharfe Spitze und ließ sich durchbohren.

»Lass mich mit ihr allein«, murmelte Hermeteus, der den Kopf des Mädchens zwischen seine Hände nahm und sie streichelte, das erste und letzte Mal in seinem Leben.

Während Hermeteus die Waffe ergriff, um sie gegen sich selbst zu richten, zog sich Aurelius schweigend zurück und zollte ihm damit jenen Respekt, den man einem Sterbenden schuldet.

»Ein Epilog im klassischen Stil der griechischen Tragödie: eine von ihrem Vater krankhaft abhängige Tochter, ein Brudermord mit angehängtem Muttermord, eine grausame Rache und zum Schluss die finale Katharsis mit der brutalen Auslöschung aller Helden!«, versuchte Castor zu scherzen, doch seine Stimme verklang zu einem dumpfen Murmeln: Über das, was geschehen war, konnte nicht einmal er noch Witze machen.

»Wie ist Hermeteus denn deiner Bewachung entkommen?«, fragte Aurelius düster.

Das dramatische Nachspiel zu Erissas Geschichte hatte einen bitteren Geschmack in seinem Mund hinterlassen. Eine Verschwendung von Leben, von Glück, von Intelligenz. Ein langjähriger Schmerz, ein klares Bewusstsein ohne jede Reue, das mindestens zweimal in Wahnsinn verfallen war. Hätte man das verhindern können?

»Um die Wahrheit zu sagen, er ist nicht wirklich entflohen, *domine*: Ich bin dir gefolgt und habe ihn mit zur Terrasse genommen. Und als ich hörte, wie das Mädchen seine Schuld eingestand, habe ich seine Fesseln gelöst, weil ich überzeugt davon bin, dass man bestimmte Dinge am besten innerhalb der Familie klärt.«

»Du hast gehofft, er könnte sie aufhalten«, stellte Aurelius fest.

»Ganz genau, Patron. Weil ich dich gut kenne, hatte ich befürchtet, du könntest, statt die Ärmste anzugreifen, dein eigenes Leben ernsthaft aufs Spiel setzen. Also habe ich Vorsichtsmaßnahmen ergriffen, denn im Fall deines vorzeitigen Ablebens wäre ich an den Nächstbesten verkauft worden«, bekannte der Sekretär. Aurelius verzichtete darauf, gegen diese x-te Einmischung in sein Privatleben zu protestieren. Es hatte nicht anders ausgehen können, sagte er sich: Die Grundlagen waren längst gelegt, bevor die Protagonisten dieser düsteren Geschichte überhaupt in Olympia zu den Spielen aufeinander getroffen waren.

»Also ist der Fall jetzt abgeschlossen«, stellte Castor fest. »Die Hellanodiken behaupten, Erissa hätte auch Kallimachos ermordet, weil er versucht hatte, sie zu vergewaltigen.«

»Augenscheinlich«, erwiderte Aurelius zweifelnd.

»Aber was hatten Pyrrhus und Psalmonaios damit zu tun?«

»Mörderischer *furor*, sagen sie. Busirides frohlockt bei der Vorstellung, dem Kollegium eine bereits tote, schöne Schuldige präsentieren zu können«, grummelte der Senator. »Aber ich bin nicht davon überzeugt: Erissa hat von altem Groll erfüllt gemordet, und darauf geht alles zurück. Aber sie hatte überhaupt keinen Grund, Zorn gegen die beiden Fünfkämpfer zu hegen.«

»Vergiss diese hässliche Angelegenheit einfach, *domine*: Jetzt kannst du auch die Jagd nach einem Mörder zu deinen zahlreichen Erfahrungen zählen. Aber ein Spiel ist schön, so lange es kurz ist; und so es den Göttern gefällt, war dies das erste und letzte Mal, dass du dich einer solchen Aufgabe widmest, die sich doch nun wahrlich nicht besonders gut mit der *dignitas* eines Senators verträgt«, legte ihm Castor nahe.

»Hat sich Berillio von dem Schrecken erholt?«, fragte der Patrizier.

»Ja, er ist draußen und wartet.«

Aurelius ließ ihn hereinkommen. Er mochte dieses einfache und anspruchslose Kind, das in eine Welt voller wilder Tiere geworfen worden war, die nach Ruhm, Reichtum und Ehre gierten: Ihn zu retten, war sein einziger Gedanke gewesen, als er auf die Terrasse gerannt war.

»Möchtest du etwas zu essen?«, fragte er ihn, als er sich daran erinnerte, mit welchem Heißhunger der kleine Läufer sich vor einigen Tagen auf das *ientaculum* gestürzt hatte.

»Ich habe mich in den letzten Tagen so voll gestopft, dass ich zwei *nundinae* lang nicht mehr laufen könnte«, lehnte der Junge die Einladung ab. Doch dieses Mal lächelte er nicht, sondern tiefe Besorgnis stand in seinem Gesicht geschrieben. »Ich denke an meine Mutter«, gestand er, während sich Aurelius fragte, ob er von der Nacht wusste, die Levia bei ihm verbracht hatte.

»Sie ist eine junge und schöne Frau...«, begann er leicht beschämt.

»Ich glaube, Zarzas möchte ihr einen Heiratsantrag machen«, stieß Berillio in einem Atemzug hervor.

»Ich hoffe, du hast nichts dagegen, einen Stiefvater zu bekommen«, murmelte der Senator mit einem Anflug von Bedauern. Nach ihrem Anfall von Wagemut kehrte Levia also wieder in eine neue, glückliche Normalität zurück, die zwar weniger aufregend, dafür aber wesentlich vertrauenswürdiger war als alles, was er ihr anzubieten überlegt hatte. »Der Eselzüchter ist ein wohlhabender Mann, er hat keine Erben, und er mag dich sehr gern...«

»Aber er ist ein Karthager!«, platzte Berillio wütend heraus.

»Rom versteht es, auch die besiegten Völker in seiner Mitte aufzunehmen: Eines Tages werden alle seine Rechte genießen, vielleicht sogar bis hin zu jenen, die jetzt noch in Sklaverei leben…«

»Und was wirst du dann tun? Wirst du dein Haus verlassen und deine Sklaven freilassen?«, fragte der Junge mit glasklarer Logik.

»Bis dahin werde ich längst tot sein, also stellt sich die Frage für mich nicht«, wich ihm der Patrizier aus, dessen Idealismus fest umrissene Grenzen besaß. »Auf alle Fälle könnte ich mir immer noch einen Bart wachsen lassen und Philosophie lehren!«

Berillio lachte vergnügt, als er sich vorstellte, wie Aurelius mit dem dichten Bart eines Philosophen aussehen musste. Doch einen Augenblick später legte sich erneut ein Schatten auf sein kindliches Gesicht.

»Meine Mutter hat mir erklärt, warum ich Spurio heiße«, erklärte er todernst. »Eine bewegende Geschichte, aber ich habe den Verdacht, sie hat mich angelogen.«

»Wieso das?«

»Ein Junge aus dem Dorf meines Großvaters hat mich vor ein paar Jahren mal den Bastard eines Puniers genannt. Also hab ich ihn verprügelt, aber jetzt frage ich mich, ob nicht etwas Wahres an seiner Beleidigung gewesen ist.«

»*Mater semper certa est, pater semper incertus:* – die Mutter ist gewiss, der Vater dagegen stets ungewiss – Wenn ich überlege, was für einen Ruf meine erlauchte Mutter genossen hat, ist die Wahrscheinlichkeit ziemlich hoch, dass ich punisches Blut in meinen Adern habe und nicht du!«, scherzte Aurelius, doch es gelang ihm nicht, Berillio damit zum Lächeln zu bringen.

»Da ist noch eine andere Sache, die ich dich fragen wollte…«, bat er mit gesenktem Blick. »Du bist nicht zufällig in Numidien gewesen, so ungefähr vor zwölf Jahren?«

Aurelius sah sich plötzlich wieder vor seiner Frau Flaminia mit dem roten Brautschleier stehen, die ihn halb neugierig, halb augenzwinkernd mit forschenden Augen ansah und auf eine eventuelle falsche Bewegung wartete. Er sah sie wieder in dem großen Bett, stark, mit zwei Ehen und sieben Jahren mehr im Rücken. Er hörte wieder ihre Lustschreie, als sie beieinander lagen, und jene anderen, qualvollen, als sie gebar. Er erinnerte sich an das leichte Gewicht des Neugeborenen, das er hochhielt, und den Ton seiner Stimme, als er rief: »Er soll großgezogen werden!« Dann die düstere Kammer, das Kommen und Gehen der Ärzte, die Zweifel, die Hoffnungen, das traurige Kopfschütteln. Und zuletzt in der Wiege aus Gold und Ebenholz das kleine, kalte Körperchen des letzten adeligen Sprosses der Flaminier und der Aurelier. Jetzt bot ihm das Schicksal erneut die Möglichkeit, einen Stammhalter seiner Familie zu bekommen. Er musste nur Ja sagen, Levia würde ihm nicht widersprechen.

»Und?«, fragte Berillio mit angehaltenem Atem.

Für einen Augenblick stellte der Patrizier sich Levia vor, wie sie zu Hause auf ihn wartete, eingeschüchtert, verloren, während die anspruchsvollen Sklavinnen von oben auf sie herabschauten, die Mägde sich über sie lustig machten und jede ihrer Bewegungen von den Matronen der Urbs misstrauisch beobachtet wurde.

Er dachte an den arglosen Berillio in der Toga mit dem *laticlavius*, sah ihn übers Forum gehen, den gemeinen Bemerkungen der Klatschmäuler, den Nachstellungen der Betrüger und den Messern gedungener Mörder ausgeliefert: Er würde ihm mit Sicherheit keinen großen Gefallen erweisen, wenn er jetzt log …

»Nein«, antwortete er brüsk und erstickte damit den allerletzten Hoffnungsschimmer des Jungen, bevor er hinzufügte: »Du musst jetzt an deine Zukunft denken. Ich denke doch, du wirst weiterhin laufen, oder?«

»Wenn du wüsstest, was für Angebote ich bekomme«, antwortete Berillio nachdenklich. »Ich kann reich und berühmt werden, aber ich bin nicht sicher, ob ich darauf Lust habe: rauf und runter das Stadion, hundertmal am Tag, während die anderen spielen, sich vergnügen und zur Schule gehen. Vielleicht mache ich nur noch ein paar Läufe und kaufe mir von dem gewonnenen Geld ein Landgut. Wer weiß … wenn die Götter mir gewogen sind, kann ich es schon in ein paar Jahren geschafft haben.«

»Genau im richtigen Alter, um anzufangen, den Mädchen hinterherzusteigen«, lächelte Aurelius und legte ihm eine Hand auf die Schulter: »Zarzas ist ein anständiger Mann, erweise ihm alle Ehre, die er verdient!«

Wenig später, nachdem der Senator Berillio verabschiedet hatte, empfing er weiteren Besuch.

Tullia kam, in Tränen aufgelöst, in sein Zelt gestürzt, das Gesicht zwischen den schneeweißen Armen verborgen, die durch die tief ausgeschnittene Tunika bestens betont wurden.

»Du hast mich gestern Abend angelogen!«, rief sie, während aus ihren roten Augen dicke Tränen kullerten. Aurelius fragte sich erheitert, wie viel Zwiebelsaft sie wohl gebraucht hatte, um sich auf diese herzergreifende Szene vorzubereiten.

Tadius' Schwester war eine entzückende Intrigantin, eine schamlos falsche und verlogene Schwindlerin, aber deshalb konnte er sie nicht weniger leiden: Er liebte die Frauen, auch die berechnendsten, erkannte er zum x-ten Mal und beeilte sich, die untröstliche Tullia mit einem Pfefferkuchen zu besänftigen. Er liebte ihre köstliche Frechheit, die hinterlistigen Intrigen, die verblüffenden Komödien, die offene Unehrlichkeit. Er liebte ihre Lügengeschichten. Er liebte sogar ihre Eifersuchtsszenen, solange er wusste, dass sie nur gespielt waren.

»Ich hatte mich hübsch gemacht, ich habe auf dich gewartet, und du hast mir diesen flegelhaften Sklaven geschickt, um mir zu sagen, du würdest nicht kommen!«

»Es kommt selten vor, dass man ein selbstloses Geschenk bekommt«, murmelte Aurelius nachdenklich, und wenn ihr auch die Vorstellung von Selbstlosigkeit reichlich fremd war, so verstand Tullia doch sofort, dass der Senator sich nicht auf sie bezog: Sie stand kurz davor, fallen gelassen zu werden, und dann Lebewohl Scheidung, Lebewohl Rom, Lebewohl Freiheit.

»Du hast eine andere!«, schluchzte sie und achtete dabei darauf, dass die Tränen elegant an ihren Nasenflügeln entlangrannen, um sich nicht das Wangenrot zu ruinieren.

»Wie könnte ich jemals eine Frau verraten, die mir, verrückt vor Leidenschaft, ohne jegliche Gegenleistung ihre eheliche Tugend geopfert hat und sich der Rache ihres unnachgiebigen Bruders ausgesetzt hat?«, gab der Patrizier mit unüberhörbarer Ironie zurück.

»Du machst dich über mich lustig!«, protestierte Tullia flüsternd. »Du bist ein skrupelloser Wüstling, ein liederlicher Mensch, der meine Schwäche ausgenutzt und mich hat glauben lassen, er würde mir helfen, mich scheiden zu lassen …«

»Wann soll ich dir denn so etwas versprochen haben?«, fiel Aurelius aus allen Wolken.

»Aber ich dachte … Tadius hatte mir gesagt …«, tat Tullia verwundert. »Oh, du bist ein dreckiger, schamloser, verschlagener Schwindler, ein lasterhafter Verführer anständiger und verzweifelter Frauen! Ich hasse dich, ich verabscheue dich, du ekelst mich an!«, platzte sie heraus und begann jetzt wirklich zu weinen.

»Wenn du willst, kann ich es dir doch jetzt noch versprechen«, schlug ihr der Senator liebenswürdig vor.

»Wirklich, meinst du das ernst?«, rief sie ungläubig aus.

»Sicher«, bekräftigte Aurelius. »Ich pflege nicht über den Preis zu verhandeln, wenn ich etwas kaufe, was mir gefällt.«

»Oh, rede doch keinen Unsinn. Du weißt ganz genau, dass du mir gefallen hast, vom ersten Moment an, als ich dich gesehen habe, hier im Zelt...«, turtelte die Matrone, die sich wieder gefangen hatte, während der Patrizier sich nach Kräften bemühte, ihre Tränen zu trocknen.

Die Arbeit von dreißig arbeitsamen Sklaven – zusätzlich motiviert durch eine üppige Belohnung – hatte es ermöglicht, den Pavillon in seinen ursprünglichen Zustand zurückzuversetzen und die Schäden auszubessern, die die kriegerische Wut des Hermeteus angerichtet hatte. Jetzt fielen die Vorhänge wieder mit weicher Eleganz von den Durchgängen hinab und eröffneten den Blick auf eine lange Zimmerflucht, die durch den Schein unzähliger Laternen erleuchtet war. Am Ende jener langen Reihe von Räumen stand Publius Aurelius vor einem kostbaren Silberspiegel und musterte sich kritisch.

»Ordne diese Falte noch einmal, Castor, sie fällt nicht gut«, befahl er mit gleichmütiger Miene.

»Das ist jetzt das dritte Mal, dass ich dir die Toga umlege, *domine*«, seufzte der Sekretär und begann noch einmal von vorne damit, die große Ellipse aus weißer Wolle aufzurollen. Dabei schaute er seinem Herrn immer wieder forschend ins Gesicht, auf der Suche nach den geringsten Anzeichen dafür, dass er aufgab. »Bist du sicher, dass du zu Phtia gehen willst? Es würde dich niemand dafür kritisieren, wenn du dich heimlich, still und leise davonmachen würdest, um den Ränken einer alten Edelhure zu entkommen.«

»Ich habe mein Wort gegeben«, stellte Aurelius gewichtig fest und schob sich den senatorialen Ring auf den Zeigefinger, bevor er am Stoff der Toga zupfte, um jene entscheidende Kleinigkeit zu richten, die den Unterschied ausmachte.

»Diese Prüfung dürfte ziemlich hart werden.«

»Zweifelst du etwa an mir, Castor?«, brachte ihn der Senator hochmütig zum Schweigen.

Als er ihn mit hoch erhobenem Kopf und sicheren Schrittes hinausgehen sah, musste der Sekretär wider Willen zugeben, dass er ihn ehrlich bewunderte: So musste Attilius Regulus sich nach Karthago eingeschifft haben, wo ihn die sichere Hinrichtung erwartete; so war Spartakus vor Lucullus und Crassus getreten, die fest entschlossen waren, seinen Willen zu brechen und ihn zurück in die Sklaverei zu schicken; so war Vercingetorix, besiegt, aber nicht bezähmt, Caesar entgegengetreten, bevor er ihm das Schwert zu Füßen geworfen hatte, mit dem er den Aufstand der Gallier angeführt hatte; so....

Als ihm die Vergleiche ausgingen, unterbrach sich der Alexandriner. Ganze Männer, Römer, jederzeit bereit, sich dem Schicksal zu stellen und sei es noch so gefährlich, nur um nicht kleinmütig zu erscheinen. Schade, er hatte gehofft, sich noch mehr amüsieren zu können, dachte er bedauernd und verbarg dabei die Spur der Enttäuschung nicht, die er angesichts der unerschütterlichen Standhaftigkeit seines Herrn empfand. Auf jeden Fall war es an der Zeit, die Kreide verschwinden zu lassen, denn nach dieser Nacht würde er sie nicht mehr brauchen.

Zarzas betrachtete sich konsterniert: Auch ohne seine übliche orientalische Kopfbedeckung sah er genauso aus, wie das, was er war: ein einfacher Eselzüchter. Er hatte keine Chance, seufzte er und fuhr sich mit der Hand über die stoppelige Wange, während er sich fragte, wie es Publius Aurelius schaffte, bei jeder Gelegenheit so perfekt rasiert zu erscheinen.

Es nützte überhaupt nichts, etwas anderes anzuziehen, dachte er und warf den griechischen *chiton* und das rote

Schultertuch, mit dem er sich hatte schmücken wollen, in die Ecke: Wie auch immer er sich zurechtmachte – die Wahrscheinlichkeit, dem Rivalen Konkurrenz zu machen, blieb immer noch geringer als die Wahrscheinlichkeit, dass die Perücke einer betagten Matrone der Wucht des Boreas standhielt.

Noch vor wenigen Tagen hatte er sich wie ein gemachter Mann gefühlt, wohlhabend, wenn auch nicht wirklich reich, angesehen, wenn auch nicht wirklich einflussreich. Und jetzt dachte er über sich wie über eine hässliche, schwarze Küchenschabe, eine von der Sorte, die die Damen schon zum Kreischen bringt, wenn sie es nur wagt, die Fühler aus ihrem armseligen Loch herauszustrecken.

Das war natürlich alles die Schuld dieses verfluchten Römers. Wäre Publius Aurelius Statius nicht dazwischengekommen, hätte Levia seinen Antrag in gebührender Weise bedacht; jetzt hingegen war es nicht einmal mehr angebracht, ihn überhaupt auszusprechen: Er hatte Berillios Mutter sowieso schon den Kopf verdreht, dieser Stutzer, dem das Schicksal einfach alles gönnte, sogar das Glück, zur rechten Zeit am rechten Ort zu sein, um den Helden zu spielen und ihren Sohn zu retten.

Zarzas hielt sich nur einen Augenblick mit zärtlichen Gedanken an die geliebte Frau auf, denn gleich darauf kochte die Erinnerung an die gepfefferten Kommentare der Leute im Gasthaus wieder hoch, die Levia, schön wie nie zuvor, gesehen hatten, als sie zum Zelt dieses verdorbenen Quiriten gegangen war, dieses unverschämten Verrückten, dieses Angebers, der treuloser war als Scipio Africanus, Cato der Zensor und Quintus Fabius Maximus zusammen.

Er bezweifelte, dass es Dankbarkeit oder der Wunsch waren, sich in die Hauptstadt führen und dort aushalten zu lassen, die Levia in die Arme des Senators getrieben hatten: Sie war kein geldgieriges, leichtes Mädchen, sondern eine

Frau mit Herz, die nach Jahren bitterer Einsamkeit das Bedürfnis verspürte, sich wieder neu zu verlieben. Aber wie sollte sie sich in einen lächerlichen Eselzüchter verlieben, vierschrötig wie ein Straßenköter und mit Stoppelbart?

Nein, der tapfere Zarzas war kein Nichtsnutz, korrigierte er sich in einem Anfall von Stolz. Seine Niederlage war einzig und allein durch die Machenschaften seines historischen Feindes verursacht worden, eines Römers. Wie bei Zama. Wie nach dem letzten punischen Krieg, als das Haus seines Urahns durch Emilianus' Legionen dem Erdboden gleichgemacht wurde, zur selben Zeit, als auch Griechenland in die Knie gezwungen worden war.

Nur ein Grieche könnte ihm dabei helfen, sich zu rächen, sagte sich Zarzas. Doch es musste ein echter Grieche sein, einer, der anders war als diese Schlappschwänze, die sich von den Herren aus der Urbs zu Marionetten machen ließen.

Und wie es der Zufall wollte, kannte er hier in Olympia einen solchen Griechen.

VIII

Tag nach dem Ende der zweihundertfünften Olympiade

»Ich gebe ja zu, ich war ein bisschen angespannt, sogar so sehr, dass ich jetzt nicht mehr sagen könnte, ob die Mägde, die mich in Phtias Pavillon geführt haben, hübsch oder hässlich waren«, erzählte Aurelius am Morgen darauf. »Der Luxus in dem Zimmer war schon übertrieben: alles Purpur, Messing und wertvolle Hölzer. Und Vorhänge aus scharlachrotem *byssus*, die um ein gigantisches Himmelbett aus Eiche herum wallten.«

»Das hätte manch einem schon Angst eingejagt«, stellte Castor voller Vorfreude fest. »Niemand hätte es dir vorwerfen können, wenn du die Flucht ergriffen hättest.«

»Ich stehe also da, ausstaffiert mit Toga und *calcei*, und versuche Haltung zu bewahren, als ich ein leises Rascheln höre. Und da sehe ich erst die Frau, von hinten, sie steht sehr gerade neben der Laterne. Sehr gerade, viel zu gerade für eine Achtzigjährige«, fuhr Aurelius fort. »Mein Instinkt wittert schon den Betrug, und meine ganze Anspannung lässt nach, schmilzt wie Schnee in der Sonne. Also gehe ich ohne Zögern auf sie zu, sie dreht sich um, und… rate mal!«

»Du erkennst die schöne Aglaia, durch die sich die weise Witwe für das intime Stelldichein vertreten lässt, nachdem sie dich auf die Probe gestellt hat«, ergänzte der Sekretär ohne jegliches Anzeichen von Verwunderung. Der Senator war wie versteinert vor Überraschung: War es denn möglich, dass dieser pfiffige Alexandriner immer *alles* wusste? »Sympathisch von der Alten, dir einen solchen Streich zu spielen!«

»Ich habe den Verdacht, dass jemand sie auf die Idee gebracht hat«, murmelte Aurelius.

»Diese intelligente Dame braucht keine Berater. Und auch ihre Kurtisanenfreundin ist eine bemerkenswerte Frau: Sie versteht es vorzüglich, Männer zu manipulieren, sie hat ein Gespür dafür, wann sie sich gewagt und wann eher zurückhaltend geben muss. Und dann hat sie noch ganz außerordentlich schlanke Beine…«

»Du kennst sie aber gut«, bemerkte der Patrizier ein wenig verstimmt.

»Na ja, um die Wahrheit zu sagen… also, ich bin einfach nicht der Typ dafür, meine galanten Eroberungen an die große Glocke zu hängen, wir sind doch Ehrenmänner und gewöhnlich sehr diskret, du und ich!«, versuchte der Sklave, Gemeinsamkeit zwischen seinem Herrn und sich herzustellen.

»Los, du durchtriebener Schlaumeier, erklär mir, wie es dir gelungen ist, dich ins Bett einer Kurtisane einzuschleichen, die sich nicht einmal die reichsten Bürger aus Elis leisten können«, forderte ihn Aurelius auf, hin- und her gerissen zwischen Neugierde und Irritation.

»Aglaia ist eine sehr tolerante Frau«, begann Castor das Thema weitläufig zu umkreisen. »Sie verfügt über die ebenso lobenswerte wie seltene Gabe, von Allgemeinplätzen und Vorurteilen absehen zu können. So kam es, dass sie sich, nachdem du sie beim Gastmahl so schmählich missachtet und sie um ihren gerechten Lohn gebracht hast, gern auf ein Arrangement eingelassen hat, das aber geheim bleiben sollte: Du weißt doch, wie die Griechen auf Frauen herabsehen, die sich mit Sklaven einlassen… Na komm schon, *domine*, mach nicht so ein Gesicht, es kann jedem mal passieren, dass er Ware aus zweiter Hand kauft!«

»Ich hoffe zumindest, dass du sie aus eigener Tasche bezahlt hast!«

»Genau wie den Rest des Festes, Patron.«

»Wirklich? Und wie erklärst du dir dann dieses Ausbluten meines Geldbeutels?«, fuhr ihn Aurelius an und wedelte dabei mit einem Bündel Rechnungen unter der Nase seines Sekretärs herum. »Ich kann mich nicht erinnern, solche Berge von Geld ausgegeben zu haben!«

»Und dabei steht doch hier dein Siegel drunter, *domine*, und du trennst dich doch niemals davon, du bewachst es mit einer Sorgfalt, die schon fast als Misstrauen allen gegenüber ausgelegt werden könnte, die dich umgeben, allen voran meine Wenigkeit.«

»Es wäre ziemlich einfach gewesen, das Muster des Rings in Kreide nachzubilden. Im Flussbett des Alpheios befindet sich eine Kreidegrube, und anscheinend bist du vor einigen Tagen gesehen worden, wie du dich dort herumgetrieben hast!«, rief der Patrizier zornig.

»Ich habe nach ein paar Weiderich-Ruten gesucht, um damit deinen Tisch zu schmücken, *domine*; leider waren durch das Austrocknen des Flusses auch die Wurzeln verdorrt«, gab der Sklave zurück. »Aber lass uns spaßeshalber einmal so tun, als träfe dein kleinlicher Verdacht zu, und nehmen wir doch einmal an, ich hätte deine Unterschrift gefälscht. Auch in diesem – selbstverständlich rein hypothetischen – Fall hättest du immerhin ein großartiges Fest, ein intimes Stelldichein mit der faszinierenden Schwester des Ritters Tullianus und einen glücklichen Sklaven bekommen, der dadurch wesentlich stärker motiviert war, dir zu dienen«, erklärte Castor in aller Ruhe. »Das alles zu einem unbestreitbar akzeptablen Preis, denn dank meiner exzellenten kaufmännischen Fähigkeiten ist es mir gelungen, die Kosten zu begrenzen, indem ich sogar mit einer berühmten Kurtisane über den Preis verhandeln konnte. Aglaia hat der Witwe Phtia mehr als das Doppelte aus dem Kreuz geleiert, um das Treffen mit dir zu arrangieren: Sogar wenn wir den Anteil ihres Prokurators noch abziehen, kann ich dir versichern, dass die Summe beachtlich war!«

»Und woher weißt du das jetzt wieder, Castor?«, konnte sich der Patrizier nicht enthalten zu fragen.

»Ich bin ihr Prokurator, *domine*«, gestand der Sekretär mit bescheiden gesenktem Blick, konnte sich ein breites Grinsen jedoch nicht verkneifen.

Die leidvollen, anfechtbaren, trauervollen zweihundertfünften Olympischen Spiele waren offiziell für beendet erklärt worden. Auf der Ebene herrschte verbreitet Aufbruchstimmung, einige Zelte lagen bereits am Boden und warteten darauf, für den Transport zusammengelegt zu werden. Um das Heiligtum wurde es leerer und leerer: Mehr Monument seiner selbst als des Sports, würde es für vier Jahre erneut in ungerührten Schlaf verfallen und bis zu den nächsten Wettkämpfen allein von den Priestern betreten werden, die mit den monatlichen Opferzeremonien beauftragt waren; Gegenstand frommer Neugierde für Reisende, heftiger Auseinandersetzungen für die Mächtigen von Elis, unerfüllbarer Träume für alle Sportler, seien sie aus Athen oder aus Zypern, aus Megara oder aus dem fernen Massalia.

Athleten sah man nur noch wenige: Die Verlierer hatten Olympia in aller Stille verlassen, schamerfüllt wie Soldaten, die auf dem Schlachtfeld ihren Schild verloren hatten. Eukletos aus Thrakien, Cleomedes aus Boetia und Aristobulos aus Pergamon, die Sieger des einfachen Kurzstreckenlaufs, des Diaulos und des Dolichos blieben hingegen noch, um die letzten Ehrungen entgegenzunehmen.

Elektrion aus Sparta, der sich bereits von dem kräftezehrenden Wettkampfzirkus Olympias verabschiedet hatte, sah sich ohne Bedauern auf der Ebene um, die er für immer verlassen würde: In Alexandria wartete eine neue Karriere im akrobatischen Tanz auf ihn, die Erfüllung eines lang gehegten Traums, den er in seiner Geburtsstadt nicht verwirklichen könnte, wo gewisse Künste sich keiner besonderen Beliebtheit erfreuten. In seiner Nähe ließ sich kein einziger Spartaner blicken: Beleidigt durch sein Verhalten, waren seine Landsleute abgereist, ohne auch nur noch ein einziges Wort an ihn zu richten. Der Fünfkämpfer nahm es ihnen nicht übel. Den Kopf voller Pläne, gratulierte er dem Gewinner des Waffenlaufs, einem wohlhabenden Mileter, der den armen Duronius aus Ariminum auf dem Weg zum Ziel auseinander genommen hatte.

Der tiefschwarze Meleagros, der Sprinter aus Paphos, war dagegen nicht so zufrieden: »Hätte ich gewusst, dass diese zypriotischen Gauner nur im Fall eines Sieges bezahlen, wäre ich in meinem afrikanischen Dorf geblieben«, sagte er protestierend zu Kephalos, der hingegen ziemlich zufrieden damit zu sein schien, sein rechtes Auge gegen die Ehre eines olympischen Sieges eingetauscht zu haben.

Publius Aurelius grüßte sie kurz, als er zur Terrasse der Schatzhäuser hinüberging.

Er musste unbedingt mit Diagoras oder Apollodoros sprechen, die sich am Tag der makabren Entdeckung als Erste Psalomonaios' Leiche genähert hatten.

Beide jedoch schienen unauffindbar zu sein. Als ihm zu Ohren gekommen war, dass der Senator ihn suchte, hatte der kamelgesichtige Richter Zarzas mit einer geheimnisvollen, verschwörerischen Botschaft zu ihm geschickt: Er erwarte ihn im Schatzhaus der Libyer von Kyrene, neben den Statuen der römischen Imperatoren. Er sollte allein und unbewaffnet kommen, dann würde ihm nichts geschehen.

Die Idee eines dermaßen geheim gehaltenen Treffens behagte Aurelius ganz und gar nicht, aus Vorsicht trug er daher ein Stilett in seinem Stiefel versteckt.

Doch es war nicht Apollodoros, der ihm in den Weg trat: Als er den Platz zwischen dem Heratempel und dem Metroon überquerte, sah er sich plötzlich von einer Schar finsterer Halunken umringt, die eindeutig Böses im Schilde führten.

»Da ist er ja, unser mutiger Senator!«, sprach ihn Lampo in alles andere als freundlichem Ton an. »Er macht sich im Hippodrom lächerlich, und das Publikum klatscht auch noch dazu. Er beleidigt diese räudige Karyatide Diagoras, und der fällt fast in Ohnmacht vor lauter Dankbarkeit. Er stümpert sich eine wilde Geschichte zusammen, die Hermeteus ins Verderben stürzt, und geht als Held daraus hervor. Er rennt einer Tellerwäscherin hinterher, und Phtia, die alte Hure, legt ihm die Kurtisane ins Bett, die sie mir, ihrem Enkel, immer verweigert hat! Fortuna hat anscheinend eine Schwäche für dich, Römer; wollen wir doch mal sehen, ob sie dich jetzt auch noch unterstützt! Hoho, du glaubst doch nicht etwa, du könntest uns mit deinem Messerchen Angst einjagen? Meinst du etwa, ich hätte das nicht bemerkt?«, zischte er dann und fuchtelte dabei mit einem Dolch vor Aurelius' Nase herum, den ihm ein Sklave im richtigen Moment gereicht hatte.

Gezwungenermaßen ließ sich Aurelius von Lampo das Stilett aus dem Stiefel ziehen. »Die Senatoren Roms haben es nicht nötig, bewaffnet ihrer Wege zu gehen«, sagte er dann und blieb unbeweglich stehen. Als die Klinge seine Wange streifte, gab er eine weitere Probe seiner *dignitas* als *pater conscriptus*, allerdings auch weil ihm, umringt von zehn Halsabschneidern, die nur darauf warteten, ihn an der Flucht zu hindern, nicht viel anderes übrig blieb.

Vielleicht aber gab es eine Möglichkeit, sich aus dieser

misslichen Lage zu befreien. Er hatte Castor schon häufig in Bedrängnis auf einen alten Trick zurückgreifen sehen, der auch in diesem Fall funktionieren könnte. Man musste sich die Leichtgläubigkeit der Sklaven zunutze machen, um ein paar kostbare Augenblicke zu gewinnen, in der Hoffnung, dass einem in der Zwischenzeit jemand zu Hilfe käme …

Also hob der Senator feierlich einen Arm zum – abgesehen von einem zarten, kleinen weißen Wölkchen – ungetrübten Himmel und rief mit tiefer Stimme: »Was glaubt ihr, gegen mich ausrichten zu können, ihr Unglückseligen? Wenn die Kurie von Rom spricht, antworten sogar die Götter!«

Um diesen abergläubischen Haufen zu erschrecken, bräuchte er jetzt nur eine schöne schwarze Wolke, einen Vorboten eines Unwetters, wie sie unweigerlich erschienen, wenn sein Sekretär in diese Rolle des Sehers schlüpfte. Doch so sehr Aurelius sich auch bemühte, der Himmel verweigerte demonstrativ die Zusammenarbeit und blieb blau und heiter.

»Du glaubst doch nicht wirklich, du könntest uns damit beeindrucken, oder?« Lampo lachte höhnisch und schwang wieder sein Messer.

Genau in diesem Augenblick schrie einer seiner Sklaven laut auf und ergriff die Flucht: »Die Wolke verdüstert sich, man hört schon von weitem den Donner, es ist Zeus, der uns verflucht!«

Während die anderen verwundert zum makellosen Himmel emporschauten, hörte man in der Tat Donnergrollen, oder zumindest etwas, was dem ziemlich nahe kam. Das musste Castor sein, der ihm zu Hilfe kam, vermutete der Senator erleichtert, und fuhr feierlich fort: »Wollt ihr den Zorn der Götter herausfordern, indem ihr euch der göttlichen Macht der Urbs entgegenstellt?« Ein weiteres Donnern folgte, etwas misstönend diesmal, aber dafür umso überzeugender.

Die Sklaven begannen zurückzuweichen.

»Was macht ihr denn da, ihr Dummköpfe? Kommt sofort zurück, dieser Lackaffe führt euch an der Nase herum!«, befahl ihnen der Wagenlenker, rot angelaufen wie einer jener lilafarbenen Kohlköpfe, auf die Cato der Zensor bei jeder Gelegenheit sein Loblied gesungen hatte.

Doch die günstige Gelegenheit war verstrichen: Eine Gruppe Hellanodiken näherte sich vom Heratempel, gefolgt von vielen mit Lasten bepackten Sklaven.

Kaum sah er sich wieder frei, setzte Aurelius ohne Eile seinen Weg zum Metroon fort. Als er an Lampo vorbeikam, nickte er ihm kurz zu und machte, ohne ihn zu berühren, eine Bewegung, als wische er einen Klecks Vogelkot von seiner makellosen Tunika.

Der Wagenlenker biss die Zähne so fest zusammen, dass sie beinahe abbrachen, dann trat er mit einem Schritt zur Seite den Rückzug an und ließ ihn passieren.

Der Senator schaute sich um. Im näheren Umkreis war keine Spur von Castor zu sehen, doch hinter dem Metroon erwartete ihn der Sklave, der zuerst geflohen war, nachdem er Alarm geschlagen hatte. Aurelius erkannte in ihm den Stallburschen, den Lampo am Tag vor den Spielen mit dem Striegel bedroht hatte, und bedankte sich bei ihm. Lächelnd nickte er zu dem Stück Rohleder hinüber, das der Junge immer noch in der Hand hielt und mit dem er das Donnergrollen erzeugt hatte.

Die Sonne brannte gleißend auf die Terrasse der Schatzhäuser herab. Das Gebäude der Libyer von Kyrene stand offen, doch Apollodoros war nirgendwo zu sehen.

Der Senator schritt langsam um das gesamte Heiligtum herum, denn er hatte Angst, in eine Falle zu geraten: Der greise Richter hätte das Ganze nicht so geheimnistuerisch eingefädelt, wenn er nicht irgendein Schurkenstück eines seiner Kollegen befürchtete. Doch wer von beiden kam dafür in Frage? Busirides oder Diagoras, fragte sich Aurelius, während er wieder einmal die wenigen Elemente, die er in der Hand hatte, überdachte.

Pyrrhus war ohne Zweifel vor Psalmonaios ermordet worden und Letzterer vor Kallimachos; aber um den Ablauf der Ereignisse zu rekonstruieren, musste man genau andersherum, vom letzten Opfer ausgehend, beginnen.

Wenn man noch sehr jung ist, überlegte der Senator, hält man Tod, Krankheit oder Unglück kaum für wahrscheinlich. Das kann mir nicht passieren, denken die Heranwachsenden, und in der festen Überzeugung, nahezu unverwundbar zu sein, setzen sie sich leichtsinnig allen möglichen Gefahren aus. So hatte Kallimachos – der schöne, blonde und ehrgeizige Ephebe, der mit Erpressung wohl vertraut zu sein schien – es gewagt, den Mörder unter Druck zu setzen, nachdem er etwas gesehen hatte, was er nicht hatte sehen dürfen.

Die Antwort war schnell und durchschlagend gekommen: die Beschattung, der Angriff außerhalb des Leonidaions, die Inszenierung im Schatzhaus von Metapont und nicht zuletzt der Austausch der Schuhe, um das geheime Treffen zu verschleiern und glauben zu machen, das Verbrechen sei viel später geschehen.

Wer hätte eine solche Inszenierung auf die Beine stellen können? Diagoras, der bereits ein unanfechtbares Alibi für Psalmonaios' Tod besaß, jedenfalls nicht. Blieb also noch Busirides. Busirides, der zum Zeitpunkt von Psalmonaios' Ermordung nicht auf der Tribüne gewesen war und sich beeilt hatte, die Schuld an dem Mord dem abwesenden Pyrrhus in die Schuhe zu schieben. Busirides, der versucht hatte, ihn abzulenken, indem er darauf bestand, dass die Hellanodiken über ihre Bewegungen während des Morgens Auskunft gaben. Busirides, der den korinthischen Diskus in Verwahrung genommen und ihn später mit kriminellem Zynismus verwendet hatte, um Elektrion zur Kapitulation zu zwingen.

Busirides, der ihn, von Habgier getrieben, gebeten hatte einzugreifen, kaum dass die Dinge sich in die entgegengesetzte Richtung zu entwickeln begannen.

Wären da nicht die doppelte Verletzung am Hals des Opfers, das getrocknete Blut und die Gänsefeder gewesen – alles Elemente, für die es in diesem Zusammenhang keine Begründung gab –, dann wären ihm kaum Zweifel an der Schuld des Dekans gekommen, schloss Aurelius.

Wie und wo Pyrrhus ermordet worden war, blieb immer noch ein Geheimnis. Es war klar, dass der Mörder versucht hatte, die Leiche zu verstecken, entweder, um ihm die Schuld an den Verbrechen zuzuschieben, oder um das wahre Motiv zu verschleiern, das möglicherweise etwas mit dem Durchstoß des Isthmus von Korinth zu tun hatte. Der letzte Punkt jedoch brachte Diagoras wieder auf die Liste der Verdächtigen, dessen gesamtes Kapital in der Region um Elis steckte, denn der Dekan hätte eher ein Interesse daran gehabt, Pyrrhus am Leben zu erhalten.

Von den beiden Richtern hatte also der eine gar keine Gelegenheit gehabt, das Verbrechen zu begehen, dem anderen hingegen fehlte es an einem ausreichend starken Motiv für diesen Mord. Es sei denn, sein Partner Pyrrhus hätte vorgehabt, ihn aus dem Geschäft zu drängen: In diesem Fall wäre es sinnvoll gewesen, den Korinther aus dem Weg zu räumen, um anschließend mit neuen, willfährigeren Partnern neue Verhandlungen zu beginnen …

Doch es gab noch einen dritten Richter mit entscheidendem Einfluss, der, genau wie Busirides, seinen Platz im Hellanodikaion noch nicht eingenommen hatte, als Psalmonaios starb, derselbe, der ihn jetzt auf die Terrasse der Schatzhäuser gelockt und ihn durch Zarzas gebeten hatte, allein und unbewaffnet zu erscheinen.

Aurelius blieb auf der Schwelle zum Schatzhaus von Kyrene stehen und fragte sich, ob es klug gewesen war, die

Einladung anzunehmen: Seit eben schwirrte ihm eine Vermutung im Kopf herum, mit der alle fehlenden Steinchen des Mosaiks zuzuordnen wären, angefangen von der blutgetränkten *endromis* bis hin zu dem doppelten Schnitt in Psalmonaios' Kehle, von dem Verstecken von Pyrrhus' Leiche bis hin zu der mysteriösen Gänsefeder.

Eine fantastische, ungeheuerliche, ganz und gar unglaubliche Vermutung, die er nur bestätigen konnte, indem er das Gebäude betrat.

Nicht nur die ganz Jungen sind manchmal unvorsichtig: Die Neugier gewann leicht Oberhand über den gesunden Menschenverstand, und der Senator trat über die Schwelle.

Das Halbdunkel im Inneren war kühl und erfrischend.

Am Ende des nicht allzu weitläufigen und fensterlosen Raumes konnte man die bunten Standbilder der ersten beiden Caesaren, Augustus und Tiberius, erkennen, Letzterer übrigens Sieger im Wagenrennen bei längst vergangenen Spielen. In der Mitte stand ein drittes Monument, jünger, aber schlechter erkennbar als die anderen.

Aurelius fragte sich, wen es wohl darstellen mochte: Claudius war erst zu kurz an der Macht, als dass sein Abbild bereits komplett ausgestellt werden könnte, also musste es sich um Caligula handeln, auch wenn er gedacht hatte, fast alle Statuen des wahnsinnigen jungen Kaisers seien enthauptet worden, um sie dann mit neuen Köpfen wiederzuverwenden und auf diese Weise öffentliche Mittel zu sparen.

Der Senator trat vorsichtig näher: Dieses Monument erschien ihm zu realistisch, zu glatt, zu farbig … Als er erst wenige Schritte getan hatte, lief es ihm kalt den Rücken herunter. Caligula war fünfundzwanzig gewesen, als er starb, und hatte noch all seine Haare auf dem Kopf; die Statue hingegen stellte einen kahlen Mann dar, dessen Physiognomie überhaupt nicht an einen römischen Imperator erinnerte;

unbeweglich zwischen den Standbildern der Caesaren, starrte ihn Busirides aus weit aufgerissenen Augen an.

Also hatte er sich geirrt und konnte seine ganze brillante Hypothese verwerfen, dachte der Patrizier enttäuscht. Irgendetwas musste bei dem Geschäft mit dem Isthmus schief gegangen sein und den Dekan gezwungen haben, erst Pyrrhus und danach Psalmonaios zu ermorden, der über die ganze Sache Bescheid wusste.

Aurelius schimpfte sich einen Tölpel, einen Dummkopf, einen Idioten: Er hatte sich durch eine wackelige Vermutung, basierend auf einer Gänsefeder, doppelten Schnittwunden und zu viel Fantasie vom richtigen Kurs abbringen lassen, weil er einfach nicht an Busirides' offensichtliche Schuld hatte glauben wollen. So hatte er nun, dank seiner Gutgläubigkeit, selbst den Fuß in die Falle gesetzt, die ihm der aalglatte Hellanodike gestellt hatte, und musste ihm jetzt allein und schutzlos gegenübertreten, denn die einzige Waffe, die er zur Verfügung gehabt hatte, das im Stiefel versteckte Messer, hatte ihm Lampo abgenommen.

Mit einem leisen Rascheln kam Busirides auf ihn zu.

Doch er ging nicht vorwärts, er fiel, wie eine Lawine stürzte er im wahrsten Sinne des Wortes auf ihn zu. Entsetzt konnte Aurelius gerade noch zur Seite springen.

Mit weit aufgerissenen Augen, die immer noch ins Leere starrten, ging der Dekan zu Boden, und hinter ihm erschien Diagoras, ein Schwert in der Hand.

»Also hatte ich doch Recht, du warst es!«, rief Aurelius mit einer gewissen Genugtuung aus, die der drohenden Gefahr keinen Abbruch tat. »Psalmonaios war noch am Leben, als du ins Schatzhaus von Metapont kamst. Wegen des geschwollenen Knies war er schon aus dem Rennen und hatte Pyrrhus für den Unfall verantwortlich gemacht, der ihn aus dem Wettbewerb geworfen hatte. Die Goldlast der Onager reichte ihm nicht als Entschädigung; er war entschlossen, seinen Rivalen zu ruinieren und ihn seinerseits am Wettkampf zu hindern. Also hat er sich mit dir abgesprochen, um ein kleines Schauspiel aufzuführen: Nachdem er sich mit dem Blut irgendeines Haustieres übergossen hatte, wollte er Pyrrhus beschuldigen, ihn verletzt zu haben, und sich mit seinem Karneolamulett auffinden lassen. Du hast ihm diesen Betrug vorgeschlagen, weil du ganz genau wusstest, dass du ihn tatsächlich ermorden würdest, wie du schon Pyrrhus ermordet und begraben hattest!«

»Eine schöne Herleitung für den beschränkten Geist eines Römers. Aber du wirst es niemandem mehr erzählen können!«, lachte Diagoras höhnisch und zwang Aurelius zurück, bis er mit dem Rücken zur Wand stand. »Mit der Zeit habe ich dich zu schätzen gelernt, Senator, aber du musst dennoch sterben. Es ist notwendig, so notwendig wie Pyrrhus' Tod, um den Ruin der Spiele abzuwenden und sie zu ihrer ursprünglichen Reinheit zurückzuführen, um *tabula rasa* zu machen und sie von allen Korrupten und Betrügern zu befreien …«

»Ach was, Diagoras, es wird dir nicht gelingen, dich hinter der Ausrede zu verstecken, die olympische Tradition gegen die Ränke Korinths verteidigt zu haben: Es war der quälende Gedanke, dass du die satten Gewinne, die dir die Ländereien rund um das Heiligtum einbringen, verlieren könntest, die dich zum Mord getrieben haben!«

»Das streite ich nicht ab: Die Aussicht, Busirides dabei zusehen zu müssen, wie er, bejubelt und geehrt, die Isthmischen Spiele mit seiner üblichen, unerträglichen Rede über die Freundschaft zwischen den Völkern eröffnet, hat mir Übelkeit bereitet.«

»Busirides hatte dich tödlich beleidigt, indem er Parabellon dazu gebracht hat, das Eheversprechen, das er deiner Familie gegeben hat, zu brechen …«

»Er hatte viele Eisen im Feuer, der Dekan, aber das war

eines zu viel«, bestätigte Diagoras. Dann rief er: »Aber jetzt Schluss mit dem Geplauder, Statius, es ist Zeit, dass du dich mit deinen Vorfahren im Erebros vereinst!«, und stach mit dem Schwert zu.

Was den Senator rettete, war ein raubtierhafter Sprung, mit dem er der auf sein Herz gerichteten Klinge ausweichen konnte. Doch der Hieb traf dennoch sein Ziel. Ein wilder, wie Feuer brennender Schmerz durchfuhr seine rechte Schulter.

Während der Hellanodike näher kam, um sein Werk zu vollenden, blickte Aurelius sich verzweifelt nach einer Waffe um. Er war entschlossen, seine Haut teuer zu verkaufen: Mit etwas Glück würde er zumindest nicht allein in den Tartarus gehen, sagte er sich, als er an der Wand einige Wurfspeere entdeckte, die von früheren Pentathleten den Göttern geweiht worden waren. Wenn er nur an einen davon herankäme …

»Du glaubst nicht wirklich, dass du an die Speere herankommst, oder? Sie sind alle fest an der Mauer verankert!«, lachte Diagoras, als er seinen Blick bemerkte. »Du hast mir von Anfang an Knüppel zwischen die Beine geworfen, Römer: Ohne dich hätten alle Psalmonaios' Tod dem unauffindbaren Pyrrhus angelastet, und seine Geburtsstadt Korinth wäre in Verruf geraten. Als du es aber geschafft hattest, den Leichnam exhumieren zu lassen, war ich gezwungen, meine Pläne zu ändern und so zu tun, als wollte ich dir helfen, um die Indizien auf Busirides hindeuten zu lassen. Ich habe damit gerechnet, dass du mir in die Falle gehen würdest, aber ich bin wachsam geblieben. Du hast einen wachen Geist, Statius, beinahe so klar wie der eines Griechen; ich hatte bereits am eigenen Leib erfahren, dass man ihn nicht unterschätzen darf. Aber ich bin ein vorsichtiger Mensch und habe mich bereitgehalten, falls du meiner Falle entgehen solltest«, sagte er und zielte mit der Klinge auf Aurelius' Brust.

»Halt, töte ihn nicht!«, schrie da plötzlich eine Stimme. Auf der Schwelle zeichnete sich der Umriss des karthagischen Eselzüchters im Gegenlicht ab. Der Patrizier atmete auf: Er war gerettet, Zarzas kam ihm zu Hilfe, der gute Zarzas, der brave Zarzas, der beste Zarzas…

»Erinnerst du dich noch an unsere Vereinbarung, Diagoras? Du darfst ihn nicht töten, diese Ehre gebührt mir: Seit drei Jahrhunderten wartet meine Familie auf ihre Rache!«, keuchte der Punier und zog seinerseits ein altes *gladius*.

»Hau ab, du Dummkopf, das hier ist nichts für dich!«, erwiderte Diagoras, doch dann fiel es ihm wie Schuppen von den Augen, die Lösung all seiner Probleme: Zarzas würde den Römer aus dem Weg räumen, der seinerseits gerade Busirides ermordet hatte. Der Karthager übersah offensichtlich das letzte Detail, deshalb hatte er sich bereit erklärt, ihm den Senator auf einem goldenen Tablett zu servieren: Er, Diagoras, würde diesen punischen Dummkopf eliminieren, kaum dass Zarzas so zuvorkommend gewesen war, Publius Aurelius in den Tartarus zu schicken. Denn er konnte ihm sicher nicht gestatten zu überleben, damit er dann vielleicht die ganze Geschichte herumerzählte…

»Bitte sehr!«, nickte er also und zog sich zurück, um dem Punier Platz zu machen.

»Dies ist das Schwert meines Urahns: Bevor er in der Schlacht von Zama fiel, hat er geschworen, dass seine Klinge noch einmal römisches Blut trinken würde!«, höhnte Zarzas und schwang das antike Kurzschwert.

Er hob es, ließ es sinken, hob es noch einmal, wurde plötzlich unsicher.

»Jetzt mach schon, du Tölpel, oder ich kümmere mich darum!«, beschimpfte ihn Diagoras wütend.

Einen Augenblick später krachte Zarzas' Schwert gegen das des Hellanodiken und ließ es durch die Luft wirbeln. Doch auch der kräftige Eselzüchter, den der Angriff aus dem

Gleichgewicht gebracht hatte, rollte zu Boden und schlug böse gegen das Piedestal einer Statue.

Aurelius hatte sich bereits nach vorn geworfen und stürzte sich auf Diagoras. Im Kampf Mann gegen Mann hatte der Senator ein Jahrzehnt weniger zu tragen, doch die Wunde an der Schulter wirkte sich nicht gerade vorteilhaft aus. Einen Moment lang schien es, als gäbe keiner der beiden nach, dann warf sich Diagoras jäh zu Boden, ließ sich auf den Rücken fallen und streckte die Hand nach der Waffe aus, die nur eine Handbreit entfernt auf dem Boden lag.

Doch die langjährige Gewohnheit des griechischen Ringkampfes, bei dem das Berühren des Bodens mit beiden Schultern als Zeichen der Niederlage galt, verriet ihn. In diesem Aufeinandertreffen ging es jedoch nicht um den Ölzweig, sondern um Leben und Tot, und Aurelius war schnell genug, das leichte Ungleichgewicht des gegnerischen Rückens auszunutzen. Er trat dem Richter gegen die Schulter und beugte sich hinunter, um seinerseits das Schwert zu ergreifen. Genau in diesem Augenblick traf ihn Diagoras mit unerwarteter Geschicklichkeit, als er sich mit seinem ganzen Gewicht gegen ihn warf.

Das Handgelenk des Patriziers wand sich, drückte energisch nach unten, während die linke Hand den verletzten Arm stützte, damit dieser nicht nachgab.

Ein so schwacher Stoß jedoch, nach oben ausgeführt, würde nicht tödlich sein: Um die Brustmuskulatur zu durchdringen und das Herz zu treffen, wäre viel mehr Wucht erforderlich. Deshalb nahm Aurelius zu der einzig möglichen Verteidigung Zuflucht und richtete seine Hände tiefer: Die Klinge drang durch den Magen und entriss dem Hellanodiken ein ersticktes Gurgeln. Angesichts einer solchen Verletzung gab es keine Rettung: Diagoras rang nach Luft, verlor das Bewusstsein und krümmte sich im Todeskrampf.

Aurelius versuchte nicht, ihm zu Hilfe zu kommen. Sich

die verletzte Schulter haltend, lief er zu Zarzas hinüber, der gerade vorsichtig versuchte, sich zu erheben.

»Zarzas!«, sprach er ihn eisig an. »Warum hast du mich verraten?«

»Ich bin mit Diagoras übereingekommen, dir einen Hinterhalt zu legen, ohne zu wissen, dass ich es mit dem wahren Mörder zu tun hatte«, erklärte der Karthager, in dessen Stimme nichts mehr von patriotischer Festigkeit widerhallte. Der Römer würde sich rächen, dachte er resigniert: Er hatte nie eine Chance gegen ihn gehabt, weder bei Levia noch bei Berillio, noch beim Schicksal. Im Grunde war es doch ein glorreiches Ende, von der Hand eines Feindes zu sterben, seiner kriegerischen Vorfahren würdig… »Ich wollte dich umbringen!«

»Aber du hast es nicht getan.«

»Ich stand da, mit dem gezogenen Schwert, und hatte nicht den Mut, zuzustechen. Vielleicht, weil ich kein so wertvoller Krieger bin wie mein Urahn, der in Zama gekämpft hat, sondern nur ein betrügerischer Eseltreiber, ein armseliger Jedermann, dessen einziger Ehrgeiz darin besteht, allem Ärger aus dem Weg zu gehen, ein bisschen Geld beiseite zu legen, eine brave Frau im Bett zu haben und einen Nachkommen in die Welt zu setzen, um ihn das Handwerk zu lehren. Die punischen Kriege sind seit dreihundert Jahren vorbei, habe ich gedacht, als ich mit der Waffe auf dich zielte, vielleicht ist der Moment gekommen, Frieden zu schließen…«

»Also Frieden!«, stimmte der Senator zu. Zarzas hatte ihn verraten, das stimmte, aber er hatte es wieder gut gemacht, indem er ihm das Leben gerettet hatte: Er stand in seiner Schuld, und Schulden bezahlte man.

»Wenn du mir schwörst, es keiner Menschenseele gegenüber zu erwähnen, dann kann ich dir ein Geheimnis anvertrauen, das dir zu Herzen gehen dürfte«, verkündete er nach kurzem Überlegen. »Also … du sollst wissen, dass Berillio der Sohn eines Karthagers ist!«

»Woher weißt du das?«, rief Zarzas ungläubig aus. Doch seine Augen leuchteten bereits vor Freude unwillkürlich auf.

»Levia hat es mir vor ungefähr zwei Nächten gestanden, als ich sie in mein Zelt gerufen habe.« Der Patrizier verdrehte die Fakten ein wenig, getreu seinem Prinzip, dass die Wahrheit nicht immer unbedingt die beste Wahl ist.

»Um was zu tun?« Zarzas wurde sichtlich wütend.

»Sie ist schön, aber sie ist auch arm. Und ich hoffte, sie mit einem reichen Geschenk erobern zu können.«

»Du hässlicher Betrüger von einem Quiriten, du wolltest sie zu einem deiner Mädchen machen!«

»Aber sie war nicht zu erweichen!«, log Aurelius schamlos. Ein Mann in Zarzas' Position hätte Levia auch mit einer kleinen Sünde auf dem Gewissen genommen, dachte er, wie so viele Freigelassene oder Fremde sich nicht schämten, die Konkubine eines Mächtigen zu heiraten, was ihnen durch ein hübsches Sümmchen in ihrem Beutel erleichtert wurde. Aber warum den Stolz eines anderen verletzen, wenn es vermeidbar war?

»Levia hat mir gesagt, sie wolle sich mit einem Mann zusammentun, der sich ernsthaft seiner Familie widmet. Aber ich habe schon verstanden, dass der wahre Grund ihrer Ablehnung ein anderer war: Ich habe ihr nicht gefallen, sie wollte einfach nichts mit mir zu tun haben …«

»Wirklich?«, fragte Zarzas zweifelnd. Vielleicht konnte er das glauben. Er wollte es glauben. Er wollte es unbedingt glauben.

»Sie ist sogar zurückgezuckt, als ich versucht habe, sie bei der Hand zu nehmen.« Aurelius schüttelte betrübt den Kopf.

»Mir hat sie sogar die Hand gedrückt bei dem Brand!«, freute sich der Eselzüchter.

»Ich kann immer noch kaum begreifen, dass ich von einer

Frau aus so schlechten Verhältnissen zurückgewiesen worden bin, der ich ein leichtes Leben in der Hauptstadt geboten habe«, grollte der Senator. »Um die Wahrheit zu sagen: Ich bin fast ein bisschen beleidigt, ich bin es nicht gewohnt, derartige Zurückweisungen entgegenzunehmen!«

»Tja, damit musst du dich wohl abfinden, Statius: Es gibt noch Frauen, die sich nicht vom Glitzern des Goldes blenden lassen!«, rief Zarzas mit fester Stimme, bevor er sich eilig verabschiedete, um zum Gasthaus zu laufen.

Glückwunsch, Levia, Glückwunsch, Berillio, dachte der Patrizier, und stieg über den Leichnam des Diagoras hinweg, ohne ihn eines Blickes zu würdigen. Dann machte er sich langsam auf den Weg zu seinem Zelt.

»Und du beschwerst dich immer, ich würde dich bemuttern! Da lasse ich dich nur einen Moment aus den Augen, um eine persönliche Angelegenheit zu erledigen, und du schaffst es, dich aufspießen zu lassen wie ein Kapaun auf einen Bratspieß«, brummelte der Sekretär, während er Aurelius' Schulterwunde verband.

»Ich bin am Leben, Castor, und ich habe den Mörder zur Strecke gebracht«, protestierte dieser, der sich, wenn auch nicht gerade Glückwünsche, so doch wenigstens milde Anerkennung erhofft hatte.

»Apollodoros hatte also überhaupt nichts damit zu tun. Diagoras war der Schuldige!«

»Ich war schon zu dem Schluss gekommen, bevor ich das Schatzhaus betreten habe. Aber als ich dann Busirides zwischen den Statuen der Caesaren stehen sah, hatte ich Angst, einen Fehler gemacht zu haben.«

»Dabei war der Dekan bereits mausetot…«

»Diagoras hatte ihn ermordet, kaum dass er mit Zarzas die Falle geplant hatte, in die er mich locken wollte: Er wollte ein Treffen zwischen mir und Busirides vortäuschen, um unangetastet aus der Geschichte hervorzugehen, nachdem er die beiden letzten Kollegen zum Schweigen gebracht hatte, die ihm gefährlich werden konnten. Vielleicht hatte Busirides, raffgierig wie er war, ihm zu verstehen gegeben, dass er alles wusste und ihn in der Hand hatte. Für sein Schweigen hat er vielleicht politische Unterstützung gefordert, um sich in Elis im Sattel zu halten, jetzt, wo das Geschäft mit Korinth geplatzt war.«

»Aber der stolze Diagoras war nicht der Typ für Kompromisse, nicht wahr, *domine?*«

»In der Tat: Diagoras war das genaue Gegenteil des geschwätzigen Dekans, dem er seinen Posten hatte überlassen müssen.«

»Auf seine Weise war er ehrlicher, ist es das, was du sagen willst?«, fragte der Sekretär zweifelnd, der nicht der Typ war, auf Aufrichtigkeit zu setzen, auf seine eigene ebenso wenig wie auf die anderer.

»Nicht ganz, Castor: Sicher, als Richter stellte er sich entschieden gegen die schlimmsten Auswüchse der Bevorzugung, um dazu beizutragen, dass die Olympischen Spiele ihre frühere Reinheit zurückgewannen...«

»Die im Übrigen nur eine Legende ist, *domine*: Es hat schon immer Betrug bei den Spielen gegeben.«

»In der Tat, auch Diagoras hatte seine eigene Rechnung offen: Die Grundstücke um das Heiligtum herum gehörten ihm fast vollständig, und allein mit der Vermietung der Zeltplätze hat er alle vier Jahre ein Vermögen gemacht. Es liegt doch auf der Hand, dass er mit blanker Klinge die Olympischen Spiele gegen die Isthmischen Spiele in Korinth verteidigen würde: Seine beträchtlichen finanziellen Interessen hat er mit der Fortführung der olympischen Tradition verbunden. Man muss immer ein bisschen vorsichtig damit sein, diese Männer aus einem Guss zu Helden zu erklären, weil man allzu leicht vergisst, was sich nicht selten hinter der rigiden Unnachgiebigkeit verbirgt...«

»Also«, folgerte Castor, »hat sich am Ende herausgestellt, dass der Schuldige auch derjenige war, der am stärksten unter Verdacht stand, weil er der Einzige mit einem echten Motiv war. Aber da ist noch ein Detail, das nicht ins Bild passt, Patron. Wie hat es Diagoras geschafft, Psalmonaios zu ermorden und dabei ganz woanders zu sein?«

»Das ist der entscheidende Punkt«, stimmte Aurelius zu, »worüber wir alle, Busirides eingeschlossen, gestolpert sind. Lass uns rekonstruieren, was geschehen ist: Psalmonaios, der bis dahin alle Versuche des Pyrrhus voller Abscheu zurückgewiesen hat, ihm den Sieg abzukaufen, rutscht im Bad aus – vielleicht ein Werk des Zufalls, vielleicht aber auch des Ritters Tullianus. Im ersten Augenblick glaubt er noch, keinen Schaden davongetragen zu haben, aber für alle Fälle besticht er den *balneator*, damit der nichts über den Unfall verrät. Als über Nacht sein Knie anschwillt und er begreift, dass er auf keinen Fall an den Wettkämpfen teilnehmen kann, ruft er plötzlich nach Zarzas und akzeptiert die zwei mit Gold beladenen Esel, die Pyrrhus ihm für den Fall seines Rücktritts versprochen hatte, und lässt sich eine ganz normale Quittung geben. Doch das Geld reicht ihm noch nicht: Wenn er schon nicht gewinnen kann, will er wenigstens verhindern, dass der Ölzweig an den verhassten Korinther geht, seinen Rivalen nicht nur im Sport, sondern auch in der Liebe. Also wendet er sich an Diagoras, der als der Anständigste unter den Hellanodiken gilt, und zeigt Pyrrhus' Verschwörung an. Er legt den Vertrag vor, in dem natürlich nur die Onager erwähnt werden, während von dem Gold keine Rede ist.«

»Das übrigens verschwunden ist«, warf der Sekretär ein.

»Der Hellanodike hört ihm interessiert zu, doch er schüttelt den Kopf: Dieses Dokument reicht bei weitem nicht aus, um Pyrrhus ins Verderben zu stürzen. Es gäbe da zwar eine Möglichkeit, aber Psalmonaios müsste sich dazu hergeben, ein wenig zu schauspielern …«

»Und der Dummkopf geht darauf ein und richtet noch ein Gebet an Zeus Olympikos, damit der ihm hilft, alles zu einem guten Ende zu bringen!«

»Ganz genau. Der Plan ist einfach: Nachdem er sich im Schatzhaus der Megarer versteckt hatte, zu dem er sich ohne Schwierigkeiten Zutritt verschaffen konnte, würde sich Psalmonaios einen leichten Kratzer am Hals beibringen und sich mit Tierblut besudeln, um seinen Zustand dramatischer aussehen zu lassen. So müsste ihn dann Diagoras finden, der in der Zwischenzeit Pyrrhus unter einem falschen Vorwand an einen Ort geschickt hatte, wo niemand bezeugen könnte, ihn gesehen zu haben.«

»Der Plan sah vor, dass Psalmonaios gefunden werden und Diagoras seine Aussage gegen Pyrrhus aufnehmen würde«, schloss Castor augenzwinkernd. »Der arme Megarer muss wirklich ein Tölpel gewesen sein, um darauf hereinzufallen!«

»Ganz offensichtlich war er das«, stimmte ihm Aurelius zu. »Denn Diagoras hat ihn wie einen Spielstein innerhalb eines Planes hin und her geschoben, der wesentlich komplexer war. Ja, er hat Pyrrhus insgeheim getroffen, aber nur, um ihn zu ermorden. Nachdem er den Leichnam hat verschwinden lassen, wartet er in aller Ruhe auf der Tribüne darauf, dass ein Mann, den er selbst unter einem Vorwand auf die Terrasse geschickt hat, Psalmonaios entdeckt, der scheinbar im Sterben liegt. Den Rest weißt du, du warst ja auch dabei.«

»Diagoras geht zum Schatzhaus, und während er so tut, als wolle er dem Unglücklichen helfen, ermordet er ihn mit unglaublicher Kaltblütigkeit unter den Augen hunderter Zeugen. Ein sehr gewagter Plan, der kaum durchführbar zu sein scheint«, erkannte Castor verblüfft.

»Du hast es mit deinen eigenen Augen gesehen, Castor; oder besser gesagt: *Du hast gesehen, was Diagoras dich sehen lassen wollte.* Bedenke, dass der Tempelraum eher dunkel war und der Hellanodike erst einmal allein hineingegangen ist und seine Kollegen angewiesen hat, niemanden hereinzulassen.«

»Apollodoros hat ja sogar noch einen Arzt rufen lassen, weil er überzeugt davon war, gesehen zu haben, wie Psalmonaios sich bewegt hat…«

»Und in diesem Augenblick holt Diagoras zum letzten Schlag aus: Das Blut, das aus der Kehle des Athleten rinnt, vereint sich mit dem der Gans, der Psalmonaios selbst die Kehle durchgeschnitten hat, um die falsche Anklage gegen Pyrrhus zu konstruieren«, schloss Aurelius.

»Und daher kommt auch die Feder, sie muss an der *endromis* hängen geblieben sein!«, folgerte Castor. »Es ist bestimmt selten, dass ein Mörder sein Opfer mit dessen Einverständnis tötet. Aber warum hat er die Scheibe mit dem Bildnis der Hexe Deima benutzt?«

»Ich glaube, das war Psalmonaios' Idee: Seinen Gegner mit einem Sportgerät zu ruinieren, an dem dieser als unbesiegbar galt, muss ihm als eine Art Wiedergutmachung erschienen sein. In Wahrheit sind wir ja nicht einmal sicher, dass das Bildnis tatsächlich die Hexe aus Korinth darstellt: Evaristos zufolge, der von diesen Dingen ja einiges versteht, gibt es fast keine Bildnisse der Deima. Der Einzige, der es mit Sicherheit identifizieren konnte, war Diagoras, der die Gelegenheit sehr wohl genutzt haben kann, um den Verdacht noch stärker auf Pyrrhus zu lenken, der längst tot war.«

»In dem Moment ist der Hellanodike fein raus: Er hat ein unerschütterliches Alibi, weil alle glauben, Psalmonaios wäre bereits angegriffen worden, bevor er einen Fuß ins Schatzhaus gesetzt hat. Er fürchtet nicht einmal eine mögliche Untersuchung, weil diese sich auf jeden Fall auf die persönlichen Angelegenheiten des Megarers konzentrieren muss, die überhaupt nichts mit dem Fall zu tun haben. Und auch du bist darauf hereingefallen, *domine*, als du angefangen hast, Hermeteus und seinen Sohn unter die Lupe zu nehmen, die Erben des Vermögens!«, erinnerte Castor.

»Daraufhin«, fuhr Aurelius fort, »beugt sich Diagoras zum Schein der Entscheidung des Kollegiums, meine Wenigkeit einzubeziehen, und beginnt, mit mir zusammenzuarbeiten, wobei er immer peinlich genau darauf achtet, alle Indizien auf Pyrrhus hinweisen zu lassen, der irgendwo liegt, wo ihn niemals jemand suchen wird. Doch dann muss er sich vor Kallimachos in Acht nehmen, der in seinem jugendlichen Leichtsinn ein kleines Erpressungsmanöver startet, um sich die Teilnahme an den Wettkämpfen zu sichern.«

»Glaubst du, der Ephebe war bei Pyrrhus' Ermordung dabei?«

»Das weiß ich nicht, aber mit Sicherheit hat er in jener schicksalhaften Nacht Psalmonaios zusammen mit Diagoras gesehen.«

»Tja, er war in der Tat weiß wie ein Laken, als der Megarer am nächsten Morgen tot aufgefunden wurde. Hätte Kallimachos nur ein bisschen Verstand gehabt, wäre er fein brav und still geblieben und hätte so getan, als wüsste er von nichts.«

»Stattdessen hat er sich in die Höhle des Löwen gewagt. Diagoras hatte keinerlei Skrupel, auch ihn zu ermorden: Er hatte ja schon einen Schuldigen parat, den unauffindbaren Pyrrhus, und noch zwei in Reserve, den Mathematiker und seinen Sohn. So hat er ein weiteres olympisches Verbrechen nach allen Regeln der Kunst inszeniert. Vielleicht hat er sich sogar von Frissos Scherz inspirieren lassen, den er womöglich beobachtet hatte«, schloss der Senator.

»Aber wieso hat er dem Epheben andere Schuhe angezogen?«

»Diagoras hielt es für klüger, den nächtlichen Streifzug des Jungen geheim zu halten: Es ist nicht normal, dass ein

Athlet sich in der Nacht vor den Wettkämpfen im heiligen Hain herumtreibt. Als ich dann diese Einzelheit entdeckt habe, die nicht dazu passen wollte, hat er den Ball aufgenommen und meine Beobachtungen bestätigt: Alle hätten gedacht, jemand, der sich ein Alibi verschaffen wollte, hätte Kallimachos' Schuhe ausgetauscht, und er war der Einzige, der keines brauchte, weil er sich schon eines für ein anderes Verbrechen besorgt hatte«, erklärte Aurelius.

»Aber sogar den brillantesten Verbrechern kann mal etwas in die Quere kommen – in diesem Fall ein römischer Schnüffler, der unbedingt den Leichnam eines Zuschauers exhumieren lassen musste, der am Vorabend der Spiele erstochen worden war. Auf meinen Vorschlag hin übrigens, wenn ich dich daran erinnern darf…«, bemerkte Castor.

»Dennoch lässt Diagoras den Mut nicht sinken und legt überall falsche Spuren. Dabei helfen ihm die verschiedenen Anschläge auf Pomponias Fohlen, die in Wirklichkeit vom Wagenlenker Pelagius begangen worden sind, der sich schon beizeiten von Lampo hatte kaufen lassen.«

»Siehst du, da haben wir einen, der nicht für seine Missetaten bezahlen wird, *domine*: Niemand weiß, wo er nach seiner Flucht aus dem Heiligtum geblieben ist.«

»Wir sollten uns gedulden, Castor. Wir haben Themis, deren Name für Gerechtigkeit und Ordnung steht und die die Welt von uns armen Sterblichen so häufig vernachlässigt, schon genug geholfen: Die Verantwortlichen für zwei Massaker sind bereits auf dem Kahn des Charon und können keinen weiteren Schaden anrichten. Es ist unmöglich, gegen all die kleinen Schwindel und Betrügereien vorzugehen, die täglich überall geschehen. Abgesehen davon, dass ein Imperium ohne Diebe, Heimlichtuer, Verschwörer, Prostituierte, Hehler, Zuhälter, Fälscher, Magier und Seher alles in allem ziemlich langweilig wäre: Unter lauter unerschütterlichen Helden der Anständigkeit zu leben, entpuppt sich häufig nicht nur als höchst eintönig, sondern auch als extrem anstrengend.«

»Sag die Wahrheit, auch ein allzu anständiger Sklave würde dich langweilen. Habe ich Recht, *domine*?«, erwiderte Castor, und meinte damit eine stillschweigende Absolution für die haarige Angelegenheit mit der Kreide.

»*Tabula rasa*«, schlug Aurelius ein. »Und wo wir gerade von Schwindlern reden: Lass bitte Tadius Tullianus hereinkommen, der um eine Audienz gebeten hat und schon seit einiger Zeit darauf wartet, empfangen zu werden!«

»Ja, ich erinnere mich an das Öl. Ich weiß, dass es eines Römers unwürdig war, sich zu bücken, um es aufzuwischen, aber genau in dem Moment war Panther vorbeigekommen und hatte mir seine geheime Fehlinformation zugeflüstert, dass Kephalos aufgeben wollte…«, bekannte der Ritter.

Also war die glitschige Lache, in der Psalmonaios ausgerutscht war und die am Anfang dieser Serie von Verbrechen gestanden hatte, nur ein Zufall gewesen. Vorausgesetzt, es gab tatsächlich Zufälle und sie waren nicht ein blindes Werkzeug in den Händen des Schicksals: War es Zufall gewesen, dass Ödipus, ohne es zu wissen, seinen eigenen Vater Laios auf der Straße nach Theben ermordet hatte? War es Zufall gewesen, dass Prinz Paris, der sich für einen einfachen Hirten hielt, von den drei Göttinnen auserwählt wurde, um über ihre Schönheit zu urteilen? War es Zufall gewesen, dass Aeneas auf seiner Flucht aus Troja ausgerechnet an der Küste Latiums gelandet war, um der Urahn der Römer zu werden?

Publius Aurelius schaute Tadius Tullianus an, der hinter dem großen Tisch – dem einzigen Möbelstück, das Hermeteus' Wutanfall überstanden hatte – bedrückt auf eine Antwort auf seine flehentliche Bitte wartete. Er hatte keine Beweise, weder gegen ihn noch zu seiner Verteidigung, deshalb entschied er sich dafür, ihm zu glauben.

»Wenn du es wirklich wünschst, dann werde ich versuchen, dir eine Rückkehr nach Rom zu ermöglichen«, sagte der Senator. »Die Urbs wird nicht viel schlechter werden, wenn sie dich wieder innerhalb ihrer Mauern aufnimmt.«

»Und mein Geld?«, protestierte der Ritter. »Evaristos hat mir den ganzen Gewinn abgenommen!«

»Darauf wirst du verzichten müssen, Tadius. Mit Sicherheit ist dir genug geblieben, damit du nicht Hungers sterben musst. Wahrscheinlich sogar mehr.«

Der Bankrotteur schluckte seinen Ärger herunter. Es hätte schlechter kommen können: Er hatte einige Freunde in der Hauptstadt, die Geld zu Wucherzinsen verliehen und auf die er zählen konnte. Er würde eine neue Bank gründen und sich mit ungebrochener Energie ins Geschäftsleben stürzen, allerdings unter der Voraussetzung, dass dieser verhasste Patrizier ihn nicht allzu streng im Auge behalten ließ ... Und außerdem war da ja noch Tullia, die ohne weiteres bereit wäre, ihm das Vertrauen wohlhabender Klienten zu verschaffen, wenn sie sich dadurch vom ehelichen Joch befreien könnte. Sie hatte bereits bei Publius Aurelius ihren Teil beigetragen: Zum Glück wusste niemand, dass er es gewesen war, der den Brief geschrieben hatte ...

»Ich hoffe, du kannst den Schreiber des falschen Briefes noch entlarven«, sagte der Patrizier da, als habe er seine Gedanken gelesen. »Ich kann darauf verzichten, dass Perquitienus wütend auf mich wird, weil Tullia in Olympia war: Es heißt, er sei ein ziemlich reizbarer Mensch.«

»Ich werde sofort eine Untersuchung einleiten!«, versprach der Ritter, bevor er, rein rhetorisch, hinzufügte: »Ich stehe in deiner Schuld, Publius Aurelius, ich weiß gar nicht, wie ich dir danken soll ...«

»Ich wüsste da schon etwas«, gab der Senator prompt zurück. »Mach einen Spaziergang weit weg von deinem Zelt.«

»Wieso das denn?«, fühlte sich Tadius berufen zu fragen,

um, wenn schon nicht sein Gesicht, so doch zumindest das bisschen, was davon noch übrig war, zu wahren.

»Ich muss mir noch einmal ein Gewand von Tullia ausleihen«, gestand ihm Publius Aurelius lächelnd.

Meleagros reiste zu Fuß und mit leerem Geldbeutel ab. Er war es gewohnt, auf nackter Erde zu schlafen, aber er hatte nichts mehr gegessen, seit man ihn in hohem Bogen aus dem Leonidaion hinausgeworfen hatte, und er fragte sich, ob er mit seiner dunklen Haut überhaupt Arbeit in einem Land finden würde, in dem alle glaubten, die Farbe Schwarz brächte Unglück. Verflucht seien die Zyprioten, die ihn ins Verderben gestürzt hatten, indem sie ihn erst aus seinem äthiopischen Hochland entführt hatten, um dann nach dem Wettkampf zu bemerken, dass die wundersame Erkenntnis des Kaufmanns aus Paphos ein Missverständnis gewesen war, dass ihnen ein Irrtum unterlaufen war, als sie ihm das Bürgerrecht verliehen hatten, und dass er daher nur ein Ausländer war und obendrein ein unerwünschter. Infolgedessen wäre es besser für ihn, wenn er sich so schnell wie möglich davonmachte.

Unehrenhaft entlassen, weggeworfen wie ein unnützer Gegenstand, ohne jegliche Mittel, um nach Hause zurückzukehren, stieg Meleagros den Kronoshügel hinauf und ließ die Schatzhäuser hinter sich. Bevor er in den Wald hineinging, setzte er sich noch einmal auf einen Baumstumpf, um auf den unglückseligen Ort zurückzublicken, der das Ende all seiner Hoffnungen war: der Tempel, die *zanes*, das Stadion, die Gymnasien – all das erschien ihm jetzt fremd und feindlich.

Seufzend wischte er sich den Schweiß aus dem wolligen Haar, dann begann er unter einem vertrockneten Baum auf der Suche nach irgendeiner saftigen Larve zu scharren, wie es sie in seinem Land überall gab. Doch er ahnte bereits, dass die Insekten der Griechen genau so schlapp und ausgetrocknet waren wie die Pobacken ihrer Frauen.

Direkt hinter der rauen Rinde stieß sein Finger plötzlich auf etwas Glattes.

Leder, dachte er, und fühlte noch einmal nach, bevor er den Baumstamm zur Seite rollte. Unter der Wurzel hatten sich zwei Körbe von Lasteseln verfangen, deren Riemen durchtrennt waren, als hätten es die Tiere geschafft, sich nach langem Buckeln davon zu befreien. Meleagros öffnete einen der Beutel, in der Hoffnung, vielleicht etwas zu essen darin zu finden, und wenn es nur ein Stück Käserinde wäre.

Das Funkeln der Goldbarren entriss ihm einen überraschten Ausruf. Er wusste nicht, was er mit dem Gold anfangen sollte – ein geistloses, kaltes Metall, das man weder essen noch trinken konnte –, doch er hatte wohl gelernt, in was man es verwandeln konnte: einen eigenen Brunnen mit frischem, sauberem Wasser und darum herum zwölf Rundhütten auf einer von Akazien umstandenen Lichtung.

Neben jeder Hütte würde ein Holzpfahl stehen. Und an jedem Pfahl ein paar meckernde Ziegen. Hinter jeder Hütte ein vom Brunnen bewässerter Garten; davor ein Schleifstein, um Körner zu mahlen. Darin, in jeder Hütte, eine schöne dicke, fruchtbare Frau.

Er würde unter der Akazie in der Mitte der Lichtung sitzen, umgeben von Frauen, Kindern und Ziegen, würde den Nachbarn zu essen anbieten und sie mit seiner Großzügigkeit beschämen, während die älteste Frau des Dorfes davon erzählte, wie er in die weite Welt hinausgezogen war, in ein Land mit dünnen, undankbaren Menschen, um dort den größten Wettlauf der Welt zu gewinnen.

Nachdem er sich mit einer geschliffenen Rede für die Geschenke bedankt hatte, schickte sich Evaristos an, auf den Wagen der Ariminer zu steigen, die zwar ohne Ölzweig nach

Hause zurückkehrten, dafür aber üppig aus dem Vermögen entschädigt wurden, das sie dem Ritter abgenommen hatten.

Nichts an seinem unbefangenen Verhalten erinnerte noch an den tölpelhaften und unbeholfenen Evaristos von früher: Stolz auf sein Werk, ließ sich der junge Mann von seinen Gefährten beglückwünschen und nahm, nachdem er mit kühner Sicherheit die Entfernung zum Wagenkasten geschätzt hatte, Anlauf, um mit einem Sprung auf dem Wagen zu landen, der eines wahren Olympioniken würdig gewesen war.

Für einen Augenblick sah es so aus, als sei alles in schönster Ordnung.

Das Unglück kündigte sich durch ein dumpfes Knirschen an: Kurz darauf implodierte die Kabine und stürzte wie ein Kartenhaus in sich zusammen; die Achse brach mit einem lauten Knall und gab die Räder frei, die nach allen Seiten davonspritzten und die Passagiere überrollten, die gerade hatten einsteigen wollen; die Pferde scheuten und zerrissen das Geschirr, um in einer grauen Wolke zum Wald hinüberzugaloppieren. Eine übervolle Kiste mit Diskuswerfern aus Gips fiel krachend zu Boden und brach auseinander wie eine überreife Frucht, die ihre Samen in alle Richtungen schleudert; schließlich flog auch Duronius' Schild durch die Luft, derselbe, mit dem der Athlet sich für den ältesten und angesehensten Wettlauf vorbereitet hatte, und stürzte dann wie ein von einem Pfeil getroffener Vogel wieder steil nach unten, um sich in einen spitzen Felsvorsprung zu bohren.

Mitten aus dem Durcheinander tauchte Evaristos auf, die Tunika in Fetzen, das Gesicht weiß vom Staub.

»Also, deiner Meinung nach hat er nur so getan, als sei er ungeschickt, was? Jetzt müssen wir die Ariminer mitnehmen, und nur die Götter wissen, ob wir den Weg zum Hafen unbeschadet überstehen, wenn wir eine solche Katastrophe an Bord haben!«, kommentierte Castor säuerlich das Geschehen, während sein Patron ernsthaft darüber nachdachte, ob es angebracht war, den verhängnisvollen Tollpatsch vielleicht die ganze Reise über in Ketten zu legen.

Das große Abenteuer Olympia war zu Ende, und Aurelius fragte sich, ob die Bilanz eher positiv oder negativ war. Zu seinen Aktiva zählten einige unanfechtbare Ergebnisse: Wenn auch teuer erkauft, hatte er das Rätsel um ein früheres Massaker gelöst, einen gewissenlosen Mörder entlarvt und schließlich sogar eine anständige Frau unter die Haube gebracht, ohne ein kleines persönliches Opfer zu scheuen, das allerdings durch die künftige Anwesenheit der schönen Tullia in Rom wieder ausgeglichen würde. Doch er hatte weder die Machenschaften der Korinther angetastet noch die Korruption unter den Richtern und, was noch viel schwerer wog, er war verantwortlich für das unrühmliche Unterliegen von Pomponias Fohlen, ein Fehler, den seine sonst so großzügige Freundin ihm nur schwer würde verzeihen können.

»*Vale*, Senator«, sagte Zarzas, der gekommen war, um sich zu verabschieden. Levia und Berillio saßen etwas entfernt jeder im Sattel eines Mulis, die eine lange Karawane nach Leptis Minor anführten, wohin der Karthager sein florierendes Geschäft verlagern wollte.

»Ich gratuliere zur Hochzeit, Zarzas«, erwiderte der Patrizier, ohne in irgendeiner Weise das leichte Bedauern zu erkennen zu geben, das er tief im Herzen immer noch verspürte.

»Darf ich mir eine etwas respektlose Bemerkung erlauben, Senator?«, fragte der Eselhändler. »Ich habe Levia, Berillio hat einen Vater, Evaristos seine Entschädigung, Phtia den Ölzweig, Serapion das Geld, der Ritter Tullianus das Versprechen, dass er aus dem Exil zurückgeholt wird. Nur du kehrst mit leeren Händen zurück…«

Es stimmte, er allein würde als Verlierer heimkehren,

musste Aurelius im Stillen zugeben, während er die Hand hob, um den Punier mit dem römischen Gruß zu verabschieden, in der Gewissheit, diesen damit nicht wenig zu irritieren.

Doch zu seiner großen Verblüffung erwiderte Zarzas seinen Gruß mit derselben Geste, vielleicht bewegt von der Macht der Liebe und des Friedens zwischen den Völkern, vielleicht aber auch von der Notwendigkeit, einen neuen Markt für seine Geschäfte finden zu müssen.

Ein Schrei, ein paar aufgeregte Befehle, und die Karawane setzte sich in Marsch. Levia trieb das Muli an und verschwand schon bald hinter einer Kurve, ohne dass es Aurelius noch einmal gelungen wäre, einen Blick in ihr Gesicht zu werfen.

Unmittelbar danach rief der Patrizier Castor herbei, der vollauf damit beschäftigt war, sechs Kisten mit Gläsern, Tassen und Mischkelchen auf dem Wagen zu verstauen – alle mit schlüpfrigen Szenen und dem Schriftzug Olympia versehen –, die in gewissen Kreisen in der Urbs weggehen würden wie warme Semmeln.

Der Sekretär stellte sicher, dass das Reisegewand des Patrons den richtigen Faltenwurf aufwies, die Sandalen perfekt gebunden waren und die Fibeln glänzten. Dann reichte er ihm das Siegel.

»Hast du daran gedacht, es zu polieren, Castor? Der Rubin war ganz stumpf, als wäre er mit Kreide überstäubt worden!«, brummelte Aurelius.

Castor, der bereits grundlegende Straffreiheit für seine Missetaten erhalten hatte, hielt es für richtig, dem Patron diesen harmlosen verbalen Ausbruch zuzugestehen, und wandte sich unterwürfig an ihn, wobei er ihm einen absolut neuen, aber keineswegs echt aussehenden Smaragd-Skarabäus zeigte: »Zum Dank dafür, dass du seinen Wagen gelenkt hast, sendet dir Serapion diesen außerordentlich kostbaren Ring, der aus einem tausendjährigen Pharaonengrab stammt. Es würde ihn sehr freuen, dich ihn tragen zu sehen, jetzt, da er mit dem Export ägyptischer Antiquitäten in die Hauptstadt beginnt, wo sein treuer Repräsentant sich um den Verkauf kümmern wird. Willst du nicht wissen, wer das ist, *domine?*«

Aurelius sperrte die Ohren auf: Castor hatte schon zu viel Nutzen aus dieser Reise gezogen, wozu also sein ohnehin übersteigertes Selbstbewusstsein noch kitzeln?

»Ich habe auch Nachrichten über den Wagenlenker Pelagius«, fuhr der Sklave fort. »Er hat sich das ganze Geld für seinen Verrat von einem Haufen Angeber wieder abnehmen lassen, die üppige Gewinne durch hoch riskante Investitionen versprochen haben. Manchmal zahlt sich Verbrechen eben doch nicht aus!«

»Aber es richtet trotzdem Schaden an«, erwiderte der Patrizier und blickte viel sagend zu Zephir und Boreas hinüber: Ihre Niederlage würde mit Sicherheit eine herbe Enttäuschung für die arme Pomponia sein, die sie ihm anvertraut und irrtümlicherweise so viel Vertrauen in ihn gesetzt hatte …

»Und zum Schluss noch eine letzte Botschaft aus Rom, *domine*, die gerade eben erst per Brieftaube eingetroffen ist«, schloss der Sklave und überreichte ihm ein weiteres eingerolltes Blättchen.

Pomponia Publio Aurelio Statio salutem dicit!
Mein Lieber, das Verhängnis nimmt seinen Lauf: Ich habe eben gerade erfahren, dass die Ehefrau des neuen Kaisers, Valeria Messalina, sich brennend wünscht, die erste Frau aus Rom zu sein, die sich mit dem olympischen Siegeskranz krönen lässt: Wer ihr zuvorkommt, heißt es, fiele bei ihr und ihrem erlauchten Gemahl in Ungnade. Ich bitte die Götter, dass diese Botschaft dich noch rechtzeitig erreicht, um meine Fohlen vom

Rennen zurückzuziehen: Du darfst auf keinen Fall den Ölzweig gewinnen, es wäre mein Ruin!

Vale, *Pomponia.*

Publius Aurelius lachte vergnügt auf und dankte im Stillen seiner Beschützerin, der Göttin Fortuna, die ihm sogar noch mit einer Niederlage etwas Gutes getan hatte.

Das Abenteuer Olympia mitzuerleben, war interessant gewesen, doch es würde noch viel schöner sein, in seiner *domus* auf dem Viminal, nur einen Schritt vom Forum und dem Capitol entfernt, davon zu erzählen: Er konnte es kaum abwarten, wieder in der Urbs zu sein, wo das Herz des Imperiums und sein eigenes schlug.

»Brechen wir auf, die sieben Hügel erwarten uns!«, rief er gut gelaunt und stieg auf den Wagen.

Anhang

Im Schatten des Imperiums

Sitten, Gebräuche und Kuriositäten in der Zeit des Publius Aurelius Statius

Olympia zwischen Realität und Fantasie

Auch wenn die Spiele schon Jahrhunderte zuvor abgehalten wurden, wird der Beginn der Olympiade traditionell auf das Jahr 776 v. Chr. datiert. Ab diesem Zeitpunkt begann man die Namen derjenigen Athleten aufzuschreiben, die im Stadion in der einzigen Disziplin, die es gab, gewonnen hatten. Im selben Jahr begannen die Griechen mit ihrer Zeitrechnung, die auf den Olympiaden basierte. Mehr als ein Jahrtausend später, 394 n. Chr., wurden die Olympischen Spiele durch ein Edikt von Theodosius I. verboten, der das Christentum als Staatsreligion einsetzte und jeden anderen Kult untersagte, womit zugleich auch die Verfolgung der Heiden begann.

Die bei den Olympischen Spielen abgehaltenen Wettkämpfe blieben, auch wenn immer wieder neue Besonderheiten eingeführt beziehungsweise abgeschafft wurden, im Wesentlichen die Folgenden:

Pentathlon (Diskuswurf, Speerwurf, Weitsprung, Wettlauf und Boxkampf), Ringen, Faustkampf, Pankration, Kinderboxen, Kinder-Pankration; Wettlauf über ein Stadion, Wettlauf über zwei Stadien (Diaulos), Langstreckenlauf über sieben bis vierundzwanzig Stadien (Dolichos), Knabenlauf, Waffenlauf mit Schild, Helm und Beinschienen (Hoplitenlauf); Pferderennen mit Reiter, Wagenrennen Zweispänner, Wagenrennen Vierspänner, Fohlenrennen Zweispänner, Fohlenrennen Vierspänner, Mulirennen (später wieder abgeschafft).

Der Ablauf der Wettkämpfe blieb nicht immer gleich. Unter Einbeziehung des traditionellen Ablaufs hat der Roman die zeitliche Abfolge aufgegriffen, die am besten zur Geschichte passte.

Bei den antiken Olympischen Spielen kam es vor allem darauf an zu gewinnen und nicht nur teilzunehmen. Die Ideale de Coubertins entstammen einer modernen Mentalität, die durch einen Romantizismus gekennzeichnet ist, der dem Griechenland von vor zwei Jahrtausenden vollkommen fremd war: Betrügereien, Bestechung der Richter, der Kauf eines Sieges gegen klingende Münze waren nicht Ergebnis der Degeneration der Spiele während des Hellenismus und des römischen Imperiums, sondern fanden sich schon bei den ältesten sportlichen Wettkämpfen.

Rom sah übrigens die Teilnahme hoch gestellter Persönlichkeiten der Urbs an den olympischen Spielen nicht gern, ausgenommen Eigentümer von Gespannen. Es war Nero, der im Zuge seiner triumphalen Reise durch Hellas mit dieser Tradition brach und sich als Wagenlenker und Kithara-Spieler bei der Olympiade 67 v. Chr. präsentierte, die extra vorgezogen worden war, um dem exzentrischen Kaiser die Teilnahme zu ermöglichen. Man braucht wohl kaum darauf hinzuweisen, dass die Griechen klug genug waren, ihn in sämtlichen Disziplinen Erster werden und sich im Gegenzug von allen Steuern befreien zu lassen.

Die Beschreibung der Terrasse der Schatzhäuser und der *zanes*, die im Roman zu lesen war, ebenso wie aller anderen Denkmäler Olympias richtet sich nach dem Buch von Pausanias, *Reise nach Griechenland*, ein echter antiker touristischer Reiseführer *ante litteram*, der ganz besonders detailliert auf alle Einzelheiten eingeht.

Die monumentale Zeusstatue im Tempel von Olympia, eines der Sieben Weltwunder, ist bis ins Detail von vielen Schriftstellern der Antike beschrieben worden. Die Beobachtung, dass Zeus sich den Kopf stoßen würde, wenn er aufstünde, die im Buch Publius Aurelius zugeschrieben wird, ist übrigens keine Erfindung der Autorin, sondern findet sich ebenfalls im Text des Pausanias.

Der Tempel, eine der beeindruckendsten Manifestationen der klassischen Religiosität und Kultur, wurde 426 n. Chr. den Flammen übergeben, als getreu einem Edikt von Theodosius II. alle Gebäude nicht christlicher Kulte dem Erdboden gleichgemacht wurden.

Das Projekt eines Kanals durch den Isthmus von Korinth, der den Peloponnes vom griechischen Kontinent abtrennen und das Ionische Meer mit der Ägäis verbinden könnte, wurde schon von Julius Caesar und von Caligula erwogen. Das titanische Werk wurde mit großer Energie sechsundzwanzig Jahre nach den in unserem Roman erzählten Ereignissen von dem größenwahnsinnigen Nero begonnen.

67 n. Chr. eröffnete der Wagenlenker und Imperator Nero im Zuge einer festlichen Einweihungszeremonie die Bauar-

beiten, indem er die erste Erdscholle persönlich mit einem goldenen Schäufelchen abstach (wie sich die Geschichte wiederholt!). Im darauf folgenden Jahr war bereits ein Fünftel des Kanals ausgehoben, als im Zusammenhang mit einer schweren politischen Krise die Arbeiten unterbrochen wurden, um erst im 19. Jahrhundert an exakt demselben Punkt wieder aufgenommen zu werden, an dem Nero den ersten Spatenstich getan hatte.

Die Haltung der antiken Menschen, besonders der Griechen, zur Homosexualität – auch in Formen, die wir heutzutage ohne Zögern als Pädophilie bezeichnen würden – unterschied sich grundlegend von der heutigen, und daher wurde ihr dort, wo sie verbreitet war, eine uns heute vollkommen fremde Gefühlswelt zugeschrieben.

Auch wenn die Figur Castors einer langen Tradition des klassischen Theaters entspringt, die häufig gerissene und betrügerische Diener in Szene setzt, ist der moderne Ausdruck des »Gentlemans Gentleman« durch den englischen Schriftsteller P.G. Wodehouse geprägt. Die Autorin hat ihn ganz bewusst gewählt, um damit dem bevorzugten Schriftsteller ihrer Kindheit ihre Referenz zu erweisen.

Glossar
griechischer und lateinischer Begriffe

Altis: heiliger Bezirk in Olympia
arca: Kiste, Tresor, Truhe
archimagirus: Küchenmeister
arithmeticus: Mathematiker
Atrium: offener Hauptraum des altrömischen Hauses, Eingangshalle
Ave! (Plural: ***Avete!):*** »Sei gegrüßt!«
balneatores: Bademeister
Buleuterion: Gebäude auf der Altis, in dem die Athleten den olympischen Eid ablegten
byssus: feinstes Leinen- oder Seidengewebe
calamistrum: Brenneisen zum Lockendrehen
calceri: Schnürschuhe, die mit Lederbändern geschlossen wurden. Senatoren trugen sie mit vier Schnürbändern, die mit einem kleinen Halbmond aus Silber oder Elfenbein verziert waren
cathedra: Stuhl mit Rücken- und Armlehne
cervisia: Bier
chiton: altgriechisches Gewand aus einem Stück
chlamys: knielanger, mantelartiger Überwurf für Krieger und Reiter im alten Griechenland
codicillus: Kärtchen, Billett, Holztäfelchen
Diaulos: Wettlauf über zwei Runden, circa 385 Meter

dignitas: Würde, Ansehen
Dolichos: Langstreckenlauf über bis zu 24 Runden, circa 4600 Meter
Dominus (weibliche Form: *domina*, Anredeform: *domine*): Herr
domus: großes, eingeschossiges, römisches Haus einer wohlhabenden Familie
Drachme: griechische Währungseinheit, 1 Drachme = 6 Obole
endromis: Bademantel, warmer Wollüberwurf
Ephebe: junger Mann im alten Griechenland, nicht selten Protegé (auch sexuell) älterer Gönner
eromenos: Geliebter
erastes: Liebender
ferula: Peitsche
flabelliferi: Sklaven, deren Aufgabe es war, mit großen Fächern Luft zuzufächeln
fucus: Lippenrot, Wangenrot, Schminke
garum: römische Soße auf Fischbasis
Gymnasion: Übungs- und Wettkampfhalle zur körperlichen Ertüchtigung der Jugend
gladius: Schwert
Hellandoike: Richter der olympischen Spiele
Hellanodikaion: Tribüne der Hellanodiken; Residenz der Hellanodiken
Hippodrom: Pferde- und Wagenrennbahn
himantes: Binden, mit denen die Boxer sich die Hände umwickelten, Pendant zu unseren heutigen Boxhandschuhen
Klient: Schutzbefohlener einer hoch gestellten Persönlichkeit
kline: Bankettliege
kylix: flache Schale
kyria (männliche Form: *kyrie*): (griech.) Dame
ientaculum: Frühstück

laticlavius: breiter Purpurstreifen an Toga und Tunika, den nur Senatoren tragen durften
Leonidaion: Unterkunft für offizielle Gäste und Athleten in Olympia
lunula: Halbmond aus Ebenholz, der die Schuhe der römischen Senatoren schmückte
mappa: Serviette
marsupium: Beutel, Geldbeutel, Spargroschen
Matrone: römische Dame von Stand
Mine: griechische Währungseinheit, 1 Mine = 100 Drachmen
nomenclator: Sklave, der seinen Herrschaften die Klienten ankündigt
novacula: Rasiermesser
nummularius: Geldwechsler, Bankier
nundinae: Zeitraum von neuen Tagen zwischen den Markttagen
paides: (griech.) Kinder
palla: weibliches Obergewand
Pankration: Allkampf (Mischung aus Faustkampf und Ringen)
pater familias: römisches Familienoberhaupt mit umfassender Entscheidungsgewalt über Ehefrauen, Kinder, Freigelassene und Sklaven
patres conscripti: Senatoren von Rom
pathicus: weibischer Mann
Pentathlon: Fünfkampf
Peristylium: von Säulengängen umschlossener Innenhof
pilum: Speer, Wurfspieß
Pletrion: Wettkampfplatz, Laufbahn im Gymnasion
polis (Plural: *poleis):* (griech.) Stadt
porné: (griech.) Prostituierte
Porticus: Säulengang
Profos: Verwalter der Militärgerichtsbarkeit

pugillares: Wachstäfelchen, auf denen man mit einem Stäbchen Notizen machen konnte

Punier: Karthager

Quirite: Bürger von Rom

rhodium: Parfum aus etwa dreißig Inhaltsstoffen, unter denen der Rosenduft hervorsticht

sella: Stuhl ohne Rückenlehne

silphium: In der Antike sehr beliebte Gewürzpflanze

Spandophoren: Organisatoren, Ausrichter der Spiele

subligaculum: Leistenbinde, Unterwäsche der römischen Männer

taberna lusoria: Spielhölle

Tablinum: Büro; Raum für Besprechungen und geschäftliche Verabredungen

tabula lusoria: Spieltisch für Würfelspiele

tabula rasa: unbeschriebenes Wachstäfelchen, mit heißem Wachs bestrichen, um die vorherigen Notizen zu löschen; sprichwörtlich: reiner Tisch

Talent: griechische Währungseinheit: 1 Talent = 60 Minen

torus: Matratze

Triclinum: Liege mit drei Plätzen, auf die man sich zum Essen niederlegte; auch Speisezimmer

Trigon: Art römisches Handballspiel für drei Spieler

tutulus: Frisur nach etruskischem Vorbild, bei der das Haar mit Hilfe einer Binde zu einem hohen Gebilde aufgetürmt wurde

Vale! (Plural: Valete!): »Lebe wohl!«

virtus: Tugend; klassische Tugenden und (sittsame) Verhaltensweisen des Römers

zanes: bronzene Zeusstatuen, zwischen Metroch und Echohalle von den Bußgeldern der für schwere Regelverstöße mit einer Strafe belegten Athleten errichtet

Mythologische Figuren

Achilles: griechischer Held des Trojanischen Krieges

Agamemnon: König von Mykene, Bruder des Menelaos, Anführer der Achäer, die zur Eroberung Trojas ausgezogen waren

Alkmene: Gemahlin des Amphitryon, Mutter des Herakles

Aphrodite: Göttin der Liebe

Apollon: Hauptgott der prophetischen Weissagung, der Künste, besonders der Musik, sowie Gott des Bogenschießens

Ares: Gott des Krieges und der Schlachten, entspricht dem römischen Mars

Artemis: Schwester Apollons, Göttin der Jagd und des Mondes, entspricht der römischen Diana

Astana: Sohn von Hektor und Andromache. Auf den Mauern des brennenden Trojas wurde er brutal von Neptolemos massakriert, der wiederum ein Sohn des verstorbenen Achilles war

Aeneas: Enkel des Priamos, des Königs von Troja, Sohn des Anchises und der Göttin Venus, Vorfahr des Romulus und damit Stammvater aller Römer. Als er aus dem brennenden Troja floh, kam ihm die karthagische Königin Dido zu Hilfe, die sich in ihn verliebte. Als er sie verließ, schwor sie seinen Nachkommen ewigen Hass und beging Selbstmord

Athene: Tochter des Zeus, eine der zwölf großen olympischen Gottheiten. Sie war die Schutzgöttin des Krieges, der Weisheit und der Künste

Atreus: Vater von Agamemnon und Menelaos, der seinem Bruder Thyestes die Leichname seiner eigenen Kinder zum Essen vorsetzte und damit die Blutrache der Atriden heraufbeschwor

Baal: phönizischer und später karthagischer Gott, häufig auch als Baal Zebub, der Herr der Fliegen, verehrt, wovon sich unser »Beelzebub« herleitet

Briseis: Sklavin, Geliebte des Achilles, die Agamemnon ihm raubte und damit seinen tödlichen Zornesausbruch auslöste

Cassandra: trojanische Prophetin, die den Untergang Trojas vorhersagte, aber nicht gehört wurde

Charon: Fährmann, der die Toten über den Styx ins Reich des Hades brachte

Deima oder **Deimo:** Greisin, die bereits seit ihrer Geburt alt war und sich mit ihren Schwestern ein einziges Auge und einen einzigen Zahn teilte

Deimos: Bruder des Phobos, Sohn des Ares und der Aphrodite. Als »Furcht« und »Schrecken« zogen sie mit ihrem Vater aufs Schlachtfeld, um die Männer gierig nach Kampf und Gemetzel zu machen

Demeter: große Erdgöttin, Schützerin der Fruchtbarkeit und Göttin der Eleusischen Mysterien

Dido: Gründerin und erste Königin Karthagos

Dionysos: Gott des Weins, des Tanzes, des Theaters, des Trinkgelages, Entsprechung zum römischen Bacchus

Elektra: Tochter des Agamemnon und der Klytemnästra, rächt den von der Mutter vorgenommenen Mord an ihrem Vater

Eol: Herr der Winde

Eumolpos: Flötenspieler, bestätigt die Lüge der Philonome, ihr Stiefsohn Tenes, Sohn des Königs Kyknos von Kolonai bei Troja, habe ihr Gewalt antun wollen. Später entdeckte König Kyknos die Wahrheit, ließ Philonome zur Strafe lebendig begraben und Eumolpos steinigen

Fortuna: römische Glücksgöttin

Ganimed: Jüngling, den Zeus liebte, der ihn von einem Adler entführen ließ, damit er der Mundschenk der Götter würde

Große Mutter Erde: uralte Göttin des Mittelmeerraums, in Griechenland als Zybele bekannt, entspricht der römischen Demeter

Hekate: Todesgöttin mit drei Gesichtern

Hekuba: Ehefrau des Priamos, des Königs von Troja, und Königin von Troja, die beim Fall Trojas noch in hohem Alter versklavt wurde

Helena: Tochter des Zeus und der Leda, der unvergleichliche Schönheit zugeschrieben wird

Hera: Ehefrau des Zeus. Ihr war der älteste Tempel Olympias geweiht und der Mädchenlauf, der von den angesehensten Damen aus Elis veranstaltet wurde

Herakles: Sohn des Zeus und der Alkmene, entspricht dem römischen Herkules

Hermes: Götterbote, häufig dargestellt mit geflügelten Schuhen; Gott der Kaufleute und der Diebe

Herkules: berühmter Held, Begründer der olympischen Spiele. Nach seinem Tod wurde er unsterblich und stieg zum Gott auf

Hermaphrodit: Sohn des Hermes und der Aphrodite, wird von der Nymphe Salmacis geliebt, die sich mit ihm zu einem Wesen beiderlei Geschlechts vereint

Hippodameia: Tochter des Königs Oinomaos von Pisa in Elis. Der Legende nach bestach Pelops den königlichen Wagenlenker Myrtilos, die Radpflöcke an Oinomanos Wagen zu manipulieren. Der König wurde getötet, und Pelops konnte Hippodameia heiraten

Ilizia: von Pausanias erwähnte Frau, die den eleischen Truppen ihren neu geborenen Sohn übergab, damit er sie in die Schlacht führte. Der vor dem Heer hergetragene Säugling verwandelte sich in einen Drachen und schlug die Feinde in die Flucht

Iolaos: Neffe und Wagenlenker des Herakles

Iphigenie: Tochter Agamemnons; im Beisein ihres Vaters den Göttern geopfert

Jason: Führer der Argonauten

Klytemnästra: Schwester Helenas, Ehefrau Agamemnons und Mutter von Iphigenie, Elektra und Orestes. Sie lässt ihren Ehemann nach seiner Rückkehr aus Troja ermorden

Laios: Vater des Ödipus, König von Theben

Medea: mächtige Zauberin, die sich in Jason verliebte, ihm mehrfach half und sogar so weit ging, ihren eigenen Sohn dafür zu opfern. Nachdem Jason sie verlassen hat, tötet sie die junge Ehefrau und den Schwager des treulosen Liebhabers mit einem brennenden *peplon* (griech. Obergewand), dann tötet sie die Kinder, die sie ihm geboren hatte, und verschwindet auf einem geflügelten Wagen

Menelaos: gehörnter Ehemann der schönen Helena, die ihn verließ, um mit Paris nach Troja zu gehen

Narziss: schöner Jüngling, der, verliebt in sich selbst, ertrinkt, während er versucht, sein Spiegelbild im Wasser zu umarmen

Nike: Siegesgöttin

Ödipus: König von Theben, tötet seinen Vater Laios und heiratet seine Mutter Iokaste

Odysseus: griechischer Held aus dem Trojanischen Krieg, der für seine List bekannt war

Pan: Gott des Weidelandes

Paris: Sohn des Königs Priamos von Troja; der unvergleichlich schöne Jüngling wird von Hera, Athene und Aphrodite zum Schiedsrichter in ihrem Streit um den goldenen

Apfel mit der Aufschrift »der Schönsten« gemacht. Er entscheidet sich für Aphrodite, die daraufhin seine Ehe mit Helena stiftet

Patroklos: Geliebter des Achilles, der im Kampf von Hektor getötet wurde

Peleus: Sterblicher, der die Göttin Thetis heiratete, die ihm den Achill gebar

Pelops: Vater von Atreus und Thyestes, Stammvater der Atriden; Herkules widmete die ersten Olympischen Spiele seinem Gedenken

Philonome: Stiefmutter des Tenes; von ihrem Gemahl, König Kyknos von Kolonai bei Troja, auf Grund eines falschen Zeugnisses lebendig begraben

Phobos: Sohn des Ares und der Aphrodite, Bruder des Deimos

Phokos: Athlet, ermordet von seinen Halbbrüdern Telamon und Peleus

Plistinons: Sohn des Artreus

Poliphem: einäugiger Zyklop, Schafhirte und Menschenfresser, der durch einen Trick von Odysseus in seiner Höhle geblendet wird

Poseidon: Gott der Meere und der Gewässer, Schutzgott der Pferde, entspricht dem römischen Neptun

Prometheus: Titan; Sohn des Iapetos und der Themis, mythischer Urrebell und Vorkämpfer der Menschheit gegen die Omnipotenz der Götter. Er stahl den Göttern das Feuer, woraufhin Zeus ihn an eine Felsspitze schmiedete und einem Adler befahl, Tag für Tag die Leber des Titans zu fressen, die des Nachts wieder nachwuchs

Proserpina: Tochter der Demeter, Göttin des Gerichts und Ehefrau des Hades (oder Pluto), dem Herrn der Unterwelt, des Erebros. Sie verlebt jeweils im Wechsel ein Jahr in der Unterwelt und eines mit ihrer Mutter auf der Erde und ist für die Abfolge der Jahreszeiten verantwortlich

Selene: Göttin des Mondes
Silenas: Sohn des Pan oder des Hermes und einer Nymphe. Ursprünglich ein Wassergeist, war der Mentor des jungen Dionysos berühmt für seine Lebensweisheit und seine prophetischen Gaben
Tanit: phönizische (karthagische) Göttin, der die punischen Adelsfamilien ihre Erstgeborenen opferten
Tartarus und **Erebros:** Unterwelt, Reich des Todes
Telamon: Vater des Ajax Telamon, ermordet zusammen mit Peleus seinen Bruder Phokos mit einem Wettkampf-Diskus
Themis: Titanin, ihr Name steht für Gerechtigkeit und Ordnung
Thanatos: Sohn der Nyx (Nacht) und Bruder des Hypnos (Schlaf); personifizierter Tod, erfüllt die Funktion eines Todesengels
Viktoria: Göttin des Sieges
Zeus: oberster Herrscher der griechischen Götter, Schutzgott der Olympiade, entspricht dem römischen Jupiter